내 남편과 결혼해줘

1

청어람

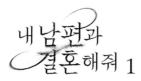

내 남편과 결혼해줘 1

초판 1쇄 찍은날 2024년 04월 05일
초판 1쇄 펴낸날 2024년 04월 12일

글 신유담
펴낸이 서경석
총괄 서기원 **책임편집** 서지혜 황창선
기획·마케팅 박문수 **디자인·제작** 이문영

펴낸곳 도서출판청어람
출판등록 1999년 05월 31일(제38-7-1999-000006호)

본사 경기도 부천시 부일로483번길 40, 3층
지사 서울특별시 구로구 디지털로272, 404호
전화 02-6956-0531
팩스 02-6956-0532
메일 chungeoram_book@naver.com

ISBN 979-11-04-92510-8 04810
      979-11-04-92509-2 (세트)

내 남편과 결혼해줘 1

신유담 대본집

기획의도

노자가 말했다.

"원수가 있다면 강가에 앉아서 기다려라. 원수의 시체가 떠내려올 것이다."

이 말은 많은 '을'의 위안이었다.
하지만 세상은 뜻한 대로 되는 법이 없나니
강가에는 원수의 시체를 보지 못한 한맺힌 '을'의 시체만 즐비하다.
'갑'들은 상류에서 열심히 몸 관리 하면서 수명을 늘리고 있었고,
답답터진 '을'들은 홧병을 얻어서 빨리 죽어버렸으니까.
그리하여 우리는..

"원수를 강으로 밀어라. 그러면 시체가 되어 떠내려갈 것이다."

..에 관한 이야기를 해보고자 한다.

로맨스는 판타스틱하게, 인과응보는 속 시원하게,
이 시대의 남과 여, 우정, 연애, 결혼,
그리고 시커먼 욕심들과 무능, 배신, 통쾌한 극복.
사필귀정(事必歸正)!
모든 일이 결국 바르게 돌아가는 날까지.

목차

강지원(31) / U&K푸드 마케팅1팀 대리

아빠에게 넘치도록 사랑받았던 강지원은 어디서나 당당하고, 다정하고, 웃는 얼굴이 어울리던 아이였다. 그녀의 잘못은 그저, 친구를 잘못 사귀고, 남자를 잘못 만나고, 가정을 잘못 이룬 것. 다시 한번 기회가 주어진다면.. 통쾌한 반격, 가능할까??

B.E.F.O.R.E
꾸밀 줄 모르지만 늘씬하고 서글서글한 미인. '남편 있는 착한 여자'로서 살았던 인생의 결론은? 무능한 남편, 짜증유발자 시댁과 고된 회사생활을 견딘 끝에 얻은 암(cancer), 유일한 친구라고 생각했던 수민과 유일한 가족이었던 민환의 불륜, 그리고.. 자기 자신의 죽음이었다.

A.F.T.E.R
죽었다 눈을 떴을 땐 2013년 4월 12일, 모든 것이 시작되기 전이었다. 운명의 법칙을 깨달은 이상 복수는 간단했다. 지원이 살아온 모든 것을 수민에게 넘기면 그게 바로 복수.

"네가 탐내던 쓰레기 네가 처리해. 내 남편과 결혼해줘."

그리고 그런 지원 앞에 한 남자가 조력자로 나타나는데.. 유지혁이다.

유지혁(30) / U&K푸드 마케팅 총괄부장

[지원의 조력자]
머리 좋고, 몸 좋고, 집안 좋고, 제대로 알파메일(Alpha Male). 그에게 여자는
평생 단 한 명이었다.

아무것도 모르던 어린 시절부터 사랑을 믿지 않던 그는 한 여자를 만나 평생 동
안 마음에 품었지만, 사랑을 표현하는 법을 몰라 놓친 후에 끝의 끝까지 가서야
자기가 뭘 했어야 하는지 안다. 다시 한번 기회가 주어진다면, 이번에는 제대로
강지원을 잡을 수 있을까?

B.E.F.O.R.E
어느 운명의 밤, 자신과 너무 닮아있던 지원의 상처를 알게 된 후 지혁은 지원
이 신경 쓰였다. 하지만 아무것도 해보지 못한 채 시간은 흘렀고, 한참 뒤 상사
와 부하직원으로 지원을 만났을 땐 이미 그녀 곁에 민환이 있었다. 아무것도 해
볼 수 없는 채로 시간은 다시 흘렀고, 그런 지혁이 지원을 다시 마주한 건, 2023년.
지원의 나이 41살, 지독하게도 이르고 외로운 죽음이었다.

A.F.T.E.R
눈을 뜨니 2013년 4월 19일. 회사에서 살아있는 지원을 다시 마주했다.
왜 돌아왔는지, 무얼 해야 할지 명확했다. 두 번째 기회는 절대 놓치지 않으리
라 다짐하지만 기회의 대가는 생각보다 훨씬 잔인했다.

박민환(33) / U&K푸드 마케팅1팀 대리

[전 남편 현 남친]
적당한 키와 외모 덕에 한없이 가벼운 성격임에도 여자에게 늘 인기 있었다. 결혼할 나이가 되자 엄마 대신 밥도 하고, 돈도 버는 노예 같은 여자를 물색하던 찰나, 강지원을 발견했다. 찾았다, 내 호구.. 아니, 내 와이프!
결혼용으론 좋지만 따분하기 짝이 없는 지원을 보험으로 두고 있는데.

어느 날 다른 썸이 훅 들어왔다. 강지원의 친구, 정수민. 결혼 후에는 불법이니까 뭔가 할(?) 수 있다면 결혼 전이 좋겠는데.. 재미 좀 볼까 하는 찰나,
갑자기 순했던 지원이 변. 했. 다?

"너.. 너 눈을 왜 그렇게 떠??"

정수민(31) / U&K푸드 마케팅1팀 사원

[지원의 하나뿐인 절친]
선해 보이는 이목구비, 자그마한 키에 누구나 측은지심이 발동할 서투름이 생존무기다.

엄마에게 버림받은 지원도 자신처럼 힘들겠거니 했다. 하지만 지원은 비참해 보이지 않았다. 그래서 그녀에게 다가갔고, 제일 친한 친구가 되었다. 생글생글 웃으며 지원의 삶을 망가뜨리는 건 세상에서 가장 쉬운 일이었다. 기죽어 눈치만 보는 지원 옆 수민은 언제나 왕따를 챙겨주는 착한 아이. 함께 어른이 되었고, 수민에게 지원은 여전히 모든 걸 빼앗고픈 '내 편'이자 '내 것'.

"네가 좋아하는 건 나도 다 좋아."
직업도, 남자도, 친구도, ... 남편까지도.

백은호(31) / 레스토랑 베르레르 수석 쉐프

[지원의 첫사랑]
만찢남이라는 말이 어울리는 하얀 피부에 섬섬옥수를 가진 사람. 샴푸향 나는 외모와 수줍은 경상도 사투리와 합쳐지니, 인기가 많을 법도 하지만.. 연애만 하려 하면 오장육부, 얼굴 근육, 눈코입의 기능마저 상실되는 연.애.쪼.다.

물론 '첫사랑'조차 없는 것은 아니다. 고등학교 시절, 왕따당하는 지원을 마음에 담았었다. 삼일 밤낮을 썼다 지운 끝에 보낸 고백편지의 답장은.. 충격적이게 도 거절! 서툴고 어린 맘에 거절해놓고 웃는 지원이 너무 미워서, 기어코 못된 말을 던져 지원의 상처가 되고 말았다.

<회사 사람들>

양주란(37세) / U&K푸드 마케팅1팀 대리

부모님의 사랑을 듬뿍 받고 큰 순한 사람.

하지만 너무 요령없고 쭈구리 같은 성격 탓에 인생이 순탄치 않다. 전쟁 같은 결혼생활도 딸 연지가 태어나고부터는 그저, 참는다. 애 아빠 면 깎지 말자 싶 어 앓는 소리 한 번 하지 않고 있는데.

회사생활이라도 좀 나으면 좋으련만. 부사수 경욱이 기획안을 빼앗아 과장을 달더니 사사건건 태클에 막말폭격까지 한다. 남편과 상사를 동시에 뒤엎는 꿈 을 꾸지만, 실제로는 그저 쭈구리.

유희연(25) / U&K푸드 마케팅1팀 사원

누군가 ENFP가 어떻냐고 물으면 고개를 들어 유희연을 보게 하라. 부장인 유지혁과 어떻게 아는 사이인지는 회사 내 극비사항.

누구에게든 잘 웃고 붙임성 있게 굴지만 아닌 건 아닌 그녀 앞에 지원이 나타났고. 희연은 지원의 가장 큰 아군이 된다.

김경욱(39) / U&K푸드 마케팅1팀 과장

마케팅 상무의 사돈에 팔촌 친구의 동생이라나. 입만 열면 라떼 타령에, 능력 있는 부하직원에겐 숨 쉬듯 열폭하지만 정치질로 요리조리 살아남고 있다.

그런 경욱에겐 꿈이 있다. 예쁘고 귀여운 아내를 만나 대출 끼고 집 마련해 둘이 열심히 갚으면서 아내가 매일매일 아침에 고소한 된장찌개를 끓여 배웅해 주는 남들 다 사는 그런 삶 말이다.

이석준(41) / U&K그룹 전략기획실장

냉철한 이성과 뛰어난 지능으로 U&K 유한일 회장의 눈에 띄어 오른 날개가 되었고, 자신의 은인 한일에게는 충성하지만, 글쎄.. 지혁한테까지 그럴 필요가 있을까?

표정이 없어 무슨 생각을 하는지 알 길이 없다. 꼭 필요한 이야기가 아니면 입 밖으로 내지 않고 직원들과 어울리는 일도 없다.

<가족들>

유한일(77, 지혁조부) / U&K그룹 회장

진정한 기업가 정신의 소유자이자 노블레스 오블리주가 무언지 알고 있는 어른. 악역 같은 외모를 지녔지만 손주들 사랑은 지극하다. 손자가 빨리 안정된 가정을 가졌으면 하는 마음에 U&K 창립멤버 강태경의 집안과 인연을 맺으려 한다.

김자옥(55, 민환모)

세상에 아들 하나가 금쪽인 줄 알고 키웠다. 내 자식이 귀하면 남의 자식도 귀하다는 말은.. 모른다.

자기 남편의 엉덩이는 걷어차면서도 며느리는 아들의 몸종이어야 한다고 생각한다. 박씨도 아니면서 박씨 가문의 대를 잇는 게 일생의 숙원인 양 지원을 들들 볶고 지원의 암 소식을 듣자마자 우리 아들 불쌍해서 어쩌냐 눈물 쏟는 표독 시어머니.

강현모(50, 지원부) / 화물차 기사

경상도 사투리를 걸쭉하게 사용하는 부산토박이로 하나밖에 없는 딸 지원을 목숨보다 더 아끼고 사랑했던 아버지. 아내가 바람이 나 도망간 후에는 혼자서 딸 지원을 금지옥엽으로 키운다. 지원이 대학을 졸업하기 전 암으로 사망한다.

<주변인물>

오유라(31) / 클라우드 항공 부사장

금수저를 물고 태어나 속세의 희로애락에 대한 감각이 없는 순수한 악마. 한없이 사랑스럽고 무해한 매력의 소유자지만 악의가 없기에 그 누구보다 위협적이고 무자비하다.

집안끼리의 약속으로 약혼을 하기는 했지만 지루하고 답답한 모범생 지혁에게 별 감정은 없었는데 파혼을 이야기하는 자리에서 확 달라진 모습을 보자 흥미가 생겼다.

내가 버리는 건 몰라도 누군가에게 빼앗기는 건 절대 용납 못 하지. 그것도 상대가 볼 것 없고 평범하다 못해 재미없는 여자라면-

조동석(29) / 치킨집 '날 튀겨봐요' 사장

한국대 동아리 '체육볶음'에서 만난 지혁의 가족 같은 동생. 태권도 국대 상비군이었지만 지금은 치킨집 열어 잘 사는 중. 지혁의 말이라면 따지지 않고 도와주는 든든한 조력자다.

김신우(29) / 치킨집 '날 튀겨봐요' 공동창업

지혁의 '체육볶음' 후배이자 동석의 치킨집 동업자. 동석이 '날 튀겨봐요'의 멈추지 않는 엔진이라면 신우는 브레인. 프랜차이즈가 즐비한 동네에서 나름 경쟁력있게 버티는 건 신우의 힘이다.

하예지(31) / 지원, 수민, 은호의 고등학교 동창

드세지만 단순해서 속기도 잘 속는다. 정수민에게 넘어가 고등학교 3년 내내 강지원을 괴롭힌 장본인이지만 모든 사실을 알게 되고 어떻게든 자신의 만행을 갚아주려고 노력한다.

이재원(35) / 백수

주란의 남편이자 연지의 아빠. 큰 갈빗집을 하고 있는 주란 부모의 재력을 보고 주란과 결혼했다. 부인보다 어린 나이와 반반한 외모만 믿고 게임이나 하며 놀고먹고 있다.

가장의 체면을 지키기 위해 집안일과 딸 연지의 육아의 90%를 주란에게 미루는 중.

일러두기

1 신유담 작가의 집필 방식을 최대한 따랐습니다.

2 드라마 대사는 글말이 아닌 입말임을 감안해, 한글맞춤법과 다른 표현이라 해도 최대한 살렸습니다.

 지문의 경우 한글맞춤법을 최대한 따르되, 어감을 살리기 위해 그대로 둔 표현도 있습니다.

3 물음표, 마침표, 쉼표 등 문장 기호의 표기는 작가의 의도를 따랐습니다.

4 미방영 내용이 포함되어 있으며, 방송된 부분과 다를 수 있습니다.

용어정리

N 내레이션(Narration)의 약어로, 등장인물이 화면 밖에서 상황을 해설하거나 극의 전개를 설명할 때 사용한다.

E 이펙트(Effect)의 약어로, 보통 등장인물의 얼굴은 보이지 않고 목소리만 들리는 경우에 주로 사용한다.

F 필터(Filter)의 약어로, 전화기 너머의 목소리 등을 표현할 때 사용한다.

C.U 클로즈업(Close up)의 약어로, 대상물이 화면에 가득 차도록 확대해 촬영하는 기법이다.

INSERT 화면의 특정 동작이나 상황을 강조하기 위해 삽입한 화면을 뜻한다. 인서트 화면에서는 대개 클로즈업을 사용한다.

CUT TO 가까운 공간 안에서의 각도 전환을 의미한다.

몽타주 따로따로 편집된 장면들을 적절하게 떼어 붙여서 하나의 긴밀하고 새로운 장면을 만드는 것을 뜻한다.

FLASH CUT 화면과 화면 사이에 들어가는 순간적인 장면으로, 극적인 인상이나 충격 효과를 주기 위해 삽입되는 매우 짧은 화면을 지칭한다.

1부

길은 끝까지 가봐야 아는 기그든.

보소. 아는 길이 전부가 아이라니까

다른 길도 이꼬, 그 길이 더 좋을 수도 이꼬.

씬1. 병실 창문(낮)

설레도록 완연한 봄기운과 만개한 벚꽃에서 카메라 빠지면 봄을 가득 채우고 있는 모습, 병실 창문에 담겨 있다.
창밖과 안의 선명한 명암 차.
병색이 짙은 얼굴의 지원 침대에 기대 멍하다가
바람 불어 우수수 날아오른 벚꽃잎 몇 개 살짝 열린 창 사이로 날아들면 손 뻗어보고..

씬2. 6인 병실(낮)

안경 쓰고 단정한 차림(똑똑+성실)의 수민이 탁, 소리 나게 창문 닫는다.

정수민   찬 바람 안 좋아.

바람이 끊겨 꽃잎 지원에게 닿지 못하고 힘없이 떨어지면
다가온 수민이 지원 머리통 잡고 이마 맞대었다 떼고.

정수민	우리 지원이 여전히 이쁘네. (눈물 그렁그렁) 나 두고 가면 용서 안 할 거야.
	옆에 내가 있다는 거 잊지 마. 나랑 오래오래 살아야 해!

잠깐 보다가 무기력하게 숨 내쉰 지원, 억지로 웃으려..

강지원	고마워. 남편 복 없는 년이 친구 복은 있네.
정수민	왜 그런 말을 해? 민환 씨가 얼마나 좋은 남편인데.
강지원	그 인간 여자 있어. 문자로 사랑한다더라. 보고 싶다고.
정수민	그게 왜?
강지원	바로 삭제하던데? (자조) 잘못 보낸 거지.
정수민	...예민해지지 마. (문자 오면 확인하면서) 내가 민환 씨 한번 만나 볼까?
강지원	됐어. 난 너만 있으면 돼.
정수민	나도 너만 있으면 돼. 좋은 생각만 하자, 내 반쪽?

수민, 지원의 마른 뺨 애정으로 도닥이는데
지원의 눈에 들어오는 수민의 빨간 하이힐.

간호사	(채혈 키트 들고 들어오며) 강지원 환자분, 이제 수액실 가서야 해요.
강지원	(긴장으로 수민 손 꽉 잡으면)
정수민	(양손 지원 손 위에 겹쳐) 이번 약은 하나도 안 아플 거야.
	맞으면 다 나을 거고. ...포기하지 마, 절대!

수민이 눈물 그렁해 응원하는 모습 마치 천사처럼 반짝반짝.
간호사가 정말 좋은 친구다 싶어 보고,
지원 역시 희미하게나마 웃는 데서..

씬3. 주사실(낮)

INSERT. '항암 주사실' 명판

여러 개의 리클라이너 소파 놓여 있고 다들 수액 주렁주렁..
벚꽃이 보이는 창 바로 옆에 누워서 수액 맞고 있던 지원,
2023년 4월 12일 전자달력 한참 보고 있다.
약이 들어가면서 어질거리는 느낌, 올라오는 욕지기에 눈을 감고.
어른거리는 푸른 하늘과 흐드러진 벚꽃, 아이들의 웃음소리, 행복
한 느낌..

강지원(E) 행복했던 때가 언젠지 기억도 안 나는데 왜 이렇게 그리울까.
빠르면 6개월, 기적이 일어난다면 12개월. ...이젠 다 의미 없어.

웃음소리와 벚꽃에서 연결되어.

씬4. 지원 결혼식장_과거 시퀀스1(낮)

아름답던 벚꽃 이파리 촌스럽기 그지없는 분홍 부케 꽃잎으로 연결-
날아간 부케 받은 사람, 세련된 정장 차림에 반짝반짝 빛나는 수민
이다.
활짝 웃는 수민의 시선에서 카메라 돌아가면 보이는 저렴한 식장,
허접한 장식.
마지막으로 촌스러운 웨딩드레스를 입고 긴장한 얼굴의 지원.
다들 박수 치며 와자지껄한데.

김자옥 (한껏 오버해서 다가오며) 아가, 예쁘다. 내가 골라준 게 아주 딱이
구나!

자옥이 안아주면 어깨 너머로 비어있는 신부 측의 혼주석 보이고,

김자옥　(눈치채고) 됐다. 시집왔으니 넌 박씨 집안 사람이고 내 딸이야.

강지원　(살짝 어색)

김자옥　(오버) 아유~~ 가여운 것! 가정교육 안 되어 있는 건 네 탓 아니다.
　　　　이 엄마가 다아~ 가르쳐주마!

자옥이 다시 끌어안고 등을 두드리는 손에서 연결.

씬5. 해영빌라_과거 시퀀스2(낮)

식탁 쾅쾅 두드리는 자옥. (과 옆에 앉은 민환)
반대쪽의 지원 죄지은 듯 고개 푹 숙이고 있다.

김자옥　민환이 우리 진해 박씨 3대 독자야.
　　　　진해 박씨가 어떤 가문인지 알아? 그 대를 네가 끊어?

박민환　(딴청)

강지원　죄송... 합...

김자옥　(식탁 쾅쾅 두드리며) 볼 거 하나 없는 물건 받아줬더니 왜 애를 못
　　　　가져? 아무나 다 갖는 애를, 왜!! 네가 할 줄 아는 게 도대체 뭐야!!

지원, 자옥이 식탁 쾅쾅 두드릴 때마다 어깨 움츠러든다.
민환이 '엄마가 참아.' 하며 팔 잡고 밀고 당기는 척하다 앞의 머그 엎
어뜨리고,
커피 흘러 무릎에 모으고 있는 지원 손 위로 뚝뚝 떨어지는데도 떨
기만.

씬6. 해영빌라_과거 시퀀스3(밤)

식탁 위 커다란 상자 속의 비품과 비딱하게 앉아있는 민환.
막 퇴근한 듯 가방도 내려놓지 못한 지원은 입이 벌어져 있다.

강지원 회사를 그만뒀어?

박민환 주식 할 거야. 로이젠탈 때, 알지? 그렇게 한두 번 하면 순식간인데
회사 다니느라 더 먹을 수 있는 것도 놓치고... 안 되겠어.

강지원 아, 아니 지금 매달 나가는 대출만... (말문 막) 나하고 사, 상의는
해야...

박민환 너 웃긴다? 내 일을 왜 너랑 상의해?

민환 벌떡 일어나 소파에 앉아서 사과 깎고 있는 자옥에게 가 무릎
에 눕는다.

박민환 (어리광) 엄마 나 할 수 있지이? 대박 날 거지이??

김자옥 그러엄~ 우리 아들은 뭐든 할 수 있어. (예뻐 죽는)
아유! 그동안 좁은 U&K에 갇혀있는 게 마음에 걸렸는데 잘했다,
잘했어!

강지원 (복잡)

김자옥 (지원 보고) 뭐 하니? 너 퇴근했는데도 내가 사과 깎니?

허둥지둥 사과 받아 깎으려는 지원의 표정 위로.
(이때도 대사는 자옥과 민환만 주고받는다)

김자옥(E) 암만 가정교육을 못 받았어도 남편 앞길 막아서 좋을 거 없다는 건
알겠지~
네가 누구니? 조금만 뒷바라지해 주면 날개를 활~짝~ 펴고... (mute)

씬7. 16층 사무실_과거 시퀀스4(낮)

김경욱   집에 일이 있어?? (의자 빵글 돌리며 제대로 드잡이 시동)
                너만 집 있어? 여기 다아아아 집 있는 사람들이야.
                이래서 결혼한 여자들은 일하면 안 된다는 거야.

                순간 위통 느낀 지원이 배 움켜잡는데,
                코피 후두둑 떨어진다.

김경욱   어어? 뭐야? 너 꼭 나 땜에 무리하는 것처럼, 지금 뭐 하는 거야??

                얼른 코 막고 돌아서는데 세련된 느낌의 수민이 주란과 이야기하
                며 웃는 중.
                지원의 표정까지.

씬8. 해영빌라 현관 앞_과거 시퀀스4(밤)

                지쳐서 퇴근한 지원(옷에는 코피 자국),
                도어락에 손대 보는데 고장 나 있다는 거 확인.

강지원   (문 열고 들어오며) 오늘 도어락 좀 고치라니까...
박민환(OFF)   내가 노냐!!

씬9. 해영빌라_과거 시퀀스4(밤)

                냄새날 것 같은 엉망진창 개수대, 재활용 쓰레기, 음식물 쓰레기.
                식탁 위에는 고지서가 쌓여있다.

놀았음에 분명한 헐렁한 차림의 민환 TV 채널 돌리는 중.

박민환   너처럼 매일 야근하는 게 일 잘하는 건 줄 알아?
일머리가 없으니까 매일 동동대면서 뛰지... (쯧쯧) 비효율적인 거야, 너.

빨래 건조대에는 이미 다 마른빨래들 하나 가득 걸려 있는데
삐삐- 하는 소리 들려서 세탁기로 뛰어가 보면 에러 나서 울고 있고.

강지원   세탁기 에러 난 소리 안 들려? 내가 아침에 돌리고 나갔는데 하루 종일...
박민환   (리모컨 팍 내려놓으며) 에이 씨! 진짜! 지금껏 일하다 방금 엉덩이 붙었다!

민환 방문 쾅 닫고 들어가 버리면,

강지원   (절망) 무슨 일을 했는데...

지원, 위통으로 몸 웅크리는데 다시 코피 터지면서 눈앞 휘청!

의사(E)   위암입니다. 4기예요. ...별로, 상황이 좋진 않아요.

씬10. 해영빌라_과거 시퀀스5(밤)

시작은 두 사람이 이야기하는 느낌.

김자옥   어이구우우~~~ 불쌍해서 어쩌나, 내 아들!
하필 저런 물건이랑 결혼해서! 이래서 사람은 잘 들여야 한댔는데!

박민환   이제 겨우 일이 좀 풀리나 싶었는데... 재수 없네, 증말.

아? 강지원이 암이면 나 밥은 누가 차려주지?

김자옥   어이구, 착해 빠진 놈아! 뭐 그런 걱정을 하고 앉았어?

사람이 일을 해야 병도 이기는 거야. 요즘은 기술이 좋아서 다 괜찮아.

(지원 보며) 안 그러니? 회사에도 알릴 생각 말고 다닐 때까지 다녀!

비로소 돌아가는 카메라, 해탈한 표정의 지원이 옆에서 다 듣고 있다.

김자옥(E)   아프네 뭐네 괜히 감정적으로 굴 생각하지 마. 민폐다!

씬11. 주사실(낮)

강지원   (해탈한 표정 연결) 다 의미 없어...

간호사1   (다가와서 링거 만지며) 수액 다 들어갔어요~

씬12. 병실 복도(낮)

링거 끌고 돌아오는 환자들 중 남편 부축하던 옆 침대 보호자(50대 후반/여).

옆침대보호자   남편 바람난 거 신경 쓰지 말어. 나이 들면 남편은 없는 게 나아.

보호자남편   (헉?)

강지원   (항암으로 힘 다 빠져 대꾸할 기운도 없는데)

옆침대보호자   (보지도 않고) 몸 안 좋은 사람이 맘 안 좋은 생각하면 안 되지.

(위로로) 자긴 친구 복 있잖어. 을마나 이쁘고 싹싹한지...

강지원 (유일한 위로, 살짝 환해져) 맞아요. 친구 복은 있어요.

씬13. 한강 다리 일각(낮)

시원하게 달리는 빨간 스포츠카.
수민이 타고 있다.

씬14. 해영빌라 앞(낮)

날렵한 빨간색 스포츠카 들어온다.

강지원(E) 일도 야무지게 해서 U&K 과장이에요. 저 다녔던 회사요.

차를 세울 때까지는 수민 빨간 스포츠카가 살짝 걸려도 능력 있는
회사원 같은 느낌.
하지만 쓰고 있던 안경 벗어 가방에 넣고,
팩트와 립스틱 꺼내 화장 고치기 시작하면서 표정 달라지고.

씬15. 해영빌라/병실 복도(낮)

#해영빌라 현관 앞
또각또각 경쾌하게 걸어온 수민, 망설임 없이 고장 난 도어락 그냥
열고 들어간다!

#빌라 안

민환, 씩 웃고는 양팔 벌려 보이면.
빨간 하이힐 벗어 던지고 달려가 안기는 수민!

#병실 복도

강지원 (희미하게나마 웃고) 제가 좀 모자란 게 많은네...

#빌라
꺄르륵 웃으며 수민의 목덜미에 키스를 퍼부어대고,
수민의 손은 민환의 셔츠 단추를 풀고.
엉겨 붙어 침실 쪽으로 가는 두 사람.

#병실 복도

강지원 수민이...만 제 옆에 있어 줬어요.

#빌라 침실
침대에서 나뒹굴며 셔츠를 벗어 던지는 수민/민환 즐겁게 웃는 모습.

강지원(E) 예전에도, 지금도. ...앞으로도.

씬16. 6인 병실 앞(낮)

옆침대보호자 좋네, 좋아. 여자는 친구가 제일이지.

지원 희미하게 웃다가 원무과장 발견하고 얼어붙는다.
눈치 보고 빠지는 옆 침대 보호자와 보호자 남편.

원무과장 (다가와서) 강지원 환자분...

강지원 (뭔지 안다!)

원무과장 치료 계속하시려면 보호자분이 오셔야 할 것 같아요.

　　　　수납을 하시든... 모시고 가시든요.

강지원 (입술 꾹) 죄송... 합니다.

원무과장 (안됐지만 일은 일!) 오늘 내로 좀 부탁드릴게요.

씬17. 6인 병실(낮)

지원, 민환에게 계속 전화하는데 (부재중 10번 정도?) 안 받는다.
문자 확인해보면, 일방적으로 지원의 메시지만 쌓여있고.

[전세 뺐어?] / [전화 받아 봐] / [전화 받아 봐, 부탁할게] / [결혼하고 1년도 안
돼서 너 회사 그만두고 내가 벌어먹인 건 계산도 안 해. 주식 하다 말아먹은 거
갚아준 것 2억 넘는 것도 그렇다 쳐.] / [내 카드 현금서비스 써서 정지시킨 것도
너잖아.] / [남은 건 전세금뿐인데 병원비는 내야 할 거 아냐?] / [다 달라는 것도
아냐. 반만 줘.] / [전화 받아]

열받은 지원 다다다다 [나 퇴원해? 집에 갈까?] 라고 쳤는데 1 안 사라
지면.

강지원 하...

분해서 숨 몰아쉬던 지원, 포기로 환자복 단추를 풀어 한쪽 팔을 뺐
다가.

INSERT. 왼쪽 손목에서 팔뚝 중간까지 제법 큰 화상 자국

이내 귀찮다는 듯 다시 환자복 입고.

씬18. 병원 앞 택시 스테이션(낮)

환자복 위에 카디건 페어 입은 채 걸어 나오던 지원,
하늘에서 우수수 벚꽃잎이 떨어지면 걸음 멈추고 풍성하게 꽃피운
나무 올려다본다.
머리에 내려앉은 꽃잎 집어 손바닥에 올려놓고 보다가 무심히 후~
불어 터는데..
벚꽃잎 날아간 곳에 서 있는 택시 한 대.

씬19. 택시 안(낮)

강지원　(문 닫으며) 홍마동 해영빌라요.

택시 출발한다.

CUT TO. 거리 일각(차 안)
택시기사 룸미러로 강지원 힐끗 본다.
카디건 사이로 보이는 환자복, 푹 눌러쓴 모자, 안경으로도 감춰지
지 않는 병색이 완연한 얼굴. (이하, 사람 좋은 느낌의 50대 택시기
사는 진성 경상도 사투리)

택시기사　아이구야... 쯧쯧쯔쯔... (혼잣말처럼) 마이 아픈가베.
강지원　...
택시기사　금방 나을 낍니더. 인자 뭐 봄이다 아인교?
강지원　(무심히) 안 나아요. 죽어요.

택시기사 에헤이, (타이르듯) 말을 그래 못대께 하문 안 되지...

강지원 의사들이 그랬어요.

택시기사 (...)

강지원 못된 말 아니에요. 살아서 좋을 것도 없고.

택시기사 와 좋을 일이 없어요?

강지원 아버지 일찍 돌아가시고 형제자매 없고 남편은 있으나 마나... 아니, 없었으면 좋았을 텐데. 그럼 병원비 못 낼 정도로 빚더미는 아니었을 거거든요.

택시기사 어데... 길은 끝까지 가봐야 아는 기그든.

순간 택시가 급회전하며 지원의 몸이 쏠린다.

강지원 (놀라 균형 잡으며) 이쪽 길 아닌데요.

택시기사 조~은 길로 델따 줄라니까... 내만 믿으소!

지원의 불안한 얼굴로 창밖 보는 데서 연결.

CUT TO. 터널
도심 한복판에 어울리지 않는 듯한 기묘한 느낌의 터널 안으로 들어가는 택시.
지원의 얼굴 위로 터널로 진입하는 순간 그림자가 드리워지고.
기억에 없는 길에 위기감 느낀 지원의 눈동자 흔들리면서
열지도 못할 문손잡이 움켜쥐는데. 그 순간,
어두운 터널의 끝에서 화이트아웃.

CUT TO. 벚꽃 길
눈부셔서 찡그렸던 지원의 시야 천천히 돌아오는 순간
방금까지의 불안과 공포 간데없이 사라지고
눈물 날 것처럼 아름다운 벚꽃 길과 흩날리는 꽃비에 시선 빼앗기

는 지원.

창에 바짝 다가붙는 표정..

마치 기나긴 터널이 지원의 지금까지의 삶이었다면,

벚꽃 길은 지금은 모르고 있지만 곧 맞을 미래인 듯.

택시 프레임 아웃하고 신비롭게 벚꽃 휘날리는 데까지.

씬20. 해영빌라 앞(낮)

INSERT. 해영빌라 간판

멈춰 서는 택시.

지원, 얼떨떨하고 심지어는 도착했다는 게 아쉬울 정도다.

택시기사   자, 잘 왔지요? 보소. 아는 길이 전부가 아이라니까!
          다른 길도 이꼬, 그 길이 더 좋을 수도 이꼬.

미터기 요금 9,600원 확인한 지원, 주머니에서 꼬깃한 만 원 꺼내
내밀면.

택시기사   (받는다) 잠깐만 기다려 보이소!

지원, 차에서 내린다.

5층짜리 빌라의 5층인 집을 올려다보다 어지러워 쪼그리고 앉아
숨 몰아쉬는데,

조수석 창문 열리고 기사의 손이 깔끔하게 두 번 접은 만 원짜리
불쑥 내민다.

의아한 지원 힘들게 몸 일으켜 택시기사 얼굴 보면.

택시기사   내가 오늘 택시 운전하는 마지막 날이거든요. 기념으로 아빠가 용돈
준다 생각하고 받으이소. 그라문 그음방 팔팔해지가 뛰댕기고 돈도
마이 벌고, 아가씨 말이모 마... 고마 죽는시늉도 하는 머스마 만나가
잘 살 낍니더.
강지원   아니에요. 이러실 필요 없어요.
택시기사   에헤이, 퍼뜩!

지원, 허리 펴고 잠시 만 원짜리를 잡고 있는 택시기사 손을 본다.
빌라 내의 벚꽃 떨어져 택시기사의 손 위로.

택시기사   아이고마, (엄살과 더불어 목소리 커진다) 늘근이 허리 뿌사지겠구마!

큰 목소리에 놀라 지원 얼떨결에 만 원짜리를 받는다.
조수석 창문이 올라가고 택시는 후진했다가 멀어지고.
열린 운전석 창문으로 택시기사가 손을 흔드는 모습을 멍하게 보
고 있는 지원까지.

씬21. 해영빌라 계단(낮)

체력이 없는 지원, 가쁜 숨을 몰아쉬며 난간 잡고 있다.
층간에 서서 가슴 누르며 한참을 숨 고르다가
고행길 걷듯 괴롭게 마저 올라가는 모습.

씬22. 해영빌라 현관 앞(낮)

5층 문 앞, 도어락에 손대 보는데 반응 없다.

강지원　아직도 안 고쳤... (기막히고 어지럽고 숨 막혀 말끝 놓.)

힘들게 문손잡이를 돌려 당기면 천천히 열리는 문.
가장 먼저 눈에 들어오는 건 발로 차 던진 게 분명한 빨간 하이힐.
지원의 눈이 커다래지며 심장 쿵- 내려앉는다.

씬23. 해영빌라 현관 안(낮)

지원의 숨 가빠지고, 심장소리가 천천히 커져 귀를 가득 메운다.
커튼 쳐져 있어 어두컴컴 엉망진창인 거실.
빛이 새어 나오고 있는, 문이 살짝 열려 있는 침실 보이고.
신발 신은 채 천천히 침실로 향하는 지원,
침실 문틈 들여다보는 순간 얼굴 까맣게 죽는다.

정수민(OFF)　자기는 진짜 똑똑한 거 같아. 어떻게 암보험 들 생각을 다
　　　　　　　했어?
박민환(OFF)　걔네 아빠가 암으로 죽었잖아.
　　　　　　　시들시들하고 마르는 게 뭔가 안 좋다 싶어서 잽싸게 가입
　　　　　　　했지!
정수민(OFF)　대박! 정말 잘했다!

침실 문틈 사이로 침대 왼편에 사각팬티 입고 바지에 다리 꿰는 민
환과 침대 오른편에 걸터앉아 시트 두른 채 캐미솔 입는 수민 모습
보인다.
휘청이다 간신히 균형 잡고 부들부들 떨리는 손으로 벽을 짚는 지원.
지금 뭘 본 거지..

정수민　(협탁에서 사탕 집어 까면서) 10억이랬나?

박민환 죽으면. 진단 보험금은 벌써 받아서 자기 가방 샀고~
남은 건 더 좋은 가방 사주려고 주식에 넣어놨고~

정수민 이그~~~~ 이뻐라! (사탕 입에 넣고 헤헤!) 지원이 죽으면 우리 집
사자!

박민환 (이쁜 것!) 그래야지. 아~ 진상! 생각보다 오래 버티네.
이럴까 봐 보험 들고도 병원 가보라는 소리를 안 했는데.

정수민 걔가 좀 질겨. (예쁘게 활짝 웃으며) 내가 가서 바람 쐬어준다고 하
고 살짝 밀어버릴까?

재미있는 농담이라도 한 듯 깔깔 웃는 두 사람.
넋 나간 지원 주춤 물러나 나가려고 몸을 돌리는데.
두어 발을 떼기도 전에 보이는 거실 테이블 위의 깨진 액자.
주워 들면 현모와 고딩지원의 사진 라면 국물에 고춧가루 범벅이고.
(라면 받침으로 쓴 흔적)
불꽃 튀는 지원의 눈빛!

씬24. 해영빌라 침실(낮)

민환이 침대 짚고 아~ 하고 있으면, 수민이 먹던 사탕 입에 쏙 넣어
주는 중.

강지원 (문 쾅 열면) 야 이 미친 인간들아!

놀란 수민 벌떡 일어서면,
시트 짚고 있던 민환 손 미끄러져 침대에 코 박고 목구멍으로 사탕
꿀꺽!

박민환 커억! 컥컥! 컥!

정수민   지, 지원아! (옆에서 민환 숨넘어가면) 자, 자기야! 괜찮아?

지원, 소리 지른 여파로 휘청해서 숨 몰아쉬며 수민환 무섭게 노려본다.
움찔한 수민이 눈치 보며 민환의 뒤로 숨으면,
컥컥대면서도 본능적으로 수민을 감싸는 민환.
그 모습에 다시 기가 찬 지원이 손에 잡히는 대로 베개, 거울, 화장품, 시계 다 집어 던지지만 힘은 없고.

박민환   야! 강지원! 너 미쳤어? (수민 머리 감싸며) 괜찮아?
강지원   너... 너... (할 말은 많은데 숨 막히고) 내가 너랑... 너 같은 놈이랑...

하다가 화장대 위의 결혼사진 테이블 액자 보이면,
눈 돌아서 있는 힘을 다해 던지는데 이건 파괴력 있게 날아 민환의 귓가를 아슬아슬하게 스치고 지나 박살!!
사진 속에서 쭈글쭈글 웃고 있는 지원에서
마지막 힘 뿜어내며 숨 헐떡이는 지금의 지원으로.

강지원   (민환에게) 너 그거 보험사기야. 지금... 경찰에... (하다가 사레들려 기침)
박민환   야, 하... 이게 진짜...
강지원   (수민에게) 야아, 너...

FLASH CUT. 씬2 수민 "나 두고 가면 용서 안 할 거야."

대단한 연기력이다. 머리가 띵~

정수민   (아, 씨... 걸렸네...)
강지원   내가 이대로 죽을 줄... 알아? 너네 얼굴 못 들고 다니게... (헐떡)

　　　　　회사에 대자보도 붙...이고... 가만 안 둘...

박민환　(수민 어깨 감싸고) 야야, 됐다. 진짜 지겹다. 지겨워.

　　　　　민환과 수민 나가려고 지원과 거리 좁히는데.
　　　　　오히려 지원이 움찔 밀리는 느낌.
　　　　　가까운 거리에서 민환,
　　　　　앙상하게 마른 지원의 몸 위아래로 훑다가 마치 한 대 칠 듯이 손 올
　　　　　리면!
　　　　　순간 움찔해서 눈 감는 지원.

박민환　(비웃) 네가 뭘 할 수 있는데?

　　　　　민환이 수민 안은 채 일부러 툭 밀치고 나가면,
　　　　　슬쩍 건드린 것만으로도 휘청한 지원.. 참담한데.

　　　　　CUT TO. 거실로
　　　　　민환, 수민이 괜찮은지 살피고
　　　　　수민은 자긴 괜찮다며 고개 끄덕이며 가방 집어 들려고 하는데 날아
　　　　　오는 캔디통!
　　　　　거의 수민 맞을 뻔하지만
　　　　　민환이 (남자답게) 팔로 막으면 알록달록한 캔디들 확 흩뿌려진다.

박민환　너 미쳤어?!

　　　　　캔디통 던진 게 마지막 힘인 것처럼 주저앉아 있는 지원.
　　　　　그런 지원은 보이지 않고 화내며 한 대 칠 듯 다가가려는 민환을 수민
　　　　　이 잡는다.
　　　　　눈물 뚝뚝 흘리는 중.

정수민　…지원아.

다가가 주저앉은 지원 앞에 한쪽 무릎 꿇고 눈 마주치는 수민.
울고 있고, 마치 사과할 것 같은 얼굴.

정수민　미안해.
강지원　(더 화가 나서) 미안? 미… (목소리 끝 갈라져 말도 못 하는데)
정수민　그만해.
강지원　(바들바들+숨만)
정수민　화내면 뭐 해? 산 사람은 살아야지.
　　　　　넌 어차피 죽을 거잖아. 왜 그렇게 너만 생각해?
강지원　…뭐?

모든 소리 뚝 끊긴다.
지원의 시선으로 진짜 슬픈 듯 우는 수민이 일렁일렁..
마치 좋은 남자인 것처럼 (나한테만 나쁜 새끼였고) 챙기는 민환도
일렁일렁..
수민이 한참 울면서 지원 보다가 가방 챙겨 매고 일어서는데.
그 순간 죽을 힘을 다 써서 가방의 한쪽 끈 잡아채는 지원!
부딪치는 시선!
놀라는 수민의 표정과,
이게 또! 하는 민환의 표정,
엉망진창인 집 안과 돌아보면 깨진 결혼사진.
익숙했던 모든 것이 낯설어지며 일렁이다가 속이 뒤집어지면서 구
역질..

강지원　우웩!

놀라 수민이 돌아보는 순간,

허리 굽혔던 지원이 그대로 손을 뻗어 가방 확 당기면
'악!' 소리 지르며 고꾸라지는 수민.

강지원 (머리채도 잡고, 가방으로 패며) 넌 안 죽을... 거 같아? 어? 넌... 안...
정수민 꺄아아아! 하지 마! 강지원! 하지 마!
박민환 이게 진짜! 뒤질 거면 곱게 뒤져!!

민환이 수민을 보호하려 지원을 확 떠미는 순간,
생각보다 더 종이 인형인 지원 그대로(슬로우) 휙 날아가면서..
와장창(E) 깨지는 소리.

정수민 ...어?
박민환 헉?

쓰러져 있는 지원, 머리 오른 뒤쪽의 상처에서부터 피가 천천히 퍼지
기 시작한다.
보면 유리 테이블 모서리에 핏자국 묻어있고 깨져 있는 유리 조각들.
부릅뜨고 있는 지원의 눈에 눈물 맺히는 위로.

정수민(E) 자기야 어떡하지? 죽었나 봐...
박민환(E) 어차피 죽을 거였잖아. 아 씨, 재수 없네 증말!

'어떻게 해?' '있어 봐. 침착하게 생각해보자.' '지가 미끄러져 넘어졌다
고 하면?' 하는 목소리 점점 작아지면서 옅게 들썩이던 지원의 몸 딱
멈추지만 눈은 감기지 않는다.

강지원(N) 겪어본 적 없는 행복은 멀어 그리웠지만, 익숙한 불행은 코앞.
짧으면 6개월... 기적이 일어난다면 12개월.
의사가 이야기한 시간마저 채우지 못하고 나는 죽었다.

<자막 : 2023년 4월 12일>

눈물 그렁그렁하던 지원의 눈동자에서 눈물 흐르는 순간 연결하여..

TITLE. 내 남편과 결혼해줘

씬25. 탕비실(낮)

지원의 눈에서 눈물 뚝 떨어진다.
반사적으로 눈물을 닦는데 옆에서 다가온 손가락이 코끝을 툭 건
드린다.
돌아보면 민환(앞 씬과 헤어스타일 다르고 좀 더 어려 보이는 스타
일링) 싱긋 웃고.

박민환　　정신 어따 두고 있어? (다정) 병원은 다녀왔고? 뭐래?

민환의 손이 자연스럽게 지원의 등에서 허리 쪽으로 미끄러져 내
리는 순간,
지원의 시야 아찔해지는 데서.

씬26. 16층 사무실(낮)

저마다 일하느라 바쁜 무표정한 사무실의 일상 위로,

강지원(OFF)　　으아아아아아아아아아아아아아악!

놀라 돌아보는 수민, 희연/경욱/주란, 그리고 벌떡 일어나는 지혁까지.

(이 시점에서 지혁은 회귀 전으로 지원에게 마음은 있지만 분명한 거리를 두고 있는 상태. 자신의 마음을 완벽하게 숨기고 오로지 부장으로서만 대하는 중.)

씬27. 탕비실(낮)

지원 손에 잡히는 대로 집기들 던지며 야무지게 민환 패는 중이다.

강지원 (차지게 퍽퍽!!) 너 이리 와! 죽여버릴 거야! 너 이리 와!
박민환 야야! 너 미쳤냐? 왜 이래!
강지원 미쳤지! 미쳤지! 너 같은 새끼를 참고 산 내가 미쳤지!!!!!

민환과 지원 좁은 탕비실에서 요리조리 때리고 도망치다가,
머리채를 잡아서 미친 듯이 흔든다.

박민환 지, 지원아! 강지원! 이거... 으악! 아파! 진정해 봐. 으아악!

쩔쩔대던 민환의 주먹에 힘이 들어가는데,
지혁 들어와서 민환의 어깨 잡아 떼어내고 지원 잡는.

박민환 (머리카락 다 빠진 거 같아!) 으아악!
유지혁 강 대리님!
강지원 (머리 다 헝클어져서 몸부림) 봐, 이거 봐! 너 일루 와! 너 일루 와아!
유지혁 (살짝 놀라지만 이내 꽉 잡고) 강지원 씨! 정신 차려요!
회사에서 뭐 하는 짓이에요?!

순간 딱 멈추는 지원, 거친 숨 몰아쉬며 돌아보면.
커피머신이 두 개, 커피믹스와 각종 차, 머그컵과 손님 접대용 찻잔,

싱크대와 냉장고, 복합머신, A4지가 보이는 익숙한 탕비실이다.

강지원   회사…?

지원의 시선으로 지혁의 무표정하고 낯선 얼굴.
상황 파악이 안 되어서 눈 깜빡이던 지원의 다리 휘청하면
지혁 얼른 부축하듯 잡아주고.

유지혁   괜찮아요? (지원 잡은 채 민환 보고) 무슨 일이죠?
박민환   (몰라요 도리도리)
유지혁   (지원 보는데)

어지럼증에 늘어진 지원 지혁의 팔에 매달린 채 들숨과 날숨만.

강지원(E)   회사라고? 어떻게 된 거지?

심장이 두근두근(E) 뛰고 있다.
지금 입고 있는 평범한 니트에 슬랙스, 늘 입던 특색 없는 옷차림에
구두.
하지만 지혁의 팔을 잡고 있는 자신의 손으로 시선이 가면
하얗고 건강하고 주름 없는 예쁜 손.

FLASH CUT. 씬17 환자복을 입고 있는 여위고 까만 손+팔뚝의 상처

지혁 밀어내고 비틀비틀 거울 쪽으로 천천히 다가가는 지원.
그렇게 31살의 강지원과 마주한다.

강지원   헉!

너무 놀라 뒤로 주춤대며 손 허우적대다 커피머신 옆에 있는 티박
스 친다.
티박스 넘어가며 뜨거운 커피 가득 담겨 있는 유리포트 쓰러질 듯.
놀란 지원이 본능적으로 잡으려 손을 뻗는 순간 쏟아지는 커피.
화상 입는다! 지원 눈 질끈 감는데 아프지 않다?
눈 뜨면. 지원의 팔 위에 겹쳐져 있는 지혁의 팔. (백 허그한 느낌?)
쨍그랑! 바닥에 떨어져 산산조각 나는 커피포트.

유지혁　안 다쳤어요?

지원이 지혁을 올려다보고.
지혁은 지원을 내려다보고.

정수민　무슨 일... (들어오다) 부장님!
강지원　(수민 본다)
유지혁　(지원과의 거리 한 걸음 벌리고)
정수민　어떡해... (끼어들며 지혁 팔 잡았다가) 앗 뜨거! 119 부를까요?
유지혁　(표정 굳어 팔 빼며) 그 정도 아니에요.

키가 크고 센스없는 쓰리버튼 양복에 고집 세 보이는 교포 헤어스타
일, 도수 높은 안경을 쓴 지혁, 덤덤하게 팔을 걷고 싱크대에 찬물 틀
고 왼팔 식히고.
밖에 사람들이 웅성웅성 모이기 시작.

정수민　(지혁의 태도에 무안해하다 민환 보고) 민환 씨 괜찮아요?
박민환　저게 귀신 들... 아니... 강 대리가... (화가 나지만 눈치 보이고)
정수민　(지원 보고) 무슨 일이야?

지원, 입을 벌린 채 31살 수민이 다가오는 걸 보는 위로.

FLASH CUT. 씬24 정수민 "산 사람은 살아야지. 넌 어차피 죽을 거 잖아!"

지원의 인상 험악해져서 시선 다시 민환에게로.

FLASH CUT. 씬24 박민환 "뒤질 기면 곱게 뒤져!"

강지원   (속이 역류해서 몸 돌려 입 막으며) 욱!

팔 식히던 지혁이 지원에게 고개를 돌리고, 민환이 짜증 난 표정으로 '체한 거지?' 하고, 수민이 무슨 상황인가 눈치 보는 모습 지원의 시야로 울렁울렁 멀미하듯..
결국 참지 못하고 사람들 밀쳐내고 뛰쳐나가는 데까지.

씬28. 16층 엘리베이터 홀(낮)

달려 나온 지원이 땀에 흠뻑 젖은 채 엘리베이터 내려가는 버튼 마구 눌러본다.
전부 다 27층, 29층에서 내려오는 중이면 비상구 문 열고 뛰어 들어 가고.

씬29. 비상계단(낮)

비상계단 문 열어젖히고 들어온 지원,
비틀거리다가 한쪽 구두가 벗겨지지만 그대로 정신없이 뛰어 내려 간다.
뒤이어 닫히려는 문 붙잡아 열고 들어온 지혁,

내려가는 발소리 듣고 아래 내려다보고,
돌아서다 벗겨진 구두 발견. 다시 돌아보는 표정까지.

씬30. 강남역 거리 일각(낮)

신발 한쪽만 신은 채 정신없이 사람들 밀치며 뛰는 지원.
지하로 통해 있는 계단 쪽에서 세게 부딪쳐 균형 잃고 굴러떨어질
뻔하는 순간,
사방이 고요해지며-

INSERT. 남은 구두 한 짝도 계단 아래로 툭툭 떨어진다.

유지혁   (조용) 그만.

몸이 붕 뜨는 순간 뒤에서 겨드랑이 사이로 팔을 넣어 잡아준 사람,
지혁이다.

유지혁   정신 차릴 수 있겠어요?
강지원   (흥분이 한 번 다운되었지만 여전히 혼란) 난... 난...

지원이 자꾸 다리에 힘 풀리면,
붙잡아 계단에 앉힌 지혁, 돌아서서 계단을 내려간다.
그 뒷모습을 보던 지원의 시선 움직여 주변을 돌아보는데.
커다란 전광판에 싸이의 앨범 재킷 사진 떠 있고 헤드라인으로
[싸이 〈젠틀맨〉, 공개 하루 만에 와이튠즈 톱100 진입]
다른 쪽에는 '박근혜 대통령 취임 기념 우표' 홍보물 걸려 있고.

강지원   세상에...

2013년 강남의 거리와 2023년 강남의 거리가 빠르게 반복 교차하면 어질어질.
견디지 못하고 몸 앞으로 수그려 팔에 얼굴 묻는데,
지혁이 지원의 맨발에 구두 신기려다가 발목에 손대지 못하고 옆에 얌전히 둔다.

유지혁   (앞쪽에 쭈그리고 앉아 시선 맞추며) 심호흡해요.

고개를 든 지원, 자신이 숨을 몰아쉬고 있다는 걸 깨닫고 심호흡.
천천히 가라앉는다.

강지원   이거 무슨 일이에요? 여기... 어디예요?
유지혁   (잠깐 보다가) 강남역. 회사에서부터 (회사 쪽 본다) ...200미터 조금 넘게 뛰었네. 거의 전력 질주. (사이) ...무슨 일인지는 내가 물어봐야 할 것 같고.
강지원   강남역...

지원의 숨 이제 많이 차분해져 있다.
천천히 주변을 돌아본다.
지오다노의 플래그샵에 '2013년 봄 굿바이 세일!'이라고 크게 걸려 있고, CGV에는 '신세계' 포스터 걸려 있다.

강지원   2013년...
유지혁   (지원 본다)
강지원   (지혁 본다)
유지혁   (무표정) 무슨 일이에요?
강지원   ...모르겠어요.

두 사람의 시선이 마주치는 데서.

<자막 : 2013년 4월 12일>

씬31. 지원 원룸 정문 골목(낮)

택시 들어와서 멈춰 선다.
지혁이 조수석에서 내려 뒷문 열면,
초췌해서 지혁의 재킷 걸치고 있던 지원이 내리고. (더러워진 발+
구두)
재킷을 손으로 움켜쥐고 있는데 가늘게 떨리는 중.

유지혁 (손 떨리는 거 보고) 집에 따뜻한 거 있어요?
강지원 (모른다)

지갑을 꺼낸 지혁 5만 원권 한 움큼 꺼내 지원이 걸치고 있는 재킷
에 넣으려고 하면, 지원 놀래 몸 뺀다.

유지혁 현금이 있어요? 지갑도 핸드폰도 없을 텐데.
강지원 아?

지원의 양손 비어있다.

INSERT. 16층 사무실 지원의 자리에 걸려 있는 가방과 핸드폰

강지원 그래도... (눈동자 흔들리면)
유지혁 받아요. 사람은 누군가 다른 사람의 손이 필요할 때가 있으니까.

지혁이 현금을 들고 있으면.
천천히 손을 내민 지원이 그 현금을 받아드는데 손끝 아주 살짝 닿

는다.
지혁의 시선으로 본 닿은 손끝에 집중하는 지원에서 연결.

씬32. 지원 원룸 현관(낮)

방 하나, 작은 거실 겸 주방 있는 작은 빌라.
살림도, 여자 방 같은 느낌도 없이 실용적이다 못해 삭막한 분위기.
멍하니 선 지원이 집 안을 낯설게 보고 있다.
그러다 현관 옆 거울에 눈이 가면 31살의 자신이 보이고.
거울 속의 모습에 어색하게 손을 뻗었다가 후다닥 뛰어 들어가 냉
장고 문 열어젖힌다.

씬33. 지원 원룸 주방(낮)

주저앉아 냉장고에서 이것저것 꺼내 유통기한 확인 중. (2013년 4월
13일~17일)

INSERT. 2013년 4월 날짜 쓰여있는 팩 우유, 주스병

강지원　전부 2013년이야.

지원, 두통 느끼면서 패닉 올 것 같은데 띵동~(E) 하고 벨 소리 울리면
깜짝!!
인터폰 쪽을 보면 지혁의 모습 보이는데 뭔가를 들어 보이고 사라
지고.

씬34. 지원 원룸 정문 앞(낮)

까만 비닐봉지 걸려 있다.
열어보면 컵라면, 햇반, 수프, 샌드위치, 초코우유, 커피우유, 카모
마일 티, 과일.
그중에 캔 하나 잡으면.

강지원   ...따뜻해.

지원의 표정에서.

씬35. 지원 원룸(밤)

분위기 바뀌어 거실 테이블에 앉아서 컵라면 쭈욱 들이켜고 내려
놓는 지원.
(씻었고, 머리 수건으로 감싸고 있다. 옷도 깨끗한 걸로 갈아입음.)
거실 테이블 위에 있는 2013년 책상 달력 뚫어지게 보다가.

강지원   (숨 크게 들이마시고 내쉬고) 정리를 해보자. ...꿈인가?
강지원(E) 꿈이라면, 어느 쪽이 꿈이지?
            날 배신한 남편과 제일 친한 친구의 손에 죽은 2023년?
강지원   아니면 그걸 다 겪고 다시 서른한 살이 된 2013년?

하다가 보면 벗어놓았던 니트와 슬랙스, 지혁의 재킷 보이고.
끌고 와서 재킷 안에 넣어두었던 오만 원권 뭉치 꺼내 보고는,

강지원   2023년은 꿈이 아니야. (오만 원권 본다) 난 부장님이 누군지 알아.

지원의 눈동자에서...

씬36. 지혁본가 앞(밤)

택시 멈춰 서고 내리는 지혁.

씬37. 지혁본가 응접실(밤)

지혁 들어서면 사람 좋은 인상의 파주댁(64) 살갑게 반기며.

파주댁　주무시고 가려고? 웬일로 차를 안 가지고 왔어?
유지혁　자고 갈게요.
파주댁　(활짝!) 아유~~ 회장님이 좋아하시겠네. 방 치워놓으라고 할게!

살짝 묵례한 지혁 화려한 응접실 지나 곧장 한일의 서재로.

CUT TO. 복도로 연결(좀 긴 복도)
알 만한 그림들이 걸려 있는 복도를 여유 있게 워킹해 서재 앞에 서는
표정까지.

강지원(E) 지금은 아무도 모르지만 사실 부장님은...

씬38. 지혁본가 한일 서재(밤)

두꺼운 돋보기안경 쓴 채 책 보고 있던 한일이 노크 소리에 고개 들면,

무거운 문 열고 들어온 지혁 꾸벅 인사한다.

유지혁　들어왔습니다, 할아버지.

고개 드는 지혁의 얼굴 위에서 연결.

강지원(E)　U&K 창업주 유한일의 손주로,

> **INSERT.** 데스크의 뉴스 앵커 "2021년 U&K그룹 대표이사로 승진한 유지혁 회장이 U&K푸드와 금융의 완벽한 경영권을 확보, 승계 절차를 마쳤습니다."
> 앵커 뒤쪽의 자료화면에는 U&K 본사 계단을 올라가는 지혁과 만들어진 길(프레스 라인)을 침범하진 못하지만 어떻게든 마이크와 카메라를 들이밀어 보는 기자들의 아귀다툼, 플래시 세례 위로..
> 강지원(E) "전혀 닿을 수 없는 사람이었다."

씬39. 지혁본가 지혁 방(밤)

> 화려한 방에서 물소리 들리는 방향으로 카메라 움직이면,
> 샤워 물줄기 맞고 있는 지혁의 모습. (쇄골 쪽에 파란 하트 없는 것 보여주기)

씬40. 지원 원룸(밤)

강지원(E)　이걸 알고 있는 거 보면, 나는 진짜 돌아온 건가.
강지원　왜... 어떻게...

입술을 깨물다 오만 원권 사이에서 곱게 접혀 있는 만 원짜리 보이면.

강지원   ...어?

         FLASH CUT. 씬20 택시기사가 건넨 만 원짜리 위로
         "기념으로 아빠가 용돈 줏다 생각하고 받으이소."
         지원, 만 원짜리 펼쳐보는데 파란 하트가 그려져 있다.

강지원   (놀라 숨 헉!) 이건... 설마...

         만 원짜리의 파란 하트에서 연결.

씬41. 부산 현모 집(낮)

         바다가 보이는 산동네의 작은 집 마루,
         현모가 앉아서 만 원짜리에 정성껏 파란 하트 그리고 있다.

고딩지원   (만 원짜리 홱 낚아채며 인상) 돈에 낙서하면 안 된다!
강현모   낙서 아이다! 사랑이다!
고딩지원   (어이없지만 싫지 않은) 아빠하고 내한테나 사랑이지, 그람 안 돼!
강현모   아라따. 걱정하지 마라! 아빠가 말 들어야재. 다~ 해줘야재!

         현모의 웃는 얼굴에서 연결.

씬42. 해영빌라 앞_20씬 연결(낮)

         멀어지는 택시 속의 기사 얼굴 강현모로 바뀌고 운전석 창문 열고

손 흔드는.

열린 운전석 창문으로 택시기사가 손을 흔드는 모습을 멍하게 보고 있던 지원,

강현모(E) 다 해준다. 아빠가 다~~해준다!

울 듯한 지원의 얼굴에서 연결.

씬43. 지원 원룸(밤)

강지원 (울먹해서 메인) 말 참 드릅게 안 듣는다. 돈에 낙서하면 안 된다니까.

끅-끅- 참다가 터지기 시작하면 금세 눈물범벅.

강지원 아빠... 아빠... 아빠아아아...

눈물범벅으로 오열하는데.

씬44. 지원 원룸 정문 골목(밤)

민환의 차 들어와서 멈춰 서고.

내리는 민환 살짝 짜증 난 표정으로 불 켜져 있는 지원의 방 창문 바라본다.

씬45. 지원 원룸(밤)

지원이 울고 있는데 띠띠- 오토로크 소리 공포영화처럼 느리고 위협적으로.
놀라 화다닥 뛰어나가 문 잠그려고 하지만,
띠리릭~ 잠금 해제 소리와 함께 문 천천히 열리고.
그 사이로 민환과 눈 마주치고.
지원 공포로 숨 들이마시는데.

박민환   이긍... 얼굴은 왜 또 이렇게 팅팅 부었냐.
(가방 건네주며) 나와. 뭐라도 먹자.

의외의 태도에 어?? 눈 깜빡이는 지원.

씬46. 포장마차(밤)

안경 쓰고 옷 대충 챙겨 입은 지원, 아직 운 기색이 남아 있는 화장기 없는 얼굴.
지친 표정으로 핸드폰 문자 확인 중.

[반쪽 : 지원아, 무슨 일이야.]
[반쪽 : 회사에서 그렇게 뛰쳐나가서 전화도 안 받으면 나 걱정하잖아.]
[반쪽 : 지금 너네 집으로 가는 중이야.]
[강지원 : 몸이 안 좋아서 그랬어.]
[강지원 : 오지 마. 지금 민환 씨와 있어.]

(화장실 갔던) 민환, 툭툭 들어와서 캐주얼하게 소주 따서 따르면,
핸드폰 내려놓은 지원이 술잔 들어 마시려.

박민환   (술잔 뺏으며) 야... 야...!

강지원	(?)
박민환	너 진짜 어리다. 맘 복잡한 건 오케이!
	이해는 못 하겠지만 여자들은 그런다니까 알겠어.
강지원	(본다)
박민환	알겠는데... 회사에서 티 내는 건 진짜... 후... 진짜 멍청한 짓이었어.
	내 입장 곤란하게 만들어서 너 좋을 게 뭐야?
강지원	알아듣게 말해.
박민환	(술잔 자기가 확 마셔버리고 잔 탁!) 도대체 언제야?
	요즘 한 적도 없는데 왜 임신이냐고. 내 애는 맞아?
강지원	...뭐?
박민환	임신한 거 같다며?

놀라 눈 깜빡이던 지원이 천천히 깨닫는 표정 위로.

강지원(E)	기억났다. 이때쯤 아무것도 안 넘어가길래 임신한 줄 알았는데 스
	트레스성 위염이었어. ...이때가 시작이었나.

기가 막혀 민환 노려본다.

강지원(E)	날 죽일 때까지 스트레스를 준 걸로 모자라 내 친구랑 바람난 새끼.
박민환	(상황 파악 못 하고) 넝담이야, 넝담.
	네가 어디 다른 남자랑 그럴 주제나 되냐?
강지원	(보면)
박민환	어어? 꼬아서 듣지 마라. 그냥 이제 나이 적지 않다는 말이야.
	여자는 크리스마스 케이크 같은 거 알잖아? 22부터 잘 팔리다가 24되면
	없어서 못 팔고 25되면서부터 잘 안 팔리고 30 지나면 폐기처분!
강지원	(기가 찬 신음)
박민환	(당근라이팅) 지금 핵심은 이거야. 너 나이가 적지 않아.
	지금 주저앉으면 다시 일 못 해요. 그냥 경력 단절인 거야.

너처럼 일 잘하고 좋아하는 애가 아줌마로 집에 들어앉는 거라고.
지금 애 갖는 거? (절레절레) 훨훨 나는 새의 날개를 꺾는 거야.

강지원(E) 너 회사 그만두고 나한테 빌붙어 처노는 거 몰랐으면,

말 정말 그럴싸하다.

박민환 일단 수술해. 수술비는 반 대줄게!

강지원 반? (피식)

박민환 어차피 지울 거, 네 몸 생각하면 빨리 지우는 게 좋아.

글구 나 애 생각 없어. 요즘이 뭐 애 키워서 덕 볼 시대도 아니고.

강지원 뭐?

FLASH CUT. 5씬 자옥과 민환 딱 붙어서 "그 대를 네가 끊어?" 몰아붙이던 모습

허탈해 웃음이 나오는 지원, 반쯤은 한심해서 반쯤은 허무해서 민환 본다.

저게 내가 9년을 함께 산 남자구나.

강지원 (소주 자기 잔에 따라 마시고) 나 임신 아냐. 위염이래.

박민환 어어? 그래애? (생각해보니 살짝 기분 나빠) 그럼 왜 예민해?

강지원 (한 잔 더 마시고 말 뚝 자르며) 우리 헤어지자.

박민환 어?

강지원 (일어서며) 더 얘기할 거 없지?

지원, 지갑에서 돈 꺼내다가 파란 하트 그려진 만 원짜리 한 번 보고 다른 돈으로 계산하고 나가는 동안 민환은 예상과 다른 상황에 어버버.

씬47. 거리 일각(밤)

지원, 포장마차의 화려한 불빛을 지나 가로등만 있는 골목길로 접어든다.
뒤에서 그림자 다가오더니 갑자기 손 확 잡아 돌리는 민환!

박민환   너 뭐야! 말 다 했어?!

FLASH CUT. 24씬 해영빌라에서 손 치켜드는 민환의 사나운 표정 겹치고

강지원   (눈 질끈!)
박민환   내가 너 오늘 회사에서 염병한 것도 임신 땜에 예민해졌나 보다 이해해 줬는데, 헤어지자? 보자 보자 하니까 진짜 선 넘네.

겁에 질려 주변 보는데 인적 드물다.

강지원(E) 잊고 있었다. 박민환 이 미친놈은 내가 죽는 건 상관없어도 헤어지자고 하는 건 못 견뎠었지.
강지원   놔, 이거!
박민환   내가 틀린 말 한 거 있어? (이하 mute거나 작게) 왜 히스테리야?
          뭔데? 왜 삐졌는데? 회사에서부터 입 댓발 나온 거 보면 뭐 있는데!
          (손 빼려는 지원 세게 잡으며) 피곤하게 굴지 말고 그냥 말해. 뭔데?
강지원   (이게 진짜...) 아아아아악! 살려주세요!! 도와주세요!!
박민환   야? 야야! (지원 입 막으려)
강지원   도와주세요!!

멀리 포장마차에서 사람들 웅성웅성 뭐야.. 하면서 나오는 데에서.

씬48. 경찰서(밤)

남경찰 (한숨) 아가씨, 이렇게 사랑싸움에 일일이 경찰 찾아오면 안 돼요.

강지원 사랑싸움 아니에요. (절실한데) 지금 이 사람이...

남경찰 알지~ 알지~ 그런데 십중팔구 여자들 이러고 나서 나중에 우리 오빠 왜 못살게 구냐고 해! 그럼 우리가 얼마나 황당해?

박민환 얘가 오늘 좀 예민하더니. 그런 날 있잖아요, 여자들. (예의) 죄송합니다.

강지원 (기가 찬데)

남경찰 어디 맞아서 부러진 것도 아니고. 보면 남자 친구 대기업 사원이네! 어?

(이하 잘 안 들려도) 이게~~ 감정적으로 화가 난다고 경찰서 오고 이러면...

강지원 (참담한 기분이었다가 화로 바뀌며) 어디 하나 부러져야 경찰서에 올 수 있는 거였군요. 아니면 죽거나. 적어도 오늘은 데려다주실 수 있죠? (한쪽의 여경찰 가리킨다) 저분이요.

민환은 기가 차고, 남경찰은 한숨 나오는데.
지원은 완강하고.

씬49. 경찰차 안(밤)

지원, 표정은 단단하게 겁먹은 티 많이 나지 않지만,
마주 잡은 손은 덜덜 떨고 있다.
운전대 잡은 여경찰 안쓰럽게 보는 느낌이면 얼른 강한 척 창밖으로 시선 돌리고.

씬50. 지원 원룸(밤)

커다란 짐 가방과 옷 싸고 있던 흔적들.

노트북 앞에서 절망스러운 지원.

화면에 떠 있는 통장 잔고 상태는 70만 원대로,

보면 카드값과 CD기 인출, 박민환에게 500만 원, 200만 원씩 입금

한 상태.

(중간에 보면 12만 원 정도 돌려준 기록도 있기)

강지원(E) 이땐 이미 헤어지는 게 무서워서 원하던 거 다 해주던 때였어.

박민환한테 가 있는 돈도 꽤 되고 신용카드는 현금서비스까지 썼다.

강지원 (양손으로 눈 가리며) 강지원 이 멍청이.

강지원(E) 어떡하지. 답이 안 나온다. 퇴직금도 중간 정산 받았고, 70만 원으

로는 지금 이대로 도망가봤자 한 달도 못 버텨. 아직 이직이 가능

한 경력도 아냐.

그렇다고 회사를 계속 다녀? 박민환과 정수민이 있는데?

벌떡 일어나 머리 감싼다. 생각만 해도 끔찍. 안 돼, 절대 못 해.

강지원 어떡하지. 뭘 어떻게 해야 하는 거지.

머리 깨질 것 같은데 문자 오는 소리 들리면.

[박민환 : 아까 소리 지르고 화낸 건 미안해... 하지만 네 잘못이 큼... 내가 어떻게

안 도냐...? 헤어지자고 하는데... 사랑하는 사이엔 먼저 헤어지자고 한 쪽이 무조

건 잘못한 거야...]

계속해서 오는 문자. 무섭고, 소름 끼치고.

[아까 한 말 진심이야... 너 나한테 실망한 거 알아. 돈도 많이 빌려줬고... 내가 표

현을 못 해서 그렇지 카드 빌려준 것도 진짜 고마워하고 있어.]

[그래서 이번에 주식 터지면 가방 하나 사주려고 맘먹고 있었어. 로이젠탈이라고 찐 정보 물었거든. 제약주인데... 이렇게 말하게 되어서 좀 그렇지만...]

[이거 터지면 우리 결혼하자.]

[너한테 나... 진심이야...]

강지원   미친놈... (히다기 문득) 로이젠탈?? (벌떡 일어난다) 로이젠탈!

곰곰이 생각하기 시작한다. 출구가 보이는 거 같다.

강지원(E)   왜 이걸 생각 못 했지? 로이젠탈. 박민환 인생 단 한 번의 성공!
(자리 잡고 앉아 노트북 켠다) 길이... 보인다.
일단 이걸로 어떻게든 지금을 넘기고-
2013년부터 무슨 일이 있었는지 다 생각은 안 나지만,
뭐가 되는지는 확실히 알아.

FLASH CUT. 테슬라, 애플, BTS, 유튜브, 넷플릭스, 인스타그램, 카카오 등 2013년부터의 핫한 아이템 영상

뭔가 될 것 같은 기대감이 생기는 BGM과 함께 밝아지는 얼굴.

강지원   해보자! 이번에야말로. 제대로.

씬51. 수목장(낮)

현모와 고딩지원이 환하게 웃고 있는 사진이 걸려 있는 나무 앞에 선 지원,
지원과 수민이 방문했다가 찍은 폴라로이드 사진 떼서 구긴다.

강지원   아빠, 나 정신 차릴게. 고마워.
            이번엔 진짜 제대로 살게. 행복해질게.

            웃고 있는 현모의 얼굴에서.

씬52. 병원 CT실(낮)

            기계에 들어가는 지원.

의사(E)   그것 봐요. 꼭 찍어봐야 하는 상황 아니라니까. 주말인데.
            그냥 위염이에요. 좀 심하니까 약 잘 챙겨 드시고 스트레스 받지 마
            시고.

씬53. 병원 앞(낮)

강지원   (고개 끄덕) 오케이, 이 건강... 유지하겠어!

            하는데 바로 앞에 대형서점 보이면,

씬54. 대형 서점(낮)

            재테크 분야에서 책 고르는 지원. 한쪽 팔에는 벌써 한 아름 들고
            있고.
            지원이 책을 고르고, 읽어보고, 다시 꽂아놓고, 몇 권은 챙기고.
            완전히 몰두했다가 돌아서는데 바로 앞에 벽처럼 서 있는 유지혁.

강지원	(부딪칠 뻔) 어? 부장님!
유지혁	(지원이 들고 있는 책 손가락으로 짚으며) '주식으로 은퇴하는 건 죄가 아니잖아!', '월급쟁이로 인생 끝내시려고?', '퇴사하고 싶은 자 이 책을 보라'.
강지원	(민망하다)
유지혁	퇴사할 생각이에요?

지원, 뭐라고 대답하지... 머리 긁적이는데
걷어붙인 지혁의 셔츠 아래로 크게 얼룩져 있는 붉은 포진 살짝 보인다.

FLASH CUT. 씬27 탕비실에서 지원에게 쏟아지는 커피를 막아주었던 지혁

강지원	...아? (화상 가리키며) 이거... 어제...!
유지혁	(자기 상처 보면)
강지원	죄송해요! 어젠 정신이 없어서... 어떡해!!

목소리 커서 사람들 쳐다보면.

유지혁	(잠깐 보다가 시선 돌리고 어찌 보면 화난 듯이) 미안하면 밥 좀 사죠. 국밥 어때요?
강지원	(표정)

씬55. 고급 국밥집(낮)

연결되어 살짝 당황한 지원의 표정.
일반적으로 생각하는 국밥집이 아니라 너무 고급지다. (하동관 정

도의 느낌)

유지혁   왜요?
강지원   아니, 국밥이라고 말씀하셔서 이런 데라고 생각 못 했거든요.
유지혁   다른 국밥집이 있어요?
강지원(E) 전엔 이야기해본 적 없어서 몰랐는데... 되게... 어...

국밥 나오면 세련되게 받으며 감사하다고 인사하고
후추니 필요한 것들을 지원 쪽으로 챙겨주는 단정한 움직임 보면서.

강지원(E) 도련님 티가 팍팍 났네!

지혁이 펄펄 끓는 국밥 먹으려다가 뿔테에 김이 서려서 벗는다.
그런데 너무, 매우, 잘생겼다!

유지혁   (쓱 보고) 어때요?
강지원   ...생각보다 엄청 괜찮네요.
유지혁   (?) 국밥, 아직 안 먹어봤네? 뭐가 괜찮아요?
강지원   아, 아, (성급하게 퍼먹으며) 맛있어요! (뜨겁다!) 아뜨뜨뜨!

지원이 허둥대는 동안 지혁은 침착하게 냅킨 떼서 건네주고
물 따라 밀어주고 위험한 위치에 있는 반찬 그릇은 치우고. (몸에
배인 매너)

강지원(E) (물 마시며) 뭐야... 이런 사람이었나? 기억보다 잘생겼고, 센스 있
고, 또...

예상치 못한 지혁의 모습을 훔쳐보게 되는데 눈에 들어오는 팔뚝
의 상처.

(모양까지는 정확히 안 보이지만)

강지원 병원은 다녀오신 거죠?
유지혁 (끄덕) 지금 갔다 오는 길이에요. 나온 김에 서점에 잠깐 들린 거죠.
강지원 (동선이 같다) 음, 감사합니다. 어제 데려다주신 것도, 아, 신발 챙겨
       주신 것도, 또... 어... 라면이랑 카모마일이랑... (좀 산만하면)
유지혁 (빤히 보다가) 분위기가 평소와는 많이 다르군요.
강지원 (뜨끔) 제가요?

찔려서 괜히 국밥 먹는데.

유지혁 퇴사 생각하고 있는 건가요?
강지원 (고민하다) 사실, 고민 중이에요. (조심스럽게) 이대로는 안 되겠다는
       생각이 들었거든요. 변화가 필요할 것 같아요.
유지혁 ...결혼?
강지원 네?
유지혁 인테리어 책도 샀길래. 결혼 생각이라도 하는 건가 싶어서.

       INSERT. 지원의 옆 의자에 놓인 쇼핑백 안으로 보이는
       '예쁘게 살면 기분이 조크든요'

강지원(E) (책 보며 시니컬하게) 하긴, 올해 박민환과 결혼 준비 시작했었어.
강지원   뭐 결혼도 생각해야 하고요.
강지원(E) 죽어도 안 하는 방향으로.

지혁, 뭔가 말하려는데 지원의 핸드폰 울린다.
확인해보면 '반쪽'이라는 이름으로 저장되어 있고 뜨는 건 정수민
의 사진.

씬56. 수민 원룸(낮)

정리 안 된 원룸에서 팩 붙이고 벽에 다리 올리고 있는 수민.
옆에는 명품백 몇 개가 모셔져 있고 귀걸이, 목걸이 등 사치품도 많다.
벽에는 지원과 찍은 사진+독사진만 붙어 있고.
'고객이 전화를 받지 않아~'(E) 하고 연결 안 되면.

정수민   (팩 떼며 입술 잘근잘근) 왜 안 받아. 어제 그 난리를 쳐놓고. 무슨
일 있는데, 이거.
(곰곰이 생각하다가 어디론가 전화) 민환 씨~ 저 수미닌데요. 제가~ 걱
정되는 게 있어서요. 울 지원이가 원래 쫌 약하긴 한데 요즘 헛구역질
도 심하고~ 혹시 저 이모되는... 아, 아니래요? (반색하지만 목소리는
안타깝) 아아, 우리 지원이 아가면 이뻤을 텐데. 네네, 알겠습니당~
회사에서 봬요~

전화 끊고 붙여놓은 사진 본다. (온통 지원과의 사진/독사진)
수민은 환하게 웃고 있지만 지원은 쭈글쭈글 웃는 둥 마는 둥.

정수민   (지원 얼굴 손가락으로 톡톡) 몸가짐을 정숙히 하세요, 아가씨.
나 두고 결혼할 일 만들지 말자구요.

하는데 핸드폰 울리기 시작한다. '엄마' 떠 있으면 살짝 인상 찌푸
리고 안 받고.

정수민   (표정 안 좋아져서 핸드폰 엎어놓고) 난 너밖에 없는데.
...그럼 지금 어디서 뭐 하느라 전화를 안 받는 거야?

씬57. 고급 국밥집(낮)

[반쪽 : 우리 지원이 당장 연락해라, 오바!]
지원, 카톡 보고 성질 올라오는 거 참느라 깊은 숨 내쉬는데
문득 팔을 괴고 있는 지혁의 붉은 포진 눈에 들어온다.

FLASH CUT. 17씬 회귀 전 지원의 왼팔에 있던 상처

지원 저도 모르게 지혁의 팔 탁 잡아서 보는데 똑같다!

강지원(E)   상처가 똑같아!

두 사람 거리 가깝고,
지원은 상처를 보고 있지만 지원을 보고 있는 지혁의 눈동자는 흔들린다.

강지원   (팔 놓으며) 아, 죄송합니다. 많이 다치신 건가 싶어서...

굳은 지혁, 팔을 놓아주자마자 벌떡 일어나 '갑시다..' 하면서 나가버린다.
아? 하면서 당황해서 가방이랑 챙겨나가는 지원.

씬58. 국밥집 앞(낮)

지원이 계산하고 뒤따라 나오면,

유지혁   잘 먹었어요. 이제 빚은 없는 걸로 하죠. 밥 한 번 먹었으면 됐습니다.
강지원   (되게 정확하네) 저도 잘 먹었습니다.
유지혁   그리고...
강지원   (보면)

유지혁   강지원 씨 굉장히 능력 있는 인잽니다.
         결혼도 좋고 가정도 소중하지만 퇴사한다면 아쉬울 것 같군요.
         ...상사로서.

         지혁 무뚝뚝하고 표정 없는데도 마주 보는 두 사람 뭔가 느낌이 있다.
         (이때는 회귀하기 전이지만, 지혁 쪽은 감정이 있는 상태)
         그러다가 지혁의 핸드폰 울리기 시작.

유지혁   (발신자 확인) 그럼 이만. 먼저 실례하겠습니다.
강지원   아, 네. 들어가세요. (인사했는데)
유지혁   (가지 않고 뭔가 뚝딱대고 있다.)
강지원   (더 할 말이라도?)

         지혁, 밥 잘 먹어놓고도 뭔가 못마땅한 얼굴로 돌아서면,
         (아쉬운데 지금 회귀 전이라 제대로 표현도 못 하고 뚝딱뚝딱)
         지원 역시 돌아서서 멀어지는 지혁의 뒷모습 잠깐 보다가 돌아서고.
         점점 멀어지는 두 사람까지.

씬59. 지원 원룸(밤)

         씻고 머리카락 타월로 감싼 지원이 따뜻한 카모마일 차 내려놓고
         생각 중이다.

유지혁(E) 강지원 씨 굉장히 능력 있는 인잽니다.
강지원   전엔 하도 인상을 쓰고 있어서 무섭기만 했는데
         다시 보니 되게... 괜찮은 사람이잖아.
         (사이) 내가 능력 있다는 걸 어떻게 알고 있지?

CUT TO. 모니터엔 유통과 식품 관련 블로그, 영상 등 떠 있고, 아래에 '일' '새벽 배송' '유통' 'U&K' '밀키트' 등을 브레인스토밍한 흔적에서.

강지원(E) 잊고 있었다. 난, 일을 잘했어. 회사에서 하고 싶은 것도 많았고.
결혼 후에는 결코 내 것일 수 없었던,
박민환 기죽이면 안 돼서 욕심내지 않았던 '강지원'이 하고 싶었던 일들!

노트북 당겨와 타이핑 시작하는 열정적인 모습, 전에 없이 밝고 힘 있어 보인다.

씬60. 1층 로비(낮)

INSERT. 아침 햇살에 빛나는 U&K 본사 건물

엘베 앞의 민환, 핸드폰 보는데 온통 그가 보낸 문자뿐 지원으로부터 답은 없다.

박민환 근데 이게 진짜...

뒤쪽에서 들어오던 지원, 인상 쓰고 있는 민환 발견하고 비상계단으로 쏙!!

씬61. 비상계단(낮)

지원 구두 신고도 씩씩하게 걸어 올라가지만,

강지원 피하자, 피하자, 똥이 무서워서 피하냐 더러워서 피하지.

　　　　...허억! (올려다보고) 박민환 때문에 이게 무슨 고생이야.

씬62. 16층 사무실(낮)

지원, 뚫어져라 보는 민환 무시하며 자리에 앉자마자 HTS로 로이젠탈 산다.

(70만 원 올인)

강지원 이미 꽤 올랐네. 이게 앞으로도 더 간다니. (살짝 걱정)

어쨌든 샀으니 창 접고 업무 상황 파악하느라 이것저것 건드려보고 있는데,

수민이 다가와서 옆에 살짝 무릎 꿇고 속닥.

정수민 밤엔 전화할 줄 알았더니... (귀엽게 지원의 손가락 붙잡고 흔들며) 머 했어?

한때는 천금처럼 믿었던 천사 같은 수민의 얼굴을 빤히 보다가.

강지원 MODU 커뮤니티 결시친방 댓글보다가 시간 가는 줄 몰랐어.

　　　　어떤 여자가 암 말기인데 그 남편과 절친이 뒹구는 걸 목격했다나 봐.

정수민 헐... 대박! 미쳤네!

강지원 (빤히 본다)

정수민 (진심!) 남편보다 그 절친이 더 징그럽다. 어떻게 자기 친구한테 그래?

강지원 (비아냥) 뭐 어차피 죽을 거니까 그런 생각이 들었나 보지.

정수민 (찰싹!) 이잉~~ 내가 죽으면 지원이는 내 거 뭐든 가져도 되지만 난 따라 죽을 거야.

지원의 얼굴 점점 싸늘해지고 손에 힘이 들어가는데.

김경욱(OFF)   (들어오면서) 강지원이 내 자리로 튀어와!
강지원   (잘되었다 싶어 얼른 일어나) 넵!

수민 언능 다녀오라며 속닥속닥.. 아직까지는 그냥 완벽한 좋은 친구.

CUT TO. 경욱의 자리

김경욱   집 나간 네 감은 언제 돌아오냐?
강지원   (살짝 고개 숙이고 있지만 알듯 말듯 한 표정) 기획안이 그렇게 별론가요?
김경욱   별로? 그건 너무 고급진 단어지요. 이건 메롱이야. 상태가 메롱해.
강지원   (안 보이게 살짝 한쪽 입술 끌어올린다)

경욱이 책상 위에 올려놓은 기획안 탕탕 두드리는데.

INSERT. 기획안 제목 '1인 가구 시대의 밀키트 제안'

강지원(E) 이건 이때는 까였었다. 하지만...

지원 슬쩍 수민 쪽 보면, 수민의 얼굴에서 연결.

INSERT. 16층 사무실_회상(낮)

정수민   지원아앙, 이거 너무 괜찮다아아! 내가 좀 손 봐서 다시 내볼게.
강지원(E) 정수민이 토씨도 안 바꿔서 가지고 갔을 땐 좋다며 진행되었고, 이걸로 정수민은 정규직으로 전환되면서 승승장구했어.

김경욱　(한 장 한 장 넘기면서 손가락으로 지적!) 이게 말이 되냐? 개발팀에서 이럴 거다. '이게 되면 니가 하세요~~~'

　　　　침 튀기며 비호감으로 연기 톤인 경욱을 보면서.. (mute)

강지원(E)　김경욱 과장. 무례한 진상인 데다 무능하지만 줄타기 장인이었어. 누구더라. 굉장히 유명한 윗선과 관계가 있었는데...

김경욱　나 누구랑 이야기하니. 강 대리님! 무슨 생각하세요??

강지원　뭐가 부족한지 말씀해주시면 바로 수정해 올리겠습니다.

김경욱　(말 끊) 여자들이 이렇게 의존적이야. 일은 네가 알아서 하는 거고.

강지원　(입술 꾹)

김경욱　일단 회사 나올 때 다른 사람 안구 좀 배려하자잉? 여자가 하고 다니는 게 그게 뭐냐? (주란 보면서) 쟤는 아줌마라 메롱이라 치고 아가씨까지 이러면 남자들 어떻게 살라고?

　　　　주란 지친 표정으로 고개 숙이고 민환 딴청, 수민도 안 들리는 척, 희연의 얼굴만 썩.
　　　　계속해서 폭언하는 경욱과 이제는 덤덤하게 들을 수 있는 지원, 사무실 전경까지. (지혁의 자리 빈 것 보일 수 있으면 좋고)

씬63. 탕비실(낮)

강지원　(팔짱 끼고 생각 중) 이대론 안 돼.

강지원(E)　하지만 뭘 어떻게 해야 하는 거지.

　　　　하는데 프린터기 가동하기 시작하고 주란 들어온다.
　　　　지원이 보면 어? 하고 움찔했다가,
　　　　지원이 팔짱 풀면서 묵례하면,

주란도 어색하게 묵례하고 프린터 확인 후 머그에 믹스커피 두 개 넣고 뜨거운 물 반쯤 넣고 젓는다. (지원과는 친하지 않은 사이임이 명백)

강지원(E) (주란 뒷모습 보며) 김경욱의 오른팔이라 나하고는 거의 말도 안 했었지만, 일 잘하는 사람이었다.
김경욱 때문에 승진이 막혀 만년 대리로 퇴사했지만 제대로라면 지금 과장을 달고도 남았어.

주란, 머그잔 놓고 나가는데 1/3쯤 앞으로 빠져 떨어질 듯.
(머그잔에 커다랗게 '커피 없이 못 살아!' 써 있다)
아무 생각 없이 머그잔 안전하게 밀어 넣으려 움직이는 지원,
프린터기 앞에 엉켜 있는 각종 코드에 발이 걸릴락 말락 한 순간!

FLASH CUT. 회상_1/3쯤 위태롭게 나와 있는 머그잔
'커피 없이 못 살아!'

FLASH CUT. 회상_지원의 발 코드에 걸려 넘어져 허우적대다가

FLASH CUT. 회상_넘어지며 손으로 머그잔 쳐서 깨고

FLASH CUT. 회상_무릎 작살

강지원 (우뚝 멈춰 서며) 와...

코드들을 폴짝 뛰어넘어 머그컵 안전하게 밀어 넣고 가슴 쓸어내린다.

강지원 와... (살짝 소름) 이런 것도 좋네. 안 다쳤어.

뿌듯해져서 튀어나온 코드들 구석으로 야무지게 꾹꾹 쑤셔 넣고.

씬64. 16층 사무실(낮)

지원 서류 보면서 사무실 가로지르고 있는데 민환이 쓱 다가와서 나란히 걷는다.

박민환   잠깐 얘기 좀 해. (살짝 당기고)
강지원   할 얘기 없어.
박민환   난 있... (어! 하려고 했는데!)

민환의 팔 뿌리치고 걸음 빨리해 나가는 지원.
헐.. 어이없던 민환이 이를 악물고 쫓아가고.

씬65. 16층 엘리베이터 홀(낮)

지원이 빠르게 도는 순간!

업지팀원   앗!

a4지, 사무용품 등 잔뜩 쌓은 카트 밀고 코너 돌던 업지팀원(50대/여) 놀라고,
지원의 무릎(63씬 플래시컷에서 상처 나서 피 철철 흐르던 동일 부위)에 카트 거의 부딪칠 뻔하는 순간!

유지혁   조심.

지혁이 팔 확 잡아당겨서 간발로 피한다.
민환은 지혁 발견하고 멈칫.

강지원 아, 감사... (얼떨떨)합니다.
강지원(E) 뭐지? 방금... 뭔가...
유지혁 (지원의 표정 이상하다? 민환 한 번 보고.)
박민환 (일단 사무실로 들어가고)
업지팀원 오메!! 갑자기 튀어나와서, 어째... 안 다쳤어요?
강지원 네, 괜찮아요.

지원, 지혁과 업지팀원에게 꾸벅꾸벅 인사하고 빠른 걸음으로 멀어지고.

씬66. 16층 여자 화장실(낮)

서류 내려놓은 지원, 소름 돋는 기분으로 거울 본다.

FLASH CUT. 63씬 과거 탕비실에서 지원이 무릎을 찧기 직전

FLASH CUT. 65씬 현재 홀에서 카트에 무릎을 찧기 직전

강지원 뭔가 느낌이 같았어. 같은 곳을... (소름)
(절레절레) 말도 안 돼. 무슨 생각을 하는 거야.

기분 탓으로 돌리려 하지만 어딘지 불안한 얼굴까지.

씬67. 16층 화장실 앞 복도(낮)

지원, 서류를 팔에 낀 채 젖은 손 물기 털며 나온다.

박민환   (지원 찾아 나온 길) 야, 너!
강지원   (놀라서 빠른 걸음으로 반대 방향으로)
박민환   (어이없어 멈춰 선다) 저게? (이 꽉 깨물고 쫓아가는) 강지원!

뛰는 건 아니지만 당황해서 빠른 걸음으로 사무실 쪽(=사람 많은)으
로 향하는데
코너를 도는 순간 코드에 걸려 그대로 넘어지고.
들고 있던 서류 높이 흩뿌려지고,
우당탕 쌓아놓은 서류나 화분 깨지는 엄청난 소리(E). (무릎도 깨지고)

씬68. 회사 옥상(낮)

걸어 올린 바지 아래로 커다란 밴디지 붙인 지원,

강지원(E) 결국 다쳤어. 정확히 같은 부위야.

바짓단 내리고 일어선다.
혼란으로 서성이다가 구름에 가려져 있는 스카이라인을 향해 서는데.

강지원   피했는데... 피하지 못했어.

지원의 공포스러운 표정 위로.

강지원   설마... 그럼 나는...

FLASH CUT. 1씬 회상_벚꽃을 보는 무표정한 암환자 강지원

FLASH CUT. 24씬 회상_민환, 수민과 방에서 난장판 속 보이는 깨진 결혼사진

FLASH CUT. 24씬 쓰러진 지원의 머리에서 고이는 피

강지원 말도 안 돼... 싫어...

불안하게 난간 두드리다 문득 상처 없이 말짱한 자신의 팔 눈에 들어오고.

강지원(E) 하지만... 상처는 없어졌는데...

강지원 예전엔 임신했을까 봐 벌벌 떨다가 커피를 엎어서 화상을 입었었어. 근데...

지원의 두 가지 버전의 기억이 분할화면 1, 2로 펼쳐진다.

#1. 탕비실(회귀 전 2013년)
초조하게 서성이면서 입술 물어뜯고 어쩔 줄 몰라 하다가 커피포트 치는 순간. (새로운 씬)

CUT TO. 거즈 떼고 보면 지원의 팔에 남은 화상 자국

#2. 탕비실(회귀 후 2013년)
지혁이 지원 대신 커피 뒤집어쓰는 순간.

CUT TO. 지혁의 팔에 남은 지원과 같은 모양의 화상 자국

강지원 뭐지... 뭔가 알 것 같은데... (초조함에 입술만 잘근잘근)

씬69. 16층 사무실(낮)

입술 꾹 깨물고 민환 눈치 살피며 자리로 가던 지원,
민환이 '로이젠탈' 주식을 매각하는 중.
깜짝 놀라 멈춰섰다가 간신히 정신 차리고 자리에 가 앉는다.

강지원(E) (혼란) 로이젠탈을 팔아?

민환으로부터 메시지 와 있다.
(전에 온 것 포함 : 이야기 좀 해 / 야, 무시하냐? / 이게 무슨 개똥 매너
야. / 야!)
[야야, 나 주식 팔았다. 너 돈 갚아주려고. 입금했으니 확인해.]
[진짜 그렇게 살지 마라.]
[가방은 나중에 사주마. TKU테크놀로지 터지면. 이게 더 초대박이라 후회는 없다만
너 때문에 대박 주식 팔았다는 것만 기억해줘. 네가 그런 애야.]

강지원   TKU테크놀로지?

지원 입 딱 벌어진다.

강지원(E) TKU테크놀로지는 주식에 관해 모르는 나도 알 정도로 유명한 작전주
다. 대표가 작정하고 폭탄을 돌린 끝에 해외 도주해서 상폐될 텐데.
대박 날 로이젠탈을 팔고 쪽박 날 TKU를 샀어?

강지원   내가 로이젠탈을 사니까... 박민환은 팔았어?

지원 뭔가 깨달음이 올 듯,
슬로우 걸리며 주변 직원들 각자 할 일 하는데 지원의 시간만 따로 가
는 듯하다가.

유지혁(OFF)   마케팅1팀 회의합시다. 10분 후 시작합니다.

지혁의 목소리에 퍼뜩 정신 차린 지원, 일어나면.
스물스물 회의실로 가는 경욱, 주란, 희연, 민환 보인다.
지혁의 걷어 올린 왼팔의 상처 보고, 깨끗한 자신의 팔을 보고,
바지에 피가 묻은 무릎의 상처 보고.
완벽하게 퍼즐을 맞춘 지원의 표정에서.

FLASH CUT. 68씬 지원이 과거 다치는 순간 vs 27씬 지혁이 현재 다치는 순간

FLASH CUT. 17씬 지원의 과거 화상 vs 57씬 지혁의 현재 화상

FLASH CUT. 63씬 지원이 과거 넘어지며 무릎 작살나는 상황 vs 67씬 현재 민환에게서 도망가다 넘어지는 상황

FLASH CUT. 63씬 지원의 과거 무릎 상처 vs 68씬 지원의 무릎 현재 상처

FLASH CUT. 62씬 지원이 보고 있는 지원의 계좌 vs 69씬 민환이 보고 있는 민환의 계좌

강지원   (걸어가면서 조그맣게) 일어날 일은 어떻게든 일어나.
정수민   (다가와서) 다친 데 괜찮아? 지원이가 지원이 했네에! (뭐라뭐라 mute)
강지원(E) (찬 시선으로 수민 보며) 하지만 일어나기만 하면 돼. 누구에게든.
          좋은 일도 나쁜 일도 넘겨줄 수 있고 넘겨받을 수도 있어.
          다른 사람에게 일어나지 않으면 다시 나에게로 오지만,
          누군가에게 그 일을 넘겨준다면 나는 벗어나는 거야. 그렇다면...
정수민   뭐야? 내 얘기 듣고 있어?

강지원　(걸음 멈추며) 나 쓰레기 버려야 하는데 네가 좀 해줄래?

정수민　뭔 소리야. 뜬금없이?

강지원　(수민 똑바로 내려다보고) 좀 도와줘. 너 내 반쪽이잖아.

정수민　...치, 알았어. 그 대신 주말에 데이트하자.
　　　　　(꿍꿍이가 있는 눈빛으로) 고슬정이라고 엄청 맛있는 고깃집 알아놨어.

　　　　　잠깐 멈칫했다가 이내 역시 넌 당해도 싸. 라는 얼굴로 생긋 웃으며,

강지원　그래, 그러자!

　　　　　지원의 시선으로 민환 보면서.

강지원　쓰레기만 처리해주면!

정수민　좋아!

유희연　(회의실에서 고개 내밀고) 강지원 대리님! 정수민 사원님! 얼른 오시래요!

정수민　네에!!

　　　　　수민 통통 뛰어 회의실로.

강지원　그래, 그냥 넘어가긴 억울하지.

씬70. 회의실(낮)

　　　　　수민, 회의실에 들어가면 민환 뭐라고 이야기하면서 웃는 모습 위로.

강지원(E)　네가 탐내던 쓰레기 네가 처리해.

씬71. 16층 사무실(낮)

민환, 수민이 마주 보고 웃고 있는 모습이 보이는 위치의 지원에서.

강지원   내 남편과 결혼해줘.

fin.

2부

누군가 내 운명을 도둑질한다면 그건 너겠지.

내 건 다 네가 가져야 직성이 풀리니까.

씬1. 카페 아담 스미스(낮)

테이크아웃 커피 기다리고 있는 쪽에서 곰곰이 생각 중인 지원.
손에는 34번 영수증 쥐고 있는데.

카페직원 34번 고객님, 아메리카노 한 잔 나왔습니다!
35번 고객님, 카페라테 한 잔 나왔습니다!

생각에 잠겨 있느라 듣지 못하는 지원.
그러는데 어떤 여자가 카페라테를 마치 자신의 것인 듯 자연스레 집
어서 나간다.
그리고 한발 늦게 35번 영수증 들고 온 남자 자신의 커피가 없으면.

남자고객 카페라테 없는데요?
카페직원 (영수증 확인하고 당황) 어, 나갔는데... 다른 분이 가져가셨나 봐요.
(지원의 커피 확인) 34번 고객님! 34번 고객님!
강지원 (정신 퍼뜩 차리고) 아, 저예요!

급하게 카운터로 다가갔다가, '내 커피 어디 갔어?' / '어떡하죠. 누가

가지고 가셨나 봐요.' 하는 남자고객과 카페 직원 보고 깨달음.

강지원   (커피를 집어 들며) 아무도 훔쳐가지 않으면 커피는 남아 있어.
            하지만 누가 가지고 가면 커피는 없어.
남자고객 (뭐야, 놀려?)

깨달은 지원, 커피를 든 채 결연하게 워킹하는 위로.

강지원(E) 나는 내 운명을 도둑맞아야 하는 거야.

TITLE. 내 남편과 결혼해줘

씬2. 1층 로비 엘리베이터 홀(낮)

경욱, 수민이 엘리베이터를 기다리고 있다.
커피 들고 들어오던 지원, 멈칫하며 시선 수민에게 고정.

정수민   (지원 발견하고) 어? 지원아! (손 흔들고)
강지원(E) 누군가 내 운명을 도둑질한다면 그건 너겠지.
            내 건 다 네가 가져야 직성이 풀리니까.

하는데 마침 엘리베이터 도착하고,

정수민   (올라가는 버튼 눌러 잡는) 얼른 와!

천진난만한 수민의 미소에서.

씬3. 엘리베이터 안(낮)

지원, 수민, 경욱 탄 엘리베이터 문이 닫히려는데 딱 잡는 손.
살짝 급한 기색의 지혁이 올라타려다가 지원 발견하고 멈칫!
(아무것도 모르는 지원과 눈 마주치는 순간을 지혁 시점으로 촬영 필
요. 이때가 회귀하고 처음으로 지원을 본 때.)
지혁 들어오고, 엘리베이터 문 닫히고, 상승-

김경욱 외근 갔다 오십니까?
　　　　안 그래도 아까 양 대리가 부장님 일정이 안 올라와 있다고 하던데요.
유지혁 (정신없이 지원보다가) 아, 갑자기 아침에 일이 좀 생겼습니다.

지혁, 일단 지원에게서 눈 뗐는데 자기도 모르게 다시 힐끔거리게 된다.
지원은 이 사람이 왜 이러나..

김경욱 (괜히) 기획안은 제대로 하고 있어? 이번에도 메롱하면 진짜 나 안 참아.
유지혁 (표정)
강지원 열심히 하고 있습니다.
정수민 (지원의 팔짱 끼며) 그렇게 말씀하시면 꼭 제대로 일 안 한 거 같잖아요.
　　　　우리 지원이가 얼마나 열심히 일하는데... 그치이?
　　　　(지원이 들고 있는 커피 보고) 어 뭐야? 너 혼자 좋은 커피 먹는 거야?
김경욱 지 입만 입이지. 이런 데서 여자다움이 보이는 거야.
　　　　여자는요... 배려가 있어야 해요. 배려가.

하는데 주먹으로 가볍(지만 놀래킬 정도로)게 엘리베이터 벽 퉁- 치는
지혁.
때마침 16층 도착해 엘리베이터 문 열리고,
수민이 지원 팔짱 낀 채 내리려는데.

유지혁　강 대리님, 잠깐만.

지원/수민　(돌아보는)

유지혁　얘기 좀 하죠.

씬4. 회사 옥상(낮)

지혁은 난간에 기대 멀리 보고 있다.

지원은 살짝 뒤. 기대지는 않고 반듯+커피 하나뿐이라 불편, 민망.

유지혁　드세요. 좋은 커피.

강지원　음, 부장님 드시겠어요? 저 아직 입 안 댔는데.

유지혁　마셔요. 그대로 들어가면 혼자 좋은 커피 마시기 부담스러울까 봐 편
하게 마시라고 불렀어요.

지원, 어? 싫지만 일단 한 모금 마시려다가.

강지원　맞다! 저 퇴사 안 하려고요. 열심히 해볼 거예요.

유지혁　(보면)

강지원　음... (커피 내려놓고 지갑에서 하트 그려진 만 원짜리 꺼낸다)
이거 아빠가 주신 거예요.

유지혁　(어? 싫지만 티 안 내는)

강지원　아빠가 감성은 풍부했거든요.
저한테 용돈 주실 때 꼭 이렇게 하트를 그려주셨어요.
돈에 낙서하면 안 된다고 그렇게 말했는데 예술혼을 억누를 수 없는지...

유지혁　(본다)

강지원　전 이런 아빠의 사랑을 받은 딸이잖아요.
그게 생각났어요. 그래서- 잘해보려고요. (웃는다)

유지혁　그렇군요.

강지원   제가 능력 있는 인재라는 부장님 말씀도 도움 되었어요.

생각해본 지 너무 오래되었거든요. 제가 원하는 거.

하루하루 되는 대로 채우느라 급급해서. 이제 그러지 말아야죠.

지혁, 지원을 보며 살짝 웃는다. (1, 2부 통틀어서 처음)

그 얼굴에 지원 처음으로 웃는 걸 봤다는 걸 깨닫고.

강지원   웃으시니까 좋네요. 처음 보는 거 같아요. 웃는 모습.

지원의 말에 지혁 몸 돌려 마주 본다.

서로를 쳐다보는 두 사람, 느낌 있는데.

유지혁   혹시 이번 주말에 약속 있어요?

강지원   아니요...

유지혁   (뭔가 말하려는데)

정수민(OFF)   지원이 주말은 제가 이미 예약이요!

어느샌가 수민이 옥상으로 따라 올라왔다.

통통 뛰어와 지원에게 달라붙으며.

정수민   뭐야, 서운하게 잊어버렸어?

(지혁 보고 방긋) 고슬정 예약해놨거든요. 엄청 맛있는 고깃집이에요!

유지혁   (본다) 고슬정?

정수민   네! 아세요?

강지원   (불편)

유지혁   들어본 거 같군요. (한참 지원을 보다가) 알았어요.

'그럼 이만'의 눈짓으로 지원 한 번 본 지혁이 돌아서서 멀어지고.

뭔가 살짝 아쉬운 느낌의 지원이 아무것도 안 붙인 지혁 팔 보는 위로.

수민(E)   나도 커피 사줘! 좋은 커피 나도 마실래! 커피 사러 가자아아~

씬5. 1층 로비(낮)

엘리베이터 문 열리고 수민이 내린다.

정수민   강지원 진짜 재미없어. 내가 부장님이 주말에 일 시키려고 하는 거 구
        해줬는데 커피 한 잔을 못 사줘? 으이그~~ 일밖에 모르는 범생이 딱
        질색이야.

        수민이 발랄하게 커피숍으로 가는데,
        그 모습이 보이는 2층에서 지혁, 복잡한 표정이었다가 돌아서서 걸어
        들어온다.

씬6. 16층 사무실(낮)

비어있는 지원과 수민의 자리를 지나쳐 들어온 지혁,
자신의 자리에 앉아서 주먹으로 책상을 툭- 툭- 뭔가 생각하다가 전화
걸고.

유지혁   고슬정이죠? 이번 주 일요일, 단체 예약 확인하려고요.

        컴퓨터 두드려 회사 인트라넷에 접속(관리자 모드)해서 인사 정보 띄
        운다.

        INSERT. 강지원의 인사 정보 속 출신 고등학교 클로즈업 '부산 태하고'

유지혁　부산 태하고 동창회가 6시에... 아, 5시 반인가요? (표정 어두워진다)

전화 끊고.
입술 깨무는 지혁, 생각이 엄청 많은 듯했다가 결심으로 다시 전화를
걸어.

유지혁　동석아, 나 사람 하나만 찾아줄 수 있어?

지혁이 뭔가를 알고 있는 느낌인데 뭘까 싶은 미스터리한 BGM과 함께
이력서 속의 지원 얼굴, '응- 지금.' 하는 지혁의 단단한 표정 교차되는데.

CUT TO. 지원이 책상 위에 약국 봉투를 놓는다.

강지원　화상 연고와 밴듭니다.

지혁, 모니터에 띄워놓았던 지원의 인사 파일 아래로 내리고
봉투 안의 내용물을 확인하다가 진통제를 꺼내면.

강지원　진통제예요. 혹시 몰라서. 조금이라도 아프면 먹는 게 낫다고 들었습
니다.
유지혁　강 대리님은 먹었어요? (무릎) 다친 거 많이 아플 거 같던데.
강지원　아? (무릎 보고) 전... 괜찮습니다.

지혁, 일어나서 책상 돌아 나오며 진통제 반 쪼개고,

유지혁　(내민다) 준비성은 좋은데 자기 자신부터 챙겨요. 이건 지금 나보다
강 대리님한테 더 필요한 거야. (반은 내려놓으며) 다 준다는 건 아니고.

지원, 살짝 놀랐고 당황스럽다.

지혁이 내민 진통제에서 연결.

CUT TO. 지혁의 방에서 나오면서 손안의 진통제 보는 지원의 표정.
늘 누군가를 챙겨야 한다는 압박만 있어서 이런 상황과 경험이 낯설
고 처음인데.

박민환(OFF)　　　쯧!

들리는 소리에 고개 들면, 민환 눈으로 욕하고 있는 중이다.

박민환(E) 볼 거라고는 키밖에 없는 핵노센스뿔테노인네쓰리버튼양복 입은 소
　　　　　 활은 머리를 보는 표정 뭐야?

민환, 밖으로 따라 나오라는 시늉하고 먼저 돌아서면,

강지원(E) (침 꿀꺽. 싫지만...) 정수민에게 내 운명을 도둑맞아야 해.

타이레놀 자리에 놓고 결심으로 민환 쫓아가고.
자기 일 하고 있는 것 같지만 그 사실 눈치채고 살짝 인상 쓰는 지혁까지.

씬7. 16층 엘리베이터 홀(낮)

지원의 손 거칠게 틀어쥐고 청소 도구 보관실로 밀어 넣는 민환.

씬8. 청소 도구 보관실(낮)

민환, 청소 도구 외 비품들 쌓여있는 좁은 창고 벽에 지원을 밀고.

박민환 너 설마 유지혁 때문에 나한테 헤어지자고 했냐?

강지원 뭐?

민환의 시선으로 지원 위아래로 훑는다.
딱히 2013년으로 회귀 직후와 다른 차림이라고 할 수는 없지만
(안경, 머리 아래로 묶고, 니트에 바지)
조금 더 핏되게 입었고 머리 스타일도 미묘하게 컬이 들어가 있어 조금 더 예쁘고.

박민환 지원아~ 지원아~ 쟤가 어린데 부장입네 하니까 끗발 좀 있다고 생각하나 본데. 하나만 알고 둘은 모르는 반쪽 여시야~~
남자는 얼굴과 센! 스!를 봐야 돼. (그게 나!)

강지원 (헐...)

박민환 뭐야? 그 표정? 설마 유지혁 진짜야? 아니지?

강지원(E) 정말, 싫다.

지원, 눈 감고 고개 푹 숙여 얼굴 근육 좀 풀어준 후 결심으로 뜨고.

강지원 뭔 소리야? 부장님이 상처 치료하게 밴드 사다 달라신 거 말하는 거야?

박민환 (어?) 그 새끼가 밴드 좀 사다 달래? 하! 미친 꼰대 새끼...
어디 개인 심부름을... 그것도 다리 다친 애한테.

강지원(E) 부장님 죄송합니다.

강지원 (민환 손 뿌리치고) 헤어지자고 한 건 날 대하는 태도가 예전 같지 않아서야.
솔직히 요즘 너무... (연기연기) 아, 몰라.

박민환 어? (흐흐) 왜? 내 사랑이 식은 거 같아서 삐졌어?

강지원 난 남들이 보기에 부러운 연애를 하고 싶어. 누군가 민환 씨를 빼앗고 싶은 기분이 들 정도로, 그렇게 내 남친이 자랑스러웠으면 좋겠다고.

박민환 얘가 얘가... 보여지는 게 중요해? 우리가 서로에게 진짜면 되지!

강지원(E) 웩!

박민환 알았어. 알았어. (흐흐흐) 아아, 강지원 세상 둔한 곰팅이인 줄 알았는데...

이런 매력도 있네?? 하고 느끼하게 쳐다보면
지원은 소름 오소소.. 저도 모르게 움츠러들며 몸 빼려는데 손목 잡힌다.

강지원 왜... 뭐...

박민환 이 오빠가 신경 쓸게. 풀자! 좀 웃고. ...응?

민환, 지원의 등 뒤로 팔 두르고 몸 붙이고 키스하려고.
눈 감고 들이대느라 지원 질색하는 표정 못 본다.

강지원 회, 회사야. 왜 이래??

박민환 괜찮아... 여기 아무도 안 와...

지원 뒷걸음질 치다가 어떻게든 밀어내려 고개 돌리는데,
때마침 바지 뒤에 꽂아놨던 핸드폰이 울리기 시작한다!

강지원 나 전화... 전화... (받으려 하면)

박민환 받지 마.

민환 확 잡아서 돌려 당겨 목을 손으로 받치고 거의 입술 닿을락 말락.

강지원(E) 아... 이건 안 되겠어...

지원 뒤를 더듬대다가 마대자루같이 후려칠 뭔가 움켜쥐는데.. 열리는 문!
놀라 돌아보는 민환과 지원의 얼굴에 드리우는 빛과 누군가의 그림자!

양주란   어머!

확 떨어지는 민환과 지원, 헛기침하며 민망하기 그지없고.
꾸벅 묵례하고 민환이 서둘러 나가면 지원은 안도의 한숨을 내쉰다.

양주란   (소심)...내가 상관할 건 아니지만,
강지원   (보면)
양주란   연인 사이에도 상대가 싫어하는 스킨십을 강요하는 건 안 좋아.

씬9. 16층 엘리베이터 홀(낮)

주란, 지원의 팔 붙잡아 나오게 하고 보관실 문 닫는다.

양주란   헤헤(쭈글쭈글)... 그냥 옛날 생각나서. 많이 후회했거든.
지원 씨는... 우웅... 똑똑한 사람이니까 나 같은 선택 하지 마.

격려하듯 어깨 툭툭 두드리고 씩 웃고 가는 주란. (쭈글이지만 멋져의
느낌)

강지원   ...신경 써서 일부러 와준 건가.

사무실로 들어가는 주란의 뒷모습 보는 지원의 표정에서.

FLASH CUT. 1부 31씬 유지혁 "사람은 누군가 다른 사람의 손이 필요
할 때가 있으니까."

FLASH CUT. 2부 8씬 양주란 "내가 상관할 건 아니지만"

강지원 생각해보면 그 누구의 도움도 안 받고 사는 건 불가능해.

강지원(E) 정수민과 박민환 말고는 아무도 없다고 생각했지만 알게 모르게 도움을 받으면서 살았던 게 분명하다.

새삼 주변을 돌아보게 되는 지원의 시선에서.

씬10. 회의실(낮)

주란과 희연이 회의실에 기획안 하나씩 올려두는 중인데 들어오는 경욱.

김경욱 (인상 빡!) 야! 이거 뭐 하는 거야??

주란/희연 (놀라 보면서) 네?

양주란 회의자룝니다, 과장님.

김경욱 (말 뚝!) 이거 이거 스테이플러 찍은 거 봐! 이렇게 하지 말랬지?
솔직히 말하자! 늬들이 쓴 기획안이야 뻔하고, 성의라도 있어야 회의 분위기가 좋을 거 아냐?

뭐가 문제인지 알 수 없는 주란과 희연,
노발대발하는 경욱의 모습 위로. (mute)

강지원(E) 사람이 무능하면 일의 경중을 모르니 자기가 아는 작은 것에 집중하고 큰소리친다.

지원이 막 들어가려는데 쏙 먼저 끼어드는 수민.

정수민 아이, 그러네! 좀 성의 없어 보이네. (자료 집어 들어 희연에게) 희연 씨, 스테이플러는 요렇게 비스듬히! (윙크) 응?

유희연 (뭐야? 이 인간은) 스테이...플러요?

김경욱	그래! 수민 씨가 아네! 다 다시 뽑아서 새로 찍어!
양주란	이, 이걸 전부 다요?
유희연	(조그맣게) 이면지 너무 많이 나올 것 같은데...
김경욱	너 때문에 나무가 몇 그루나 의미 없이 쓰이는지 뼈저리게 느끼라는 의미야!
정수민	(자료 내려놓고) 과장님, 주란 대리님도 알아들었을 거예요. (주란에게 윙크)
양주란	(둔하게 허허...)
정수민	(지원 보고) 지원아, 여기 커피도 좀 타야 할 거 같은데?
강지원	(움찔)
정수민	과장님, 과장님은 저 기획안 한번 봐 주세요~~ 정직원 돼야 하잖아요오~~

수민이 경욱을 수습해서 나가면.

강지원(E)	(뒷모습 보며) 야무지다고 생각했었다.

이 꽉 깨무는 지원.

유희연	대리님, 죄송해요. 제가 잘 모르고 그냥 일자로 찍어서.
양주란	(절레절레) 아유~~ (=아니라는 뜻)

주란, 희연 기분 상했지만 아직 뒷담화를 할 정도로 세 사람 돈독하지 않다.

강지원(E)	(눈 뜨고) 이대론 안 돼.

지원의 시선에서 보는 헤헤.. 그냥 서류 다시 챙기는 주란.

씬11. 16층 화장실 앞 복도(낮)

주란이 나오는데 기다리고 있던 지원.

강지원 대리님! 잠깐 저랑 커피 한잔하실래요?

CUT TO. 코너 저쪽에서 막 화장실을 향해 오던 수민 멈칫한다. 표정-

CUT TO. 여자 화장실 앞

양주란 어어... 난 과장님이 시키신 일이 있어서. (헤헤)
강지원 잠깐이면 돼요. 커피 한 잔만요.
양주란 (경계로) 자기 좀 이상하다? (아닌가?) 다음에, 다음에... (가려고 하면)
강지원 (다급) 그러면 이것 좀 봐 주실래요?

지원, 안고 있던 "1인 가구 시대의 밀키트 제안" 기획안 내민다.

양주란 이건 과장님이 반려한 기획안 아냐? 어우, 나한테 보여주면 뭐 해... (손사래)
강지원 봐 주세요. 그러고도 시간 안 나시면 할 수 없고요.
　　　　　아니면... (커피 한잔하자는 시늉)

머뭇거리는 주란에게 막무가내로 기획안 안긴 지원.
혹시 거절당할까 봐 막 도망치다가 코너에 서 있던 수민과 부딪칠 뻔.

강지원 (놀랐는데)
정수민 (자기가 먼저) 앗, 깜짝아!! 지원아, 왜 이렇게 뛰어와??
강지원 아, 그게...
정수민 회의 끝났으니까 나 화장실 갔다 와서 커피 마시러 가자아.

(팔짱 낀다) 케익도!! 스트로베리 케이크!!!

강지원 (저도 모르게 확 밀어냈다가 당황) 아, 난...
(하다가 문득 정신 차려서) 민환 씨가 할 말 있다고 해서. 넌 나중에.

수민 약 올리듯이 진짜 뭔가 기대하는 표정으로 얼른 들어가면.
(난 남친 있다! 이런 느낌?)

정수민 (헐?) 뭐야, 지만 남친 있다 이거야?

짜증 나는데 주란이 사무실로 들어간다.
스쳐 지나는 순간 주란이 들고 있는 지원의 기획안 주제 눈에 들어오
는 데까지.

씬12. 16층 사무실(낮)

자리로 돌아온 지원, 쿵쾅이는 심장을 진정시키며.

강지원 후... 언제쯤 둘이 시작됐는지라도 알면 좀 더 잘할 수 있을 텐데.

주란 들어오는 모습 보고, 경욱 눈치도 보고,
아무렇지도 않은 척 일하기 시작하는 데서.
수민도 들어오고 각자의 업무로 바쁘게 돌아가는 전경의 몽타주.
시계 분침 움직여 12:00로 딱 맞춰질 때까지.

CUT TO. 지혁의 자리에서
유지혁, 일어나서 등 뒤에 걸쳐놓은 슈트 들고 나간다.
뒤이어서 각 팀의 과장들 일어나서 "오늘은 국밥?" / "추어탕 가지?" 하
면서 나가고.

(양주란은 과장팀으로)

박민환   (지원에게) 우린 뭐 먹을까?

정수민   (톡 끼어들며) 나 오늘 커리 먹고 싶은데... 지원아, 우리 인도 커리집 가자!

강지원   미안, 나 지금 거지야. 게다가 오늘 구내식당 제육볶음이래.

정수민   (이게, 진짜? 하고 눈썹 살짝 꿈틀!)

강지원   민환 씨 커리 좀 먹여줘! (둘이 가라는 시늉)

정수민   아니야~~ 우리 지원이가 제육뽀끔이 먹고 싶으면 나도 구내식당이야!

민환, '구내식당 고고-' 하고 나가면 잽싸게 따라가 나란히 걸어가는 수민.
한 템포 늦게 따라가며 화기애애한 두 사람 모습을 보는 지원의 야무진 눈빛.

씬13. 구내식당(낮)

지원 식판 두 개 들고 있고,
뒤에서는 민환이 줄을 서서 식판에 음식 푸는 중이다.
그러면 손에 묻은 물 털어내며 합류해 지원에게서 식판 하나 받아 자연스럽게 맨 앞에 서는 수민.

정수민   땡큐땡큐, 내 반쪽~~ (뭔가 꿍꿍이 있는 미소)

유난히도 국과 제육볶음을 꽉꽉 눌러 담는 수민의 쾌활한 모습 옆에서 보면서.

강지원(E) 네 맘대로 되지 않는 날이면 어떻게든 심술부리는 너를 몰랐던 건 아니었어.

씬14. 구내식당_회상(낮)

음식을 다 푼 수민 돌아서서 지원 뒤쪽의 자리 가리키며, (각자 지금
과 다른 옷)

정수민 저기 앉자!

자리 맡기 위해 급하게 가는 척 지원의 어깨 확 밀어버리고.
떠밀려서 고꾸라지며 식판 엎은 위로 넘어지는 지원,(제육볶음 아니
고 커리)

강지원 앗! 뜨거워!
정수민 어떻...(자기 식판까지 놓치는 척 지원 머리 위로 엎는) 꺄악! 어떻게 해!

엉망진창으로 음식 뒤집어쓴 지원이 숨 헐떡이는 데서.

씬15. 구내식당(낮)

정수민 저기 앉자!

회상과 동일하게 돌아서서 한 발 내딛는 수민의 어깨 지원에게 부딪
치려는 순간,
축구 회피 동작처럼 어깨를 돌려 피한 지원, 오히려 수민의 다리를 걸
어버린다!

정수민   엄마야!

박민환   으악!

수민, 자기 식판째로 민환에게 넘어지며 두 사람 다 엉망진창!
싸늘하게 두 사람 보는 지원.

강지원(E)   참았던 건 나한테는 너밖에 없다고 생각했으니까.

정수민   죄송해요! 죄송해요! 괜찮으세요? (잇! 하고 지원 돌아보는데)

강지원   (표정 싹 바뀌어서 놀란 듯) 미안해! 발이 걸렸네.
(일부러 수민 살짝 밀어내며 다정) 자기야 괜찮아? 다친 건 아니지?
어떻게 해… 이거 아끼는 셔츠인데 엉망이 됐네.

정수민   (놀라서 셔츠 보면 명품 브랜드 자수 보인다) 헉! 이거 오땅띠…

민환이 표정 썩어서 셔츠 탈탈 털고 있으면.

강지원   냅킨 가져올게.

돌아서서 냅킨 쪽으로 가는 지원의 싸늘하게 식은 표정.

씬16. 구내식당 근처 여자 화장실(낮)

지원, 세수한 후 젖은 얼굴로 거울 본다.

강지원   (중얼) 이젠 당해주지 않아. (크게 심호흡하는데)

유희연(E)   저기요… 밖에 계신 분?

지원, 누가 있다고 생각도 못 해 깜짝 놀라 두리번.

강지원   ...저요?

유희연(E) 네네네! 저 부탁 하나만 해도 될까요?

강지원   (눈동자 굴려 생각해보다가) ...생리대 필요하세요?

유희연(E) 네네네네네네네네네!

강지원   (피식) 잠시만요. 금방 갖다 드릴게요.

CUT TO. 유희연 허리 90도로 몇 번이나 숙이면서 다소 과하다 싶을 정도로 인사 중이다.

유희연   와!! 어떤 분인지 은인으로 모시려고 했는데 가까운 분이네요.
            제가 꼭 한번 제대로 모시겠습니돠!

강지원   뭘 모셔요... 당연한 걸.

지원, 팔 뻗어서 희연의 어깨 잡고 슬쩍 뒤를 보는데.
이 모습 희연의 시점에서는 로맨스의 한 장면처럼 시크하게 슬로우면, 1차 심쿵!
지원, '역시' 하면서 가지고 온 카디건 팔 잡고 탁 털어 희연 허리에 감아 묶어주면,
이 모습 역시 희연의 시점으로 로맨틱하게 슬로우로 2차 심쿵!

유희연   대리님...

강지원   (아무 생각 없다) 묻었어요. 일단 응급처치하고.

유희연   (완.전.감.동!) 어떻게 이렇게 선량하실 수 있죠?
            대리님은 이 시대에 더 이상은 없다고 생각했던 선한 사마리아인이시고,
            영화에만 남았던 우리들의 다정한 이웃의 현신,
            제 인생에 빛과 소금 같은 진정한 은인이세요.

지원, 다다다다 찬양하는 희연에게 잠시 놀랐다가 빵 터져 웃는 위로.

강지원 뭐예요, 이런 성격이었어?

웃는 얼굴을 보는 희연 완전 반해서.

유희연 세상에! 웃으시니까 너무 예쁘시네요! 왜 지금까지 몰랐지??
미모에 선량함까지 탑재하시다니 인생 정말 혼자 사십니다!
강지원 (웃다가 눈물 나서) 오버예요, 희연 씨. 누구라도 했을 일이야.
유희연 절대 아니에요. 아까 대리님 오시기 전에 누가 들어오길래 애타게 불렀거든요. 궁시렁 욕하면서 제 볼일 보고 손까지 야무지게 씻고 나가버리던데요.
강지원 (아까?)

INSERT. 2부 13씬 손에 물 털면서 배식 줄에 껴들던 수민

강지원 (알 만하고)
유희연 (손 씻으면서) 식사는 하셨어요? 전 아직인데.
밥 먹으러 무방비로 왔다가 위기를 맞은 거라...
강지원 글구 보니 우린 왜 밥 한 번을 같이 안 먹었지? (싱긋) 같이 먹을래요?

씬17. 구내식당(낮)

지원과 민환 나란히 앉아있고 건너편에는 수민과 희연.

정수민 냅킨 가지러 간다는 애가 왜 이렇게 안 오나 했더니.
강지원 이쪽도 긴급 상황이어서.
정수민 (희연 못마땅하게 보고) 무슨 긴급 상황? ...뭐 우리도 알아서 했어.
유희연 (우리?)

민환의 하얀 셔츠, 제육볶음과 기름진 미역국의 영향으로 엉망진창이다.

강지원　(표정 썩어서) 그러게. 수습 잘했네.

전혀 수습 잘한 느낌 아니다. 민환은 얼룩 때문에 침울하고.

강지원(E)　(모르는 척 밥 먹으며) 박민환 속 뒤집어지겠네.
　　　저 옷 사달라고 나한테 1년을 졸랐는데.
유희연　(지원 밥 먹으면 자기도 먹기 시작)
정수민　(지원을 못마땅하게 흘기다가 민환에게 애교로) 거듭 죄송해요, 박 대
　　　리님.
　　　제가 셔츠 하나 사드릴게요!
박민환　괜찮습니다. 겨우 셔츠 하나인데요.
유희연　(민환 한 번, 수민 한 번, 지원 한 번 보고는) 이거 명품 아니에요?
　　　150만 원인가 180만 원인가...
정수민　(헉!)
강지원　그 정도 아냐.
정수민　(살짝 안심)
강지원　120만 원 조금 넘나?
정수민　(다시 헉! 해서 징징) 어떠케에...

눈 초승달로 만들며 징징대는 수민과
수민의 애교에 조금씩 마음 풀리는 민환.

강지원(E)　이때가 시작이었을까. (한숨)
　　　내 눈앞에서 이 짓거리를 하는 건 도대체 어떤 마음일까.

쓸쓸한 지원과 이상한 분위기 감지한 희연의 표정에서.

씬18. 도로 일각(낮)

시원하게 교외 쪽으로 달리는 지혁 차량.

씬19. 레스토랑 베르테르 주차장(낮)

느낌 있는 레스토랑 건물.
커다란 주차장으로 차 들어와 멈춰 서고 내린 지혁,

INSERT. 모던+세련된 '베르테르'의 간판

걸어 들어가다가 멈춰 서서 정말 내키지 않아 한숨 한 번 쉬고 고개 젓
는다.
그리고 다시 차로 돌아가려다가 멈추고. 하늘 보다가 이 악물고 결단!
굳은 결심으로 베르테르로 들어가는 워킹, 찬란한 태양-

씬20. 레스토랑 베르테르 오픈 주방(낮)

음악, 조명, 화려한 불꽃, 일사불란한 (수쉐프 이하의) 뭑질을 따라 움
직인 카메라.
오픈 주방의 제일 앞쪽 메인 자리,
과하지 않게 자연스럽게 리듬을 타고 있는 은호에게로.
한 손으로 달걀 깨기, 멀리서 소금 뿌리기, 공중에서 뒤집개 한 바퀴
돌리기, 접시 놓치는 척했다가 받기, 괜히 한 바퀴 돌아보기 등 굳이
안 해도 되지만 하면 멋진 퍼포먼스들 선보이고. 그림을 그리는 듯한
플레이팅까지.
음악에 완벽하게 맞춰 푸드쇼 끝내고 인사하면 쏟아지는 박수.

관람객들 우와!!

은호, 익숙한 듯 덤덤하게 완성된 접시 내놓고 종 땡~

CUT TO. 은호, 테이블마다 돌면서 인사하면
쫓아다니고 있는 애기쉐프, 시식 음식(방금 만든 거) 조금씩 나눠준다.
문 쪽 좌석에 앉은 손님1(여/30대) 손님2(여/30대) 손님3(남/30대).

손님1 (으음~~ 하고 음미하고) 어우, 오리지날 트러블의 맛~
손님2 오리엔탈 트러플이겠지. (음미하고)
손님3 잘생긴 거 알고 먹음 됐지 음식 이름이 뭐가 중헌디. (음미)
손님1,2,3 (다 같이 은호 한 번 보고 호~~~ 즐거워져서) 맞아. 잘생겼어~~

하는데 옆으로 쓱 스쳐 지나가 은호에게 향하는 지혁.
다른 테이블에 나눠주고 돌아서던 은호 뭔가 하고 보면.

유지혁 백은호 쉐프님?
백은호 (뭐지?)
유지혁 부산 태하고 나오셨죠?

씬21. 구내식당(낮)

희연, 가득 퍼온 밥 크게 한 숟가락 퍼서 입에 넣는데.

박민환 희연 씨, 진짜 잘 먹네요.
정수민 (희연 못마땅) 그러게. 여자가 어쩜 그렇게 많이 먹어요?
유희연 (태연) 여자건 남자건 큰일을 하려면 무조건 잘 먹어야 한다!
이게 저희 할아버지 가르침이거든요.

정수민	(픽) 그래서 할아버지는 큰일 하셨어요?
유희연	(태연) 콩나물 파세요. 두부랑 양념장이랑...
정수민	아아, 반찬 장사 하시는구나? (무시)
강지원	할아버지 덕에 희연 씨가 힘이 넘치나 봐요. 역시 한국인은 밥심이야.
유희연	(야무지게 밥 퍼먹으며) 맞습니다, 맞고요!
정수민	(저게...! 했다가 표정 바꿔서) 으응... 나는 입이 짧아서 큰일이야.

수민, 별로 손 안 댄 식판에 아예 젓가락 내려놓는다.

박민환	수민 씨 그거 먹고 어떻게 일을 해요? 너무 못 먹네.
정수민	맞아요. 우리 지원이처럼 뭐든 잘 먹어야 하는데.
	지원이는 어렸을 때부터 체하는 법도 없었거든요. 강철도 씹어먹을
	소화력이었다니까요.
박민환	이야, 그랬어? (뭣도 모르고 낄낄) 하긴 옛날에 쟤 돼지국밥 먹는 거
	보고 아~ 이 관계 괜찮나~ 했었잖아요. 완쥰 아저씨야, 애가.
정수민	(눈 흘기며) 민환 씨! 그런 말 하면 안.돼.요!
	우리 지원이는 무조건, 사랑해야 돼요!
박민환	아, 그런가? 하하하! (지원이 쿡 찌르며) 야, 넌 좋겠다? 저런 친구 있
	어서?
강지원	(콜록! 하고 사레들리지만 기회는 찬스다! 칭찬!) 수민이는 진짜 최곤
	데... (콜록) 왜 남친이 없... (콜록/가슴 탕탕) 눈이 높아서 어지간한...
	(콜록)
유희연	(수민환 짓거리 땜에 표정 안 좋았다가 얼른) 대리님! 제가 물 떠올게요!
정수민	앗! 내 것도!
유희연	네? 제가 왜요?
정수민	어차피 물 뜨러 가는 길이잖아요.
박민환	내 것...(내 것도... 하려고 입 벌리는데)
유희연	어차피 일하러 회사 온 정수민 씨, 제 일도 해주실래요?
박민환	(헙!)

정수민	(헐? 뭐야 얘는?)
유희연	(쌩하니 물 뜨러 가버린다)
정수민	저... 저... (지원아! 편들어 줘!) 쟤 나이도 어린 게 왜 저래?
강지원	애, 쟤 하지 마. 회사잖아. 나이는 어리지만 직급은 너하고 같고.
정수민	뭐?
강지원	(너무 감정이 드러났나?) ...그래도! 내가 한번 이야기해 볼게.
박민환	그래그래, 자기가 말 좀 해봐라. 애가 좀 버르장머리가 그렇긴 하더라.
강지원	(희연 식판까지 챙기며) 응. 민환 씨, 수민이랑 마저 밥 먹고 올라와 있어.
정수민	(입 댓발 나와 있으면)
강지원	(웃기지도 않지만) 수민이 밥 좀 더 멕이고.
	애가 입이 짧아서 챙겨주지 않으면 잘 못 먹어. 나하고는 달.라.

지원의 말에 수민 살짝 혼란스럽다. 기분 탓이었나? 지금은 호구 맞는데?
하지만 지원은 돌아서면서 표정 싸늘.

CUT TO. 정수기 앞
희연, 물 따르고 있는데 옆으로 온 지원.

강지원	미안해요. 희연 씨 식판 내가 치웠어. ...자리 불편했죠?
유희연	죄송해요. 참았어야 하는데... (물 꿀꺽꿀꺽 마시고 입바람으로 앞머리 후~) 딱 알겠더라고요. 아까 화장실에서 저 쌩깐 사람... 정수민 씨예요.

INSERT. 화장실(새로운 씬)

유희연(E)	저기요오? 방금 들어오신 분 호옥시 저 좀 도와주실 수 없을까요?
정수민	(귀찮+손 씻으며 조그맣게) 지가 준비성 없어놓구 왜 남한테 피해를 주는지...

강지원 (역시 싫어서 피식) 나가요. 샌드위치라도 사줄게.

유희연 (반색해서 팔짱 끼며) 여믜시 센스 대박이시다! 헤헤, 사실 쫌 쫄았거든요.

한 말에 후회는 없는데 우리 은인님 불편하게 한 걸까 봐.

지원과 희연, "그냥 밥 한 번 더 드실래요? 제가 쏠게요." / "내가 사준다니까." / "근데 솔직히 아까 그 스테이플러 어이없지 않아요?" 하며 알콩달콩 나가고.

CUT TO. 수민, 민환 자리

사이좋게 나가는 지원과 희연 보는 수민 입술 꽉 깨무는 데까지.

씬22. 구내식당 앞 엘리베이터 홀(낮)

식사를 끝낸 사람들 엘리베이터 오길 기다리고 있고 그중 민환과 수민 있다.

정수민 (시무룩) 지원이가 화났나 봐요. 제가 대리님 셔츠 망쳐버려서요.

박민환 에이~ 그런 애 아닌 거 아시잖아요.

아까도 수민 씨 밥 먹는 거 걱정하고… 얼마나 끔찍하게 생각하는데.

정수민 그럴까요… (한숨) 우리 지원인 가끔 너무 무심해요.

내가 자길 얼마나 좋아하는지도 모르구…

민환, 수민이 귀엽기도 하고 웃기기도 해서 으이구.. 하며 어깨 다독여주는데

엘리베이터 문 열리고 사람들 우르르 밀려 탄다.

씬23. 엘리베이터 안(낮)

사람들 많이 타서 끝쪽으로 밀린 민환과 수민,
수민이 벽에 등을 대고 서면 민환이 막아주는 상황이 되어버리고.

정수민   (손을 가슴에 댈까 말까) 손이... 손이...

수민, 귀엽게 코끝 찡그리고 웃으며 민환 가슴 위에 손 가볍게 올려놓으면,
그 모습 귀여워 죽는 민환 입 찢어지고.
민환 셔츠에 묻은 제육볶음 자국 손가락으로 누르며 눈웃음치는 수민,

정수민   이거 어떡하죠?

두 사람의 비밀인 것처럼 키득대며 웃는다.
그러는데 엘리베이터 문 열리고 두세 명 더 올라타면 두 사람의 몸 밀착.

박민환   흠흠...

수민, 고개 돌리며 헛기침하는 민환이 자기를 여자로 의식했다는 것을 눈치챈다.
묘하게 올려다보다가 발돋움해 민환의 귓가에 입술 살짝 닿게 하며.

정수민   향수... 뭐 쓰세요?
박민환   (충분히 유혹적인데)
정수민   (이내 몸 떼고 아무것도 모른다는 듯 활짝!) 냄새 좋다아...

그런 수민에게 꽂힌 민환의 표정과,

INSERT. 엘리베이터의 ↑ 표시(민환의 상태)

씬24. 회사 주차장(낮)

차를 세운 지혁, 지원이 사준 진통제 두 알 삼키고 내린다.
몇 걸음 걷다가 핸드폰 꺼내서 문자 보내고.

씬25. 카페 아담 스미스(낮)

지원의 핸드폰에 문자 메시지 온다.
커피와 수플레케이크, 초코케이크, 와플 시켜놓고 먹고 있는 중이었는데.

강지원   (확인해 보고) 어... 희연 씨, 어떡하죠? 나 사무실 올라가 봐야 할 것 같은데.
유희연   이걸 그럼 저 혼자 다 먹어요? (서운한 듯)
강지원   (미안...)
유희연   (반전!) 우잉... 이렇게 받기만 해서 어떡하죠...
          그럼 대신 이번 주 일요일에 저랑 데이트해 주실래요? 제가 밥 쏠게요!
강지원   그... 아, 아니다.

INSERT. 1부 69씬 정수민 "그 대신 주말에 데이트하자. 고슬정이라고 엄청 맛있는 고깃집 알아놨어."

유희연   (우물우물) 약쏙 이쓰쉐여?
강지원   그럴 거 같아요. (뭔가 아는 눈빛) 안 갈까 생각 중이긴 한데...
유희연   안 가도 되는 거예요? 무슨 약속인데요?

강지원   동창회- 일 거 같아요.

유희연   동창회면 가야죠. 첫사랑도 보고~ 실망도 하고~ 그래야 내일로 고고
하고~

강지원   (피식) 내 첫사랑은 어디서 뭐 하는지 아무도 모르는 애고...
음... 나 별로 막 인기 있는 타입은 아니었거든.
굳이 가서 흑역사를 확인할 필요가 있나.

유희연   그럼 더더욱 가야 하는 거 아니에요?

강지원   (응?)

유희연   안 가면 그냥 흑역사로 남지만 가서 뜯어고치면 역사가 되니까!

비장+과장스러운 희연의 말에 느낌이 있는 지원.

씬26. 1층 로비(낮)

지원 들어오는데 주차장 엘리베이터에서 나와 다가오는 지혁.
꼭 두 사람이 용건 있는 것처럼 서로에게 다가가다가..
간단한 눈인사만 하고 스쳐 지나간다.
지원은 아무 생각 없지만 지혁은 슬쩍 멀어지는 지원 의식하는데.

강지원   아! (돌아서며) 부장님!

유지혁   (깜짝) 네, 네?

강지원   (뭐야? 왜 이렇게까지 놀라?) 죄송해요. 다름이 아니라 일요일에 시간
있냐고 하신 거요. 혹시 급한 일이면 저 출근할 수 있어요.

유지혁   (어? 동창회랬는데) ...약속 있는 거 아니었어요?

강지원   음... 그렇긴 한데 중요한 것도 아니고. 업무가 먼저죠. 그게 맞을 거
같아요.

유지혁   (본다) ...강지원 씨가 먼저예요.

강지원   아? (웃고) 하지만 어차피 갈까 말까 고민 중이라서요.

유지혁　가요.

강지원　(?)

유지혁　할까 말까 할 때, 그때그때 정답은 다르겠지만 이번엔 해봐요.
　　　　가도 될 거예요. 나한테 빚 있다는 것만 기억해요.

　　　　지혁, 눈인사하고 걸어가면.

강지원　뭐야... 쉬는 날 출근하라고 해놓고 안 부른다고 생색내는 거야?

　　　　아무것도 모르는 지원 돌아서서 멀어지만 (화상 이야기인가? 뒤끝
　　　　있네..)
　　　　마지막 순간 지원을 슬쩍 돌아보는 지혁의 표정까지.

씬27. 회사 옥상(낮)

　　　　주란 바람 맞으면서 마음 복잡한 표정이다.
　　　　들고 있는 건 지원이 준 기획안.

양주란　...잘 썼네.

　　　　FLASH CUT. 2부 11씬 강지원 "봐 주세요. 그러고도 시간 안 나시면
　　　　할 수 없고요. 아니면...(커피 한잔하자는 시늉)"

강지원(OFF)　　커피는 없네요?

　　　　지원의 핸드폰에 문자
　　　　[양주란 대리님 : 강 대리, 잠깐 옥상에서 볼 수 있어?]

양주란	음... (고민하다 기획안 돌려준다) 기획안 봤어. 괜찮네.
강지원	(느낌 거절 같지만 끝까지) 같이 해보지 않으실래요?
양주란	(망설이다가 솔직) 회사 일이라는 게 그렇게 되는 게 아니야. 과장님은 우리와는 또 다른 시각으로...
강지원	안 읽어봤어요, 그 인간.
양주란	...뭐?
강지원	제가 봤어요. 넘겨보는 척하긴 했는데...

FLASH CUT. 경욱 손가락에 침 묻혀 기획안 빠르게 넘겨보고 있는데 눈동자는 안 움직인다. 심지어 딴 데 보면서도 장수는 넘어가고.
강지원(E) "보는 시늉만 한 거예요. 늘 그랬어요."

FLASH CUT. 탕비실 개수대에 기대 멋있는 척 다리 꼬고 기획안 보는 시늉(남 보라고)

FLASH CUT. 경욱 자리에서 기획안 손으로 넘기고 있는데 눈은 옆에 세워둔 야구 영상에 가 있다.

양주란	말도 안 돼...
강지원(E)	양주란 대리는 원래도 순한 성격인 데다 신입 때부터 김경욱에게 가스라이팅을 당했어.
강지원	다 떠나서요... 과장님 시각 같은 거 다 떠나서 대리님 의견은요? 이거 말도 안 된다고 생각하세요? 정말요?
양주란	우움... (아니다. 좋은 기획안이라고 생각) 그럼! 내가 과장님과 상의해볼게.

전혀 미덥지 않게 웃은 주란이 지원 어깨 한 번 두드리고 지나쳐서 가는데.

강지원   (그대로 등 돌린 채 큰 소리로) 김경욱 과장!!

주란 멈칫해서 돌아보는 데서.

씬28. 16층 남자 화장실(낮)

경욱 콧노래 부르면서 머리카락 재정비 중이다.
빈틈 생긴 거 곱게 가르마 갈라 가리면서 이리저리 어울리지 않게 포
즈 잡고는 만족!
경쾌하게 엉덩이 씰룩이며 밖으로 나가는데.

씬29. 16층 화장실 앞 복도(낮)

여자 화장실 앞에서 팔짱 끼고 서 있던 수민.

FLASH CUT. 2부 21씬 지원과 희연 구내식당 화기애애하게 나가는 모습

정수민   이 기지배 요즘 진짜 맘에 안 들어.

하다가 경욱 나오는 소리에 자기도 막 나가는 척하면서 부딪칠 뻔!

정수민   꺄앗! (표정 싹 바뀌어 꺄항호홍!) 과장님, 점심 맛있게 드셨어요?
김경욱   (콧구멍 벌렁) 우리 예쁜 수민 씨네~ 난 추어탕으로 몸.보.신! 수민 씨는?
정수민   전 구내식당이요. 제육볶음 나왔어요.

나란히 걸으며.

정수민 저기요오... 저 과장님한테 비밀 이야기 할 거 있는데.

김경욱 (어? 흐흐... 콧구멍 벌렁벌렁) 비밀 이야기이?

정수민 저 정직원 돼야 하잖아요. 뭐 하나 생각하는 게 있는데 정리가 잘 안
       돼서~

김경욱 하!하!하! 그 정리 내가 해줘야지!

정수민 정말요?! 감사합니다!!

김경욱 여자 같지 않은 아줌마랑 못나니뿐이라 파이팅 안 되는 팀 분위기를
       위해서라도 수민 씨의 정직원 전환이 아~주 시급해.

정수민 어우... 과장님 유머 감각!!

       수민, 꺄르륵 웃으며 경욱 팔 툭 치면,
       좋아서 콧구멍 벌렁벌렁한 경욱의 위로.

강지원(E) 자기 기분 내키는 대로 일하는 거 다 아시잖아요.
         그래서 대리님 말에는 다 반대하죠.

씬30. 회사 옥상(낮)

       바람 불어와 머리카락 다 날리는 가운데 지원, 심각한 얼굴로 돌아본다.

강지원 예전에 대리님께 들이대다 차이고 나서부터는요.

양주란 (벙쪄 있다가 픕!) 뭐래애... 유치하게 무슨...

강지원 그 유치한 짓을 김경욱은 지금 7년째 하고 있는 거예요.

양주란 (사실이다)

강지원 김경욱이 과장 달 수 있었던 거... 양 대리님의 기획안을 자기 이름으
       로 제출해서라는 거, 저 알아요.

강지원(E) 해오던 짓 그대로 내 기획안으로 정수민을 정직원 만들었지.

양주란 내 사수셨어. 회사에서는 아랫사람이 한 일은 원래 윗사람 이름으로...

강지원   대리님은 그러신 적 없잖아요.

양주란   (맞다)

강지원   지금 대리님 행동은 책임감 있는 행동 아니에요.

이건 진짜 일을 하느냐, 아니면 하는 척을 하느냐는 문제예요.

바람 다시 불어와 지원의 머리가락을 날린다.

강지원   전 이 기획에 자신 있어요. 대리님도 이 기획이 괜찮다는 걸 아세요.

양주란   (울상) 하지만 과장님은...

강지원   조금 있다가 월요일에 까인 거 제목도 안 바꾸고 다시 봐 달라고 할게요.

양주란   뭐?

강지원   김 과장님이 기획안을 읽지 않고 리젝한 게 확실해지면,

양주란   (어어... 진짠가?)

강지원   그때는 같이하는 거예요. (손을 내민다)

마음이 복잡하지만 들고 있는 기획안 보다가 결심으로 손잡는 주란.

고개 끄덕! 두 손 마주 잡은 여자들의 위로.

강지원(E) 100% 안 읽었어.

씬31. 16층 사무실(낮)

절대 갑의 입장에서 여유로운 경욱의 얼굴 위로.

강지원(E) 아니, 99%.

지원, 타이핑하면서 경욱의 눈치를 살핀다.

강지원(E) 김경욱이 기획안을 읽지 않은 건 확실해.

　　　　 하지만 표나 그림, 뭐든 하나라도 기억하고 있다면... (살짝 불안)

　　　　 결전의 순간을 앞둔 지원의 긴장과 경욱의 무신경한 표정 대비.

강지원 (크게 심호흡하고) 겁먹지 말자. 내가, 맞아.
강지원(E) 저 사람이 얼마나 게으르고 일 안 하는 사람인지를 믿자!

　　　　 결심으로 일어난 지원이 천천히 경욱에게로 향하기 시작한다.
　　　　 주란은 기대 반 걱정 반,
　　　　 지원은 바짝 긴장해 심장이 두근두근, 관자놀이엔 식은땀이 흐른다.

강지원 과장님, 이 기획안도 한번 봐 주세요. 지난번 것과는 다른 건데요...

　　　　 지원이 들고 있는 기획안의 제목은 '1인 가구를 위한 밀키트 제안'
　　　　 코털 뽑고 있던 경욱, 띠껍게 팅~ 튕기고 비열한 표정으로 기획안 받고.
　　　　 덩달아 긴장하는 (+기대하는) 주란,
　　　　 덤덤하게 눈 내리깔고 있지만 긴장 만빵인 지원,
　　　　 경욱 아주 제대로 한소리 하려고 작정한 얼굴로 기획안 넘기는 모습
　　　　 으로.
　　　　 그리고 뭔가 이상한 듯 점점 경욱의 눈썹이 올라가기 시작하는데.

씬32. 기획안 클로즈업 분할화면_1부 포함(낮)

　　　　 경욱이 지금 넘기고 있는 기획안의 클로즈업.
　　　　 [3. 건강을 추구하는 간편식, 밀키트의 영양 구성표]
　　　　 1부 62씬에서 경욱이 기획안 넘기는 중에 스탑! 클로즈업!
　　　　 [3. 건강을 추구하는 간편식, 밀키트의 영양 구성표]

폰트와 목차, 색깔까지 같은 내용, 같은 표.

씬33. 16층 사무실(낮)

김경욱 너 지금 나랑 장난치는 기야?! 이거 지금 지난번에 준 거랑…

주란 얼어붙고.

김경욱 하, 나 어이없어서…

지원, 설마 걸렸어?! 싶어 숨 들이마시고.

김경욱 이거 지금 전에 준 거(보다…)

지원이 불호령 예상하고 눈 질끈 감는 순간!

김경욱 …보다 더 엉망이잖아!!! (확 던져서 흩뿌리는데)

서류 팔락팔락 떨어지고 있지만 분위기 반전의 BGM!
지원이 어? 하면서 눈을 번쩍 뜨고, 주란의 입 쩍 벌어지고.

김경욱 내가! 일 못 하는 애들 한둘 본 거 아닌데 너 같은 애는 처음이야.
어떻게 이렇게까지 메롱해? 인터넷에서 짜깁기한 티가 이렇게 나도
되는 거야? 일하기 싫으면 때려치지 왜 날 괴롭혀?
강지원 (눈빛 반짝였다가) 앗! (바닥에 흐트러진 서류 하나 집어 들며)
죄송합니다! 이거 지난번에 드렸던 기획서예요. 같은 파일을 출력했
나 봐요.
(자기 자리로 뛰어가서 다른 기획안) 이겁니다. 죄송합니다! 죄송합

니다!

순간 벙쪘다가 얼굴이 화끈해지는 경욱과
허리 굽혀 사죄하고 있지만 살짝 웃는 지원의 위로.

사원들(E) 뭐야... 크크, 한 번 본 건데 못 알아봤어? / 대박! 일 진짜 안 한다니까!

씬34. 탕비실(낮)

지원이 머그에 커피 타고 있다.
뜨거운 물 붓고 믹스 넣고 녹인 다음 아이스 넣는데 들어오는 주란,
그럴 줄 알았다는 듯이 자연스럽게 머그(2잔이었음) 하나 주란에게
건네는 지원.
짠 하고 잔 부딪치고 맥주처럼 쭈욱 들이켜는 두 사람.

양주란 와... 설마설마했는데 진짜 모르네. 제목도 같은데 어떻게 이럴 수 있지?
강지원 일 안 한다니까요. 이제 같이하는 거예요. 진짜 이거 대박 날 거예요.
밀키트! 빠르고 간편하게 맛있는 음식을 소비자에게!
양주란 알았어. 그동안 왜 이렇게 뭐가 안됐는지 알겠어.
강지원 (미소)
양주란 와... 진짜... 와... 진짜... 내가 여태까지 이런 사람을 믿고 일했다니.
유희연 (들어오면서) 두 분만 커피 드시기?

지원이 자연스럽게 머그잔을 들어 건넨다. (사실 세 잔)
세 사람 크게 웃지는 못하고 키득대면 지나가던 경욱 찜찜하고.
(혼냈는데 이 분위기 뭐야?)
그 모습을 서늘하게 지켜보던 수민,
슬쩍 지원의 자리로 가서 '밀키트 기획안'을 집어 들고 넘겨보다가 눈

빛 반짝이는 데서.

씬35. 삼겹살집(밤)

수민의 얼굴 연결해서 짠~ 하고 부딪치는 소주잔,
앞에 앉은 건 경욱이다.

김경욱 웬일로 퇴근 후 데이트 신청이실까?

정수민 아까 말씀드린 비밀 이야기 때문이지용~

김경욱 비밀이라는 말 참 설레네. (삼겹살 수민의 그릇에) 삼겹살 괜찮지?
아, 맞다. 아까 점심에 제육볶음 먹었댔나?
2연속 돼지고기네? 좀 메롱한가?

정수민 아니에요! 전 한우보다 한돈이 좋거든요!

수민의 뒤로 보이는 '돼지고기 : 수입산' 표시.

김경욱 먹을 줄 아네! 진짜 수민 씨는 느-어무 괜찮은 여자야!

정수민 에이, 제가 뭘요. 우리 지원이가 진짜죠.

커다란 쌈 싸서 입에 욱여넣던 경욱, 풉! 하고 뱉어낸다.
파편이 수민의 접시까지 튀고, 순간 수민 표정 관리 실패할 뻔하지만.

김경욱 말끝마다 강지원이네. 그렇게 좋아? 여자들은 알 수 없다니까.

정수민 지원이요- (헤헤 웃지만 경욱이 준 고기 들었다가 안 먹고 내려놓기)
우리랑 달라요. 한국대잖아요. 똑똑해- 그리고 야망도 있고.

김경욱 (실룩) 한국대가 뭐 별거야? 거기 출신들이 공부만 해서 오히려 쓸모
가 없어.
기획안에 전혀 현실성 없는 허황된 소리만 한다니까.

정수민 치- (밉지 않게 눈 흘기고) 지원이는 과장님이 못 알아본다~~~ 보는 눈이 없다~~~ 그렇게 생각할걸요?

김경욱 (욱!) 내가 보는 눈이 없다고?? 수민 씨가 학벌에 콤플렉스가 좀 있네. 그러지 마. 대학? 하등 쓸모없어.

정수민 뭐, 아이디어는 좋을 수 있죠. 실행은 별개지만.

김경욱 하여튼 강지원 늘 뻣뻣하다 했더니 뒤로 이런 생각을 하는 스타일이구만?

정수민 그래두우~ 오늘 잘못 출력했던 밀키트 기획안이요~

김경욱 (수치심에 빡!)

정수민 (얼른) 엉망진창이지만 아이디어는 좋더라고요.
과장님이 가지고 와서 저하고 같이 개발하면 대박 날 거 같기도? (귀엽게 짠!)

김경욱 (얼결에 짠 해주며) 수민 씨하고... 같...이??

정수민 네에~ 제가 지원이 아는데 산으로 갈 거 같고 과장님 연륜으로 방향키 제대로 잡으면... 아유, 저 정직원 될 거 같은 기분이 마악~~!!!

김경욱 (이거 일+수민이랑 뭔가 될 거 같기도?)

정수민 헤헤, 나 과장님이 진짜 편한가 보다.
이렇게 오빠한테 하는 잡담처럼 일 얘기를 하고.

경욱, 순간 멍해지는데.

김경욱(E) 오빠라고... 불렀다.

금사빠의 바람이 확 불어오는 경욱의 표정에서,

FLASH CUT. 경욱 상상_공원 일각
데이트 중인 경욱과 수민,
아무것도 모르고 해맑은 수민을 리드하여 키스하기 직전까지!

FLASH CUT. 예식장
결혼사진 찍는 경욱과 수민!

FLASH CUT. 산부인과 병실
수민에게서 아이 받아들며 감격하여 눈물 흘리는 경욱!

FLASH CUT. 주택 독채마당
아들(4세), 아들(5세), 딸(6세)와 정원에서 뛰어노는 수민.
화단에 물을 주다 행복하게 웃는 경욱.

FLASH CUT. 주택 독채마당
성장한 자녀들(10대 후반)과 가족사진 찍는 경욱과 수민.

FLASH CUT. 주택 독채마당
같은 앵글로 아들 둘, 며느리 둘, 딸, 사위, 손자들(총 8명)과
가족사진 찍는 경욱과 수민(60대).

김경욱 (약간 벌게져서 술 마시고) 흠흠! 그, 그럼! 사석이니까 오, 오빠지.
자, 수민아~ 이 오빠한테 기획안 이야기 좀 더 해봐~~

수민, 뜻대로 되었다는 듯 예쁘게 웃으며 잔 내밀면,
홀린 표정의 경욱 건배하는 데서.

씬36. 맥줏집(밤)

경욱과 수민이 있는 삼겹살집에서 카메라 몇 칸 움직이면 지척에 있
는 맥줏집,
민환과 유상종(33/민환친구) 술 마시는 중이다.

맥주 들이켜는 민환의 얼굴 위로.

FLASH CUT. 2부 23씬 엘리베이터에서 민환의 가슴에 손 얹는 수민

FLASH CUT. 2부 23씬 밀착된 민환과 수민의 몸 섹시한 느낌으로.

박민환   와... 하필 강지원 친구야. 한번 어떻게 해보지도 못하게.

유상종   야야, 무슨 상관이야? 보니까 걔도 너한테 꽂혔는데 한번 쿨거래 해!

박민환   (낄낄) 이 미친놈아! 중고거래하냐?

유상종   중고지, 새 상품은 아닐 거 아냐.

박민환   (안주 홱 던지며) 미친놈아! ...요즘 머 쫌 괜찮은 애 있는 데 없어? 못 참겠다.

유상종   미췬세이... (낄낄) 금요일인데 아직 힘 넘치시네. 니 애인은?

박민환   남자 힘 빠지게 걔 얘기는 왜 해? 걘 결혼용이지.

유상종   (낄낄) 결혼용은 뭐야?

박민환   착해. 알뜰하고 부모님 잘 모실 스타일이야. 돈 열심히 벌고 쓸 줄은 모르고.

유상종   오우? 겁나 완벽한 와이프 감이네!

박민환   겁나 재미 없지. 걘 회사 전망보고서를 읽는다니까? 그걸 도대체 누가 읽어?
         지금도 회사에 있을걸?

씬37. 회사 옥상(밤)

회사 전망보고서 팔락, 그 옆에 화려하게 펼쳐져 있는 야경 보는 지원.

강지원(E) (미소) 다시 사는 거... 뭐든지 할 수 있는 거였어.
          작지만 정수민에게도 한 방 먹였고 김경욱도...

강지원　(자신만만!) 뭐든지 할 수 있는 거야!

씬38. 16층 사무실(밤)

　　지원 사무실로 들어온다.
　　몇 명 없는 사무실에서 두어 명이 한 컴퓨터에 나오는 영상 보고 있는
　　데 트럼프의 얼굴 보이면.

강지원　(옆으로 지나가다가) 뭘 보고 있어요? 핵 관련 담화라도 했어요?

　　오잉? 하면서 고개 돌려 지원을 보는 남직1/여직1.
　　분위기 이상해서 어? 하는 순간 모니터에,

　　INSERT. 어프렌티스의 한 장면 트럼프 "You are fired!" 하면.

　　지원, 그제야 예능이었다는 걸 깨닫고.

강지원(E)　헉! 아직 트럼프가 대통령이 되기 전이야?
　　　생각보다 더 앞이잖아!
남직1　트럼프가 미국 대통령이에요? 핵 관련 담화를 하게.
여직1　이 사람이 할 수 있는 담화는 뒷담화밖에 없을 거 같은데.
　　　오바마 뒷담화~~

　　아하하... 하고 어색하게 웃으면서 얼른 자리를 피하는 지원,
　　큰일 날 뻔했다 가슴을 쓸어내리며 자기 자리로.
　　유통 관련 사이트 떠 있는 모니터와 밀키트 브레인스토밍한 흔적이
　　있는 노트가 어지러운 책상에 'U&K 2013 전망보고서' 내려놓았는데
　　쇼핑백과 쪽지 발견--.

[오늘 하루 종일 너 주려고 타이밍 봤는데 놓쳤당! >.<

내 반쪽! 커플 아이템이야. 일요일 날 만날 때 꼭 하고 와야 돼!]

방금까지 기분 좋았던 지원, 서늘해져서 선물 포장 열어보면 명품 귀

걸이(짭).

FLASH CUT. 2부 41씬 하예지 "하고 온 귀걸이 봤나?"

인상 찡그리고 대충 다시 싸서 쇼핑백에 넣고 나갈 준비하고.

씬39. 엘리베이터 안(밤)

지원, 핸드폰 보는데 수민으로부터 메시지 와 있다.

[반쪽 : 너 요즘 너무 소원해! 나 서운해! 술 한잔해서 하는 소리 아냐!]

인상 빡 쓴 지원이 답문 안 하고 핸드폰 내려놓는데 다시 오는 문자.

[반쪽 : 오늘 너네 집에 가서 잘래! 주말 같이 보내고 일요일에 고슬정 갈끄라구!]

'고슬정'이라는 텍스트만 볼드체로 눈에 들어오면, 손에 들고 있는 오

땅띠끄 짭귀걸이 봉투까지 한 번 본 지원의 표정 어두워지고.

강지원   고슬정... 확실해.

지원의 눈동자에서 연결.

씬40. 고슬정_회상(낮)

INSERT. 고슬정 간판

노메이크업, 안경, 추리닝 차림에 후드 뒤집어쓰고 고깃집 입구에 들

어선 지원,
핸드폰으로 '반쪽'에게 전화 걸고 두리번거리다가 얼어붙는다.
한쪽의 단체석에 20명 정도의 인원이 앉아있고, (다들 꾸미고 있음)
그 앞에는 '부산 태하고 37기 동창회'라고 쓰인 푯말.

하예지　혈... 진짜 왔다 안 하나.
정수민　(환하게 웃으면서 달려 나오는) 지원아아아~~!!

수민이 이름을 부르면 예지를 비롯한 동창들 눈빛 나빠지며 쑥덕거리기 시작한다.
"지원이? 지원이가 눈데..." / "강지원, 그 왕따?" / "쟈 꼬라지가 와 절노?"

정수민　헤헤! 얼른 와. (팔짱 꼭 끼면)
강지원　이거 뭐야?
정수민　(속닥) 동창회애... 너 안 올 거 같아서어.
　　　　　이제 우리도 서른 넘었는데 지난 일은 잊어야지. 다 좋은 애들이야,
　　　　　알지?

여기서 박차고 나갈 수도 없어 질질 끌려가 앉는 불편한 지원의 얼굴
에서 연결.

씬41. 고슬정 여자 화장실_회상(낮)

칸에 들어가 뚜껑 내리고 앉아 한숨을 내쉬는 지원.
핸드폰 꺼내 들고 '반쪽'과의 메시지 창 띄워서 '나 그냥 갈 테니 내 가
방 좀...'이라고 치고 있는데 밖에서 하예지들 들어오고.

하예지　강지원이, 야~ 대단하데이! 지하고 친했던 아가 어데 있다고 여길 오노?

얼어붙는 지원.

친구1　고기 먹으러 왔나 부지. 하고 온 거 보니 잘 못 먹고 다니나 분데.
하예지　니는 와 갑자기 서울말 쓰는데? 징그럽구로!

깔깔 웃는 하예지들의 소리 칸 안에서 다 듣고 있는 지원 핸드폰 움켜 쥔다.

친구2　그래도 지가 어떠케 수민이한테 붙어 있노?
하예지　뻔하지. 수미이 그 순딩이가 머 조은 게 조은 기다 카니까 그러는 거 아이가.
　　　　수미이 아니문 고기도 못 묵고 다닐 아안데.

또다시 웃는 아이들.

하예지　정수미이 착해 빠지가꼬 큰일이다 큰일! 우리라도 챙기야지.
　　　　하고 온 귀걸이 봤나? 수미이 꺼 따라 했나 분데 500m 밖에서 봐도 짜 바리 아이가. 강지워이 고딩 때부터 마 수미이를...
친구2　예지야, 잠깐만.
친구1　강지원 아까 자리에 없던데... (턱짓으로 닫힌 문 가리키면)

예지, 발로 문 쾅 차본다.

하예지　여 있나? (픽 비웃음) 와 없는 척을 하노?
　　　　와~~ 가스나 욱쑤로 으뭉스럽데이...

움츠러들어 덜덜 떨리는 손을 움켜쥐는 지원의 비참한 표정에서.

씬42. 1층 로비 엘리베이터 홀(밤)

땡- 하는 소리와 함께 문 열리면 지원, 얼굴 감싸고 숨 몰아쉬고 있다.

강지원   미쳤어? 내가 거길 왜... (하다가 문득)

FLASH CUT. 2부 25씬 유희연 "안 가면 그냥 흑역사로 남지만 가서 뜯어고치면 역사가 되니까!"

강지원   그게... 되나. (고개 절레절레)

밖으로 나오며 [아냐, 오지 마. 나 오늘은...] 치는 중에 다시 진동-
[박민환 : 나 오늘 너네 집에 감. 한잔하니 내 사랑이 보고 싶네.]

강지원   (헐...) 이 인간들이 우리 집이 모텔인 줄 아나. 술 마셨다고... 어?

어, 잠깐? 하고 뭔가 번뜩 지원의 머릿속에 떠오른다.

강지원   둘 다 술을 마셨고... 박민환은 술만 마시면 뜨밤 타령하던 놈이고...
잘만 하면 오늘...

FLASH CUT. 1부 23씬 회귀 전 문 열린 틈 사이로 헐벗고 있던 두 사람

눈 질끈!

강지원(E) 어차피 일어날 일 기다릴 필요 있나.
강지원   그 죽고 못 사는 사랑 빨리 이룰 수 있게 내가 도와줄게.

굳은 결심으로 답문하는 지원.

CUT TO. 부분조명 외에 불이 꺼져 있는 로비의 출입구

지혁은 들어오다가 지원 보고 멈칫.

문자 하느라 앞을 못 본 지원은 같은 출입구로 들어가려고 했을 때야 발견-

어? 하고 묵례한 후 옆 칸으로 가는데 지혁 역시 그 칸으로.

서로 멈칫하고 다시 원래 칸으로 동시에 움직이면,

지원 하하... 하고 어색하게 웃고 지혁 움직이길 기다리는데

지혁은 덤덤하게 기다리는 바람에 둘 다 눈 마주친 채 서 있는 셈이 된다.

유지혁　강 대리님이 이쪽으로 나가시죠. (옆 칸으로 가서 직원카드 띡!)

강지원　네네... (띡!)

유지혁　퇴근하는 거예요?

강지원　네. 부장님은 이 시간에 들어오시는 거예요?

유지혁　일이 좀 있었어요.

강지원(E)　맞다. 원래 자리를 자주 비웠었지.

강지원　(꾸벅) 고생하셨습니다. 그럼 저 먼저 들어가 보겠습니다.

유지혁　그건...

강지원　(가려다가 끼익! 멈춰서 돌아보면)

유지혁　(손가락으로 수민이 선물한 쇼핑백 가리키고 있다)

강지원　아, 선물 받았어요. ...정수민 사원한테요.

지혁, 뭔가 할 말 있는 듯이 본다.

뭔데? 하고 지원 눈썹 살짝 치켜올리면.

유지혁　그거...

강지원　(뭐?)

유지혁　그거, 진품이 있어요. 아는 사람은 보면 알 거니까...

아? 하고 기억이 나는 지원의 표정에서.

FLASH CUT. 회상 유지혁 in 엘리베이터 "안 하는 게 좋겠어요."
(지원은 상태 안 좋은 짭귀걸이를 하고 있는 상태)

유지혁   (겹쳐서) 안 하는 게 좋겠어요.
강지원(E) 기억...났다. 전에도 이런 말을 해서 무례하다고 생각했었어.
           동창회에 나가서 어떤 꼴을 딩하는지 몰랐으니까, 정수민의 의도를
           몰랐으니까, 친구가 준 선물인데 안 좋은 이야기를 한다고만 생각했지.
강지원   ...죄송합니다.
유지혁   (보면)
강지원   아, 아니, 감사합니다.

           지원이 살짝 감동+민망해서 웃으면,
           기분 좋아지는 지혁.
           그렇게 좋은 분위기로 서로 보고 있는데,

유지혁   ...데려다줄까요?
강지원   네엑? (너무 황당해 목소리 갈라지기까지)
유지혁   (무안) 반응이, 너무 좀...
강지원   죄송합니다. (흠흠) 너무 쌩뚱맞아서. 괜찮아요. 버스 타면 금방 갑니다.
유지혁   데려다주고 싶은데.

           지원도 의미를 못 알아들을 수 없는 직진.
           순간 로비의 분위기 살짝 바뀌지만.

강지원   거절하겠습니다.

           분위기 팍 깨지고.

강지원   (차갑지 않게) 지금 남자 친구가 집에서 기다리고 있어서요.

유지혁 (순간 놀람)

강지원 (시계 보고) 앗, 늦었다!

꾸벅 인사한 지원이 도도도도 뛰어가면 그 모습 바라보는 지혁의 심란한 표정에서.

씬43. 맥줏집 앞(밤)

상종 차 대리가 막 도착하는 타이밍에 민환도 문자를 확인한다.
[강지원 : 야근 중이었는데 들어갈게.]

박민환 야근하시다가 바로~ 달려오신단다.
애는 좀 굶었으니 고프겠지. (낄낄) 오늘은 뜨밤 예약이고오!

하는데 다시 진동이 울리고,
[강지원 : 냉장고에 맥주 있으니까 한잔 더 하고 있어.]

박민환 난리 났구만. 하여튼 여자들이 더 밝히지.

유상종 야야, 하루 종일 딴 여자 얘기하다가 여친한테 가서 푼다고? 이거 근본 없네!

박민환 크하하하!! 강지원, 넌 오늘 디졌어!! (룰루랄라 절로 콧노래)

민환이 자연스럽게 상종의 차 타면
'아, 생큐야! 돌아가야 돼!' 하며 투덜대는 소리와 함께 차 문 닫히는 데서.

씬44. 편의점 카운터(밤)

맥주 캔 집어 들었던 지원 내려놓고 위스키 코너로 간다.

강지원   혹시나 자제심이 생기면 안 되니까.
           (하나 들어 도수 확인) 53도, 아~주 좋아.

           CUT TO. 계산대

편의점알바 (바코드 찍고) 52,900원입니다.
강지원   (지갑 떨어뜨릴 뻔) 5만...
강지원(E) (빡) 53도, 53도, 53도만 생각하자.
강지원   (결연하게 카드 내밀면서) 마시면 훅 가는 거 맞죠?

씬45. 지원 원룸 정문 골목(밤)

상종의 차가 들어와 멈춰 서고 민환이 기분 좋게 내린다.
잔뜩 기대하는 표정으로 체조하고 자신의 남자다움(?)을 뿌듯하게 확
인한 후 힘차게 비번 누르고 정문으로 들어가고.

씬46. 편의점 앞(밤)

위스키 든 봉지 들고나오던 지원, 핸드폰 연속으로 울리면 확인하는
데 수민으로부터.
[사랑해~♥ 내 반쪽~♥ 나한테 좀 더 다정하기~♥ / 사랑해~♥! / 좋아한다규♥!]
등 이모티콘과 하트가 도배되어서 오고 있다.

강지원   (뭔가 더 복잡) 왜... 이렇게까지.

도저히 수민을 알 수 없는 지원, 표정 흔들리다가 그냥 '얼른 와'라고
보내고.

씬47. 버스 정류장(밤)

살짝 알딸딸한 얼굴로 앉아있던 수민, 지원의 무뚝뚝한 문자 본다.

정수민   쳇! 이게 다야? 진짜 너무하네! ...안 가! 안 가!

때마침 버스 서면 흥쳇핏! 거리면서 수민 올라타 버린다.

씬48. 지원 원룸 정문 골목(밤)

도도도도 바쁘게 뛰어오는 지원,
그러느라 수민에게서 '안 가! 삐졌어!'라고 온 거 보지 못하고.
(옆에 화면으로만 띄워서 보여주기)

씬49. 지원 원룸(밤)

문 열고 들어가서 서둘러 주방 쪽으로 가려던 지원, 딱 멈춘다.
소름이 쫙~~~ 돋는 느낌.
욕실 문 앞에 벗어 던진 민환의 옷가지들 보이고,
물 떨어지는 소리와 함께 흥얼거리는 소리에서 연결.

씬50. 지원 원룸 욕실(밤)

콧노래와 함께 샤워 중이던 민환 느끼한 얼굴로 거울 보고 자세 잡으며 잔뜩 기대에 차 있다. (자기 몸에 취한 상태)

씬51. 지원 원룸(밤)

굳어 있다가 핸드폰 진동이 울리면 깜짝 놀라 들고 있던 편의점 봉지 떨어뜨릴 뻔하는데!
[반쪽 : 안 가! 삐졌어!]
[반쪽 : 집에 갈 거야, 흥! 나 쪼끔 서운해.]

강지원　　뭐? 안 온다고? (하다가 입 막고)

이제 방법이 없다. 조용히 도망가는 수밖에.
위스키 살그머니 내려놓고 조심스럽게 나가려는데 욕실 문 열리며!

박민환(OFF)　　어? 자기 왔어?

돌아서다 경악하는 지원.
민환이 하반신만 타월로 가린 채 위풍당당 서 있다!
문은 민환의 뒤쪽. 순식간에 집에 갇혀버린 지원의 위기 상황!

강지원　　이, 일찍 왔네? 나, 난... 어... 한잔하고 좀 더 늦게 올 줄 알...았는...데...
　　　　　　(베란다로 뛰어내려야 하나 확인해 보는데)
박민환　　자기와 뜨밤 보내려고 (윙크) 상종이 놈 차 타고 날아왔지.

민환이 성큼성큼 다가오면 지원 그만큼 물러나지만 금방 벽에 막혀버린다.
민환이 벽에 척 손 짚고 남자다운 표정 지으면 지원 너무나 황당한데.

박민환   너무 오랜만이다, 우리. 그치?

강지원   잠깐만, 잠깐만, 대화 좀 해. 오, 옷부터 입고.

박민환   대화? 해야지... (지원 팔 잡아 고정시키고, 턱 잡아 시선 마주하며)
            우린 지금부터 몸의 대화를 할 거야.

강지원   (미치고 팔짝 뛰겠는데)

박민환   지금 이 시간 우리 사이에 옷 같은 건 필요 없지.

            민환이 한 발 물러나며 두르고 있던 타월을 투우사처럼 확~ 벗어버리면!
            경악하는 지원!
            만족하는 민환!

씬52. 지원 원룸 전경(밤)

강지원(E) 꺄아아아아아아아아아아악!

fin.

3부

은인님처럼 정신적으로 성숙한 분이 아닌

평범한 사람들은 외모로 모든 걸 판단해요.

원하는 게 있으면 TPO에 맞게 꾸미는 것! 그게 시작이죠.

씬1. 지원 원룸(밤)

박민환 지금 이 시간 우리 사이에 옷 같은 건 필요 없지.

민환이 한 발 물러나며 두르고 있던 타월을 투우사처럼 확 벗어버리면!
경악하는 지원!
만족한 민환, 손 확 벌리고 다가가고.
고조되는 분위기!

강지원(E) (눈 가린 채) 어떡해... 안 되겠어. 이건 안 돼... 못 해...

지원 진짜 뛰어내리기라도 할 것처럼 절실하게 베란다 보는데 띵동(E)~

강지원 (퍼뜩 고개 들고)
박민환 (흥이 깨졌다) ...어?

띵동(E)~ 띵동(E)~

강지원 (큰 소리로) 잠깐만요!! 어우, 옷 좀 입어!!

지원이 잽싸게 민환을 피해 문 쪽으로 나가면 당황한 민환도 옷 주워 입는다.

씬2. 지원 원룸 현관(밤)

강지원 (문 열면서) 누구세요? …어?

'날 튀겨봐요'라는 치킨 브랜드 로고 그려져 있는 조끼 입은 동석 환하게 웃는다.

조동석 안녕하세요! 아 뜨거 프라이드치킨, 아 매워 양념치킨, 아 짜다 간장치킨 시키셨죠?

강지원 아, 아닌데요… (뒤쪽의 민환 의식하며)

CUT TO. 민환 옷 대충 입으며 눈치 보고 있다.

CUT TO.

조동석 (느릿느릿 주문 확인하고) 아, 아니네. (갈 듯하다가 반전!) 아 뜨거 프라이드치킨, 아 매워 양념치킨, 아 짜다 간장치킨, 그리고 감자튀김 라지와 콜라 서비스네~~

강지원 아니, 저희는…

CUT TO.

박민환 (옷 입으며 고개만 쭉 빼고 짜증) 아, 아저씨! 가세요!

CUT TO.

조동석   사이단가? (부스럭 영수증 확인하는데 꾸물럭 느릿 사람 속 터지게)

박민환   (결국 못 참고 지원 확 밀치고) 아저씨! 치킨 안 시켰다는데 왜 이래요??

조동석   (놀라) 치킨을 안 시켜요? (호수 확인) 맞는데~~ 503호.

박민환   (밀어낸다) 아니야! 아니라고! 가요!

조동석   어허이? 잠깐만요. 난 확인해야지... 이 아저씨가 왜 이래?

박민환   아, 진짜 이상한 사람이네.

동석 어리숙한 척 버티는데 눈으로는 예리하게 손목시계 확인하고는.

조동석   알았어요. 알았어요. 근데 여기 맞거든요? 내가 확인하고 다시 올라니까.

동석이 딱 기다려! 이런 느낌으로 돌아서 나오면,
민환 황당하기 그지없다.

박민환   뭐야? 다시 온다고? 왜? 뭔데?

하는데 그런 민환의 등을 확 밀어 원룸 밖으로 밀어내는 지원.
어어? 하면서 밀려난 민환의 눈앞에서 문 쾅 닫힌다. (옷은 다 입었음)

씬3. 지원 원룸 현관 안/밖(밤)

박민환   (황당) ...야? 강지원?

지원 다급하게 걸쇠 채우고 오토로크 락까지 걸고 나서야 심장 쓸어
내린다.
현관문에 등 대고 스르륵 주저앉는.

박민환   야? 너 뭐 하는 거야? (띠띠띠 눌러보는데 안 되면 쾅쾅쾅!)

강지원 (소리 살짝 높여) 지금은 이럴 때가 아닌 거 같아!

박민환 뭐?

지원 핸드폰 꺼내서 다다다닥 치기 시작한다.

박민환 뭔 말 같지도 않은 소리를... (하는데 문자 오면)

[강지원 : 헤어졌다가 다시 시작하기로 한 지 얼마 되지도 않았어. 오늘 민환 씨의 이런 태도 너무 당황스럽다. 집에 온다기에 오랜만에 대화를 좀 할 수 있을 거라고 생각했는데. 민환 씨는 우리 관계를 어떻게 생각하고 있는 거야?]

박민환 (답답) 아니, 얘가 뭐 귀신이 들렸나. 왜 이렇게 이상한 소리를 하는 거야?
(쾅쾅쾅) 야! 너 이런 애 아니었잖아? 요즘 왜 이래?

강지원 가라. 좀 가라... (하다가 문자 다다다 치면)

[강지원 : 시간이 좀 필요할 것 같아. 힘들 것 같으면 이야기해 줘. 민환 씨 의견 100% 받아들일게.]
민환, 핸드폰 보고 어이없어서 뚝 멈추는데. 인상 팍! 험악해지는 분위기.
문을 사이에 두고 핸드폰을 보고 있는 지원의 불안함과,
이 꽉 깨문 채 어떻게 나올지 모르는 민환의 위험한 느낌에서 지원의 핸드폰 진동-

씬4. 지원 원룸 현관 안(밤)

지원 핸드폰 보면,

[박민환 : 간다, 가. 진짜 너무하네.]
가슴을 쓸어내리는 지원, 얼른 자세 바꿔 문에 귀 대 보면.
민환이 투덜대면서 멀어지고 있다.
그때 눈에 들어오는 민환의 구두.

씬5. 지원 원룸 현관 밖(밤)

민환 입 댓발 나와서 걸어 나오고 있는데 문 살짝 열리더니 구두 휙!
그제야 자기 발을 보는 민환, 발가락 꼬물~

박민환   에이 씨!

괜히 깽깽이로 뛰어서 신발 신고 복잡해서 닫힌 문 보다가 문에 대고.

박민환   (지긋이) 야? 강지원? 나 너 쉽게 보는 거 아냐.
난 네 영혼을 더 사랑한다고. 솔직히 몸은 말라가지고 볼 거 뭐 있냐?
오해하지 말고. 후... 이 오빠가 오늘은 미안했다. 푹 쉬어.

나 방금 좀 멋있었다!! 의 느낌으로 돌아서는 민환,
멋지게 걸어오며 손도 척 들어 보였는데.

씬6. 지원 원룸(밤)

현관 안쪽 텅 비어있다.
카메라 움직이면 지원은 멀리 떨어진 침대(못 들었음)에서 웅크리고
숨 몰아쉬는 중.

강지원   겁내지 마. 겁내지 마. 폭력성이 있긴 해도 아무 때나 그럴 정도로 미친놈은 아냐. 아직은 괜찮아. 아직은 괜찮아.

FLASH CUT. 1부 24씬 민환이 손을 치켜들 때의 모습!

눈 질끈, 숨 멈췄다기.

강지원   도대체 왜 그렇게까지. 왜...

하는데 핸드폰 진동한다.
[반쪽 : 이잉, 네가 오라고 조르면 가려고 했는데 집에 들어와 버렸잖아ㅠ_ㅠ 너무 해, 지원잉 미오!!]

FLASH CUT. 1부 24씬 수민이 민환의 입에 사탕 넣어주면서 웃는 모습

강지원   우리 사이에 아무것도 없지는 않았는데, 왜, 도대체 너네는 왜...

이불 끌어안고 서럽게 우는 지원에서.

씬7. 지원 원룸 정문 앞 골목(밤)

민환이 투덜거리면서 걸어 나가면, 다른 골목 쪽에서 동석이 고개 쏙 내미는데.

조동석   어이구, 안 나오면 한 번 더 가려고 했는데 가네요.
             (누군가를 보며) 저 잘했죠?
유지혁   잘했어.
조동석   아, 스파이 같고 좋았네. 그런데 무슨 일이에요 형, 갑자기?

양쪽으로 치킨 봉지 잔뜩 든 동석, 지혁의 표정 복잡하면 눈치 보는데.

조동석　저... 갈까요?

고개 끄덕이는 지혁의 등 뒤로 가로등, 그림자 길다.

씬8. 치킨집 '날 튀겨봐요' (밤)

치킨 봉지 잔뜩 든 동석 들어와 내려놓으면,

김신우　(빡!) 야 이 생키야 너 갑자기 치킨 다 들고 어딜 갔다 오는 거야?
　　　　홀에, 배달에, 내가 지금까지 얼마나 정신 없었는 줄 알아?
조동석　뭐 이 생키야! 지혁 형이 튀어오랬어!
김신우　그럼 더 빨리 튀어가지 그랬어. 난 네가 어제 튀어갈 줄 알았지이...
　　　　(갸웃) 갑자기 왜?
조동석　몰라. 어느 집에 배달 잘못 간 것처럼 해달라고 하셨는데...
　　　　뭐 말 못 할 일이 있는 거 같아.
　　　　오늘 아침엔 갑자기 누구 좀 찾아달래서 전화 백 통 했잖아.
김신우　사람을 찾아달라고? 왜?
조동석　표정이 이래(지혁이 심각한 표정 흉내)서 못 물어봤어.

두 사람 뭔 일이여... 물음표 뽕뽕인 위로.

씬9. 레스토랑 베르테르 오픈 주방(밤)

INSERT. 문 닫힌 정문 앞 '마감' 표지판

은호, 부분조명만 남은 주방에서 곧은 자세로 마지막 점검 중인데
손끝, 허리를 숙일 때의 동작, 살피는 눈동자 위의 긴 속눈썹 여전히
음악처럼 예술처럼 근사하고.
문 쪽에서 그런 은호를 팔짱 끼고 보고 있던 베르테르 사장(남/48세).

사장   야... 넌 진짜 연예인을 하지 그랬냐.

백은호   사람들 앞에 나서는 거 못해요.

사장   그게 문제야... 너무 소심...

백은호   (눈 흘기면)

사장   ...세심해요. 니가 조금만 뻔뻔했으면 우리 대박 났어.
TV에 나가서 요거(워질 하는 시늉), 요거(플레이팅 하는 시늉), 요거
(소금 뿌리는 시늉) 한번 하면 진짜 매출 급상승인데...

백은호   (하던 일 계속) 이미 충분히 버시는 걸로 압니다.

INSERT. 베르테르의 웅장한 내부와 주방

사장   그건... 그렇지. (흐뭇)

백은호   저 이번 주 일요일엔 못 나올 수도 있어요. 수쉐프한테는 얘기해놨어요.

사장   웬일로? 친구도 없어~ 애인도 없어~ 1년 365일 주방에서 살잖아.
...소개팅이라도 하냐아아? 이제 맘을 좀 열어보려는 생각이 들어어??

백은호   고등학교 동창회가 있대요.

사장   가려고? 너 첫사랑한테 오지게 데어서 고등학교 애들은 생각하기도
싫다면서. 고백했는데 끔찍하다고 까였댔나?

백은호   (... 맞다)

사장   (갸우뚱) 널 까기 쉽지 않은데. 고등학교 때는 못생겼었어?
아님 개가 몸 좋은 걸 싫어하나? 여자애들은 남자 배에 왕 짜 이런 거
별로 안 좋아하거든.

백은호   (퍽이나?? 아니라는 의미로 쪼개고)

사장   동창회 하는 건 어떻게 알았어? 연락하는 애 없지 않아?

백은호　　그게…

은호의 생각하는 표정에서 연결.

CUT TO. (과거, 낮)
2부 20씬에서 연결될 수 있게.
은호가 인사하는 중인 좌석의 바로 옆에 있는 손님4,5.
문 쪽에 서 있는 지혁을 힐끗대고 있다.

손님4(30대여)　　잘생겼다. 완존 내 스타일이야…
손님5(30대여)　　저 등빨 모야모야!
손님4　　번호 딸까?

은호의 시선 손님4,5 따라가서
손님1,2,3 옆을 스쳐 걸어오는 지혁을 보고.

유지혁　　백은호 쉐프님?
백은호　　(뭐지?)
유지혁　　부산 태하고 나오셨죠?
백은호　　맞는데요… (그걸 어떻게?)

이런 일이 낯선 지혁(+회귀 직후라 아직 모든 게 낯설),
얼굴 약간 상기되어 있고 불안하게 손으로 들고 있는 겉옷 꼭 쥐고 있다.

유지혁　　일요일에 시간 있으세요?

어떻게 보면 꼭 데이트 신청!
은호 눈을 오른쪽으로 또르르 왼쪽으로 또르르. 남자는 오랜만이군..

백은호	(비즈니스 미소) 괜찮은 분인 거 같지만,
	(왼쪽 약지의 반지 들어 보이며) 제가 여자 친구가 있어서요. 죄송합
	니다.
주변손님	(서운) 어우우우우~
유지혁	네? (하다가 상황 파악!) 아니아니! (난감+짧은 한숨) 동창회가, 있습
	니다.

쨍그랑! 은호가 들고 있던 서빙용 포크 놓치면서 울리는 쨍한 소리에서.

CUT TO. (현재)
은호 떨어진 포크 주워든다.

사장	괜찮아?
백은호	(포크 툭툭) 네.
사장	바닥 괜찮냐고 임마. (기웃) 비싼 거 깔았는데.
백은호	어떤 남자가 동창회가 있다더라고요.
	근데 누군지 모르겠어요. 동창은 확실히 아닌데...
사장	야야, 뭔가 수상하다. 이럴 땐 괜히 엉키지 않는 게 좋아.
	첫사랑 보고 싶은 거 아니면 가지 마라.
백은호	(보고 싶은...가?)
사장	보고 싶은 거야? 그때 까이고 나서 트라우마 땜에 연애 생각 없다고
	가짜 반지까지 끼고 다니는 놈이?? 야야, 그러지 마! 요즘 트렌드는 빨
	리 잊는 거야!
	여자 만나 봤자 별거 없다며.
백은호	그쵸? 안 가는 게 낫겠죠?
사장	그래애~~ 네가 몰라서 그렇지 동창회 음~~~청 피곤해.
	어렸을 때랑 사회 나왔을 때랑 느낌 또 다르거든.
	무시당하는 거 한순간이다? 가려면 완존 빼입고 가!

은호 생각하는 표정에서.

씬10. 지원 원룸(밤)

침대, 의자, 창문 할 거 없이 옷 다 꺼내 걸쳐놨다.
정장은 딱 하나인데 센스 없어 보이는 검정 위아래 기본 정장이고,
그 외에는 몽땅 다 슬랙스, 청바지, 니트 등.
예쁜 건 하나도 없고 다 단색에 보풀 일었거나 후줄근.
화장대에는 토너와 크림 하나뿐이고 서랍 열어보면 온통 샘플에,
색조라고는 어디서 공짜로 받은 듯한 기괴한 파스텔 보라색 아이섀도
와 립스틱만.
지원, 한숨이 절로 나와 고개 저으며 핸드폰 꺼낸다.

[반쪽 : 사실은 나 오늘 많이 서운해쩌! 쪼끔이 아니라구!]
[반쪽 : 그 대가는 일요일 날 고슬정에서 치르게 될 거야! 5시 반! 늦기 없음!♥]

강지원   꾸미는 게 하루아침에 되는 것도 아니고...

씬11. 고슬정 근처 거리(낮)

INSERT. 번화한 거리 풍경
<자막 : 일요일>

쫙 빼입은 수민 기분 좋은 얼굴로 콧노래를 부르며 걷고 있다.
고슬정 바로 앞에서 핸드폰 꺼내 강지원과의 문자 열어보면.

[정수민 : 내 반쪽 오고 있지? 오늘은 우리 데이트하는 날♥♥]

[강지원 : 응. 이따 봐.]

[정수민 : 늦지 않게 와~♥♥ 이쁘게 하고 오구~♥♥]

정수민 이쁘게 하고 오는 것도 하루아침에 되겠냐마는.

뭐 내 눈에만 이쁘면 되지이~~

오늘 일어날 일이 기대가 되어 콧노래 부르며 들어가고.

씬12. 고슬정(낮)

수민 두리번거리면.

하예지 정수미이! 저거 정수미이 아이가!

정수민 꺄아아아아아아!!!!

수민, 양팔 쫙 벌려서 소란스럽게 뛰어가 예지 등과 손잡고 방방 뛰고
끌어안는다.

친구1 얘 왜 이렇게 이뻐졌어?

친구2 원래 이뻤다 아이가!

하예지 아유~ 기여분 가스나! 하나도 안 변했네!

남자 동창 몇 명도 다가와 아는 척하고 웃고 떠드는 모습, (은호는 없음)
수민은 상당히 예쁨받는 인싸다.
카메라 빠지면 '부산 태하고 37기 동창회' 푯말 보이고. (지원 회상과
같은 모습)

CUT TO. 단체석

자리에 앉아서 짠 건배도 하고 웃음꽃이 핀 20여 명의 동창들.

동창1(남/31)   수민이 대기업 들어갔다드니 사알짝 느낌이 다르지 않나?

                      뭐랄까... 세련된 도시 여자?!

정수민   (꺄르륵!) 운이 좋았어. 지원이가 많이 응원해줬고.

주변동창   (어?)

하예지   니 아직도 강지원이랑 노나?

정수민   (모르는 척) 내 반쪽이잖아~

하예지   하이고 이 가스나 물러 터지가꼬... 아직도 호구 잡히가 사나.

                그 가스나는 우째 사노? 아직도 추리하이 해가꼬 니한테 빌붙나?

정수민   수수한 거지. 많이 예뻐졌어.

                맞다! 지원이도 조금 있다가 올 거야. 내가 불렀어.

친구1   여기 온다고?

정수민   다들 지원이한테 잘해줘. 요즘 맘이 안 좋은 거 같아.

하예지   와 맘이 안 좋은데?

정수민   내가 U&K에 지인 추천으로 계약직 꽂아 줬댔잖아.

                다니면서 박민환 대리님한테 맘이 생겼나 봐.

친구2   니 썸남 이름이 박민환 아이가? 같은 사람이가?

정수민   어? (일부러 이랬다) 어어... 아냐 아냐, 지원이 오면 그런 얘기 절대

                하지 마!

하예지   뭐 하지 마는데? 그 가스나 또 시작이가?

예지 진짜 빡쳐 하는데 수민의 핸드폰 울린다.

안경 쓰고 못나게 웃고 있는 지원의 사진 위에 '반쪽~♥'이라고 쓰어 있고.

정수민   (통화버튼 눌러서) 지원아!

강지원(F) 응, 수민아. 어디야?

INSERT. 또각또각 걸어 들어오는 지원의 발, 기대감 느껴지는.

제각기 떠들던 동창들 순간 조용해지면서
동창들의 시선 수민의 등 뒤쪽으로 돌아간다.

정수민 나 가게에 들어와 있어. 못 찾겠으면 네리러 갈게.
강지원 벌써 왔어. 네 뒤에.

띠로롱~(E) 통화연결 끊어지는 소리 나고.
수민, 살짝 위화감 느끼며 뒤를 돌아보는 순간 숨 헉하고 들이마신다.

정수민 지... 원아?
강지원 뭐야. 둘이 밥 먹는 거 아니었어?

핸드폰 꺼서 명품가방에 넣는 지원,
지금까지와는 180도 다른 모습이다.
안경을 벗고 렌즈를 끼고, 무엇보다 한 번도 본 적 없는 똑단발!
긴 속눈썹, 부담스럽지 않은 음영, 매끈한 입술까지 자연스럽지만 빛
나는 화장.
무엇보다 지금까지와는 완전히 다른 핏되고 여성스러운, 너무 꾸미지
않았으면서 예쁜 옷차림까지.

강지원 다들... 오랜만이네?

생긋 웃는 지원의 반짝반짝한 얼굴에서.

TITLE. 내 남편과 결혼해줘

씬13. 지원 원룸_10씬에서 연결(밤)

강지원 꾸미는 게 하루아침에 되는 것도 아니고...

안 가야겠다, 의 분위기로 고개 절레절레 젖은 지원 옷 다시 걸기 시작하는데.
문자 또로롱~
[유희연 : 대리님, 일요일엔 약속 있다고 하셨자나용. 저랑은 내일 데이트하실래용?]
어? 하는 지원의 표정에서.

씬14. 명품거리 일각(낮)

<자막 : 토요일>
번쩍번쩍 명품 매장과 파인 레스토랑들, 고급차들 보이는 거리,
평상시와 큰 차이 없는 복장의 지원, 걸어가면서 핸드폰으로 MTS 보는 중.

강지원 헉! 벌써 140만 원이 넘었어?!?!

너무 놀랍고, 너무 좋다.

강지원 이걸 와... 300만 원을 넣었으면 600만 원이 되는 거잖아?
와... 와... (빙글빙글 도는) 월급 들어오자마자 다 사야지. 와... 와...

하다가 문득 걸음 멈추고 옆을 보는데 오땅띠끄의 플래그샵.
심플하지만 화려한 인테리어의 건물과 쇼윈도 너머 보이는 화려한 명품들.
그중 수민이 선물했던 것과 같은 귀걸이(진짜) 있으면,

흥분되었던 마음 순간 씁쓸하게 식어버린다.

가방에서 수민이 선물해준 귀걸이 꺼내 보고.

강지원 매우, 차이가 나는군. 옛날엔 도대체 왜 몰랐던 거야.

강지원(E) 모르는 정도가 아니지. 부장님이 안 하고 다니는 게 낫겠다고 말해줬

을 때도 뭣도 모르고 왜 저러나 기분 나빠했으니,

강지원 (기가 막힌) 똥멍청이네 진짜.

가라앉은 눈동자 위로.

씬15. 공원 일각_회상(낮)

꽃이 흐드러지게 피어있는 공원에 서 있는 지원(29세쯤)의 눈동자로
연결.

(지금과는 다르게) 살짝 어깨 움츠리고 있지만 바람 불어와 꽃 날리면,
기분 좋아 눈 감으며 미소 짓는다.

적극적인 성격은 아니었지만 조용히 소소하게 행복하긴 했다는 느낌
으로.

정수민(OFF) 지원아!

퍼뜩 눈 뜨고 돌아보는 지원, 환하게 웃는.

정수민 (막 뛰어왔다) 늦었지, 내가?

이야~~ 우리 지원이 오늘 너무 이쁘다.

강지원 (멋쩍어서 머리 긁적 흐흐) 그래??

지원, 안경은 희한한 색깔의 뿔테에 좀 지나치다 싶은 에스닉풍 프릴

입었다.

전반적으로 언밸런스, 색깔 너무 많아 산만하고 촌스러운.

정수민   내가 사준 옷 입고 왔네? 잘했어! 잘했어!

오늘은... (쇼핑백에서 같은 모자 두 개 꺼내며) 짜잔~~!!

하나는 자기가 쓰고 하나는 지원에게 씌워주는데.

수민의 차림새와는 완벽하게 어울리는 모자지만 지원에겐 엉망진창.

정수민   꺄악! 예뻐예뻐! 커플 모자야!! (빈 쇼핑백은 지원에게)

강지원   (쇼핑백 받아 자연스럽게 접어 자기 짐으로) 고마워.

정수민   나도 울 지원이처럼 뿔테가 어울리면 좋겠다!

강지원   안경 안 쓰는 게 더 이쁘지, 뭐.

정수민   아유, 또 자신감 없는 소리. 너 예뻐! 너무 예뻐! (두리번) 민환 씨는?

강지원   (시계 보고) 곧 올 거야.

정수민   (옷깃 팔락팔락) 아, 더워. (맡겨놓은 거 찾듯이) 나 새콤달콤 먹을래. 줘.

강지원   어? (당황) 어어... (가방 뒤져보지만) 미안. 저번에 다 먹고 안 샀다!

보면, 수민은 그냥 자기 가방 정도 들고 왔는데 (크로스)

지원의 발치에는 바리바리 찬합과 돗자리, 술이 든 봉투 등이 많다.

정수민   뭐야? (장난 반) 이잉... 너무해! 내가 새콤달콤 얼마나 좋아하는지 알
면서.

강지원   (당황스러운데)

박민환   (뒤에서 나타나며) 또 지원이가 수민 씨를 울렸어요?

강지원   민환 씨...!

민환, 순간 지원의 옷과 모자 보고 움찔.

정수민 (얼른) 민환 씨, 새콤달콤 먹고 싶은데 지원이한테 없대요.
지원이는 똑똑하니까 맘이 있었으면 사놨을 건데 나 너무너무 서운해!

수민이 귀엽다는 듯 웃으며 민환, (가볍게, 장난으로) 지원의 이마 톡톡 두드리면.
좀 어정쩡한 기분이시만 그래도 웃는 지원,
애교 폭발한 수민, 기분 좋은 민환.
세 사람 걷기 시작하는 위로(지원과 민환이 짐 다 들고) 꽃잎이 날리는 데까지.

씬16. 명품거리 일각(낮)

지원 기가 막혀 고개 절레절레하는데 뒤에서 갑자기!

유희연 아기다리고기다리던 은인님과의 데이트!
강지원 아잇 깜짝아! (귀걸이 뚝 떨어뜨리는)
유희연 으앗! 죄송해요! 죄송해요!
(얼른 귀걸이 주워서) 어? 오땅띠끄(짭인거 눈치채고)...네...
강지원 수민이가 선물해준 거야.
유희연 (냉큼!) 이거 오땅띠끄 아닙니다. 짭이에요.
강지원 (키득) 이거(진품) 보니 알 것 같아.
티가 많이 난... (희연의 귀에 같은 귀걸이!) 어?
유희연 (자기 귀걸이 가리키며) 진짜!

희연 헤헤하고 사랑스럽게 웃으면,
저도 웃음 나오는 지원에서.

씬17. 떡볶이집(낮)

밖은 환한데 두 사람 떡볶이를 앞에 놓고 얼굴 발그레하게 취해 있다.
옆에는 빈 소주병 하나 있고. 두 번째 병 마시는 중.

유희연   크으~~ 은인님 그동안 술을 왜 안 드셨어요. 같이 마시니까 이렇게 좋
         은데! (지원의 술잔에 소주 따르고 와인처럼 팔에 걸쳐뒀던 냅킨으로
         주둥이 닦고)
강지원   (웃겨) 내가 왜 술을 안 마셔. 말술인데.
유희연   어? 안 드신다면서요. 어렸을 때 술 마시고 사고 친 적 있다고.
         그래서 안 드시기로 했다고. 저번에 그르셨는데?
강지원   어? 내가? 사고를? (뭐지... 싶은데)

FLASH CUT. 5부 2씬 뿌연 남자 얼굴을 향해 키스라도 할 듯 다가가는
지원

FLASH CUT. 5부 2씬 남자의 어깨를 물고 있는 지원(사실은 앙~ 문 거
지만 여기서는 섹시~)

FLASH CUT. 5부 3씬 역시 남자 얼굴은 보이지 않지만 나란히 누워 자
며 가슴에 얼굴 파묻고 있는 지원

강지원   (생각났다!) 아? ...아아? ...아아아아아?????
유희연   왜요왜요? 뭔데요?
강지원   맞아. 술 안 마셨어. 그러다가 박민환 때문에 속상해서 다시... (문득
          실수!)
유희연   헐... 박 대리님 때문에 다시 마시기 시작하셨다고요?
강지원(E) 지금 말고 5년쯤 후부터...
강지원   아니아니, 그냥 적당히 마시면 되지 사고 칠 거 무서워서 이 좋은 걸

안 마시기 그렇더라고. (서둘러 잔 채우며 짠 하자는 시늉)

유희연 (표정 안 좋으면)

강지원 (무마하려) 튀김만두 더 먹을래?

유희연 (금방) 네에!!!!!!! ...사장님! 여기 튀김만두 6개만 더 주세요!

지원 웃으면서 한숨 돌리는 얼굴 위로.

강지원(E) 그땐 술 마시고 사고 친 게 되게 큰일이었는데 아예 기억에 없었어.
          (웃음 나온다) 왜 그렇게 반성하고 움츠러든 채 살았을까...

지원 생각하는 동안 튀김만두 나오면,
신이 난 희연이 완전 즐기는 표정으로 웨이브 타고 있다.

강지원(E) (웃으며) 진작 이랬어야 했어. 너무 좋잖아. 대단한 것도 아닌데.

강지원 희연 씨는 참 좋다. 밝고 씩씩하고.

유희연 제가 원래 악연 말고 희연이라고...
          누구에게나 기쁜 인연이 되자는 좌우명으로 살고 있거든요! (술 따르고)

강지원 어머! 이름 뜻 너무 좋다. 기쁠 희에 인연 연 자 써? (술 따르고)

유희연 그렇습니다~! (짠!) 기쁜!

강지원 (짠!) 인연!

또 술 쪼옥 마시고 잔 내려놓고 동시에 떡볶이 찍어 먹고는
고등학생들처럼 꺄아꺄아 맛있다 손뼉 치고 난리 난다.

유희연 (또 한 잔씩 따르며) 내일이 아니라 오늘 만나길 잘했어요.
          일요일은 아무래도 출근 생각해야 하니까 막 달릴 수 없거든요!
          아? 은인님은 내일 동창회 있다고 하셨죠? 자제해야 하나?

강지원 아... (살짝 표정 어두워져서 술 한 잔 쪼옥 마시면서) 갈까 말까 고민
          중이야.

유희연	(눈치 보며 조용히 쪼옥...) 아직도 결정 못 하셨어요?
강지원	음, 사실... (씁쓸하게 웃는) 나 인기 없는 정도가 아니라 왕따였거든.
유희연	은인님이 왕따요? 헐... 왜요?
강지원	모르지. 언젠가부터 다들 날 싫어하더라고.
	그러니까 기죽고, 기죽으니까 실수하고, 실수하니까 또 날 싫어하고.
유희연	물어보시죠. 왜 그러냐고.
강지원	그걸... 물어봐?
유희연	안 물어보면 남의 속 어떻게 압니까.
	전 너무 힘들면 버티지 말고 도망치자는 주의긴 한데 그 전에 해볼 수 있는 걸 다 해봐야 한다고 생각하거든요. 상대가 아무 이유 없는 미친 놈들인지 아니면 뭔가 이유가 있는지는 알아야 미련 안 남으니까요.

지원의 주변으로 깨달음의 바람 불기 시작한다.

강지원(E) 이렇게 당연한 생각을 왜 한 번도 안 했지?

INSERT. 2부 41씬 하예지 "정수미이 착해 빠지가꼬 큰일이다 큰일! 우리라도 챙기야지. ...강지워이 고딩 때부터 마 수미이를...

강지원(E) 이 뒤를 들어야 한다!

강지원	그러네. 미련이 남지 않으려면 가야겠네. (하지만 아직도 뭔가 걱정...)
유희연	왜요?
강지원	잘할 수 있을까? 흑역사를 역사로 바꾼다는 거 말이 쉽지 나라는 사람이 하루아침에 변하는 것도 아니고.
유희연	(술을 쪼옥 마시고) 물론 그렇지만!
강지원	(보면)
유희연	노력은 해볼 수 있죠.
강지원	노력?
유희연	만사여의불여튼튼! 단단히 준비한 자는 실패가 없으리니!

지원, 얼떨떨한데.

희연 남은 술 쪼옥쪼옥 마시고 떡볶이 남은 것 집어 먹고 튀김만두 휴지에 싸서 (명품)가방에 넣은 후 일어난다.

그리고 마치 '너 내 친구가 돼라!' 하듯이 앉아있는 지원을 향해 손을 내밀며.

유희연   은인님, 드디어 은혜를 갚게 되겠군요!

뭔가 신나는 일이 일어날 것 같은 BGM과 함께 천천히 그 손을 잡는 지원!

씬18. 고급 샵(낮)

꽃카페를 방불케 하는 고급진 인테리어의 헤어샵,
까만 유니폼을 입은 다양한 컬러의 염색 머리 스태프들.
그중 연차가 있어 보이는 디자이너(여/37)가 지원과 희연 발견하고 인사하면.

유희연   선생님 안녕하세요!
디자이너 희연이 오랜만에 왔네.
유희연   이쪽은 제가 쩔~루 좋아하는 직장 상사분!
디자이너 (상냥+센스) 안녕하세요. 디자이너 송재민입니다.
강지원   (얼떨떨해서) 안녕...하세요.

지원, 휘황찬란한 인테리어와 여유로워 보이는 손님들과 스태프들을 두리번거리는데.
희연, 지원의 어깨 잡아 자리에 앉히면서.

유희연 제가 끊어놓은 회원권으로 결제할 거예요. (디자이너에게 눈짓)

강지원 (어?)

디자이너 (눈치채고) 오늘 안 쓰면 다 날아가는 그거? 다행이네. 이분 없었으면 어쩔?
(지원의 머리 만지며) 머릿결이 건강해서 뭘 해도 예쁘겠어요. 물결 펌? S펌?

강지원 희연 씨...

유희연 (쉿!) 은인님, 집중하세요.

희연 마치 예술가처럼 거울 속의 지원을 면면이 뜯어본다.

유희연 갑자기 스타일 너어어무 바뀌면 내가 다시 태어났나~? 오해할 수 있으니 적당히 물결펌.

강지원 ('내가 다시 태어난다'에 꽂힌다!)

유희연 (거울을 통해 지원 보며) 음~~~ 속눈썹 펌도 하고... 눈썹도 다듬...

하는데 지원이 팔 꽉 잡아 순간 말끝 놓친다.

유희연 ...고, (지원 본다)

강지원 나... 다시 태어나고 싶어.

눈 마주치는 두 사람.
지원이 절실하면 희연은 느낌 제대로 와서 신데렐라 대모 요정 같은 미소.

유희연 알았어요. 오늘 은인님은 새로 태어나는 거예요.
(실장에게) 헤어라인도 잡아주세요. 그리고, 네일! 남 실장님 계세요?

디자이너 불러와야지. (스태프한테 눈짓)

스태프 (신속하게 이동하며) 남 실장님 스탠바이요.

강지원 (이런 일은 처음이라 낯설)

유희연 오늘 제가 은인님도 처음 보는 모습을 거울 속에서 만나시게 해드릴
게요.

네일하고 패디는 좀 화려하게 하고,

어, 메이크업도! (디자이너에게) 김 이사님 전화 넣어주세요.

디자이너 (스태프2에게 눈짓)

유희연 (신났!) 아, 옹애~ 아, 옹애~ 아, 옹애예요!

CUT TO.

긴 머리 싹둑~ 잘려나간다.

엉망진창으로 잘린 머리의 자신을 거울을 통해 보는 지원의 표정,

희연이 괜찮다는 듯 어깨를 잡아주면,

사각사각 가위 지나가는 소리와 함께 보이는 화려한 가위질에서,

CUT TO.

낮은 조도의 프라이빗 룸에서 체어에 누워 케어받고 있는 지원,

양손과 양발에 각자 네일 아티스트가 달라붙어 젤네일 하는 중이다.

유희연(E) 은인님처럼 정신적으로 성숙한 분이 아닌 평범한 사람들은 외모로 모
든 걸 판단해요. 원하는 게 있으면 TPO에 맞게 꾸미는 것! 그게 시작
이죠.

CUT TO.

프라이빗 룸에서 머리 수건 감싼 채 걸어 나오는 지원.

자리에 앉아서 수건 풀고,

드라이기를 비장하게 치켜드는 디자이너,

메이크업 케이스를 착착 여는 메이크업 아티스트,

흐뭇해진 희연, 뭔가 더 하려는 듯 어디론가 손짓한다.

CUT TO.

눈을 감고 있는 지원의 얼굴 위로,

베이스 깔고, 파운데이션, 색조 하나씩 가루가 반짝반짝 뿌려진다.

속눈썹을 한올 한올 소중하게 말아 올리고 입술까지 틴트로 물들이면,

지원 눈 뜨려는데!

유희연   (눈 건드리지는 말고 살짝 띄워서 가리며) 즈암꽌!!!!!!

강지원   (어리둥절한데)

유희연   (신나서 함박웃음) 눈 뜨지 마시고 제 손을 잡으세요.

어리둥절해서 엉거주춤 희연의 손을 잡고 일어서는 지원.

한 걸음 한 걸음 리드에 따라 걸어서 어디론가(커다란 전신거울 앞)
선다.

완벽한 모습에 힐끔대는 스태프, 더할 나위 없이 만족스러운 희연의
얼굴에서.

유희연   은인님, 눈을 뜨세요.

지원 눈을 뜨면,

거울 속에서 마법처럼 완벽한 미녀 하나와 마주친다.

자신의 모습에 놀라 전율이 일고.

FLASH CUT. 1부 1씬 새파랗게 민 머리를 니트 모자로 가렸던 입술이
다 터진 환자복 입은 지원

순간 눈물이 날 듯 울컥, 분노와 함께 복잡한 감정 올라오고.

울지 않으려 입술 꽉 깨물며 표정으로, 다시 한번 결심.

나는 제대로 살 것이다--------

유희연   (박수 쫙~쫙~) 펄펙! 펄펙! 진짜 이런 스타일 찰떡콩떡그뤠이트떡이
시돠!

보면 아까와는 다른 옷 입고 있는데
그동안과는 완전히 다른 스타일이지만 잘 어울리고.

강지원   (옷매무새 만지작) 나, 이런 거 사볼까?

희연의 얼굴 환희로 폭발!!

씬19. 몽타주 씬(낮)

#안경점
렌즈 끼는 지원.
뒤에서 희연, 신이 나서 웨이브 타고 있는 중.

#명품 편집샵
지원, 원피스, 투피스, 바지 정장에 스포티한 의류까지 입어본다.
소파에 다리 꼬고 앉은 희연 마치 전문가처럼 O, △, X 들어 보이고.
그러다 옷 맘에 들면 가격표 보는 지원,
어마어마한 가격에 깜짝 놀라 고개 절레절레 젓는다.
이건 절대 안 돼!! 의 느낌이지만 그조차도 재미있고.
어느 정도 옷 결정되면 가방 매치해주는 희연.
거울 속의 지원 마치 여자들이 꿈꾸는 모든 것을 경험하는 날인 듯 반
짝반짝!

씬20. 명품 편집샵(낮)

희연이 매치해주는 가방 들어보던 지원, 문득 샤넬백에 눈이 간다.

FLASH CUT. 1부 24씬, 지원 집, 민환이 사주었던 샤넬백 매는 수민

저도 모르게 입술 꾹 깨문 지원, 가방 손으로 가리키며.

강지원　저건 어때?
유희연　(돌아보고) 오오! 좋죠! 좋죠! Classic is timeless!
강지원　(잠깐 생각하다) 아니다. 이건 나중에.
유희연　괜찮은데?
강지원　이걸 받아내야 할 사람은 따로 있어.

씬21. 캠핑장(낮)

민환 에치!! 하고 재채기한다.
텐트 앞, 이것저것 캠핑용품 잔뜩 쌓여있고 불 피우고 고기 구우려는 중.

유상종　야, 이 생크야. 불 다 꺼지겠다. 감기야?
박민환　아닌데 이상하네. (핸드폰에 부재중 없나 확인하면)
유상종　여친이 전화 안 받더니 콜백도 안 해?
박민환　강지원한테 전화한 거 아니거든!
유상종　아, 미안. 뜨밤 보내겠다고 신났다가 까이고 집에 버스 타고 간 놈이
　　　　전화까지 씹힌 줄 알았지 뭐야.
박민환　(빡!) 야!!! 난 전화 안 해. 이럴 때 진짜 선수는 그냥 냅두는 거야.

옆에 놓아둔 민환의 핸드폰 위로 지원에게 건 전화목록 뜨는데,
오늘만 5번 전화했다!

박민환   그러면 응? 어? 생각이 많아지고, 생각이 많아지면 어?

    자존심 때문에 부들부들 뭐라고 말해야 하나 횡설수설하는데
    옆 텐트에 예쁜 여자 셋이 가랜드 걸려고 수선인 거 보면.

박민환   야야! 지기저기!! (벌떡 일어나서 다가가며) 그 가랜드, 제가 걸어드
    릴까요?

씬22. 명품거리 일각(낮)

    민환이 그러거나 말거나,
    쇼핑백들을 양손에 들고 하이텐션으로 행복한 지원(!)과 희연의 얼굴
    에서.

씬23. 지원 원룸(밤)

    쇼핑백과 가방, 구두, 꺼내서 걸쳐본 듯한 옷들로 엉망진창인 거실,
    와인과 크래커, 과일 먹은 흔적들 남아 있고
    희연은 바닥에 대자로 뻗어 자고 있고,
    지원은 웅크린 채 계속 뒤척거리면서 악몽 꾼다.

    FLASH CUT. 1부 23씬 박민환 "아~ 진상! 생각보다 오래 버티네."

    FLASH CUT. 1부 24씬 정수민 "왜 그렇게 너만 생각해?"

    FLASH CUT. 1부 24씬 손을 치켜드는 민환의 모습

몸 벌떡 일으킨 지원 호흡 몰아쉰다.

홍건한 식은땀. 불안과 공포로 주변 돌아보는데.

집이고, 희연이 보이고, 그다음에 젊어진 자신의 손, 발..

단 한 번도 해본 적 없는 똑단발.

강지원(E) 다시, 태어난 거야.

깊은 한숨 내쉬고 일어나서 이불 가지고 온 지원, 희연에게 덮어주고.

강지원 고마워, 희연 씨.

하는데 지원의 핸드폰 깜빡깜빡해서 확인해보면

[김경욱 과장님 : 밀키트 말야. 내가 함 만져줄게. 언제까지 실행 안 될 기획을 시킬

수도 없고.]

[김경욱 과장님 : 팀은 양주란, 정수민으로. 강 대리 부족한 부분 보충해줄 거야.]

강지원 (안 좋은 예감) ...기획안을, 읽었어? 정...수민을 팀원으로 한다고?

하는데 수민으로부터의 메시지 뾰롱~

[반쪽 : 내일 약속 잊지 않았지? 고슬정 5시 반이야~♥]

강지원 설마.

[강지원 : 응]

답 문자 보내는 순간 바로 전화 오고.

강지원 여보세요.

정수민(F) 지원아! 오늘 뭐 했어?

강지원 희연 씨랑 떡볶이 먹었어. 희연 씨는 지금 자고...

씬24. 번화가 일각/지원 원룸 분할화면(밤)

수민, 치킨집을 등지고(예쁘게 꾸몄다) 서 있다.

정수민 유희연이 너네 집에 있다고? 왜?

강지원 수다 떨다가 둘 다 잠들이가지고. 술을 좀 마셨거든.

정수민 (표정 안 좋아지는)

강지원 여보세요?

정수민 나도 부르지이... 혹시 내가 뭐 잘못한 거 있어?

강지원 왜? 나한테 잘못한 거 있어?

정수민 (움찔) 아아니, 없지이... 치이, 나 부탁 있어서 전화했는데.

강지원 뭔데.

정수민 너 밀키트 기획안 말야. 너무 괜찮아 보여서. 내가 손봐서 제출하면 안 돼?

INSERT. 정수민 "지원아앙, 이거 너무 괜찮다아아! 내가 좀 손 봐서 다시 내볼게." (1부 62씬 회상 인서트/회귀 전의 일입니다)

강지원(E) (표정) 올 게 왔구나.

강지원 안 되지. 내가 지금 수정하고 있는데.

정수민 아앙... 넌 리젝 됐잖아. 느낌 왔단 말야. 나 정직원 되어야 하잖아. (장난) 같이 큽시다, 친구!! 함께 가자구요!!

강지원 진작 말하지. 네가 이럴 줄 모르고 이미 수정 다 해버렸거든. 다음에 좋은 아이디어 있으면 줄게.

정수민 (이게 진짜?)

강지원 아, 글구. (사이) 회사에서 지원아, 지원아 하고 반말하는 거 좀 그래. 우리가 친구기는 해도 직급도 다르고 경력도 차이 나는데 커피 필요하다거나 업무 지시하는 것도 좀 선 넘는 거 같고. 공과 사는 좀 구분하는 게 낫지 않나? 말 나올 수 있으니까.

정수민	뭐?
강지원	나 끊어야겠다. 내일 봐.

전화 뚝 끊은 지원, 해보지 않은 일이라 수위 조절은 못 했지만 은근 기분 좋고.

씬25. 번화가 일각(밤)

수민, 허.. 기가 막혀서 입이 다물어지지 않는다.

정수민	와... 강지원... 와... 이게 진짜 나한테... 와... 감히...

하는데 문자 와서 확인해보면,
[하예지 : 니 때문에 예약 다 바꾸고 낼 동창회 간다! 가스나... 낼 보자!]
하면 눈빛 사악해진다.
[정수민 : 사랑해~♥ 내일 봐~♥ 나도 예지한테 예쁘게 보이려고 귀걸이 샀지롱~♥]
하고 있는 귀걸이(지원이에게 준 것과 같지만 좀 더 정교한 느낌)에 손가락 대보고.

정수민	하여튼 좀만 방심하면 지가 얼마나 찐따였는지 잊어. 뭐, 또 알려줘야지.

생긋 웃고 지원과의 문자 창 열어서.
[반쪽 : 내일 꼭 내가 선물한 귀걸이 하고 나오기!♥♥♥]
하고 기분 좋게 돌아서서 치킨집 문 열고 들어가는데.

씬26. 치킨집(밤)

경욱이 치킨 다리 뜯고 있다!
테이블 위에는 지원의 기획안 놓여 있고.

김경욱　어머니가 뭐라서?

정수민　과장님과 함께라는데 믿으시죠 뭐. 아유, 엄마도 진짜.
　　　　31살인데 통금이 웬 말이에요?

김경욱　수민 씨가 너무 예쁘니까 걱정이 많으신 거지.
　　　　여자는 말야~ 곱게 자라는 게 좋은 거야.

정수민　(까항홍호) 엄마만 그렇게 키워주시면 뭐 해요오~
　　　　오빠처럼 듬직한 남자를 만나야 계속 그렇게 살지.

김경욱　(치킨 다리 뜯다가 홀리~~)

정수민　(기획안 자기 가방에 넣으며) 자, 일 이야기는 끝난 거니까
　　　　지금부터는 오빠 맞죠?

김경욱　으하하하! 그럼그럼! 이제부터는 오빠지!

황홀해진 경욱이 닭 다리 하나 더 있는 거 수민에게 넘겨주고
수민이 귀 뒤로 머리카락 넘기는데 귀걸이 반짝이는 데서 연결.

씬27. 지원 원룸(밤)

침대 위에 있는 조악하기 그지없는 귀걸이로 연결.
복잡한 표정으로 귀걸이 만지작거리는 지원의 표정에서.

씬28. 고슬정 앞(낮)

버티어 서서 고슬정 간판을 올려다보고 있는 지원,
크게 심호흡 한 번 하고 힘차게 워킹해서 문 열고 들어가는 데까지.

씬29. 고슬정(낮)

걸어 들어가면서 '반쪽'에게 전화를 걸면,
저 멀리서 수민의 모습 보이고 핸드폰 받는 모습.

정수민　　지원아!
강지원　　응, 수민아. 어디야?

천천히 걸어가고..
점점 거리 가까워질수록 제각기 떠들던 동창들 순간 조용해지면서
동창들의 시선 수민의 등 뒤쪽으로 돌아간다.

정수민　　나 가게에 들어와 있어. 못 찾겠으면 데리러 갈게.
강지원　　벌써 왔어. 네 뒤에.

띠로롱~(E) 통화연결 끊어지는 소리 나고.
수민, 살짝 위화감 느끼며 뒤를 돌아보는 순간 숨 헉하고 들이마신다.

정수민　　지... 원아?
강지원　　뭐야. 둘이 밥 먹자고 한 거 아니었어?

핸드폰 꺼서 명품가방에 넣는 지원,
지금까지와는 180도 다른 모습이다.
안경을 벗고 렌즈를 끼고, 무엇보다 한 번도 본 적 없는 똑단발!
긴 속눈썹, 부담스럽지 않은 음영, 매끈한 입술까지 자연스럽지만 빛
나는 화장.
무엇보다 지금까지와는 완전히 다른 핏되고 여성스러운, 너무 꾸미지
않았으면서 예쁜 옷차림까지.

강지원   다들... 오랜만이네?

반짝반짝한 지원의 모습에 순간 정적 흘렀다가
와글와글 저마다 한마디씩 하는데.

남동창1   와, 이게 머선 일이고? 쩐따 강지원이 이래 이뻐졌다꼬? 와이구야...
강지원   (앉으며) 누군지 기억이 안 나서 초면이나 다름없는데 되게 무례하다.
남동창1   아, 글나. (머리 긁적) 미안하데이. 내 이래 아~무 생각이 읎다!
남동창2   임마는 마 한결같다 아이가. 고등학교 때도 생각 없고 지금도 생각 없고.

둘러싸고 있던 아이들 웃음 터지지만,
덤덤하게 물 마시는 지원을 보는 수민의 표정 좋지 않다.
그 표정 면밀하게 캐치한 예지, 지원을 못마땅하게 보다가 귀걸이 발견.
어? 하고 수민의 귀걸이 확인했는데 같은 거면 인상 팍 구겨져서.

하예지   (혼잣말처럼) 칫! 귀걸이도 수미이 꺼 따라 하고 온 주제에 예의 따지
고 자빠졌네.
강지원   (기다렸다!) 아, 이거? (귀걸이에 손대는)

수민, 맞다! 이게 있었지! 하고 뭔가 말하려다가 입 벌린 채 굳는다.

INSERT. 수민의 귀걸이(살짝 조악/하지만 지원에게 선물한 것보다는
낮게)와 지원의 반짝반짝 누가 봐도 진품 귀걸이 비교.

남동창1   에이~ 다른데! 이거는(지원이 거) 뭔가 있어 보이는데 저거는(수민이
거) 쫌... (갸웃) 조잡해 보이는데?
남동창2   짜바리 아이가? 짜바리!
여동창1   따라 샀나부네! 수민아, 진짜로 사야지!

동창들 물색없이 와르르 웃으면

정수민　나... 나는...

서늘한 지원의 표정에서.

씬30. 지원 원룸_과거(낮)

일요일 아침,
익숙하지 않은 지원 대신 희연이 메이크업 해주는 중.

유희연　메이크업도 기술이거든요. 연습하면 늘어요.

제대로 프로페셔널 하게 하느라 자리 옮기는데
발에 툭, 수민이 선물한 귀걸이 쇼핑백 걸린다.

유희연　뭐여? (발로 툭 차고, 좀 분한) 은인님, 짭에는... 아니아니, 카피에는 S급,
　　　　　A급, B급 등등이 있어요. 이건 대충 봐도 무성의급이에요.
강지원　무성의급?
유희연　진품인 척하려는 의지도 없는 무성의한 카피요.
강지원　아아...
유희연　이런 걸 선물한 의도는 딱 하나죠. 쪽팔려라!

씬31. 고슬정(낮)

아이들이 뭐라고 한마디씩 하면(mute) 당황하는 수민을 보는 지원 위로.

강지원(E) 넌 하나 더 있었겠지.

내가 널 따라 했다. 그런데 조악한 짜바리를 샀다.

그리고 내 것과 비교된 네 것은 진짜. 하지만...

지원의 손 귀걸이 살짝 건드리는 데서.

유희연(E) 은인님! 제 것을 하고 가세요!

강지원 (조그맣게) 어떡하니. 난 진짜 친구가 생겨버린 거 같은데.

지원, 대충 가방 챙겨가지고 '잠시만' 하고 물어보고 일어나서 화장실로.
그 뒷모습 신경질적으로 쳐다보던 수민 귀걸이 떼서 가방에 넣어버리면,
그런 수민이 안쓰러운 예지.

씬32. 고슬정 여자 화장실(낮)

2부 41씬과 같은 화장실, 다른 느낌으로 지원 같은 칸에 들어가 뚜껑
내리고 앉는다.
훨씬 당당한 태도로 팔짱 끼지만 손끝만 조금 떨리는.

하예지 강지원이 윽쑤로 대단하다카이! 지랑 친했던 아가 어딨다고 여길 오노?

기다렸지만 긴장되어 결연하게 가방의 끈을 비트는데.

친구1 자랑하러 왔나 보지. 하고 온 거 보니 다 새로 산 거 같던데.

하예지 니는 갑자기 와 서울말 쓰는데? 징그럽구로!

깔깔 웃는 하예지들의 소리 칸 안에서 다 듣고 있던 지원 일어선다.

친구2	그라두 지가 어떠케 수민이한테 붙어 있노?
하예지	뻔하지 않나? 수미이 그 순둥이가 조은 게 조은 기다 카니 그러는 거다. 수미이 옆에 붙어가지고 다 뺏는다 안 하나?

'진짜 싫다.' 웅성웅성..

하예지	정수미이... 착해 빠져서 큰일이다 안 하나. 우리라도 챙기야지, 봐라! 강지워이 고등학교 때부터 수미이를...
친구2	예지야, 잠깐만.
친구1	강지원 아까 자리에 없던데... (턱짓으로 닫힌 문 가리키면)

예지, 발로 문 쾅 차려고 발 들었는데
열리는 문.

하예지	(움찔해서 물러나지만) 여 있었나? 와 없는 척 하노? 윽쑤로 의...
강지원	내가 먼저 들어와 있었는데. 너네 들어오는 소리 들리면 노래라도 불러야 해?
하예지	(빡!)
강지원	(태연하게 손 씻으며) 신경 쓰지 말고 하던 얘기 마저 해. 나도 궁금하다. 내가 고등학교 때부터 수민이를 어쨌는데?
하예지	몰라서 묻나? 수민이 껀 다 탐내고 따라 하고. 니 지금 그 귀걸이도 수민이 꺼 따라 하고 온 거 아이가.
강지원	(거울 속의 귀걸이 보고) 이거?

지원, 가방에서 수민이 사준 귀걸이 꺼낸다.

강지원	수민이가 선물로 줬는데? (수민이 편지 예지에게 주면)

INSERT. 수민이가 쓴 편지 '너의 영원한 사랑 수미니' 클로즈업

강지원 근데 짭이더라. 너무 상태가 안 좋아서 티가 많이 나더라고.

그래도 맘에 들어서 진품을 샀어. 내 건 진짜라도 커플 아이템은 맞잖아? 그나저나 내가 수민이 걸 뭘 탐냈지?

하예지 나, 남자! 니 지금도 박민환인가 뭐 그 수민이 썸남한테 관심 있다 캤다문서?

강지원 (아연하다. 사실 이 정도까지는 상상하지 않았다.)

친구2 사람은 안 변한다! 고등학교 때도 수민이가 은호랑 사귀는데 헤어지라칸 버릇 나온 거 아이겠나.

강지원 내가 수민한테 은호랑 헤어지라고 했어? 둘이 사귀었다고? (기가 막힘) 박민환은, 수민이 썸남이고?

친구1 U&K 같은 대기업을 지인 추천으로 계약직으로 넣어준 친구 썸남 가로채는 건 선 넘은 거지.

강지원 (보다가) 진짜 상대 못 하겠네.

하예지 뭐라카노?

강지원 늬들, 한쪽 말만 듣고 그렇게 못돼 처먹게 구는 거 아냐.

사실 확인은 해보는 성의는 있어야 하는 거 아냐?

일단 (가방 속에서 명함 꺼낸다) 난 U&K 대리야.

예지들, 명함 보고 웅성웅성 '이게 뭐꼬...' / '계약직이라도 명함 파준다! 저 가스나!'

강지원 난 7년 차인데 수민이는 언제 입사했대?

기억엔 내가 대리 2년 차때 추천한 거 같으니까 작년부터 다닌 거 같은데.

친구2 옴마야, 맞다. 내가 자소서 물어보니라 자주 만나서 안다. 작년 초다.

예지와 친구1은 서로 어떻게 된 거야... 툭툭 치고.

강지원 제일 이상한 건... 박민환은 지금 내 남친이거든.

핸드폰 꺼내든 지원 '박민환' 찾아서 보여주고 스피커폰으로 전화를 건다.

신호음 몇 번 가면 '어, 자기야...' 하면서 전화 받는 민환.

강지원 민환 씨, 나 지금 동창회인데 전화했었어?

박민환(F) 어어? 편하게 놀라고 안 했는데 눌렀나 보다.

강지원 아, 그렇구나. 잘됐네. 내 친.구.들이랑 인사해.

지원, 싸늘한 표정으로 예지들 쏘아보면.

하예지 (떨떠름하게) 안녕하세요~

친구1,2 안녕하세요. 강지원이... 친구임다.

박민환(F) 하하하! 안녕하세요. 수민 씨 말고 다른 친구는 처음이네요.

　　　　　지원이 잘 부탁드립니다. 애가 술도 못 마시고... (뭐라고 하려는데)

강지원 나 더 놀고 이따 전화할게. 자.기.야. (전화 끊는)

지원, 예지들 노려보다 고개 절레절레 젓고 나가는데.

씬33. 고슬정(낮)

지원 곧장 문을 향해 걸어 나가면 보고 있던 수민 놀라서 쫓아온다.

정수민 지원아! 어디가?

강지원 (본다) 너...

하예지(OFF) 　　야! 강지원이!

지원과 수민 돌아보면 하예지들 씩씩거리면서 오고 있다.

하예지 다 좋다카자! 암만 어릴 때라도 친구 남친 좋아한다고 헤어지락칸 건 뭔데?

정수민 (놀라고 당황)

강지원 아, 그 얘길 빠뜨렸네. 그것도 이상하단 말야.

내가 은호를 좋아한 건 맞는데 수민이는 은호랑 사귄 적이 없거든.

(수민 쳐다보며) 너 백은호랑 사귀었니?

정수민 이... 그게... (예지들 눈치) 미안해, 지원아. 너힌테는 말을 못 했어.

네가 은호를 좋아하는 걸 아는데 어떻게 이미 사귀고 있다고 해?

강지원 무슨 소리야? 내가 헤어지라고 했다면서.

그럼 난 알고 있었던 거 아냐?

수민 한없이 난처해져서 입술 깨물고.

자리에 앉아있던 동창들도 웅성웅성 "와 그라는데?" / "먼 일이고?" 쳐

다보는데.

정수민 미, 미안... 내가 뭔가 착각했나 봐. 그냥 비밀연애여서 말 안 했던 건데...

강지원 무슨 착각? 내가 알고 있었냐고 모르고 있었냐고.

하예지 (수민이 어깨 감싸며) 아이고 무서버라~~ 강지워이 무서버라~~

니가 승질머리가 그따구니까 친구가 없는 기다. 뭘 그렇게 따지쌌노?

강지원 방금 하예지라는 애(너)가 10년도 넘은 이야기를 따지길래 그래도 되

는 줄 알았지.

하예지 (움찔)

강지원 안 따졌더니 너네가 날 얼마나 괴롭히고 미워했는지도 생각해보지?

심지어 지금도. 내가 명함도 주고 남친하고 통화도 시켜줬는데 너한

테는 내 승질머리가 문제잖아?

정수민 (헉!)

하예지 며, 명함은 짝퉁인지 누가 아노?

강지원 하... (예지가 들고 있는 가방 보고) 짝퉁은 네가 들고 온 가방이 짝퉁

인데?

하예지 (눈에 불꽃 튀어) 뭐라카노 이 가시나!

내가 첫 월급 타고 갤러리아 가서 12개월 할부로 긁은 진!품이다, 이거!

강지원 아님 말고.

하예지 진짜 어이없는 가스나 아이가.

혼자 지레짐작으로 짝퉁이라고 몰고... 머? 아이문 말고?

강지원 그럼 뭘 더 해야 하는데?

하예지 미안하다고 사과를 해야지 이 가스나야!

강지원 그래, 잘 아네.

부들부들 떨리는 거 숨기려 이 꽉 깨물고 가방끈 움켜쥐는 지원.

강지원 예지야, 왜 사과 안 해? 정수민 말 한마디로 3년 내내 나 따돌리고

괴롭힌 걸로 모자라 명함까지 짝퉁으로 몰아가면서

졸업 후 처음 하는 동창회에서 내 욕했잖아?

하예지들 움찔해 시선 주고받지만 선뜻 미안하다는 소리 안 나온다.

우물쭈물 입 댓발 나와 눈 흘기고 있으면,

강지원 하긴, 내가 정수민 걸 탐냈네 뭐네 하는 건 다 핑계고

그냥 못돼 처먹은 거였으면 사과하기 싫지.

남 괴롭히는 거 아무렇지도 않잖아, 너는?

FLASH CUT. 고등학교 복도(낮)

지원 체육복 입고 복도 걷고 있는데 뒤에서 우유팩 하나 손에 들고 걸어오는 예지 무리. 지원을 사이에 두고 양옆으로 어깨를 팍 치면서 지나가고 지원이 넘어지면 그 위로 우유팩 떨어뜨리는.

머리카락 위로 우유 뚝뚝 떨어지는 가운데.

하예지 "하이고, 우짜노?"

고의라는 거 아는 지원, 분하게 예지 올려다보면

하예지 "엄마야, 야 눈빛 봐. 실수 좀 했다고 사람 치겠다."

친구1, 2 "아이고 무서버라…" 하며 낄낄 웃으며 지나가면 뒤에서 한참 지켜보고 있던 수민, 뒤늦게 달려와 "지원아, 괜찮아? 체육복 어떡해…" 하며 일으켜주면 참담한 지원.

FLASH CUT. 고등학교 교실(낮)
닫혀 있는 지원의 사물함에서 우유가 뚝뚝 떨어지고 있고 열어보면 체육복, 교과서 모두 우유 범벅.
지원, 체육복, 교과서 꺼내며 어떡하지 하고 있는데 어느새 뒤에서 다정하게 다가와 지원의 어깨동무하는 예지.
하예지 "하이고 그러게 니 꺼나 잘 챙기지, 남의 꺼 욕심내고 그라다가 벌 받는다 아이가."
뒤에서 예지친구1, 2 같이 낄낄거리고 예지도 웃으며 가면 참담한 지원.

하예지	(욱해서) 내가 무슨? 내는! 정확!한 사람이다!
	(자존심과 고집) 그, 그러니까 은호랑 수민이가 안 사귀었다는 건 니 얘기 아이가? 당사자가 사귀었다는데 니가 뭔데…
백은호(OFF)	다른 건 몰라도…

그다지 큰 목소리는 아니지만 모두 조용해지면서 목소리의 방향으로 시선 돌아간다.
문 쪽으로 싸움 구경하느라 모여있는 사람들 홍해 갈라지듯 갈라지면, 뚜벅뚜벅 걸어 들어오는 잘생긴 남자, 백은호다.
다가와서 지원 코앞에 멈춰 서는 은호.

백은호	하나는 확실히 말해줄 수 있는데…
강지원	(놀라서 숨 흡!)
백은호	(예지들 보고) 정수민하고 나… 사귄 적 없어.
	(다시 지원 보며 싱긋) 오랜만이다. 강지원이.

당황하는 지원에서.

씬34. 한식집 전경(낮)

콰- 하고 상을 치는 소리.

씬35. 한식집 방(낮)

고풍스러운 느낌의 인테리어의 한식당, 큰 한상차림의 테이블 일부 그릇 쓰러지고 음식 흐르고 있다. 상위에서 부들거리고 있는 유한일 (77, 지혁 조부)의 손.
문 열리고 서버가 들어오려고 하면.

유한일   됐네!

인사하고 도로 문 닫고 나가는 서버.
한일, 못마땅하게 앞에 앉은 지혁 노려본다.

유지혁   죄송합니다.
유한일   길게 말해. 이건 약속이다. 약속을 깰 때는 적어도 납득은 가야지.
　　　　나도 납득 안 가는 걸 어떻게 설득하라고!
유지혁   길게 설명할 수 없어요. 아니니까, 아니에요.
유한일   허! (지혁 노려보다가) 넌 U&K를 물려받을 거다.
　　　　회사를 물려받고 결정을 내린 후에도 길게 설명할 수 없다- 아니니까
　　　　아니다- 이렇게 말하고 넘어갈 거야?
유지혁   회사를 물려받으면 저한테 길게 말하라는 사람도 없겠죠.
유한일   (이놈이?)

유지혁	(시선은 아래지만 딱히 기죽지 않고 꼿꼿)
유한일	암만 네가 혼자 잘났어도 둘이 힘 모아 노력하는 거 못 이긴다.
	사람이 큰일을 하려면 반드시 짝, 그것도 좋은 짝이 필요한 거야.
유지혁	정말 그런가요?
유한일	네 애비도... (하다가 멈칫+살짝 미안)
유지혁	(못 들은 척)
유한일	요즘 물건들은 뭐 결혼 안 하는 게 더 좋다 허튼 생각 한다더니만 그런
	거야?
유지혁	결혼은- 하고 싶어요.
유한일	(어?)
유지혁	좋아하는 사람이 있어요.
유한일	(어어?)
유지혁	어쨌든- 그래요.

지혁은 살짝 난감하고, 한일은 티를 많이 내지는 않지만 매우 당황했다.
조손 간에 이런 이야기를 나눈 것은 처음이다.

유한일	(차 한 잔 마시는데 손에서 아까 엎은 찻물 떨어지고) 내가, 아는 아가
	씨야?
유지혁	(매우 곤란하다)
유한일	어느 집 아가씨인데? 이름 석 자 대봐라.
유지혁	...짝사랑이라.
유한일	(입 떡 벌어지는) 뭐? ...뭐?
유지혁	그동안 경영을 공부하라셔서 했고, 미국 지사로 가라고 하셔서 갔고,
	다시 들어와 푸드를 맡으라 하셔서 마케팅팀으로 왔어요.
	할아버지의 말씀이라면 모두 따랐죠. 이번엔 저 믿어주세요.
유한일	(상 쾅쾅 두드리며) 어딜 감히? 내가 모를 거라고 생각하는 게냐.
	네가 언제 네 맘대로 하지 않은 적이 있어? 딱히 원하는 게 없으니
	시키는 대로 한 거지. 언제나, 늘.

유지혁   그럼 이번에도 제 맘대로 할 거라는 것도 아시겠네요.
유한일   (한 방 먹었다) 이놈...

          노려보고 있는 한일의 손 젖어 있으면,
          일어난 지혁이 옆으로 가 무릎 꿇고 앉아 물수건으로 한일의 손을 닦
          아주고.

유지혁   할아버지께는 말씀드려야 하잖아요.
          좋아하는 사람이 있어요. 여자 문제를 만들고 싶지 않아요.

씬36. 한식집 앞(낮)

          석준 기다리다 한일 차에 타게 문 열어주고 조수석으로 가면
          지혁 허리 굽혀 인사하는 것과 동시에 한일의 차 출발한다.

씬37. 차 안(낮)

          노한 얼굴의 한일을 룸미러로 훔쳐보던 석준.

유한일   어떤 여자에게 홀려 저러는지 알아봐.
이석준   한 번도 허튼 실수는 안 한 분이긴 합니다.
유한일   그러니 더 무서운 거야.
          사람이 안 하던 짓을 하면 죽는다는 말이 괜히 나와?
이석준   하기야... 죽었다 깨나도 여자 문제로 고집 피울 분은 아니긴 했죠.
          (표정 살피다) 그럼 오 회장님께는...
유한일   (팔걸이 탁 치면)
이석준   (입 다물고)

유한일 　아들도 내 맘대로 안 된 걸 손주라고 되겠냐마는!

그것과는 별개로 아닌 건 아닌 거지.

지 에미 죽고 나서는 말도 길게 안 하던 놈이야. 갑자기 무슨 난리인지.

이석준 　그럼...

유한일 　알아봐. 안될 싹은 일찍 잘라야지.

상당히 장애가 될 것 같은 한일의 표정에서,

씬38. 한식집 앞(낮)

멀어지는 한일의 차 보고 있던 지혁의 표정 위로.

유한일(E) 요령 없는 사내놈들은 여자에게 빠지면 세상 천치 바보가 되니.

지금 잘하고 있는 건지 확신이 없는 지혁, 마른세수 한 번 하고.

유지혁 　어렵네.

복잡한 지혁의 얼굴에서 연결.

씬39. 레스토랑 베르테르 오픈 주방_9씬 과거 연결(낮)

유지혁 　동창회가, 있습니다.

쨍그랑! 들고 있던 서빙 포크 놓쳤던 은호 다시 집어 들고 경계로 지혁 노려보고.

백은호   누구시죠?

유지혁   (지혁 명함 꺼내 건네준다)

INSERT. 명함 'U&K푸드 마케팅 총괄부장 유지혁'

백은호   제가 아는 분인가요?

유지혁   그건 아니지만 그날 동창회가 있는 걸 아셔야 할 듯해서요.

백은호   (인상) 그런 걸 왜 그쪽이...

유지혁   강지원이라고 기억하세요?

백은호   (경계로 보면)

유지혁   오해가 있었다고 알고 있어요. 고등학교 때...
         괜찮으시다면 참석해서 오해를 풀어주시면 좋을 것 같은데요.

백은호   오해? 아니, 그보다 좋다니... 누구에게 좋은 거죠?

유지혁   (망설)

백은호   (아직 경계 상태)

유지혁   강지원 씨에게 좋을 것 같습니다. (정중) 부탁드립니다.

         은호의 표정 살짝 풀어지면 지혁 어딘지 불안한 얼굴 위로
         끼이익!(E) 브레이크 음.

씬40. 한식집 앞(낮)

         지혁의 차 발렛 나오는 중인데
         반대 방향에서 갑자기 중형차 급정차하는 바람에 사고 날 뻔.
         발렛 기사도 지혁도 놀랐는데 운전석에서 나온 남자 잔뜩 화가 나 조
         수석 문 열고.

남자   내려!

여자	진짜 왜 이래?? 그냥 어렸을 때 잠깐 좋아했던 애야.
	동창이라 동창회에서 만난 걸 어쩌라고?
남자	그래서 너 아무 감정 없었어? 안 설렜냐고.
여자	(대답 못 하는데)

CUT TO.
쌩하니 떠나는 남자의 차에서 남겨진 여자 복잡한 표정이다.
지혁의 차 세운 기사가 내리면.

유지혁	(남겨진 여자 보며) 여자들은...
발렛기사	(?)
유지혁	첫사랑을 보면 감정이 또 생기고 그런가요?

씬41. 차 안(낮)

지혁 복잡한 표정이다.
그러다 신호에 차 멈춰 서면 네비에 '고슬정' 쳐 보는데.
손가락으로 목적지 누를까 말까,
답답해서 넥타이 살짝 늦추고.
입술 깨무는데 차량 화면 전화로 바뀌며 '홍보팀 이보라'에게서 전화
오면,

유지혁	(블루투스로 전화 받으며) 네, 팀장님. ...지금 갑니다.

신호 바뀌면서 뒤에서 빵- 하고 클락션 울리면 출발.

씬42. 고슬정(낮)

마주 보고 있는 지원과 은호. (당황한 수민과 예지들)

그 외의 동창생 일동은 이 상황은 뭔가.. 적막이었다가 갑자기 아는 척들 터진다.

"백은호 아이가!" / "맞네! 백은호!" / "와 임마! 멀쩡하네!" / "니는 와 전화를 안 받노! 임마!"

하예지   니가 어떠케 여길 왔노? 아니, 그보다...

(수민 보면서) 니 수민이하고 안 사겼다고?

백은호   (여전히 지원만) 근데 니 내... 좋아했나? 그럼 그때는 와 그란 건데?

강지원   (얼굴 확 붉어져서) 뭐라카노!

지원이 은호 확 밀어내고 뛰쳐나가고.

씬43. 고슬정 앞 거리(밤)

차를 끌고 온 지혁, 속도를 늦춰 살살 전진하며 고슬정 쪽을 기웃거린다.

안쪽이 보일 리 없으면 입이 바짝바짝 마르는데.

곧 미팅도 있고 마음이 타서 시계 보다 고개 든 순간,

고슬정에서 지원이 뛰어나오고 있다!

유지혁   어?

순간 지혁의 시선으로 지원의(평소와는 완전히 다른 예쁜) 모습 슬로우.

눈, 코, 입, 머리카락이 휘날리는 모습까지 반짝반짝해서 심장 소리(E).

유지혁   동창회를... 저렇게 예쁘게 하고 가?

하는데 이어 쫓아 나오는 은호 발견하고.

은호가 지원이 달려간 방향으로 뛰기 시작하면
차를 세운 지혁, 무슨 일이야 고슬정 한 번 봤다가 결국 두 사람을 쫓기 시작.

씬44. 거리 일각(밤)

은호, 지원 팔 잡아서 멈춰 세운다.
그러면 멀찌감치 쫓아오던 지혁도 멈춰 서고.
둘 다 숨 헐떡이고 있고, 심장은 미친 듯이 뛴다. (지혁도)

백은호 아, 아니... 내가... (손잡은 거 보고 화들짝!)
미, 미안하다! (손 닦아주려다가 2차 화들짝!) 내... 내... 우, 우짜노...

지원, 은호가 손 놓아주면 숨 헐떡이다가 다시 돌아서서 뛰려 하고,
다시 잡는 은호, 그리고 다시 놓는 은호.

강지원 (사투리) 내 짐 가봐야 한다!
백은호 어, 그래. ...아니아니아니아니, 내, 내 말 좀... 내가...
강지원 (말 뚝!) 나 니 좋아한 적 없다. 그냥 말실수한 기다!

은호가 움찔하는 사이 지원은 다시 돌아서 도망가려고 하는데.
은호, 입술 꾹 다물고 손 뻗어 붙잡으며,

백은호 나는 니 좋아했다고!!!!!

인생 최고의 용기를 낸 고백은 쩌렁쩌렁해 지나가던 사람들 모두 지켜보고 있고.
환호성과 박수, 졸지에 번화가의 주인공이 되어버린 두 사람.

은호도 지원도 벌게져서 말도 못 하고,
팔 붙잡은 손을 어떻게 할 생각도 못 한 채 얼어붙었는데.
사람들 사이에서 이 꽉 깨물고 있는 지혁의 표정에서.

fin.

4부

두 번째 기회가 주어졌다.

씬1. 거리 일각(밤)

은호, 입술 꾹 다물고 손 뻗어 붙잡으며,

백은호   나는 니 좋아했다고!!!!!!

인생 최고의 용기를 낸 고백은 쩌렁쩌렁해 지나가던 사람들 모두 지켜보고 있고.
키득키득 웃는 사람 몇 명.
짓궂은 남자가 휘파람을 불고, 환호성과 함께 박수도 터진다.
졸지에 번화가의 주인공이 되어버린 두 사람.
은호도 지원도 벌게져서 말도 못 하고,
팔 붙잡은 손을 어떻게 할 생각도 못 한 채 얼어붙었는데.
울리는 지원의 핸드폰.

백은호   그, 그러니까 내, 내...
강지원   (은호의 손 떼어내며) 아, 잠깐.

핸드폰 확인해보면 '유지혁 부장님'이다. 뭐지? 하고 몸 돌려 전화 받아.

강지원 ...여보세요?

유지혁 주말 저녁에 미안합니다. 아무래도 대리님 도움이 필요할 것 같군요. 혹시 시간 괜찮으면 도와줄 수 있나요? 그룹 홍보 예산 관련 건이고 윈튼 호텔입니다.

강지원 아... (은호 힐끗 보는)

유지혁 여보세요, 강지원 대리님?

강지원 네, 잠시만요. (시계 보고) 30분이면 도착할 수 있을 듯합니다.

유지혁 네.

지혁, 전화 끊고 보면 지원도 전화 끊고 다시 은호 쪽 보는데 차분해져 있다.

강지원 (표준어) 회사야. 진짜 가봐야 해.

백은호 (표준어) 어. ...전화번호 알려줄 수 있어?

지원 고민하다가 손 내밀면 은호 얼른 핸드폰 준다.
자기 번호 찍고 잠깐 망설이다가 통화버튼 눌러 은호 번호까지 딴 후 돌려주고.

백은호 연락할게.

강지원 (잘한 짓일까) ...응.

두 사람 잠깐 어색하게 쭈뼛대다가 지원이 먼저 뒤돌아서서 가버리고,
은호는 끝까지 그 자리에서 지원의 뒷모습을 보고 있다.
지혁, 입술 꾹 깨물고 그런 은호에게 성큼성큼 다가가고.
은호 돌아서다가 지혁 발견하고.
마주 선 두 사람, 라이벌이 될 것이 분명하지만 지금 나눌 이야기는 많지 않다.
그저 지혁은 눈빛으로 경고하듯, 은호는 뭐 어쩌라고의 느낌으로 무

심하게 시선 마주치며 서로의 어깨 스치고 반대 방향으로 가는 데에서. (지혁이 지원의 방향으로)

TITLE. 내 남편과 결혼해줘

씬2. 택시 안(밤)

지원, 멀리 보이는 윈튼 호텔 보고 있다.

강지원(E) 부장님이 주말에 갑작스럽게 호출한 적은 없는 거 같은데.

씬3. 윈튼 호텔 정문(밤)

지원이 탄 택시 호텔로 들어서면 정문 쪽에 서 있는 지혁 보인다.
차 문 열어주는 지혁.

강지원 (인사 꾸벅) 늦어서 죄송합니다.
유지혁 안 늦었어요. 와줘서 고마워요.

마주 보고 선 두 사람. 서로 생각이 복잡한데.

강지원(E) 확실히 원래 이런 일은 없었어.
유지혁 가면서 이야기하죠.

씬4. 윈튼 호텔 내부(밤)

걸어가면서, (너티비 쇼케이스 건 안내판 지나기)

유지혁   지금 이긴기획에서 쇼케이스를 운영하고 있어요. 그룹 마케팅 비용의
상당 금액을 온라인으로 돌리자는 제안이라 홍보 전략이 크게 변하게
되죠.

강지원   과감한 제안인데요.

유지혁   (끄덕) 온라인 마케팅의 비중이 커져야 한다는 건데 그룹 정서가 보수
적이다 보니 시기상조라는 의견도 많아요.

강지원(E) 부장님은 찬성파군.

강지원   뭘 도와드려야 하죠?

닫혀 있는 볼룸 문 앞에 서서 문을 열기 직전.

유지혁   내 의견을 지지해줘요. (문 열고)

강지원(E) 아니, 의견이 뭔지 알아야... 어?

지원이 말끝 놓치면서 눈 휘둥그레지는 데서.

씬5. 윈튼 호텔 볼룸(밤)

지혁이 문을 열면 벽을 온통 디지털 스크린으로 채운 행사장 화려하
게 드러난다.
떠 있는 화면들은 너티비의 콘텐츠들, 홍보문구들(In NurTV is ALL
you need.).
전체 조도는 어두워서 지원의 얼굴 위에 영상들 어른거리며 반짝이고.

강지원(E) 너티비잖아! 대박인데! 10년 내로 모든 연령층이 사용하는 플랫폼이
될 건데!

강지원   와!! 이건...

유지혁   기회의 느낌이죠.

고개 돌려 지혁을 바라보는 지원.

시선 느낀 지혁이 보고 싱긋 웃으면 하필 그들의 뒷배경에서 하트 디지털 터진다!

하지만 다음 순간 지원의 등 뒤로 다가오는 왕흥인(59) 외 본사 홍보팀 보고 표정 사라지고.

유지혁   (조그맣게) 누군가는 좀 다른 생각일 수 있지만.

왕흥인   유 부장, 왔나?

다가온 세 사람은 왕흥인, 본사 홍보팀장(30대/여), 본사 홍보직원(20대/남).

※자막 : U&K FOOD 마케팅 상무 왕흥인

유지혁   (사무적으로 꾸벅) 늦었습니다, 왕흥인 상무님. 이쪽은 마케팅 강지원 대리입니다.

강지원(E)   (뜨악) 와... U&K 갑질 두더지가 아직 회사에 있을 때였어?

FLASH CUT. 비즈니스석에서 홍인,

사무장, 승무원1,2를 말아쥔 안내 책자로 두더지 잡듯 치고 있다.

(이건 지원이 회귀 전 유포된 영상으로 본 것이고 6부에 나오는 장면과는 시기가 다릅니다)

왕흥인   (띠껍게 보는데)

강지원   (얼른 꾸벅하며) 이렇게 만나 뵙게 되어서 신기... 아니, 영광입니다. 상무님.

왕흥인   (들고 있던 파일 보지 않고 홍보직원에게 훅 던지면)

홍보직원 (익숙하게 턱 받고)

왕흥인 글두 유 부장이 뭘 아네. (지원을 향해 악수하려 손 내밀었는데)

유지혁 (자연스럽게 잡는)

왕흥인 (살짝 떨떠름하지만?) 이렇게 예쁜 여직원이 꽃 역할을 해줘야 일할
맛이 나그등! 허허허!

홍보팀장/직원 (허허허!!)

강지원(E) ...맞다. 김경욱의 연줄이 두더지 상무였다. 비슷하네.

지원, 노골적으로 얼굴 구길 순 없지만 싫은데.

유지혁 (속닥) 지원 씨는 일할 맛 안 나겠네요.

어? 하고 지원이 지혁을 올려다보는 데서.
(지혁 쪽은 딱히 농담도 아니었고 진지-)

씬6. 고슬정(밤)

남은 동창들은 다시 와자지껄 술 마시는 중이지만,
예지들과 수민 앉아있는 테이블은 어색한 침묵 속 고기가 새까맣게
타들어 간다.
수민 분위기 바꿔보려 탄 고기 밀어내고 새 고기 얹으면서.

정수민 으이그! 지원이한테 잘해주라니까.

친구1 진짜 너 U&K 계약직이야?

정수민 어어? 누가 그래? 지원이가 그래?

친구1 지원이가 너 계약직이라는데? 자기가 대리고.

친구2 말 나온 김에 니 명함 함 줘봐라. 강지원이는 대리든데 니는 뭐꼬?

정수민 (아 씨...) 사원이지, 뭐. 지원이가 승진이 빨랐어. 나도 곧...

하예지　　장난하나? 니가 계약직으로 꽂았는데 가가 승진이 더 빠를 리가 있나?

친구1　　지인 추천으로 입사했는데 자소서하고 면접 비결 알려준다며 나한테 얻어먹은 건 또 뭐야? 대기업이라 면접 1차, 2차, 3차 다 다르게 접근해야 한다며?

하예지　　다 좋다카자. 은호랑 사귀었다는 이야기는 뭐고?

정수민(E)　도대체 연락도 안 되던 은호가 어떻게 동창회 한다는 걸 알고 온 거야.

정수민　　아직도 그 얘길 해? 어릴 때 얘기잖아. 우리 벌써 31살이다!

하예지　　웃기는 가시나 아이가! 지금 내내 니 거짓말에 놀아난 얘기 하는 거 아이가?

친구2　　니 지워니한테 짜바리 선물했다는 거 진짜가? 어? 지금은 안 하고 있네?

친구1　　지원이가 따라 한 게 아니라 니가 선물한 거라며? 짜바리 티 나는 걸!

정수민　　지, 지원이는 뭐 그런 얘기까지...

하예지　　아까 얘가 한 짭은 그르케까지 조잡하진 않았다.
　　　　　지원이가 찐을 사지 않았으믄 그게 찐이라고 생각했을 끼다. 한번 꺼내봐라.

정수민　　(말문이 막히는데)

하예지　　니 지금까지 지원이 욕 먹일라고 한 기가?

정수민　　내가 왜 그런 짓을 해? 난 지원이 친군데!

하예지　　하! 맞네! 강지원이 고등학교 내내 욕 처먹고 다닌 게 누구 때문인데? 남자 탐낸다고, 니 따라 한다고, 니 껄 다 갖고 싶어 한다고...
　　　　　맨날 징징댄 게 니다!

정수민　　(버럭!) 난 계속 강지원 욕하지 말라고 했어!
　　　　　너희 맘대로 욕해놓고 왜 나한테 지랄이야?

순간 조용해지는 전체 테이블.
다른 테이블의 동창들도 아까 백은호 사태와 연결되어 이쪽 보면서 쑥덕이고.

하예지　　와... 이거 참신하게 미친년이네...

정수민   (벌떡 일어나서) 나 화장실 갔다 올게!!!

화장실로 가는 수민을 따라붙는 수군대는 목소리와 눈빛들.
("내도 옛날부터 쫌 이상하긴 했다!" / "근데 강지원이 말 똑 부러지게 잘하드라." / "지원이 미안해서 우짜노.")

씬7. 고슬정 여자 화장실(밤)

세면대 짚고 부들부들 떨고 있는 수민,
고개 들어 거울 보면 단 한 번도 없었던 사태에 당황한 기색이 역력하고.
찬물 틀어 손 닦고 덜덜 떨리는 손으로 종이타월 뽑다가 분노 조절 실패로 몇 장이나 뽑아 내팽개치며.

정수민   내가 욕하라 했어? 왜 남 탓이야? 다들 못돼 처먹어가지고! 난... 난...

숨 몰아쉬던 수민, 얼른 전화기 꺼내 '반쪽'에게 전화 건다.
신호음 가는 동안 조급한 나머지 손톱 잘근잘근 깨무는데 결국
"지금은 전화를 받을 수 없사오니~"로 연결되면.

정수민   도대체 백은호는 어떻게... 왜 하필...

씬8. 고슬정(밤)

수민, 살금살금 몰래 빠져나가려다가 우뚝 멈춰서 멍해진다.
동창회 자리 텅 비어있고 점원들이 치우는 중.
멘탈 털린 수민 얼굴에서.

씬9. 윈튼 호텔 볼룸(밤)

채널 예시 영상 보다가. (싸이, CJ ENM 뮤직 위주, 대도서관 게임)

왕흥인 에잉~~ 애들 장난도 아니고 말이야. (홍보자료 말아쥐어 팀장 머리 두더지 잡듯 탁탁) 내가 너 월급을 왜 줄까? 이걸 꼭 나까지 봐야 아는 거야? 응?

홍보팀장 죄, 죄송합니다. 그, 그래도 이게 꽤 꽤, 괜찮은...

홍보직원 (어쩔 줄 몰...)

유지혁 꽤 괜찮아요.

왕흥인 (잉? 하고 돌아보면) 유 부장, 이런 건 어린애들이 춤이나 추고 노래하는 거나 보는 거지 누가 광고를 봐?

유지혁 더 열심히 볼 것 같은데요. 너티비의 경우 광고 덕분에 콘텐츠를 무료로 소비할 수 있다는 개념이 잡혀있어서.

왕흥인 (열받아서 씰룩) 거기 대리는 어떻게 생각해?

강지원 저도 괜찮을 거 같습니다. 특히 광고 효과 측면에서는 너티비 알고리즘 때문에 타깃팅 효율이 좋을 거고요. 그렇게 되면 전 세계의 양질의 콘텐츠가...

왕흥인 (빡!) 이봐 대리 씨, 아까 이름이 뭐랬지?
뭣도 모르면서 함부로 이야기하는 거 아니야.

강지원 죄송합니다.

강지원(E) (고개 숙인 채) 물어봐 놓고선...

유지혁 (인상 찌푸리고 입 떼려고 하는데)

왕흥인 나도 이 사이트에 접속 안 해본 게 아니야! 양질의 콘텐츠는 무슨... 순 야한 것밖에 없드만!

홍보팀장/직원 (어!)

강지원 (어!)

왕흥인 (뭔가 반응이 이상한 건 느끼지만?)

유지혁 타깃팅 효율이 꽤 괜찮나 보군요. 그게 바로 알고리...

왕흥인	(인상 빡!)
강지원	(얼른) 아마~! 상무님께서 처음 접속하셔서 그럴 거 같아요.
왕흥인	뭐?
강지원	저도 처음에 접속했을 때는 '그놈은 맛있었다'를 추천하더라고요. 알고리즘이 초반에는 아무래도 흥미를 끌려고 하다 보니 자극적인 걸 먼저 추천할 수는 있겠죠.
홍보팀장/직원	(아니지)
유지혁	(뭐래)
강지원	하지만 시간이 지나면 상무님이 자주 찾아보시는 것과 관심사를 중심으로 추천하기 시작합니다. 꽤 편하죠. 관심 없는 건 안 봐도 되거든요.
왕흥인	(이미 기분 상한) 근데 아까부터. 야! 너는 여기에 꽃처럼 웃고만 있으면 돼. 왜 자꾸 시건방지게 말이 길어?
강지원	(아이고...)
유지혁	강 대리는 야 아니고요.
왕흥인	(뭐어? 하고 쳐다봤는데 지혁 키 너무 크다. 피지컬로 쫄...) 아니, 유 부장!
유지혁	기대하는 직원이라 의견을 듣고 싶어서 데려왔습니다. 주말인데도.
왕흥인	(약간 쫄) 아니, 뭐... 유 부장이 칭찬을 다 하네.
홍보팀장	(얼른, 분위기 무마하며) 그러게요. 이런 말씀하시는 거 처음이에요. (홍인 팔 주물주물) 부장님이 어렵기만 하고 사람한테 곁을 안 주시잖아요?
유지혁	일 잘하는 좋은 사람은 곁에 둬야죠.

홍인, 못마땅하지만 지혁은 살짝 어렵고.
돌아서며 괜히 직원에게 '야! 너 웃었지? 방금?' 하고 두더지 잡듯 머리 탁탁 치면.
덤덤한 지혁과 그런 지혁 슬쩍 보는 지원에서.

씬10. 윈튼 호텔 정문(밤)

발렛 맡겨 놓은 차가 나오기를 기다리고 있는 지원과 지혁.

강지원 부장님, 아까 좋게 말씀해주셔서 감사합니다.
유지혁 (보다가 살짝 로맨틱하게) 좋은데요, 강지원 씨.
강지원 (어?)
유지혁 (로맨스 얘기는 아닌 듯) 싫으면 싫은 말씀 했겠죠.
강지원 (뭔가 좀 재미있는 화법이다)

주차장에서 나오는 지혁의 차 후미등에서 연결.

씬11. 상종의 차 안(밤)

차가 막혀 있는(서울로 다 올라온 느낌이어야) 도로에서 기분 나쁜 민환.

박민환 에이 씨! 캠핑가면 여자 꼬실 수 있다며!

그러는데 창으로 옆 차에 3부 21씬 예쁜 여자 셋이 잘생긴 남자 차에 타고 있다.

유상종 꼬실 수 있지. 네가 못 꼬시지. (낄낄) 넌 네 여친도 못 꼬시잖아. 뜨밤 실패하고 버스 타고 집에 간 박민환 씨~~

열받은 민환이 클락션 괜히 빵빵빵빵 누르면. (상종이 운전 중)

박민환 니 와이프는? 다르냐?
유상종 내 와이프 계속 전화하는 거 몰라?

하는 순간, 블루투스로 연결된 상종의 핸드폰에 '내 와이프' 전화 오면. 상종, 봐라! 하는 턱짓하고 전화 거절 "아우, 귀찮아 죽겠어어~"

박민환   (코피코 까먹으며 딴청) 어으~ 맛있다.

유상종   와이프가 해준 거야. 몸에 안 좋은 커피 마시지 말고 맛있게 리프레시 하라고.

박민환   (초조해져서 핸드폰 확인하면)

유상종   찾지도 않는 누구 여친과는 다르지이~ 우리 다시 생각해야 하는 거 아 닐까? 니 여친, 어디 딴 놈 있고 넌 결혼용으로 관리 중인 거 같아. 너 만 그러고 있으란 법 없잖아.

박민환   뭐 이씨! 제대로 알지도 못하는 새끼가. 얘가 그럴 주제가 아냐!(차 문 확 열고 나가면서) 진짜 별소리를 다 듣네. 내가 지까짓 거 만나면서 이런 소리까지 들어야 해?

뒷좌석 문 열고 배낭 꺼내다가 성질 빡 나서 코피코 사탕 한 주먹 쥐어 가는!!

유상종   야! 이 미친놈아! 그걸 왜 갖구 가????

#차 옆

박민환   가만 안 둬, 아주!

성큼성큼 걸어가는 민환 얼굴에 심술 덕지덕지.

씬12. 윈튼 호텔 정문(밤)

지혁이 차 조수석 문 열고 있으면 지원 난감해서 쳐다보고 있다.

강지원	혼자 가도 괜찮습니다.
유지혁	내가 안 괜찮아요. 주말 출근에 안 들어도 되는 개소리까지 듣게 했으니...
	데려다주는 게 싫으면 저녁 먹고 갈래요? 제대로 못 먹었죠?

어? 그건 더 곤란! 의 지원 표정에서.

씬13. 차 안(밤)

달리는 차 안, 지원 불편해서 슬쩍 지혁의 얼굴 본다.

유지혁	계속 눈치 보면 저녁 먹으러 갈 거예요.
강지원	(헐? 얼른 고개 돌렸다가 피식)
유지혁	왜요?
강지원	그냥 이 정도의 일로 미안해하시니까.
	나한테 진짜 못되게 군 사람들은 하나도 안 미안할 건데---
유지혁	(슬쩍 보고) 사람들한테 맞춰줘 버릇하지 말아요.
강지원	그럼요. 나한테 막 대하는 사람한테 잘해줄 필요 없다는 거 배웠어요.
	대신 좋은 사람한테 두 배 세 배 더 잘할 거예요.
유지혁	좋은 결심이네.
강지원	(웃으면)
유지혁	이제 좋은 사람을 알아보는 눈만 생기면 되겠어요.
강지원	(막 웃는다) 제가 사람 보는 눈 없는 거 어떻게 아셨어요?
	있는 줄 알았는데... (너무 웃어서 눈물까지) 완전 없더라고요.
유지혁	그래 보이긴 하는데. ...난, 어떤 사람인 거 같아요?

순간 지원, 움찔해서 본다.
마주친 시선에서 분명한 감정 느껴지지만,

강지원 (분위기 깨려고 가볍게) ...좋은 사람?

유지혁 (안다. 하지만 여기까지-) 완전 없는 건 아니고.

지혁 다시 운전하기 시작하면,
나쁜 기분은 아니지만 살짝 불편한 지원.
그러는데..!

유지혁 강지원 씨.

안 끝났나? 뭔가 더 멜로 상황이 지속되나 불안+긴장.

유지혁 '그놈이 맛있었다'는 어떻든가요?

강지원 풉! (사레들려서 가슴 탕탕 치면서) 아, 아니, 그거언~ 상무님 풀어드리려고.

유지혁 그렇다기엔 너무 리얼해. 말해줘요, 나 봐요, 마요?

강지원 부장님!!!!!

지혁이 놀리고 지원이 아니라고 팔팔 뛰기 시작하면.
살짝 흐뭇한 지혁. 달리는 도로의 가로수는 이팝나무로 하얀 꽃이 가득 펴 있고,
편하게 웃는 지원, 그것이 좋은 지혁으로 분위기 풀려서 로맨틱할 것 같은데..
지원의 전화 울린다.

강지원 잠시만요.

지원, 전화 확인해보면 '반쪽'이지만 받지 않고 거절 눌러버리고.
다시 핸드폰 넣었지만 문자 오는 소리 계속 들린다.

유지혁　약속 있는 거면 그쪽으로 데려다줄 수도 있어요.

강지원　아니에요. 정수민 씨인데…

지원, 한숨으로 핸드폰 꺼내 무음으로 돌리려는데 문자는 백은호에게서 온 거였다!

[모르는 번호 : 일 끝났니? 난 아까 니 가고 그냥 가게로 왔다.]

[모르는 번호 : 널 오랜만에 보니 마음이 진정이 안 돼.]

[모르는 번호 : 마감 치고 전화할게.]

저도 모르게 지원의 입꼬리 올라가면,

유지혁　수민 씨가 뭔가 재미있는 이야기를 했나 봐요?

강지원　아, 이건 다른 친구요.

유지혁　누구?

강지원　동창이요. 오늘 동창회에 갔었거든요.

　　　　오랜만에 만나서 연락처를 주고받았어요.

유지혁　…어렸을 때 친구 오랜만에 만나면 잠깐은 좋죠. 다 지난 일이지만.

강지원　제가 정말 좋아했어요. 첫사랑이었으니까.

순간 브레이크 꽉 밟는 바람에 지원 몸도 안전벨트로 덜컥이고 뒤에서 빠아아아앙-

유지혁　아, 미안해요. 딴생각하다가. (비상쏘뤼버튼 켜고 다시 차 출발)

　　　　그… 첫사랑을 다시 만나면 옛날 감정이 생각날 수도 있지만 위험하다더라고요. 지나간 옛 감정은 지나간 대로…

강지원　그런 맘은 아니에요.

유지혁　(역시! =만족)

강지원　저 남자 친구 있잖아요.

유지혁　(이러나저러나 신나지 않음 =인상 찌푸)

하는데 차 지원 원룸 골목길로 접어들고,

지혁 저 멀리 민환 걸어가고 있는 모습 발견한다.

지원은 문자 보느라 못 보고,

지혁 어떻게 하지... 지원 쪽 보는 순간 울리는 핸드폰 '박민환'이다!

지원 인상만 살짝 찌푸리고 거절 버튼 누르는데.

유지혁   강 대리님.

지혁 목소리에 고개 들었던 지원,

그의 눈짓 따라 앞을 보고는 캠핑복 차림의 민환 발견!

점점 거리 가까워지면 어? 어? 당황스러움을 숨기지 못하던 지원,

차량 민환을 스쳐 지나가는 순간 자기도 모르게 시트 눕힘 누른다!

씬14. 지원 원룸 골목(밤)

지혁의 차량 민환 스쳐 지나가고.

민환 아무 생각 없이 '요즘은 다 좋은 차 타고 다녀.' 하고 입 댓발.

씬15. 차 안(밤)

지이이잉~ 하는 진동음과 함께 아직도 내려가고 있는 지원.

누가 봐도 너무나 이상한 상황.

이걸 멈출 수도 없고 지원 어떻게 수습해야 할지 몰라 계속 눕고 있는데.

유지혁   선팅을 진하게 해서 밖에서 안 보여요.

강지원   (어색하게 웃으며 일어나면서) 아니, 뭐 꼭 그래서라기보다...

유지혁   안 보이고 싶은 줄 알았는데.

강지원   제가 왜요... (눌힘 버튼에서 손 떼는데)

하는 순간, 커브 돌면서 지원 원룸 바로 앞인데 정문에 수민 쪼그리고
앉아있다.
발견하는 순간 지원 다시 눌힘 버튼 누르고!
지혁 슬쩍 보면,
너무나 느리게 내려가고 있는 지원 귀엽다.
매우 귀여워하지만 크게 티 안 내면서 액셀 밟는 지혁, 한 번 웃음 참고.

씬16. 지원 원룸 정문 앞(밤)

쪼그리고 앉아 입 비쭉이는 수민 앞을 그대로 지나치는 지혁의 차.

씬17. 차 안(밤)

계속 내려가고 있는 지원 난감해서 아하하 웃는. 이걸 어떻게 설명해..
그리고 그런 지원 때문에 웃참 챌린지 중인 지혁까지.

씬18. 지원 원룸 정문 앞(밤)

민환 걸어오다가 쭈그리고 앉아있는 수민 발견.

박민환   어? 수민 씨?

수민, 쪼그리고 앉아 불쌍하게 민환 올려다보면서 눈물 와앙~ 터지고.

정수민　박 대리님…

　　　　놀란 민환 같이 쭈그리고 앉아 시선 맞추며,
　　　　무릎에 얹어놓은 수민의 손 위로 손 겹치는데.

박민환　무슨 일이에요? 여기서 왜 이러고 있어?

　　　　눈물 뚝뚝 흘리면서도 수민, 겹쳐진 손 흘깃 본다.

씬19. 지원 원룸 현관 앞(밤)

　　　　민환, 핸드폰 귀에 댄 채 앞에 서 있고.
　　　　뒤에서 수민 민환의 옷자락 붙잡고 흑흑대고 있다.
　　　　'지금 고객이 전화를 받지 않사오니~' 메시지 나오면 핸드폰 끄고.

박민환　얘가 이럴 애가 아닌데.
정수민　전화 안 받는다니까요.
박민환　(수민 힐긋 보고) 일단 뚝! 해봐요. 들어가서 진정부터 하고…

　　　　민환 오토로크 비번 누르는데 삐리릭~ 하면서 꺼져버린다.

박민환　어?

씬20. 지원 원룸 전경(밤)

　　　　삐삐삐— 삐리릭~ 삐삐삐— 삐리릭~ 삐삐삐— 삐리릭~(E)

씬21. 지원 원룸 현관 앞(밤)

수민, 이게 무슨 상황이지... 눈 가늘게 뜨며 머리 굴리는데.

박민환 (난감+당황) 이거... 왜 이러지? 뭐가 좀 잘못된 거 같은데.
비번이 우리 사귀기로 한 날이거든요. 0622... 맞는데.
정수민 괜찮아요. (홀쩍) 계속 앞에서 기다릴게요.
박민환 아니아니, 나도 지원이 만나러 온 거니까.
(시선 저도 모르게 살짝 파여있는 쇄골 쪽으로 갔다가 돌리고) 어... 그...
어디 가서 따뜻한 거라도 먹어요. 뭐가 어떻게 된 건지 이야기도 해주고.

민환 얼른 먼저 시선 돌리며("아~ 강지원 왜 연락이 안 돼...") 등 돌리면,
홀쩍이면서도 수민 머리 굴리는 표정.

씬22. 한강변(밤)

지원, 강 너머의 화려한 스카이라인 잔뜩 찌푸린 채 보고 있다.

강지원(E) 부장님께 이상한 모습을 들켜버렸어. 어떻게 설명하지.

그러는데 눈앞에 따뜻한 코코아 불쑥!

강지원 전 괜찮은데요.
유지혁 내가 목말라서요.
강지원 아! 그러시다면!

지원, 꾸벅하고 한 모금 마시는 순간 살짝 긴장 풀리며.

강지원(E) 맛있다. 따뜻하고.

풀어지는 지원의 표정 확인하고 지혁 살짝 흐뭇~
그런 것도 모르고 눈치 보던 지원.

강지원 제가 박민환 대리와 공식 사내 커플인 만큼 궁금하실 게 많을 것 같지만,
사생활이니 설명하고 싶지 않습니다.

유지혁 그러세요.

강지원 (어?)

유지혁 궁금하지만 강지원 씨가 설명하고 싶지 않다면 하지 마요.
그저... 음, 강지원 씨에게 좋은 방향으로 결정하고 있다면 돼요.

강지원 그건 확실해요. 요즘 깨달은 게 있거든요.
다른 사람한테 맞추려고만 하다 보니 저 자신을 몰랐던 거 같아요.

유지혁 그래서 본인에 대해 알아낸 게 있어요?

강지원 알아가는 중이에요. (헤헤) 일단 주식 시작했고 밀키트 하나 기획 중
이고.

유지혁 밀키트?

강지원(E) 부장님... 우리 회사 후계자였지.

강지원 다 쓰면 보여드릴까요? (불쑥 해놓고선 살짝 멈칫)

유지혁 (보면)

강지원(E) 아, 쫌 그런가??

유지혁 기대하고 있을게요. 가능한, 빠른 시일에.

강지원 (됐다!) 넵!

유지혁 그리고 또 뭐?

강지원 (흠흠!) 아, 또 저 자신도 꾸며보고 집 인테리어도 생각 중이고.
맞다! 호신술도 배워볼까 해요.

유지혁 호신술? 그거 내가 가르쳐줄까요?

강지원 네엑! (목소리 갈라져)

유지혁 ...진짜 반응이 쫌, 많이...

강지원	아아니, 너무 쌩뚱맞으니까...
유지혁	쌩뚱맞지 않아요. 나 운동했었거든. 유도, 합기도, 특공 무술...
강지원	와... 안 어울려.
유지혁	(눈 가린다) 반응, 진짜.

난감해하는 지혁의 모습 새삼스럽게 바라보는 지원.
이런 사람이었나? 왜 전에는 몰랐을까? 좀 귀엽기도?
그러는데 바람 불어 머리카락 날리면, 지혁 앞머리 쓸어넘기고 안경
벗어 닦고.
한참 보고 있던 지원 불쑥!

강지원	부장님, 렌즈 끼시면 어떨까요?
유지혁	(안경 쓰려다가 멈칫)
강지원	도수가 높아서 부장님의 장점이 가려지는 것 같아서요.

아무 생각 없이 지혁을 바라보며 웃는 지원과,
역시 느낌 온 지혁의 생각 많은 모습에서.

씬23. 포장마차(밤)

소주 두 병째, 맥주 세 병째 마시는 중.

정수민	도대체 어떻게 이렇게 꼬인 건지 모르겠어요.
	지원이가 오해했을까 봐 너무 무서워.
박민환	에이, 지원이 그런 애 아니에요.
정수민	요즘 좀 이상하단 말예요. 자꾸, 멀어지는 거 같아.
	우리 사이가 그럴 사이가 아닌데... 그러면 안 되는데...

민환, 생각하는 표정에서.

박민환(E) 뭔가 좀 이상하긴 해. 하지만 생각해보면 명확하게 달라진 건 없는데. ...진짜 유지혁하고 뭐가 있나? 아니아니, 걔가 나 좋아하는 거 보면 외모, 센스 다 보는 건데.

박민환 요즘 일 많아서 그럴 거예요. 애가 외골수라 하나밖에 생각 못 하잖아.

정수민 그럴까요?

박민환 그럼요. 지원이랑 수민 씨 사이 모르는 사람이 없는데요.

정수민 (눈물 그렁하지만 웃으면서) 그렇겠죠? 박 대리님 만나서 다행이에요. 아니었으면 오늘 나 너무 힘들 뻔했다!
고마워요. 정말 최고. 정말 멋있다!

수민 울면서도 귀엽게 헤헤 웃으면 마음 확 가버리는 민환!
그 와중에 수민은 안주로 나온 떡볶이 집으려는데 떡 두 개 붙어있다.
그걸 떼려고 젓가락 비트는데 너무 서툴고,
민환이 자연스럽게 떡 잡아주고.
순간 마주치는 눈길. 데스티니~~~

씬24. 지원 원룸 정문 앞(밤)

지혁의 차량 들어와서 멈춘다.
지원 내리면 따라 내리는 지혁.

강지원 (꾸벅) 들어가세요.

유지혁 집 앞까지 에스코트해 줘요?

지원, '네에엑?'이라고 하진 않지만 할 때와 같은 표정이면.

유지혁   (절망으로 눈 가리고) 방금 네에엑!을 들은 거 같아요.

그 반응은 꼭 좀... 어떻게 해줘요.

강지원   ...죄송합니다. (눈 꿈뻑이다가 꾸벅) 들어가세요.

지원 돌아서서 들어가는데.

유지혁   강지원 씨.

강지원   (돌아보는데)

유지혁   난 결혼하기 전에 사람을 많이 만나보는 게 반드시 필요하다고 생각해요.

강지원   (뭐야? 싶어 봤다가) 보기보다 자유분방하신가 봐요.

유지혁   아니었는데, 지금부터는... (말하다 보니 아니다) 아니, 난 지금부터도 아닌데...

강지원   (뭐래?)

유지혁   어쨌든 결혼을 꼭 해야 한다고 생각하지는 않아요.

강지원   아~~ 결혼 안 하실 거예요?

유지혁   아니, 나는 할 건데... 아니아니, 그게 아니라... (또 꼬였다. 곤란)

강지원   (뭐지?)

유지혁   (어이없어서 웃긴. 내가 왜 이렇게 허둥대지?)

강지원   (보다가) 부장님.

유지혁   (다시 무표정해져서 보면)

강지원   웃으시니까 정말 좋아요.

지혁이 설명하려고 했던 백 마디 말보다
지원의 한마디에서 두 사람 사이에 느낌 충만해지고.

씬25. 지원 원룸(밤)

샤워하고 나와 목에 수건 두른 지원, 머리 털면서.
거실 테이블 위에 희연이 그려 놓은 〈은인님의 행복을 위한 인테리어 제안서〉를 보고 피식 웃는다.

FLASH CUT. 지원이 나가고 혼자 남아서 열심히 그림 그리는 희연

강지원　귀여운 애야, 증말.

깜찍하게 캐릭터 그려가며 그린 그림 꽤 많은데 맨 아래에 남겨진 메모.

유희연(E)　이 모든 걸 하려면 이사를 한번 하는 것도 추천합니다!
강지원　이사... 라. (둘러보며) 그것도 좋은 생각인데.

하는데 전화 울려서 보면 '반쪽'이다. 안 받으면 끊기고 나서 문자.

[정수민 : 연락 너무 안 된다ㅜㅜ 나 정말 서운해. 우리 사이에 뭔가 오해가 있으면 풀려고 해야 하는 거 아닐까? 동창회에서 애들이 왜 그랬는지는 나 정말 모르겠어. 늘 네 편 들어준 건 나잖아. 오늘만 해도 미리 말하면 너 안 나갈 거 아니까 어떻게든 좋게 풀어보려고 한 건데. 이게 뭐야. 마음이 아파. 이럴 거면 널 조금만 덜 생각해야 할지도 모르겠어.]

강지원　미쳤네, 정수민.

화가 나서 핸드폰 소파 위에 던졌다가 마음 굳게 먹고 다시 들어서.

[강지원 : 문자나 통화로 할 이야기 아닌 거 같아.]
[강지원 : 내일 이야기하자.]

하자마자 '박민환'에게서 전화 온다.

느낌 있어서 지원 눈 가늘게 뜨지만 일단 통화버튼 누르면.

정수민(F) 지원아!
강지원 하...

바로 끊은 지원 "같이 있었네..." 기도 막히고 그럴 줄 알았다 싶기도
한데 다시 울리기 시작하는 전화. 끊길 때까지 기다리면 문자 온다.

[박민환 : 수민 씨 지금 울고불고 난리야. 들어보니 오해인 거 같은데 어디야?]
[강지원 : 민환 씨가 있어서 다행이다. 수민이 좀 챙겨주고 집에 데려다줘. 나 머리가
복잡해서 생각을 좀 해야 할 것 같아.]
[박민환 : 어딘데?]
[강지원 : 좀 부탁해~]

강지원 들어보니 오해야? 머리가 나쁜 거야, 똑같은 것들이라 문제를 모르는
거야?

기가 막혀 웃는 지원,
이러길 바랐지만 막상 마음이 복잡해져 일어나 서성이고.

FLASH CUT. (지원의 상상) 수민과 민환의 다정한 모습

FLASH CUT. 1부 24씬 (회귀 전) 지원 빌라에서 수민을 보호하는 민환
의 모습

고개 절레절레 눈 질끈 감은 지원, 한숨과 함께 소파에 누워 천장 보고.

강지원(E) 좋은 거야. 판을 딱히 안 깔아줘도 자기들끼리 철썩철썩 붙잖아.
강지원 그래도 오래는 못하겠다. 이런 거...

(마음 다잡는다) 빨리 둘이 결혼만 해줘라, 제발. 제발. 제발.

하는데 전화 다시 울려서 보면 이번에는 백은호(모르는 번호)다!

강지원 어? (흠흠! 목 가다듬고 아무렇지도 않게 전화 받는) 여보세요?
백은호(F) 집에 들어갔어? 통화 괜찮아?

지원 입꼬리 올라가며 소파에 앉는 데서 분할화면.

씬26. 지원 원룸/레스토랑 베르테르 오픈 주방(밤)

지원은 거실이고 은호는 불이 꺼지고 부분조명만 들어와 있는 레스토랑에 혼자 있다.

강지원 어, 막 들어와서 연락하려던 참이었어.
백은호 (살짝 웃는) 내가 맘이 너무 급했나.
강지원 이렇게 통화하니까 쫌 이상하다.
백은호 그런가? 전화도 한 번 안 해봤나?
강지원 그렇지. 네가 나한테 아는 척하지 말라… 아, 아니다.
백은호 뭔데? 아니아니아니아니아니아니아니다. 말하지 마라.
강지원 아하하! 도대체 아니를 몇 번이나 하는 거야.
　　　　　알았어. 네가 나한테 다신 아는 척하지 말라고 한 거, 더 이상 말하지 말자!
백은호 가, 가, 가, 강지워이!!

씬27. 고등학교 계단_회상(낮)

고딩 수민과 함께 지원이 계단 내려가고 있는데 올라오던 은호와 딱
마주친다.
지원은 아무것도 모르고 심장 두근두근해 수민 끌어당겨 스쳐 지나는데.
외면당했다고 생각한 은호(이미 분노상태) 입술 꽉 깨물고 분노로!

백은호   강지원!!!
강지원   (놀라 돌아보고)
백은호   내가 뭘 우쨌는데!! 니 그라는 거 아이다!!
            다신 내 아는 척하지 마라!

            은호, 확 쏟아붓고 도망쳐 버리면
            상황 판단 안 돼서 당황하는 지원과 수군대는 주변 아이들.

강지원   와 저라노. 내 암말도 안 했는데.
정수민   미안. 지원아… (속닥) 내가 이어주고 싶어서 니 맘 쪼끔 전달했어.

            지원, 놀라는데.
            예지, 내려오면서 지원의 어깨 팍 밀쳐내고(지원/수민 가운데로 상기
            되어서)

하예지   (지원 위아래로) 되도 않는 소리 하는 아가 있다 안 하나?
            (수민 팔짱 끼고 끌고 가며) 으이구, 빙시야 니는 은제까지 이럴긴데?
정수민   (난감한 듯 돌아보지만 딱히 지원 챙기지 않고+살짝 웃기까지)

            놀라서 멈췄던 주변 학생들까지 움직이기 시작하면
            위로 가버린 은호와 아래로 가버린 수민+예지.
            홀로 남은 어린 지원은 어디로 가야 할지 알 수 없이 상처인데.

강지원   내가 은호를 좋아하는 게 기분 나쁠 정도로 되도 않는 소리라꼬.

씬28. 지원 원룸/레스토랑 베르테르 오픈 주방(밤)

백은호　그, 그건 니가 날 뻥 차가지고.

강지원　(어?) ...잠깐, 내가 널 찼다고?

백은호　그, 그래. 내, 내가 아직도 그 편지를 가, 가지고 있다.

강지원　편지?

백은호　답장 말이다! 버, 버리고 싶었는데 버릴 수가 어, 없어서.

지원, 벌떡 일어나서 눈 깜빡이며 생각.

강지원　그러니까 네가 나한테 편지로 고백했는데 내가 답장을 했다는 거야?

백은호　까무그뿟나. 내, 내, 고... 고백 편지 쓰니라 을매나 고생을...

강지원　은호야.

백은호　(얼굴 벌게져 있다가) ...으응?

강지원　언제 한번 볼까? 내 답장이라는 거... 가지고 나올 수 있어?

다부진 지원의 표정에서.

씬29. 16층 사무실(낮)

INSERT. 태양이 비추는 U&K 건물 전경

아직 본격적인 업무가 시작되기 전으로 살짝 산만한 분위기.
수민은 바싹 긴장해 벌써 와 있다. 지원의 자리 힐끔대며 불안한 상황.

정수민　왜 안 오는 거야...

수민, 불안해 손톱 잘근대려고 하는데 갑자기 저 뒤에서 '오올~~' 하는

남직원 목소리 들리며 시선 집중되는 느낌에 돌아보면,
블라우스에 H라인 스커트, 단정한 머리, 옅게 화장을 한 지원이 높은
굽을 신고 걸어 들어온다. (동창회의 날보다는 좀 더 내추럴)

남직1 뭐예요? 강 대리님! 연예인 들어오는 줄! 오늘 무슨 날이에요?
강지원 (화사하게 웃으며) 날은 무슨. 그냥 기분이 그런 날이죠.

멍~ 한 수민을 그대로 지나쳐 자리에 가방 내려놓는 지원.

양주란 자기, 너무 예쁘다아~~
강지원 희연 씨랑 토요일에 쇼핑했거든요. 겸사겸사... (머리도 만졌다는 시늉)
정수민 지원아, (하고 다가가려는데)

출근해 들어오던 민환이 지원 보고 눈 휘둥그레져서 수민 제치고 나
서며.

박민환 이게 누구야? 내 여친인데 몰라보겠어~
강지원 (수민을 한 번 보고 방긋) 놀래켜 주려고 했지.

지원, 입은 웃고 있지만 민환 다가오면 한 걸음 뒤로 물러난다.
그 사실 눈치챈 주란 고개 갸웃하고.

박민환 와... 자기, 안경 벗으니까 진짜 완전 달라 보인다.
유희연 강 대리님 안경 벗은 모습 처음 본 사람처럼 말씀하시네요?
박민환 처음 봤겠습니까. 늘 새로운 게 문제죠.

민환이 으헤헤 웃으면서 능글맞게 대답하면,
저도 모르게 인상 찌푸리는 지원, 그 모습 역시 주란은 눈치채고 갸웃-

CUT TO.

지혁, 막 들어오다가 직원들 모여있으면 무심히 보는데.
웃고 있는 지원의 모습 눈에 딱 들어오면 3부 43씬의 슬로우 컷처럼 다시 데스티니~
걸음 멈추며 입 벌어지는.
당황해서 허둥대다 빈 책상에 쌓여있던 집기 건드려 와장창-!
더 당황해서 다른 책상 건드려 또 와장창-!
다들 놀라 쳐다보는데.

유지혁 아, 아... 미안합니다.

지혁, 지원과 눈 마주치지 못하는데 귀가 벌게져 있다.

정수민 (착한 척) 제가 정리할게요! 부장님!
유지혁 그럼 좀 부탁하죠.

어? 하는 수민을 내버려 두고 지혁, 곧장 지원에게 다가가고.

유지혁 오늘 좀... 출근 복장이 아닌 거 같군요.

음? 하고 지원이 고개를 돌려 주란을 보면,
지혁도 그 시선 따라 보는데 블라우스에 치마, 정리하고 있는 수민도
블라우스에 치마, 희연은 블라우스에 슬랙스, 지나가는 3팀 직원은 카
디건에 치마.

유지혁 음... 안경 벗은 걸 처음 봐서 그렇게 느꼈나 보군요. 그럼 이만.
강지원 어제 보셨는데...
박민환 (뭣이?)
유지혁 어제는 주말이었고 회사에서는... 처음... 이라...

강지원　어? 그리고 보니 부장님도 렌즈 끼셨네요.

순간 지혁에게로 확 몰리는 시선!
여전히 센스없는 쓰리버튼 양복에 헤어스타일은 아쉽지만 안경 벗고
맨얼굴이다!

양주란　어머! 그러네! 부장님 훨 멋있으세요!
정수민　그래서 느낌이 완전히 달랐구나! 잘하셨어요!
유희연　...아.

지혁, 살짝 난감해하다 다들 흩어지라는 손짓하고 자리에 가면.
그제서야 헐레벌떡 출근하던 경욱.

김경욱　(지혁 보고) 어어?
　　　　　(지원 보면) 어어어어?

눈 휘둥그레진 경욱 무심하게 두고 다들 자리에 찾아가는 데까지.

씬30. 1층 흡연구역(낮)

남녀직원들 서너 명 모여 담배 피우고 있는데 민환 오면.

남직1　(손 번쩍) 박 대리님, 이리 오세요!
여직1　안 그래도 지금 강 대리님 얘기하고 있었잖아요.
남직3　이야~~ 우리 박 대리 안목이 대단해요.
　　　　　강 대리님이 그렇게 미인인 줄 우리 아무도 몰랐잖아요.
박민환　(어깨 으쓱해서) 원래 미인이었어요.
여직2　수비 잘해야 할 거 같은데...

남직2	우리 팀에만 골키퍼 있으면 골 안 들어가냐는 애들이 한둘이 아니에요. 개발팀 서진수 있지? 걔도 오늘 하루 종일 강 대리 얘기하더라.
박민환	허허... 공이 싫어해요. 그 공은 저밖에 몰...

하다가 문득!
물었던 담배 퉤 뱉어내는 민환에서.

씬31. 회사 옥상(낮)

지원 올라오면 민환 커피 두 잔 사놓고 기다리고 있다.

강지원	뭐야? 나 조금 있다가 외근 나가야 해.
박민환	잠깐은 괜찮아~ 커피 마시라고.

민환이 옆에 앉으라는 듯 툭툭 두드리면
싫지만 어쩔 수 없이 살짝 사이를 두고 앉는 지원.

박민환	좀 쉬었어? 기분은? 내가 금욜엔 좀 그랬지? 그래도 동창회 갔다 와서 기분 좀 나아졌을 거야. (슬쩍 거리 좁히며) 어제 유지혁 만났다는 건 뭐야?
강지원	아, 그거... (커피 한 모금 마시고 민환과의 사이에 두며)
강지원(E)	자꾸 부장님을 이용하게 되네. ...죄송합니다.
강지원	어제 급한 일 때문에 부르셨거든. 그래서 중간에 동창회에서 나왔잖아.
박민환	역시! 아 진짜 웃기는 새끼네!
	(씩씩) 자기야, 내가 보기에 유지혁이 자기한테 관심 있는 거 같아.
강지원	무슨 소리야?
박민환	그 새끼 관상이 딱 그거거든. 제대로 여자도 못 꼬시면서 엄청 똥개처럼 쫓아다닐 스타일! 놀 줄 모르는 놈들이 그래.

강지원 (갸웃) 치근대는 느낌은 없긴 한데... (말하는 건 헷갈리지만)

박민환 아냐아냐, 이런 건 남자가 정확히 알지. 같은 수컷을 향한 안테나 같은 거야. 급한 일이고 나발이고 왜 자기를 불러? 오늘도 자기한테 출근 복장 어쩌구 한 거... (절레절레) 예뻐서 미쳐버린 거야. 돈 거지!

강지원 흠...

지원, 살짝 눈썹 치켜올렸다가 내리면.
씩씩대던 민환 갑자기 표정 변한다.
민환 시선 속의 지원, 긴 속눈썹과 살짝 오므리는 입술 반짝반짝 예쁘면,
저도 모르게 뺨을 손으로 감싸며.

박민환 자기 오늘 너무 예쁘다.

강지원 (저도 모르게 어깨 움츠러드는데)

박민환 (주둥이 들이밀며) 예쁜데 똥개들이 쳐다보니까 화나.
나만 보고 싶은데... 내 건데...

민환의 입술 다가오고, 손은 지원의 허벅지에 막 닿으려는 순간.
두 사람 사이에 있던 커피를 확 쏟아버리는 지원!

박민환 으악!!!!!!

강지원 어머 어떻게 해!!!

지원 일어나서 입 가리고 '어머머' 하는데 이미 민환은 바지 다 젖었고.

박민환 아이 씨, 이걸 못 봤네...

강지원 빨리 화장실 가! 얼룩 남겠다! 얼른얼른...

재촉에 허둥지둥 젖은 바지 당기며 "어유, 팬티도 젖었어..." 하며 뒤뚱뒤뚱 옥상 문을 향해 가는 민환 뒤를 슬슬 따라가는데 옥상 문 열리

더니 수민 눈 동그랗게.

씬32. 16층 화장실 앞 복도(낮)

인쪽에서 물소리(E) 들리는 가운데 지원 냉랭한 표정으로 기내서 팔짱 끼고 있고,
바로 옆에서 수민 눈치 보고 있다.

정수민 지원아...

강지원 (...)

정수민 지원아아... 설마 너 나 오해하는 거 아니지?
진짜 애들이 왜 그러는지 몰라. 유치하게 10년도 넘은 이야기로...

수민 진심이다 못해 간절한 표정으로 고개 쭉 내밀어 지원과 눈 맞추려 하면,

강지원(E) 어떻게 널 믿지 않을 수 있을까.
끝까지 가보지 않았다면, 지금 내가 널 믿지 않을 수가 있을까.

정수민 말실수는 했을지 몰라도 나 믿어줘야 돼.
알잖아. 나 잘 헷갈리는 거...

강지원 어제는 화가 좀 났었는데 생각해보니 이상하긴 하더라.
네가 은호하고 사귀는 척하면서 내가 헤어지랬다고 거짓말할 이유가
어딨어? 날 이상한 애로 만들어서 괴롭히고 싶은 거 아니면.
근데 그럼 진짜 미친년이잖아.

정수민 (움찔) 그, 그래애... 내가 그럴 리가 없지이.

강지원 하예지랑 걔들 옛날에는 내가 뭐 네 걸 탐낸다느니 뭐니 말도 안 되는
트집 잡아 괴롭히더니 이제는 넌가 보다.

정수민 (자기가 그런 부류의 원탑이라는 걸 인정하기 힘든데) 으응...

강지원	나 그냥 안 넘어가려고. 고딩도 아니고.
	은호 만나서 제대로 따져볼 거야.
정수민	(깜짝) 은호를 만난다고?
강지원	응, 연락처 줬거든. 한번 보자더라구.
	(의미심장) 걱정하지 마, 내 반쪽. 나 그냥 안 넘어가.
정수민	(어떡하지...) 근데 민환 씨가 싫어하지 않을까? 너 다른 남자 만나면?
강지원	우리 민환 씨 그런 사람 아냐. 나 맘 편한 게 최고라고 하던걸.
	맞다! 이번에 주식 대박 나서 돈도 많이 벌었다고 신혼집 기대하라더라.
정수민	...주식이 대박 나?
강지원	나 참, 단칸방이면 내가 싫어해? 진짜 남자들이란...
	자기만 있으면 되는 걸 몰라.

수민의 표정 썩어가고,
화장실에서 막 나오던 민환, 지원의 마지막 대사만 듣고 만족스럽게
씨익 웃고.

씬33. 16층 엘리베이터 홀(밤)

퇴근하는 사람들로 북적북적한 엘리베이터 홀,
지원, 수민, 주란, 희연도 그중에 있다.

정수민	오랜만에 정시 퇴근한다, 우리 지원...
강지원	(쳐다보면)
정수민	(... 이가 아니라) 강 대리! (헤헤 웃고)
	(모두에게) 일찍 끝났는데 오랜만에 치킨 뜯고 가실 분?
양주란	(아쉽) 난 애 데리러 가야 돼.
강지원	(핸드폰 보고 있다) 그러고 싶지만 거래처 들렀다가 퇴근이야.
유희연	전...

정수민   (희연이는 후보에 없었다. 말 뚝!) 이잉… 진짜 회사는 우리 지원이 인
센티브 줘야 해. 혼자 일 다 하는데!

유희연   (우씨…)

하는데 엘리베이터 문 열리면 한시라도 빨리 퇴근하고픈 사람들, 꽉
꽉 채워시 단다.
막 문 닫히려는 순간 엘리베이터 문 잡는 손!
지혁이다.

유지혁   아?

지혁, 사람 꽤 많으면 한 발 물러서다가
닫히려는 문 사이로 저 멀리 끝에 끼겨 있는 지원 발견하면,
엘리베이터 문 다시 잡아 올라탄다.
닫히는 문 사이로 보이는 지혁의 얼굴과 등 뒤의 지원, 희연, 수민, 주란.

씬34. 엘리베이터 안(밤)

양주란   머리 진짜 잘 어울린다. 오늘 강 대리 때문에 난리 났대.
다들 박 대리님 부럽다는 이야기밖에 안 했다던데?

강지원   (수민 힐끗 보고) 여자들은 제가 부러울걸요.
민환 씨가 여자를 행복하게 해주는 법을 알거든요. 그죠? 수민 씨?

정수민   그러엄~ 우리 지원… 아니 강 대리님이랑 박 대리님 너무 잘 어울리
는 한 쌍이에요.

호응해주면서도 어쩔 수 없이 수민의 표정 살짝 비틀리고,
맨 앞에서 목소리만 듣는 지혁의 표정도 어두워지고.

씬35. 1층 로비 엘리베이터 홀(밤)

사람들 우르르 내리는데 몇 걸음 따라 걷던 지혁 걸음 멈추고,

유지혁　강 대리님.

강지원　네?

지혁이 잠깐 이야기하자는 시늉하면 수민과 주란, 희연 묵례하고 먼저 가는데.

유지혁　진짜 오늘 왜 이렇게 하고 출근했죠?

강지원　(자기 옷차림 보고) 출근 복장이 아니라는 말씀인가요?

유지혁　아니, (뭐라고 말하지...)

강지원　(표정)

유지혁　아니에요. (한숨) 쓸데없는 말을 했어.
　　　　(돌아서려다) 난 강지원 씨가 렌즈 끼는 게 어떠냐고 해서 꼈어요.

강지원　(아!)

유지혁　그래서- 혹시- 지원 씨도, 누군가에게... 누군가 때문에 이렇게... (말 정리가 잘 안된다)

강지원　...기분이 좋거든요.

유지혁　(보면)

강지원　다른 사람한테 보이려고 이러고 온 거 아니에요. 항상 이러고 다녀야 한다는 생각도 안 하고. 한 번도 이렇게 안 꾸며봤는데 막상 해보니까 기분이 좋고, (생각) 또... 어떤 사람들은 이렇게 잘 꾸미면 절 대하는 게 달라지니까.

유지혁　하고 다니는 것 때문에 강지원 씨를 대하는 게 달라지면 안 되는 거 아닌가?

강지원　맞아요. 그런데 그런 사람은 늘 있잖아요?
　　　　그런 사람들은 그런 방식으로 상대하는 게 좋은 거 같더라고요. 상대

에 맞춰서. ...미련하게 정공법만 고집하는 거 이제 안 하려고요. 날
위해서.

유지혁   (깨달음) 강지원 씨를 위해서.

지혁 또다시 살짝 웃는데.. 확실히 설렌 지원 자기도 모르게.

강지원   진짜 웃으시면 인상이 달라요. 자주 웃으시면 좋을 것 같아요.
유지혁   (살짝 어색)
강지원   렌즈도 좋고. (장난) 어... 이왕 이렇게 된 거 헤어스타일이랑 슈트,
(시선 아래로 내려와서) 어 또, 구두는 좋은... 거 같긴 한데.

지혁, 아이구 두야~ 하듯 눈 가리면.

강지원   (킥킥) 가보겠습니다.

기분 좋아진 지원이 총총 멀어지면서.

강지원(E) 41살까지 살다 와서 그런가? 30살짜리 남자는 되게 귀엽구나.

그런 지원의 뒷모습 보던 지혁은 한숨.

유지혁   미련하게 정공법만 고집하는 거는 아니지.
헤어스타일이랑 슈트, (구두 본다)...구두?

핸드폰 꺼내 어디론가 전화하는 지혁과
저 멀리서 저도 모르게 한 번 돌아보는 지원까지.

씬36. 거래처 건물 앞(밤)

미팅 마치고 나오는 지원과 배웅하는 거래처 담당자(50대 남).

담당자   택시를 타든 버스를 타든 쩌어기 백화점 앞에서 타는 게 좋아요.
              조심해서 들어가요.
강지원   고생하셨습니다!

지원이 멀리 백화점의 화려한 건물 보는 데서.

씬37. 백화점 앞 버스정류장(밤)

지원 앉아서 방금 회의하면서 메모한 거 훑어보고 있다.
그러다 문득,

FLASH CUT. 4부 35씬 유지혁 "난 강지원 씨가 렌즈 끼는 게 어떠냐고
해서 꼈어요."

FLASH CUT. 4부 35씬 웃는 지혁의 얼굴.

강지원   (갑자기 부끄럽) 와... 미쳤다.

괜스레 더워지는데.

FLASH CUT. 4부 31씬 박민환 "내가 보기에 유지혁이 자기한테 관심
있는 거 같아."

강지원(E) 갑자기? 돌아오기 전에는 자주 마주치지도 않았던 사람인데.
           하지만 확실히, 너티비 건도 없었던 일이었고...

유희연(OFF)　　　 으하하하하하하하하하하! 겟! 겟! 겟!

갑자기 들려오는 희연의 목소리에 놀라 벌떡 일어나는 지원!
그 바람에 무릎에 올려놓았던 가방과 자료들 떨어져 줍는데.
주우면서 정류소의 가림막 사이로 백화점 앞에서 팔팔 뛰고 있는 희
연 보인다.

강지원　　　 뭐야... 여기서 약속이 있었어?

희연 명품 쇼핑백을 마구 휘두르며 아주 신이 났다.
주변 사람들 힐끔거리는 거 개의치 않고
정류소 가림판에 가려진 누군가를 보며 '겟! 드디어! 내 거으어으!' 춤
추고 있으면.

강지원　　　 (풋) 세상에... 무슨 일이야...

희연이 웃겨 죽는 지원 막 아는 척하려는데.
누군가 손을 뻗어 희연을 잡아당겨 입을 막느라 지원의 시야에 들어
온다.

강지원　　　 (그대로 얼음!) 부장... 님?

날뛰는 희연을 한 손으로 막느라 고군분투 중인 지혁.
한쪽 손에는 쇼핑백 잔뜩 들려 있고 대충 봐도 희연과 상당히 친밀한
사이다.
지원은 왠지 모르게 숨어버리고.

유지혁　　　 알았어. 알았어. 그만해. 너 지금 기분 좋은 거 알았으니까 그만하라고.
유희연　　　 어우, 신나요! (댄스) 신난다구요!

감사합니다! 한정품을 선사하신 큰 은혜 절대 잊지 않을 거구요! (댄스)

지혁 못 견디겠다는 듯 희연의 얼굴 손으로 쓸어내리면,
어쩐지 로맨틱한 분위기라 지원 입 딱 벌어지는 데까지.

씬38. 지원 원룸(밤)

지원, 침대에서 뒤척거리다가 아! 하면서 벌떡 일어난다.

강지원 부장님하고 희연 씨, 스캔들이 있었어!!

FLASH CUT. 16층 사무실, 지원의 모니터에
'인사발령 : 마케팅1팀 사원 유희연 기획3팀 부서 이동'
보고 고개 들면, 경욱이 낄낄 고소해하고 있고 그 시선 끝에는 가라앉
은 표정으로 짐 챙겨서 나가는 희연 있다.
강지원(E) "부적절한 관계라고 김경욱이 떠들어서 부서 이동했었어!"

강지원 어머, 웬일이야! 진짜 사귀는 사이였구나.
그래서 자꾸 부딪친 거였어! 내가 희연 씨랑 친해졌으니까!

잘못된 깨달음으로 난리 치다가 간신히 정신 차리고 심호흡.
책상에 앉아 다이어리 펴고 "유희연"에 '부장님과 사귀는 중!'이라고
적는다.

강지원 이제라도 알아서 다행이야. 큰일 날 뻔했네!
(누우며) 박민환 평생 도움이 안 되는 인간,
수컷의 안테나 같은 소리 하고 있어.

하고 다시 누웠는데 기분이 좋다.

강지원   그 무뚝뚝한 부장님이 비밀 사내연애라니 귀엽네.
잘생기고 예쁜 사람끼리... 좋구나. (미소 함빡!)

씬39. 지혁본가_다이닝(밤)

한일이 상석에 앉아있고, 나란히 앉아서 밥 먹고 있는 지혁과 희연.

유희연   역시 U&K 후계자는 다르더라고요.
전 줄 서서 들어갔는데 오빠는 VVIP룸으로 바로 들어가서
(유지혁 흉내) "뭐 갖고 싶다고 했지? 얘가 원하는 거 다 주세요."
유한일   (마냥 예뻐하는 얼굴로 허허) 그래서 신이 났구나?
유희연   오랜만에 너무 기분이 좋았죠, 뭐!
명품에 관심 없는 척하는 것도 간지였어요, 할아버지.

희연이 계속 떠드는 거 mute 되는 와중에.
예뻐라 들어주던 한일과 묵묵히 옆에서 밥 먹고 있던 지혁의 눈 살짝
마주친다.

씬40. 지혁본가_정문(밤)

한일의 팔짱 낀 희연 여전히 살갑게 떠들고 있고 지혁은 살짝 떨어져
있다.
이석준이 지혁의 차 끌고 와서 내리면.

유희연   어? 이 실장님! 안냐세욤!!

전략기획실은 어쩌고 맨날 할아버지 옆에 계시는 거예요?

이석준   (묵례만)

유한일   내 오른팔이니 내 옆에 있지.

유희연   아니에요~ 울 할아버지 오른팔은 나!

유지혁   (애교 떠는 친동생 보는 찐오빠의 불쾌한 표정)

유한일   (허허!)

유희연   할아버지, 건강 챙기세요. 또 놀러 올게요!

유한일   그래, 자주 와라. (지혁 보며) 너도.

유지혁   네.

유희연   오빠, 나 데려다줄 거지?

유지혁   방향이 반댄데.

유한일   당연히 데려다줘야지. 이 늦은 시간에 아가를 혼자 보내?

유지혁   (빡치지만 참고)

유희연   (의기양양해서) 갈게요!

희연이 날름 조수석에 올라타서 한일을 향해 바이바이하면.
한일, 희연은 예뻐 죽고, 지혁에게는 엄한 눈.
마지못해 인사하고 운전석으로 간 지혁이 차를 출발시키고.

유한일   (차 후미등 심상찮은 눈으로 보며) 그 여자애는 알아봤어?

이석준   서재에 자료 올려놨습니다.

한일의 눈빛에서 지원에게 상당한 장애가 되겠다는 느낌 풍기는 데까지.

씬41. 치킨집 '날 튀겨봐요'(밤)

마감 끝내고 점검 중인데 핸드폰 울리고, 동석 받으면.

조동석   지금 이 시간에요?

옆 테이블에서 정산하고 있던 신우가 시계 보면, 새벽 2시 반.

씬42. 유도장 전경(밤)

까만 밤에 체육관에만 노란불이 켜져 있다.

씬43. 유도장 내부(밤)

땀에 젖은 지혁이 살짝 옷 흐트러진 채 자세 잡고 있으면,
동석이 다가들고 지혁이 넘기기를 반복. (신우는 한쪽 옆에서 구경 중)
지혁을 중심으로 동석이 공격하고
그걸 넘기려고 하지만 잘 안되거나 뭔가 아쉬운 모습을 컷컷으로 보
이다가
마지막에 시원하게 공격으로 동석을 패대기치는 데까지.

CUT TO.
완전히 지쳐서 널브러져 있는 지혁과 동석을 내려다보는 신우.

유지혁   여자한테 호신술을 가르치려면 역시 유도가 제일 나은가?
김신우   (만신창이가 된 동석 가리키며) 지금 얘한테 이러신 게...
조동석   (몸 일으키려다가 실패) 누군가에게 호신술을 가르칠까 싶어서라고요?

잠깐 생각하던 지혁 일어나서 '수고했다' 툭 뱉고 가버리면.
눈 껌뻑이는 신우, 황당한 동석은 일어날 힘도 없는 듯 다시 널브러지고.

씬44. 지혁의 집 욕실(밤)

샤워 물줄기 맞고 서 있는 지혁의 뒤태, 생각하는 눈빛.
물 잠그고 나와서 거울 보는데 쇄골 쪽에 파란 하트 있다!

FLASH CUT. 2부 4씬 강지원 "저한테 용돈 주실 때 꼭 이렇게 하트를
그려주셨어요."

씬45. 지혁의 집 거실(밤)

심플하지만 창밖으로 보이는 전망이 끝내주는 거실에서
역시 심플하지만 있을 거 다 있는 커다란 주방 쪽으로 카메라 옮겨가면,
젖은 머리의 지혁이 로브 입은 채 아일랜드 식탁에서 위스키 따른다.

유지혁 (누군가에게 말하고 있는 중) 알아, 나도 이렇게까지 어려울 줄 몰랐어.
하지만 솔직할 수 없다는 게 모든 걸 꼬이게 만들어.

위스키를 든 채 거실로 이동해서 소파에 앉는 지혁, 누군가를 본다.

유지혁 너라면 어떻게 했을 거 같은데?

지혁의 표정 매우 진지한데,
카메라 이동해서 지혁의 앞쪽 소파를 비추면 고양이 한 마리 꼬리를
수납한 채 앉아있다.

팡이 냐옹~
유지혁 그냥 다 말해버리는 건 어때?
박민환과 정수민이 바람을 피울 거고, 강지원 씨를 해칠 거라고.

팡이   (한심해하는 눈빛)

유지혁   (소파에 벌렁 기대버린다) 그렇게 말하려면 내가 지금 같은 시간을 두
          번째 살고 있다는 말을 하지 않을 수 없지. ...안 믿을 거야. 나도 안
          믿기는데.
          (파란 하트 손가락으로 건들면서) 나도 뭐가 뭔지 다 모르겠고.

          안 될걸?? 하듯 팡이가 소파에서 뛰어내려 창문 앞의 캣타워에 홀쩍
          올라간다.
          야경과, 창에 비친 고뇌하는 지혁의 모습에서 쇄골 쪽에 빛나고 있는
          파란 하트.
          이 모든 게 담긴 팡이의 신비로운 눈에서. 고양이 울음소리(E).

씬46. 장례식장_회상(새벽)

          <자막 : 2023년>

          지혁, 예를 다하고 지원의 영정 사진을 한참 보다가 민환과 마주한다.
          슬픔 누르기 위해 입술 꾹 무는데 뒤쪽 소란스러워지더니 형사들 우
          르르 들어와 옆에 고개 숙이고 슬픈 척하고 있던 민환의 팔목에 수갑
          채우고.

형사1   박민환 씨, 강지원 살해 혐의로 체포합니다.
          묵비권을 행사할 수 있으며 당신이 한 발언은 법정에서 불리하게 사
          용될 수 있습니다. 변호인을 선임할 수 있고, 변호인을 선임하지 못할
          경우 국선변호인이 선임될 겁니다. 제대로 들으셨어요?

유지혁   (뭐?)

박민환   (몸 비틀어 반항하며) 아니, 무슨 살해? 과실치사예요! 과실치사!
          내가 알아볼 만큼 알아봤는데 살해는 고의적인 거고 저는 그냥 툭 밀

었더니이!!

하는데 우당탕탕, 사람들과 있던 수민이 도망가려다가 여자 형사에게
잡히는 모습!

형사2 네네, 일단 혐의가 그렇고요.
저기 정수민 씨도 공범으로 체포되시니까 하실 말씀 있으면 경찰서
가서 하세요.

박민환 아잇, 진짜!

정수민 (경찰들 다가가면) 이, 이거 놓으세요! 왜 이러세요!
우리 지원이 가는 길 제가 지켜줘야 하는데에에!

충격받은 지혁의 표정에서.

CUT TO.
좀 정리되어 있고,
빈소에서는 지금과 분위기 좀 다른 희연이 냉철하게 다른 직원들에게
지시하는 중.

유희연 어쩌겠어요? 우리 직원이었던 분이에요.
제가 상주를 맡죠. 회사에 연락해서 오실 수 있는 분 더 모시고...

지혁 혼자서 자리에 앉아 상차림에는 손도 안 댄 채 멍하다.
그러는데 들리는 소리에 돌아보면.

하예지 이게 무신 일이고?
그럼 정수민이가 강지원이 남편이랑 붙어묵었다 이 말이가?

친구1 쟨 그런데 뭔 배짱으로 우리한테 오라고~ 오라고~ 난리였던 거야?
우린 지원이하고 친하지도 않았잖아. 맨날 지원이가 자기 걸 다 빼앗

아간다는 둥 뭐 해서 난 좀 싫어했는데.

친구2 나는 솔직히 미안해서 왔다.

고등학교 때야 어려서 그르타 쳐도... 10년 전이가? 고슬정에서 동창회 안 했나! 그때 몰아세운 건 참 못 할 짓 했다 싶었다. 근데 이거는 또 무슨 일이고.

하예지 (머리 아픈) 아이고 두야... (박수 짝!) 글네! 시원이가 백은호랑 헤어지라칸 건 맞겠나? 아니지, 아니지, 정수민이하고 둘이 사귄 건 맞겠나?

하예지들 아연해 서로 입도 못 다무는데.

백은호(OFF)   지원이가... 뭘 해?

지혁을 포함한 모두의 시선, 검은 목폴라에 검은 바지 입은 은호에게로.

하예지 은호 아이가? 니 우째 왔노!

야야... 퍼뜩 들어와 봐라! 지금 난리가 났다!

친구1 달려나가 얼른 은호 팔 잡아끌고 와 앉으면
(다른 테이블은 아예 없어도 괜찮음. 희연은 빈소 근처에서 직원 몇 명(주란 포함)과 있는 것과 하예지들만)
하예지들 시끄럽게 이야기하고, 한탄하고, 기막혀하고.
한 테이블 앞의 지혁은 말없이 술잔만 기울이며 분노와 회한 가득한 위로.

유지혁(E) 그날 들은 강지원의 인생은 길게 할 말도 없었다.

그리고 나는 모든 것을 미친 듯이 후회했다.

그런데...

씬47. 거리 일각_회상(낮)

지혁이 탄 차량 날아올라 뒤집어지는 순간.

씬48. 지혁의 집 침실_과거(낮)

새벽, 침대 위 눈을 감고 있는 지혁과 쇄골에 반짝이는 파란 하트.
눈을 번쩍 뜨는 지혁에서.

<자막 : 2013년 4월 19일>

유지혁(E) 두 번째 기회가 주어졌다.

fin.

5부

생각해보면 기회는 몇 번이고 있었다.

기회인 걸 몰라 잡지 않았을 뿐이다.

하지만 이번에는 다르다.

씬1. 한국대 앞 거리 전경_회상(밤)

대학생들이 갈 만한 술집이 즐비한 거리 전경에 메아리치는 남자들의
저음 연호!
(음악은 2005년도 6월 초)

일동(E)　　유! 유! 유! 유지혁 선배님의 100일 휴가를 열렬히! 격렬히! 응원합니다!!

씬2. 한국대 앞 거리 일각_회상(밤)

환호성 속 동석이 맥주를 흔들어 샴페인처럼 쏘아서 다 젖는 지혁,
색종이 오린 걸 뿌려대며 신난 후배 놈들 째려보는 얼굴 새까맣게 타
있고 머리는 '군대 가냐?'는 소리를 듣는 것보다 좀 더 오버해서 짧아
지금과 많이 다른 이미지다.
(운동 동아리 〈체육볶음〉 소속 설정)

체대선배1 넌 군대 간 게 아니라 어디 노역 간 거였어? 얼굴 왜 이래?
조동석　　(톡 끼어 목탁 치는 시늉) 저는 속세를 떠나신 줄 알았잖아요.

유지혁   (노려보면)

김신우   형, 선크림이라는 문물이 있는데요... 물론 형님 입대 전에도 있었습니다만~

유지혁   (이것들이 진짜!)

동석/신우 (선배1에게 딴청~) 뭐 먹습니까, 이제?

체대선배1 야야 돈 마이 썼다! 소주 쫌 사갖고 학교로 드가자아~ 닐 좋다아아~

　

예히~~~ 하면서 우르르 몰려가는 체대생들.
지혁이 체대선배1을 향해 꾸벅 인사하고 동석에게 지갑째 던지면,
신난 동석 돌아서다가 뜰! 골목 어둠 속 길게 머리채 늘어뜨린 지원과
눈 마주치고!!

　

조동석   (기겁) 으아허아아아아아아악!

　

지혁 놀라 돌아봤다가 역시 놀라 동석 (보호하려고) 확 잡아당기는데.
긴 머리 늘어뜨리고 조느라(눈 허옇게 떴던) 지원이 앞으로 확 고꾸라
질 뻔하고 잠이 깨서 머리 양쪽으로 가르며 헤헤.

　

지혁/동석 (뭐야...)

강지원   (눈도 못 뜨고) 죄송합니다아아아아!

조동석   아, 구구단 까먹을 뻔~~! 술 취했으면 일찍일찍 드가자구요!

　

동석은 투덜대면서 멀어지고,
지혁은 헤헤거리는 지원 보다가 지나가려는데.

　

쓰레기1(OFF)   야, 쟤 혼자지? 우리가 주울까?

　

날카롭게 돌아보는 지혁,
쓰레기1,2 편의점 앞에서 담배 피우며 낄낄 지원 주시하고 있다.

맘에 걸리지만 그냥 가려고 하는데.

쓰레기2 업어가라고 고사를 지내는데 외면하는 건 예의가 아니잖아?

쓰레기1 암~ 기사도에 어긋나지.

지혁, 한숨 한 번 쉬고 지원에게 다가가.

유지혁 혼자예요? 일행은?

강지원 어어~ 아! 혼자? 그쵸! 혼자죠. 너어무 혼자죠!

유지혁 (이걸 어떡하지...)

강지원 3월 2일, 아빠가 돌아가셨거든요! 오늘로 100일째!

유지혁 (어?)

강지원 그리고 남자 친구에게 차였습니다. 드디어! 완벽하게! 혼! 자!

유지혁 (좀 불편하지만) 말고, 친구요. 지금 혼자 있는 거예요?

강지원 친구는...

지원, 어어... 하다가 앞으로 다시 푹 고꾸라지려고 하면
지혁이 반사적으로 지원의 머리통 잡는다. (수박 들듯)
그러면서 지원의 안경 바닥으로 떨어지고, 밟고, 윽.. 어떡해..
당황한 지혁의 손에서 결연하게 고개를 드는 지원.
가까운 거리, 마주치는 시선에서.
다가오는 지원.. 마치 키스라도 할 것 같은 느낌이었지만,

강지원 (속삭) 제가 비호감이라서요. 친구가 없어...

유지혁 (!)

강지원 (어깨 쪽 킁킁) 술... 냄새...

유지혁 (아까 맥주 맞아 온통 젖어있는 어깨) 아...

강지원 맛이께따! (멱살 잡아당기며 와앙! 어깨 깨물고)

지혁의 멱살을 잡고 있는 작은 손, 술 취해 실실 웃는 지원 반짝반짝.
지혁의 눈동자 흔들리고.

씬3. 한국대 캠퍼스 내 호숫가_회상(밤->낮)

삼삼오오 학생들 술 마시고 있는 잔디밭.
지원은 안경이 없어 잘 보이지 않는 눈으로 맥주 캔을 들어 초점 맞춰
보려고 노력 중이고 지혁은 그런 지원을 보고 있는 중이다.

유지혁 뭘 알고 싶은 거예요?

강지원 이게... 맥주인가... 소주인가... 내가 눈이 음청~ 나빠서... (휘청휘청)

유지혁 두 눈 다 감고 봐도 이건 맥주고, (맥주 캔 뺏어 들며)

이게 구분 안 되면 술을 더 안 마시는 게 낫고.

강지원 (다시 뺏으려) 내 돈 주고 산 내 맥... 어?

초점 맞지 않아 허우적대다가 앞으로 고꾸라질 뻔한 걸 다시 잡아주
는 지혁. (스킨십보다는 이마를 받치는 느낌으로)

강지원 감사합니다. (눈 감고) 근데 오늘은 마실 만하거든요.

유지혁 적어도 집에 가서 마시거나...

강지원 술도 혼자 마셔요? 안 그래도 혼잔데?

유지혁 (멈칫해서 본다)

강지원 아빠가 삼 개월 전에 돌아가셨어요. 3월 2일.

유지혁 (맥주 캔 따서 자기가 마시고) 알아요. 남자 친구랑도 끝났어.

...다른 가족은요? 엄마는? 형제자매?

강지원 형제는 없고! 엄마는 집 나간 지 3193일째! 제가 중학교 때죠. 친구는...!

유지혁 친구는 비호감이라서 없고.

강지원 어? 어떻게 알았지?? (맥주 집으려)

이미 여러 번 들은 지혁, 문득 '어차피 기억을 못 한다면!' 싶어서
맥주 뺏고, 그 옆의 콜라 집어서 따준다.

유지혁   맥주.

강지원   (고개 꾸벅 감사! 쭈욱 마시고 나서는 술 마신 것처럼) 캬아!

유지혁   (좀 귀여운데)

강지원   ...사실 친구는 하나 있어요...
         (헤헤) 근데 이상하게 정말 힘들 땐 연락이 안 돼요.

유지혁   바쁜 사람인가.

강지원   긍까! (한숨) 왜 이렇게 타이밍이 안 좋을까요.
         얘도 내 옆에 있어 주고 싶을 건데 속상할 거야...
         하긴, 사실...(비밀을 말하듯) 오늘 같이 있으면 내가 아주 찌질할 거
         같아요.

         지혁, 지원과의 거리 너무 가까운가? 싶지만,
         금방이라도 쓰러질 듯 휘청휘청한 지원이 신경 쓰여 눈을 뗄 수 없고.
         분명 이상한 여자인데 또 이뻐 보이기도.

강지원   남자 친구요... 어느 날부터인가 바빠지고, 피곤하고...
         (헤헤) 아빠가 돌아가셨는데도 와보지도 않았을 때 감은 왔어요.

유지혁   (새삼 본다)

강지원   그래도 모르는 척하려고 했어요. 자그마치 3. 개. 월. 이나.
         혼자인 건! ...(한숨) 싫으니까.
         (고개 푹) 걔가 어느 날부터인가 수민이만 보고 웃는다는 건... 난 모
         르는 거야. 어쩔 수 없잖아? 수민이는 예쁘고 착하고 귀엽고,

유지혁   (보면)

강지원   ...하나밖에 없는 내 친구고.

         하는데 진동 울리기 시작하면 부산스럽게 여기저기 뒤지는 지원.

그러다가 핸드폰 떨어졌는데도 모르고 딴 데만 뒤지면 지혁이 주워드는데 070-.

슬쩍 밀어놓는데 전화 끊기고,

지원 핸드폰 발견하고 부재중 전화 확인하는데 대출 스팸이면 엄청 실망하고.

술 마시면서 지혁 슬쩍 보는데 스팸 이전에 수민에게 전화 여러 번 걸었던 흔적 보인다.

강지원   그런 맘 알아요? 수민이는 너무 착하고 좋은 앤데 옆에 있으면 내가 자꾸 초라해… 그래서 쪼끔, 싫어… 그렇게 또 찌질찌질… 찌글찌글…

무릎 위에 올리고 있는 지원의 손 안쓰러워 잡아주고 싶은 마음 드는 지혁이지만.

유지혁   (그냥 맥주 마시고) 그런 기분이 들게 만드는 상대라면 좀 멀어지지 그래요?

강지원   (보면)

유지혁   그 사람이 좋고 나쁘고를 떠나서 불편하면 그쪽한테는 나쁜 사람 아니야?

잠시 생각하는 지원. 어쩌면 지원에게도 선택의 순간이 있었을지 모르는데…

강지원   가족이 없다는 게 어떤 의민 줄 알아요?

유지혁   (?)

강지원   배 타 본 적 있어요?
아빠가 돌아가시고 난 후 난 매일 배를 타고 있는 거 같아요.
분명히 발을 디디고 서 있는데 흔들려서 불안해.
안정되고 싶어. 땅 위에 있고 싶어.

그게 수민이라고 생각하니까... 수민이밖에 없으니까.

유지혁　(느낌 있고)

강지원　내가 찌질한 거야. ...끝!

유지혁　그럼 나도 찌질한 건데요.

강지원　(보면)

유지혁　우리 엄마는 15년 전에 돌아가셨어요. (대충 계산해보고) 5328일째.
　　　그러고 나서 새엄마가 생기고 동생도 생겼는데...
　　　(맥주 마시고) 좋은 사람인데 기분이 이상해... 엄청 싫어.

강지원　찌질하네!

유지혁　풉! (맥주 뿜고 황당해서 보는데)

강지원　와... 나 정신 차려야겠다. 찌질하네. 되게 찌질하네.
　　　(했다가 헤... 웃고) 엄마가 돌아가신 건 슬프지만 아빠가 새로 출발
　　　한 건 어마어마하게 좋은 일이잖아요... 우리 아빠도 그랬어야 했어
　　　요. 그랬으면... (슬프다) 안 돌아가셨을지도.

　　　지원이 고개 떨구면,
　　　보고 있던 지혁, 약간의 공감과 위로로 지원이 들고 있는 콜라에 맥주 짠.

유지혁　새로 출발한 우리 아버지도 돌아가셨으니까 그런 생각은 하지 마요.

　　　지원도 콜라 캔을 기울여 짠 하는 순간,
　　　두 사람의 손가락 서로 (살짝) 마주 닿고.
　　　둘 다 손을 뗄 생각을 하지 않고 보고 있다.
　　　닿은 부분은 조금이지만 텐션.

강지원　(지혁의 손이) 따뜻...하다.

　　　지혁, 위로의 느낌으로 지원의 손 한 번 잡았다가 놓아주며.

유지혁 그냥 둘 다 찌질하지 않은 걸로 해요. (맥주 마시고) 그래도 그 말은 맞네. 아버지... 돌아가시기 전까지 행복했으니까.

지원이 빤히 쳐다보면 그 시선 느낀 지혁도 쳐다본다.
통한 느낌 있는 두 사람.

강지원 (건배하며) 아빠가 가족을 남겨주고 간 거 축하해요.
유지혁 (살짝 눈동자 흔들렸다가) 단단한 땅 같은 친구가 있는 거 축하...

잠깐 말 끊으면 의아해 쳐다보는 지원.

유지혁 단단한 땅 같은 친구를 가질 수 있는 좋은 사람인 거 축하해요.

지원, 위로받아 웃고
그 모습에 지혁도 희미하게 웃는다.
콜라와 맥주를 시원하게 들이켠 두 사람.
지원이 먼저 캔을 비우고 벌렁 누워 손 만세 한 채 하늘 본다.
자유로운 느낌, 지금만은 편한 느낌..
그런 지원의 얼굴 보던 지혁 좋아진 표정으로(웃는 건 아니지만)
잠깐 시선 돌렸다가 다시 지원 보는 순간.

강지원 도로롱~ (코 고는)

헛웃음 났던 지혁, 그 끝에 생각 많아져서.

유지혁 가족을... 남겨줬다, 인가.
(맥주 한 캔 새로 따고) 나도 차 여사를 마냥 좋아할 수 있었어요.
엄마가 돌아가시고 3년 있다가 재혼한 차 여사가 데리고 들어온 동생
나이가 5살이면 계산이 이상하다는 걸 알기 전까지...

...뭐, 어쨌든 좋은 사람이지만. (자고 있는 지원을 본다) 누군가를 좋아하는 것도 미워하는 것도 쓸데없이 복잡... (해, 라고 하려다가 연결)

담담하게 말하던 지혁 순간 말끝 놓친다.
잠든 지원이 뒤척이며 몸 돌리다가 허벅지에 팔을 올린 것!
어쩔 줄 몰라 하다가 옷자락 잡아서 조심조심 손 내려놓고는
빨개진 얼굴, 괜히 멀리 보는 시선.
저 멀리 학생들의 노랫소리, 밤공기는 청량한데 두 사람 텐션 있다.
(지혁 쪽은 확실)
자기도 모르게 살짝 추워 보이는 (콜록!) 지원의 옷깃을 여며주는데,
근처에서 '야옹~' 하면 깜짝 놀라 큰 소리 낼 뻔!
간신히 입 틀어막고 지원 안 깼나 눈치 보다 돌아봤을 때,
꼬물거리는 애기 고양이와 눈 마주치고.

유지혁   뭘 봐.
팡이   냐옹~

살짝 거리를 두고 자리 잡는 새끼 고양이.
핸드폰 울리지만 받지 않는 지혁,
이후 문자 오는 것도 상관 안 하는데.
(이후 문자, 청춘의 한 장면에 눈치 없이 끼어드는 자막처럼)
[김신우 : 형, 어디십니까? 왜 안 오십니까?]
[김신우 : 유지혁 없는 유지혁 100일 휴가 파티가 피크로 향하고 있습니다!]
[김신우 : 동석이 놈이 10분 내로 3차 오바이트를 할 것 같습니다!]
겉옷 벗어 지원에게 덮어준 지혁 맥주 마시면서 호수 보는 데서.

CUT TO. 날이 밝아오고 있고
나란히 누워서 자고 있는 두 사람.
바람 불어 머리카락 날리는 지혁의 기분 좋은 얼굴 타이트샷에서 느

리게 눈 뜨고,

몇 번쯤 눈을 깜빡깜빡 상황 파악 안 되었다가 벌떡 일어났을 때는 지원 사라졌다.

날이 밝은 캠퍼스 아름답고 생동감 넘치는데 아쉬움 가득한 지혁의 표정.

씬4. 한국대 캠퍼스 내 유도장_회상(낮)

자세 잡고 있는 지혁과 동석, 강렬한 눈빛 주고받는다.

흐르는 땀방울.. 진검승부인 느낌으로 몇 번 탐색전을 벌이면서 흐트러지는 도복.

그리고 아차 하는 순간,

조동석 앗!

이를 악물면서 순간 확 넘겨버리는 지혁!

김신우 유지혁, 한판! (다가가서 손 확 들어 잡는다) 승!!

조동석 (사나운 표정이었다가 개그로) 크흡!!! (데굴데굴)

지혁, 거친 숨으로 도복 정리하며 동석 보는데.

김신우 이렇게 국대상비군 조동석 선수, 경제학도 일반인 유지혁에게 패배했구요!

조동석 으아아아아아악! (데굴데굴데굴데굴) 아 왜! 아 왜!

왜 이렇게까지 하시는 거예요! 일반인이잖아요! 운동선수 아니잖아요!

유지혁 (무뚝뚝) 군인이잖아. 10분만 쉬자.

지혁, 500ml 생수병 하나 집어 들고 마시면서 나가고.
(뒤에서 신우와 동석 "10분만 쉬어?" "또 한다는 소린가?" "휴간데?")

씬5. 한국대 캠퍼스 내 유도장 문 앞(낮)

찬란한 햇살이 녹음 사이로 내리쬔다.
지혁 땀이 흥건한 머리카락에 물 뿌리고 개운한 표정.

강지원(OFF)　　눈뜨니까 웬 인상 안 좋은 아저씨 가슴에 코를 박고 있잖아.
　　　　　　　진짜 놀랐어.

지원의 목소리 알아듣고 눈 번쩍 뜨여 돌아보지만 아무도 없는 듯한데?
풀숲 사이에 뭔가 부스럭대는 소리 들려 보면 지원 쪼그리고 앉아서
이야기 중.

강지원　　으아!! 제발 우리 학교 학생이 아니었으면 좋겠다.
유지혁　　(누구랑 이야기하는 거야? 하는 느낌으로 기웃)
강지원　　진짜 민망해. 나 이런 거 너무 싫거든. 뭐 하는 놈이야 진짜. 술 취한
　　　　사람을...
유지혁　　(멈칫, 뭐 그렇게까지)
강지원　　조심해야 하는데. 미쳤나 봐, 진짜. 23살인데 언제 철드니.

잠깐 눈 깜빡이던 지혁이 돌아서며,

유지혁　　선배... 였군.

멀어지는 뒷모습.

CUT TO.

게임 끝난 듯 지혁, 동석, 신우 어울려 나온다. (조동석: "형, 이렇게 된 거 신우 생큐도 이겨주십시오!" / 김신우: "전 유도 끊었습니다." / 조동석: "형, 부탁드립니다!")

지나가던 지혁은 자기도 모르게 지원이 있던 쪽을 보게 되는데.

팡이	냐옹~~
유지혁	(표정)

INSERT. 쪼그리고 앉아있는 듯했던 지원은 팡이 밥 챙겨주는 중.

그제야 아까 지원이 고양이에게 말을 걸고 있었다는 사실을 깨닫고.

유지혁	(엄근진) 야.

동석과 신우 티격태격하다가 응? 하고 돌아보면.

유지혁	나 인상 안 좋은 아저씨인가?
조동석	어디가 아닐 수도 있다고 생각하시는 거예요?
	인상 안 좋은 부분? 아니면 아저씨?
김신우	(눈치 보다) ...선크림 추천해드려요?

지혁의 표정까지.

씬6. 한국대 캠퍼스 내 호숫가 나무 앞 몽타주(여름에서 가을로)

지원이 밥그릇과 물그릇 놓고 고양이 사료 쏟아붓고 있다.
잠시 후 팡이 와서 먹으면,

멀찌감치 뒤에서 보고 있는 지혁.

CUT TO.
지원이 없으면 팡이에게 다가가려는데 경계하면서 하악질 하면 멀찌
감치서 쪼그리고 앉아 보고.

CUT TO.
다른 날, 다른 옷의 지혁. 역시 지원이 왔다 간 듯 밥 먹고 있는 팡이
근처로 다가가서 (딱 위 씬 만큼에서 멈춰서) 비장한 표정으로 소시지
꺼내 부스럭 까고.

CUT TO.
다른 날, 다른 옷의 지원이 팡이 밥 주고 일어섰는데 하늘에서 눈송이
떨어져 내리면 손바닥 펼치며 하늘 올려다본다.
멀리서 보고 있던 지혁.

CUT TO.
뚝딱뚝딱 뭔가 만드는 지혁의 등짝.
그 뒤로 신우와 동석 뛰어오면서 "형님! 왜 휴가 때마다 학교에 오시
는 거예요오?!"

CUT TO.
팡이 밥이랑 물 챙겨왔던 지원, 나무로 만든 집과 소시지 발견하고 두
리번.

CUT TO.
지혁 다가가다가 눈을 빛낸다.
그가 만들었던 나무집에 고양이가 좋아할 만한 쿠션 깔려있고. 스크
래치판 있고.

CUT TO.

나른하고 평화롭게 호강하는 팡이의 모습 위로.

유지혁(E) 생각해보면 기회는 몇 번이고 있었다.

뭔가 발견한 듯 귀 쫑긋이고 경계하는 팡이의 얼굴에서.

씬7. 한국대 캠퍼스 일각_회상(낮)

겨울, 지혁이 여전히 군대에 있는 것이 분명한 머리와 얼굴색으로 걸어온다.
뭔가 발견하고 바뀌는 표정, 순간 들고 있던 가방 내던지고 뛰는 모습 위로.

유지혁(E) 기회인 걸 몰라 잡지 않았을 뿐이다.

끼이익- 하는 자동차 브레이크 잡는 소리와 함께,
냐아아아아~ 하는 비명 같은 고양이 울음 위로.

유지혁(E) 아니면 잡지 못했거나.

틸트업한 카메라에 담긴 하늘에서 울먹이는 지원이 "냐옹아... 냐옹
아..." 하는 데서.

씬8. U&K 회사 전경(낮)

하늘에서 카메라 틸트다운하면 회사 전경

씬9. 16층 사무실_회상(낮)

유지혁(E) 그것도 아니라면...

2011년의 회사, 막 발령받은 지혁이 경욱에게 마케팅 팀원들 소개받고 있다.
외근 후 서둘러 들어오는 지원.
지혁, 무심하게 경욱의 말 듣다가 지원 발견하고 놀라는데
다음 순간 민환 일어나 다가가 커플임이 명확한 제스처로 지원의 짐 받아들고.
두 사람을 한꺼번에 커플인 듯 소개하는 모습에서.

유지혁(E) 더 이상 잡아서는 안 되었거나.

지혁을 전혀 알아보지 못하는 지원이 고개 숙여 인사하며 웃으면,
사무적으로 손을 내밀어 악수를 청하는 지혁.
지원이 그 손을 잡으면 눈을 감는 데서 연결.

씬10. 지혁의 집 침실_과거(낮)

침대 위 눈을 번쩍 뜨는 지혁.

<자막 : 2013년>

유지혁(E) 하지만 이번에는 다르다.

TITLE. 내 남편과 결혼해줘

씬11. 16층 사무실(낮)

같은 사무실이지만 9씬과는 확실히 다른 느낌이다.
시간 지나서 화분은 더 커지거나 바뀌었고 기기들 변경.
걸어 들어오는 지혁 역시 렌즈에 더해 세련된 원버튼 셔츠에 머리도
단정하게 올렸고, 잘 어울리는 구두, 눈썹도 징리되어 있어 완전히 다
른 모습.
출근해서 일할 준비 하다가 무심코 지혁 쪽 돌아봤던 여직1,2,3 남직
1,2,3 놀라는 표정. 서류를 떨어뜨리고, 커피 마시다가 뿜는 경우까지.
(지원 때보다 더 격한 반응)
지원보다 먼저 발견한 수민 오호, 하고 관심 조금 생기고,
지원은 수민의 반응에 시선 따라갔다가 놀라서 벌떡 일어난다.
그 앞에 멈춰 서는 지혁.

유지혁　(미소) 확실히 기분이 좋네요.

찬란한 미모!
눈 휘둥그레진 지원과 덤덤한 지혁.
(수민은 이거 무슨 상황인가 흥미진진)
…의 뒤쪽으로 민환이 마주 본 두 사람을 황당한 얼굴로 보는 중.
자리로 가는 지혁을 지원이 자기도 모르게 돌아보면,
욱해서 지원에게 무서운 얼굴로 사내메신저 보라는 시늉하고 다다다
다 타이핑!

[박민환 : 와… 와… 쟤 뭐라냐? 미쳤네.]
[박민환 : 내가 그랬지? 저 새끼 너한테 관심 있다고.]

지원, 짜증 나지만 꾹 누르고.

[강지원 : 나도 살짝 헷갈렸는데 그런 거 아니야.]

[박민환 : 아니긴 뭐가 아냐?]

[박민환 : 뭘 알았는데?]

강지원(E) 네가 알아서 뭘 어쩌려고.

[박민환 : 너 쫌 나와봐.]

민환이 벌떡 일어서서 나가면,
지친 표정으로 얼굴 한 번 쓸어내린 지원 쫓아나간다.
그 모습 보고 있는 수민, 주란, 희연, 그리고 지혁의 표정.

씬12. 16층 화장실 앞 복도(낮)

박민환 뭔데? 뭘 알았는데?

강지원 남의 일이야. 하여튼 아니니까 너무 신경 쓰지 마. (가려고 하면)

박민환 (잡고) 야, 우리가 남이야? 애 웃긴 애네.

강지원(E) (표정 썩..) 진짜... 싫다...

강지원 우리가 남은 아니지...

강지원(E) 남보다 못한 사이지.

강지원 그냥 부장님 일이니까 말 옮기기 싫다는 거야.

박민환 그 새끼가 뭔데 네가 나한테 비밀을 가져? 이상하잖아!

강지원 (포기) ...여자 친구 있어.

박민환 하! 난 또 뭐라고! 그 새끼가 그래? 자기 여자 친구 있다고?

강지원 (표정)

박민환 순진한 척하네. 여자 친구 있는 게 무슨 상관이야?
남자는 말야... 다아~~ 바람펴. 열 여자 마다하는 남자 없다구.

강지원 (굳는 표정)

박민환   여자 친구?? 와이프가 있어도 다른 여자가 좋아.

둘 있어도 새로운 여자가 또 좋아. 이게 남자야.

강지원(E)   세상 남자들이 다 너 같은 개새끼일까.

박민환   멍청하게 굴지 마. 다 네가 문제야.

만만해 보이니까 회사에서 저 수작질이지.

강지원   (표정 싸해서 어조 좀 다르게) 민환 씨는 절대 안 그러는 거 맞지?

박민환   (어?)

강지원   (다시 평상시처럼 방긋) 내가 세상 남자들이 다 민환 씨 같다고 생각했나 봐.

박민환   어? (방금 뭐지?) 어어... 그, 그랬나 보다. 그, 그치... 난 안 그러니까...

하는데 사무실에서 나온 주란과 희연 "강 대리!" 부르면.

강지원   네! 갈게요! (민환에게 들어가겠다는 시늉)

뒤돌아보지 않고 가는 지원의 뒷모습 보는 민환 살짝 기분 이상해 머리 벅벅 긁는다.

박민환   요즘 저게... 진짜... 뭔가...

하는데 주란, 희연과 이야기하는 지원의 옆모습 예쁘고.

박민환   (헤~~) 이상하게 요즘 좋아...

지원, 주란, 희연이 여직원 휴게실로 가버리고,
뒤늦게 나온 수민이 두리번거리다가 민환 발견하고 반색하며 다가온다.
입술, 목덜미, 가슴으로 몸매 쭉 훑고 내려오는 민환의 시선.
지원과는 확실히 다른 유혹에 아 씨, 싶어서 숨 한 번 크게 들이마시고
얼른 돌아서서 화장실로 도망가는 데까지.

정수민　(멈칫) 뭐야...

상황 파악이 잘 안되어 화장실 한 번 여직원 휴게실 한 번 보고.

씬13. 여직원 휴게실(낮)

분위기, 레미제라블 ost 'one day more' 의 한가운데!

여직1　(벌떡 일어나며) 이건 혁명이야!
여직2　(벌떡 일어나며) 그동안 없었던!
여직3　(벌떡 일어나며) 이것은 사내복지다!

씬14. 16층 사무실(낮)

지혁이 전자 결제 화면을 들여다보고 있다.
뭘 적기도 하고 포스트잇을 붙이기도 하고 타이핑을 하기도 하는 위로.

여직1(E)　우리 회사에 어깨 천재가 있었다니.
여직2(E)　어깨도 천재야? 허리에서 등으로 올라가는 라인 보느라 어깨 못 봤잖아.
여직1(E)　키가 커서 꼼꼼히 보려면 1박 2일 걸리겠어어어.
여직3(E)　다리 기장 뭔데에에에~~~~ 왜 이기적인데에에에~~~~
일동(E)　미쳤다~~

하는데 전화 '이석준 기획실장'이면 받는 지혁.

유지혁　안녕하세요, 실장님.
이석준(F)　(공적인 어조) 안녕하세요. 재무팀에서 부장님 주식거래 관련 사항이 올라와서요. 확인차 전화 드렸습니다.

유지혁 (?) 개인계좌도 보고가 올라가나요?

이석준(F) 변동 금액이 크고, 또, 우리사주 외에는 주식거래 안 하시던 분이니까요. 불편하시면 보고하지 않도록 조치할까요?

유지혁 부탁드려요. 감사합니다. (끊으려는데)

이석준(F) 원래 잘 알지 못하는 분야에는 손 안 대시는 기 아니었습니까.

유지혁 ...맞습니다.

씬15. 지혁본가 한일 서재(낮)

스피커폰으로 통화 중이던 석준, 전화 끊기고 한일 쳐다보면.

유한일 그럼 뭔가 알고 했다는 소린데. ...로이젠탈이라고 했나? 뭐 없는 거 확실해?

이석준 네. 급등한 건 맞는데 저희 쪽 정보로는 아직 불확실한 종목입니다. 지혁이가 따로 관계가 있는 회사도 아니고요.

유한일 아직도 안 팔았다 이거지?
계속 지켜봐. 차명계좌는 없는지도 확인하고.

이석준 (표정)

유한일 지혁이 모르게 해.

이석준 네.

한없이 못마땅하기만 한 한일에 비해 석준은 살짝 복잡한 느낌.

씬16. 16층 사무실(낮)

유지혁 뭔가를 바꾸면, 예전에는 문제가 되지 않던 게 문제가 될 수도 있겠군.

지혁이 비어있는 지원의 자리를 보는 얼굴에서.

씬17. 여직원 휴게실(낮)

지원의 표정으로 연결.
여직원1,2,3 꺄아아아 손뼉 치고 난리 났는데
다른 테이블의 주란은 덤덤해 보이고 희연은 시큰둥하면,

강지원　우린 부장님의 변신에 너무 무관심한 거 아니에요? 다들 난린데...

유희연　제 스타일 아니에요.

강지원(E)　(다 안다는 듯) 원래 사귀고 나면 자기 스타일이 아니라는 걸 깨닫지.

양주란　난 유부녀잖아. 설레면 불법이야.

　　　　어깨 좀 반듯한 거랑 골반라인 섹시한 것 말고는 뭐...

유희연　어깨 반듯한 건 그렇다 치고 골반라인 봤으면 좀 유죈데... (음료수 쪽!)

양주란　(으헤헤) 그건 그렇고 우리 밀키트 말인데,

　　　　초록파프리카가 영양 면에서는 좋지만 취급 농가가 많지 않더라고. 그냥...

유희연　아니, 그거 안 그래도... 초록파프리카는 종이 다른 게 아니고요...

　　　　완전히 익기 전에 수확한 거예요. 구입 보증만 해주면 공급해줄걸요?

양주란　(으잉?)

강지원　그렇다더라고요. 저도 몰랐어요.

유희연　(귀엽게 손 까딱까딱) 두 분은 책상에서 공부만 하셨네.

　　　　전 농장 출신이거든요. 어렸을 때는 맨발로 흙을 밟으며 컸다 이 말씀!

지원/주란　오올~~ (엄지척 해주는데)

정수민(OFF)　　흙은 우리도 많이 밟았지~~

강지원　(보면)

정수민　(지원의 옆에 살갑게 앉으며) 아니다! 우린 모래인가?

　　　　해변 막 뛰어다니고요... 아아, 갑자기 옛날 생각나네.

해변에 쪽자 파는 아줌마 생각나? 우리 음청 먹었잖아.

양주란 쪽자?

강지원 달고나요.

정수민 바다 보면서 쪽자 뽑아 먹으면 을마나 맛있게요?
너 맨날 부서뜨려서 내가 다 뽑아줬잖아.

강지원 (복잡한데)

정수민 진짜 우리 지원이는요… 을마나 손이 많이 가는지 몰라요. 대학을 서울로 가버려서 많이 서운했는데, 거기서 친구 못 사귀어서 맨날 도서관에만 있는 바람에 또 서울 부산 왔다 갔다 하느라 어휴~~

양주란 어머? 수민 씨는 부산에서 학교 다니면서 강 대리 보러 서울로 올라온 거야?

정수민 매주요! 진짜 죽는 줄 알았잖아요.
주 4일에 강의를 몰아 듣고 3일은 서울에 있었던 적도 있구~

양주란 어머!

유희연 그래서 다른 친구 못 사귄 거 아니에요? 남친도 그 거리면 매주는 안 보겠네.

정수민 (이게?) 그만큼 친했어요.

양주란 (분위기 이상한 거 눈치채고 무마) 진짜 반쪽이네. 이런 친구 없다.

강지원(E) 이런 친구는 없어야죠.

양주란 강 대리는 왜 서울로 대학을 왔어?

강지원 (대답하려는데)

정수민 한국대 가겠다 이거죠, 뭐! 이건 인정해야지 뭐 한국댄데.

김경욱(OFF) 회사에 놀러들 왔어?

지원, 주란 벌떡 일어나고 희연은 깡으로 수민은 빽으로 그냥 앉아있고. 배경으로 여직원 휴게실 문 열어젖힌 경욱 때문에 당황하는 타 부서 직원들.

김경욱 (아니꼽게 보다가 지원에게 차 키 툭) 어이? 한국대 출신! 가서 내 차 좀 올려놔. 아까 주차 자리가 메롱하길래 지하 4층에 주차했어. XXXX.

강지원 (얼결에 키 받고 보면)

김경욱 왜? 한국대 출신 급에 안 맞는 일이야? 그냥 휴게실에서 수다만 떨래?

한국대 강조하면서 불편하게 만드는 거 늘 수민이 하는 일이다.
지원이 쳐다보면 모르는 척 눈 찡끗하는 수민.

김경욱 어유 진짜 여자들이란. 다 들어가. (확마!) 벌떡들 못 일어나??
내가 이노무 휴게실을 폭파해버리든지 해야지.

패악을 부리는 건 경욱이지만 수민 쪽이 더 신경 쓰이는 지원의 얼굴
에서.

씬18. 지하 4층 주차 공간(낮)

자동차 키 머리에 대고 삑삑 누르면서 돌아다니는 지원.
그러다가 옆에 있는 차 번쩍이면 발로 한 번 차려다가 내리며.

강지원 주인이 성격 나쁜 게 네 탓이겠니.

씬19. 엘리베이터 안(낮)

올라가는 엘리베이터 층 숫자 보면서.

강지원(E) 내 예상이 맞다면 넌 날 기다리고 있을 거야.

엘리베이터 멈춰 서고 문 열리는 순간 기다리고 있다가 활짝 웃는 수민.

씬20. 16층 엘리베이터 홀(낮)

강지원(E) 날 위로해야 하니까. 내 편은 너밖에 없다는 걸 가르쳐야 하니까.

정수민 (팔짱 끼며) 너 걱정돼서 기다리고 있었어. 과장님 차는 잘 옮겨놨어?

친근하기 그지없는 얼굴의 수민을 내려다보는 지원.

강지원(E) 나를 무시하고, 괴롭히고, 위로하고...

정수민 (같이 걸으며) 나 밀키트 주는 거 안 되면 끼워라도 줘.

강지원(E) 또 내 것을 다 탐내고... 도대체 넌 왜...

정수민 농장에도 가고 공장에도 가고 열심히 할게. 나 정직원 돼야 하잖아.
이잉~~ (귀엽게 애교) 나 끼워 줘어어어~~

강지원 일단 상황 좀 보자.

슬쩍 밀어내고 먼저 가려고 하는데 탁 잡는 수민.
늘 방글방글 웃던 얼굴과 다르게 정색이면 지원 저도 모르게 살짝 주춤하고.
긴장감-

정수민 설마 아직도 꿍해 있는 거 아니지? 나 그냥 하는 말 아냐.

강지원 내가 뭘?

정수민 우리 사이잖아. 뭐든 말하고 풀어야지 계속 이러면 나 상처받아.

강지원 (이게 뭔 개소린가 싶지만 한편으로는 혼나는 기분이기도)

정수민 (순간 표정 확 바꾸며 방글방글) 우린 영원히 같이 붙어있을 수밖에 없는 운명이라고. 이걸로 나 정직원 되면 U&K에 같이 뼈를 묻자!

밀당 쩌는 수민의 스킬에 아직은 살짝 흔들리는 지원의 표정까지.

씬21. 16층 사무실(낮)

주란과 수민 무슨 이야기를 하는지 킥킥대고 있다.
지원, 사이좋아 보이는 두 사람의 모습에 살짝 신경 쓰이는데.

김경욱   (나가며) 우리 예쁜 수민 씨이~~ 잠깐 나하고 이야기 좀 할까?
유희연   (웩!)
정수민   네에! (따라 나가고)

나가면서 지원과 눈 마주친 수민이 찡끗! 하면.

강지원(E) 누구라도 널 좋아하게 만드는 능력은 인정하지만…

불안한 느낌에서,

CUT TO.
수민이 자리에 들어와 앉는다.
한 걸음 늦게 들어온 경욱, 지원에게 회의실로 오라는 턱짓.
지원의 복잡한 얼굴에서 연결.

씬22. 회의실(낮)

김경욱   (앉으라고 턱짓) 기획안 수정본은 언제 줘? 팀 짜라는 것도 보고를 안
         하고.
강지원   (자리에 앉으며) 죄송합니다. 아직 정리가 안 돼서…
김경욱   쯧쯧… 정리가 안 되겠지. 능력이 거기까진데.
강지원   (표정)
김경욱   너 혼자선 못해. 양주란한테는 내가 이야기할게. 수민 씨한테는 이미

말했고.

강지원 아, 이미 양 대리님의 도움은 받고 있고, 어... 희연 씨도 도와주고 있어서요.

김경욱 걔가 뭐 쓸 만한 소리 해? 뭐라는데?

강지원 그게...

김경욱 (말 끊) 아 됐고! 네가 기획안을 세출해서 그냥 두는 거지 전에 내가 준비하던 기획이랑 겹쳐. 너 빼도 돼?

강지원 (헐?)

김경욱 내 이름 달면 일개 대리급이 진행하는 거랑 차원이 달라져. 근데도 굳이 널 끼워가겠다는 거야. 토 달지 마, 쫌.

말도 안 되는 말을 하는데 어떻게 해야 좋을지 알 수 없는 지원의 표정에서.

씬23. 16층 사무실(낮)

회의실 문 닫고 나온 지원 머리 복잡해진다.

강지원(E) 이런 식으로 되는 건가. 내가 정수민한테 기획안을 넘기지 않으니까, 김경욱이 내 기획안을 가로채고.

지원, 거부감으로 수민 쪽 바라보다가 눈이 마주친다.

강지원(E) 정수민의 이름이 올라간다.

수민이 방긋 웃으면 지원 절박한 기분이 되는데.
스쳐 지나 엘리베이터 쪽으로 가던 지혁, (동선에 따라 살짝 묵례해도) 잠깐 멈췄다가 다시 돌아와서.

유지혁	강지원 씨?
강지원	네, 부장님.
유지혁	(보다가) 오늘 저녁에 시간 있어요?
강지원	아, 시키실 일이라도 있으세요?
유지혁	아니, 그게 아니고.
강지원	(그럼?)
유지혁	밥... 한 번 먹었으면 좋겠는데. 시간 잡아보죠.
강지원	(어?) 오늘 저녁에는 사적인 약속이 있습니다만, 업무시라면...
유지혁	(설마 백은호인가? 불길...)
강지원	TPO 말씀 주시면 적당한 시간과 식사 장소 물색해 보겠습니다.
유지혁	(심란) 아니, 그렇게 접근할 건 아니고. ...알겠어요.

씬24. 16층 엘리베이터 홀(낮)

지혁, 맘대로 안 되는 답답함에 벽 한 번 쳐보고.. (지원은 들어간 상황)

유지혁	(중얼) 사적인 약속?

입술 꾹 깨물고 밖으로 나가는 데까지.

INSERT. U&K 회사 전경에서 (낮->밤)으로.

씬25. 와인 바(밤)

지원이 문 열고 들어가면 별로 크지는 않지만 감각 있는 와인 바 텅 비어있다.
와인 바 안쪽으로 두 명의 남녀 삐쭉이 서 있는 지원 보고.

여자   은호 씨, 손님 온 모양인데?

여자가 바다 쪽에 사각으로 되어있는 문 쾅쾅 두드리면
창고 문 열리면서 살짝 풀어진 느낌의 은호 먼지 걷어내면서 올라온다.

백은호   온도 유지도 온도 유지지만 청소는 좀 해야 하는 거 아냐?
         (하다가 지원 발견하고 반색) 지원아!

와인 든 채 웃는 은호의 얼굴 청량.

CUT TO.
남녀는 나간 듯, 은호가 바 안쪽에, 바깥쪽에 지원이 앉아있다.

강지원   (신기해서 둘러보는데) 와... 난 밥이나 먹을 줄 알았는데. 여긴 아는
         데야?
백은호   우리 레스토랑이랑 거래하는 와인샵이야. 오늘 내가 너한테 진짜 귀
         한 맛 보여주고 싶어서...

와인 따서 코르크 향 맡고 (줄 서 있는 다른 와인들 총 6병쯤)
한 잔 따른 다음 잔에 코 대고 냄새 맡고 코르크를 지원에게 내민다.

강지원   (응? 하고 받으려고 손을 내밀면)
백은호   (아냐아냐) 맡아 봐.
강지원   (살짝 당황스럽지만 몸 기울여서 냄새 맡아보는데)
백은호   향이 어마어마하지? 샤또올랑1999.
         우리 고1 때, (잔 지원에게 주고) 처음 만난 해 생산된 거야.
         삼나무 향과 까시스, 블랙베리 향이 이렇게 풍부하기 쉽지 않아.
강지원(E) ...느껴진다, 그냥 포도와 나무... 향이.
강지원   (하는데 살짝 위통 있다. 움켜쥐고) 너무... 좋다.

백은호	기다려봐. 여기 있는 애들 전부 다 홀세일가로도 100만 원이 넘는 아주 귀한... (다른 병을 따려고 하면)
강지원	백... (사레들릴 뻔) 으, 은호야!
백은호	(멈칫)
강지원	나 일이 많아서 저녁을 못 먹었어. 와인 어차피 못 마셔. 따지 마. 밥 사주려고 했는데... 넌 먹었어?
백은호	아? 난... 일찍 먹...는 편이라. 내, 내가 그 생각을 못 했네. 넌 일하고 바로 오는 건데.
강지원	(활짝 웃) 아냐, 넌 먹었다니 다행이다. 좀 앉아봐. 우리 오랜만에 보는 건데 얘기 좀 하자.

지원의 웃는 모습에 살짝 붉어진 은호가 우물쭈물 앉는 데서.
옆에 놓은 지원의 가방 속 핸드폰으로 전화 들어오고 있다.

씬26. U&K 회사 앞 거리(밤)

민환의 차 정차 중 (알고 보면 와인 바 건너편)

씬27. 민환의 차 안(밤)

신호음 계속 가는데 전화 연결되지 않고 음성사서함으로 넘어가면.

| 박민환 | 아, 얘는 뭐 하는 거야? 한번 관리 좀 해줬더니. 복 없는 애는 진짜. |

고민하다가 연락처에서 '정수민지원친구'를 찾아서 통화 누른다.

정수민(F) 민환 씨이~!

씬28. 민환의 차 안/백화점 쇼윈도 앞 분할화면(밤)

수민은 백화점 앞(외부) 쇼윈도에 붙어서 김밥 뜯어먹으며 찬란한 명품 보는 중.

박민환   수민 씨, 지금 지원이랑 같이 있어요? 애가 연락이 안 되네.

정수민   어어? 지원이 아까 나가던데.

        (못된 표정) 엄청 예쁘게 하고 거울 여러 번 보고 나가길래 데이트구나~~ 했는데 아니에요?

박민환   (눈썹 씰룩) 예쁘게 하고 나갔다고요?

정수민   (농담인 척) 민환 씨~ 지원이 단속 좀 하셔야겠다.

박민환   에이, 단속은요. 지원이가 어디 도망갈 것도 아니고.

정수민   왜요... 여자는 모르는 거예요~

        지원이네 엄마도 결혼하고 울 지원이 낳고 나서 소울메이트를 찾았잖아요~

        전 여자로서 멋있다고 생각해요! 울 지원이 생각하면 안타깝지만...

박민환   네? 지금 그게... 무슨... 지원이네 엄마가 바람...이라고요?

정수민   (당황한 척) 앗! 민환 씨 몰랐어요? 어떻게 해... 나 지금 실수한 거죠? 아니에요. 지원이 이야기 아니고 제가- 다른 친구랑- 헷갈렸... 아아, 당연히 민환 씨 알고 있을 줄 알고... (목소리는 우는 톤이지만 얼굴은 아니다)

박민환   알고 있었어요. 어머니가 어렸을 때 집을 나가셨다는 건...

정수민   하지만 늦바람... 아니, 진짜 사랑을 찾으셔서 그렇게 됐다는 건 몰랐던 거죠?

박민환   (표정 썩)

정수민   어떡해... (씨익 웃고) 진짜로, 아, 나 미치겠다. 민환 씨, 잊어버려요. 내가 말실수했어요. 유전도 아니고... 별문제 아니잖아요?

박민환   그럼요. (매우 별문제인 표정) 별문제... 아니죠.

정수민   (네가 그럴 수 있을까?) 역시... 민환 씨는 멋진 남자예요.

대신- 제가 지원이 오늘 뭐 했는지 알아내서 말씀드릴게요.
뭐 우리 지원이라면 일하고 있는 거겠지만.

박민환   ...그렇겠죠. 연락 줘요.

전화 끊은 민환, 집착기가 돋은 얼굴로 핸들 움켜잡고.
수민이 야무지게 김밥 하나 뜯어 먹고 어울리지 않는 우아함으로 쇼
윈도 보는 데까지.

씬29. 와인 바(밤)

와인 좀 많이 마신 느낌. 잔도 여러 잔이고 바닥에 깔린 술도 있고.

강지원   그럼 그때 나한테 아는 척도 하지 말라고 한 게 내가 널 거절한 줄 알고.

FLASH CUT. 4부 27씬 백은호 "다신 내 아는 척 하지 마라!"

백은호   아니아니아니아니아니, 그 얘기는 하지 말고.
강지원   (좀 귀엽고)
백은호   (미치겠+약간 사투리) 그냥 거절이 아이었다. 진짜, 마, 무슨...
강지원   도대체 뭐라고 했을까? 네가 받았다던 내 거절편지 볼 수 있어?
백은호   가오래서 가오긴 했는데 (일어나고)

은호가 쪽지 가지고 와서 건네주면 지원 펼쳐보는데.

INSERT. 강지원(E) "인기 좀 있다고 다 너를 좋아하는 줄 아나? 끔찍
한 발상이네. 내한테 관심 갖지 마라!"

백은호   니 글씨 아니가?

강지원   ...내 글씨, 맞아. 하지만 정말 내가 쓴 게 아니야.

백은호   (어?)

강지원(E) 그렇다는 건, 정수민이 내 글씨체를 감쪽같이 흉내 낼 수 있다는 거지.

소름이 오소소 돋아 팔을 어루만지는 지원.

백은호   춥나? (겉옷 벗어주려)

강지원   (당황한 기색 감추려) 아, 에어컨이 좀 세다... 나가자.

백은호   어? 어어? 알겠다!

은호 벌떡 일어나 에어컨 끄고 정리하는 동안.

강지원(E) 정수민, 넌 대체 왜... 이렇게까지...

서늘한 심정 느끼고 있던 지원, 은호가 다가오면 나가려고 가방 드는데.
은호가 지원의 가방끈 같이 잡는다??

강지원   (뭐 해?)

백은호   아아, 드, 들어주려고! (얼른 손 떼서 바지에 문지르고) 나가자.

먼저 나선 지원 막 와인 바 문을 열려고 하는데
은호가 팔을 뻗어 문을 밀어주면 지원의 등과 은호의 가슴 살짝 겹쳐지는 느낌..
지원이 고개를 돌리면 두 사람의 시선 마주치고.
그 거리 생각보다 가까우면 화들짝 놀라 튀어나가는 두 사람!

씬30. 와인 바 앞 거리(밤)

U&K 건물 근처의 와인 바라 올라왔을 때는 건너편에 회사 건물 보인다.
지원과 은호 당황해서 살짝 거리를 두고 선 상태.

강지원(E) 41살을 살고 온 나는 31살 은호의 마음이 보인다. 하지만...

FLASH CUT. 1부 23씬 회귀 전 침대에서 수민과 민환 시시덕대는 모습 위로
5부 12씬 박민환(E) "남자는 말야... 다아~~ 바람펴. 열 여자 마다하는 남자 없다구. 여자 친구?? 와이프가 있어도 다른 여자가 좋아. 둘 있어도 새로운 여자가 또 좋아. 이게 남자야."

강지원(E) 더 이상 연애 같은 건 싫어.
강지원 (결심으로 다가가서) 나 남자 친구 있어.
백은호 (거절의 느낌) 역시... 그 키 크고 뿔테 안경 낀 사람이가?
강지원 뿔테... 안경?
백은호 으응, 쓰리버튼 슈트 입고 좀... 패션 센스는 없, 아니, 클래식하고, 엄청난 시계를 차고 있던데...
강지원 어? 네가 우리 부장님을 어떻게 알아?
백은호 (오잉?) 동창회 하는 거 그 사람이 알려준 거다.
강지원 (?) 부장님이? 널 어떻게 알고?
백은호 어? 그리고 보니 그러네. 난 니 남자 친구라 아는 줄 알았다.
　　　　니를 좀 걱정하는 느낌이었는데...

씬31. U&K 회사 앞(밤)

지혁 나오다가 길 건너의 지원 발견하고 멈춰 선다.
이어 눈에 들어오는 은호. 두 사람 다 술 마셔서(+조명) 약간 발그레 하고.

두 사람 보고 걸음 멈추며 표정 어두워지는 데까지.

(지원과 은호는 모르는 채 서로 마주 보고 있어 지혁의 입장에선 데이트 느낌)

씬32. 레스토랑 베르테르 오픈 주방(밤)

사장   야, 여섯 병을 땄다고? 그럼 육배액?? 그리고 차였어?????

백은호   (정리 중) 차인 거 아니에요.

사장   차인 거야. 안 차였으면 네가 여기서 지금 뒷정리하고 있지 않지.

백은호   내가 포기할 때까지는... 차인 거 아니라고요. 남자 친구가 있다고 해도.

은호의 표정에서.

FLASH CUT. 4부 1씬에서 은호를 바라보던 지혁의 표정.

백은호   (비장) 나 말고 다른 남자가 좋아하고 있다고 해도요.

사장   (턱 괴고 과하게 비장한 은호 보다가) 근데 너 집에 데려다주고 오긴 했냐?

백은호   (만지작거리던 뭘 툭 떨어뜨리면)

사장   (안타깝) ...포기해, 그냥.

씬33. 지혁의 차 안(밤)

안 좋은 표정으로 운전하는 지혁의 얼굴 위로.

INSERT. 5부 31씬 은호를 올려다보는 지원과 살짝 상기되어 지원을 바라보는 은호

(사실은 이런 느낌 아니었지만 지혁의 입장에서 매우 과장)

마침 신호대기에 걸리고.
핸드폰에 강지원 이름 띄워놓고 통화버튼을 누를까 말까.. 손가락을
거의 갖다 댔다가 다시 떼다가 신호가 파란불로 바뀌는 순간 통화버
튼 눌러버리고!

씬34. 약국(밤)

약사가 약을 찾는 동안 지원은 민환의 부재중 전화(20통쯤) 보고 있다.

강지원 (조그맣게) 집착 쩌는 인간...

진저리치다가 약사가 나오면 핸드폰을 가방에 넣는데.

약사 (약봉지 내밀며) 위경련이에요. 빈속에 와인 부으면 안 좋아요.
강지원 강아지처럼 맛 보여주고 싶다는데 거절할 수가 없었어요. (웃음)

가방 속에서 핸드폰 진동 소리 들리면 약사 전화 받으란 시늉.

강지원 아니에요. 안 받을 거예요. (카드 내밀며) 계산해주세요.
약사 통증 좀 가라앉으면 약은 따뜻한 누룽지나 죽 먹고 드세요.
강지원 네.

씬35. 지혁의 차 안(밤)

지혁 전화가 연결되지 않으면 어?? 하고 심각한 표정으로 다시 전화한다.

안 받으면 그대로 유턴.

씬36. 지원 원룸 골목(밤)

강지원   빈속에 와인... (배 아파서 꾹꾹 누르면서) 진짜 조심해야 하는데...

하는데 문득 뒤쪽에서 인기척 느낀다.
슬쩍 돌아보고 검은 그림자 확인하고는 긴장한 지원, 걸음을 빨리하고.
지원이 빠르게 움직이자 뒤따르는 남자의 걸음 소리도 빨라지는데.
사람 없는 어두운 골목.
누군가 쫓아오고 있다고 확신하고 있는 힘을 다해 뛰기 시작한 지원!
(매우 잘 뜀)

씬37. 지원 원룸 정문 앞(밤)

정신없이 뛰어 도착한 지원이 비밀번호를 누르려고 하는데 손이 떨려
서 에러가 난다.
거친 숨- 떨리는 손- 후들거리는 다리- 지원이 비밀번호를 다시 누르
려는데,
빠르게 다가오는 발, 어깨를 확 잡는 손!

강지원   꺄아아악!
박민환   (지원의 입을 막으면서) 야야야야! 미쳤어? 왜 오버해???

민환을 확 밀어낸 지원, 거리를 벌리고 거친 숨을 몰아쉰다.

강지원   아, 깜짝이야... 민환 씨였어?

박민환   왜? (비아냥) 다른 남자를 기대하셨나 봐?

강지원   왜 그렇게 뒤따라와? 무섭게! 부르면 되지.

박민환   내가 왜 네 맘을 편하게 해줘야 해? 넌 전화도 안 받으면서??

강지원   뭐?

박민환   웃겨... 너 그거 자의식 과잉이다? 남자들은 너한테 관심이 없어.
           쪼는 거 보니 재미는 있더만.

강지원   (기가 막혀) 그게 재미있니. 진짜...

강지원(E) 재활용도 안 될 쓰레기 새끼.

박민환   어! 재미있어! (위아래로 훑어보고) 어디 갔다 오냐?
           퇴근하는 애가 입술은 왜 새로 발랐어?

강지원   뭘 새로 발라? (손등으로 쓱 닦았지만 아무것도 안 묻어나면 봐라!)

박민환   그런데 왜 그렇게 빨개? 어디다 꼬리 치다 왔길래.
           얼굴이 발그레하게 상기되어서는... (조그맣게) 쯧! 피는 못 속인다고.

강지원   뭐라고?

박민환   (뭐? 어쩌라고?)

강지원   민환 씨 방금 뭐랬어?

박민환   뭘? 별말 안 했어. 그냥 너 요즘 하고 다니는 게 수상하니까 그러잖아.

강지원(E) 정수민이구나. ...정수민이, 엄마 이야기를 했어.

           피가 식는 기분의 지원, 입술 꾹 깨물고 민환 노려본다.
           심상치 않은 분위기를 느낀 민환은 살짝 주춤하지만, 그게 또 열받아
           서 거칠어지고.

박민환   (다가서며 큰소리) 뭐? 너 요즘 되게 이상한 거 맞잖아!
           (쿡쿡 찌르며) 이거이거, 옷도 다 사고... (킁킁) 너 향수도 뿌렸냐?

강지원   (밀어내려) 무슨 향수? 비누... (민환이 팔 확 잡으면) 아!

박민환   정확히, 자세하게 말해. 오늘 퇴근하고 뭐했어?

강지원   아, 아파... 이거...

FLASH CUT. 1부 24씬 민환이 폭력을 쓰는 순간 빠르게

지원의 숨 거칠어지고, 가슴은 오르락내리락, 패닉이 올 것 같은 모습에 완벽한 우월감 느낀 민환이 여유로워지면서 지원의 손목 비틀어 시계 본다.

박민환 너 퇴근카드 찍은 시간 확인할 거니까 그때부터 지금... (하는데!)

민환의 팔목을 틀어잡은 지혁, 아프게 꺾어 두 사람을 떼어내는 것과 동시에 (민환의 비명 "아아아아!")
그대로 유도기술 사용해서 큰 호를 그리면서 엎어쳐 버린다.
(민환이 날아가면서 비명 "아아아아!... 아아?... (쿵!) 악!")
민환은 너무 놀라 꺽꺽 완전 넋이 나가 처음에는 눈앞이 다 흐리다가 점점 초점이 잡히면서 지혁 알아보면.

박민환 뭐...? 유지혁 부장...
유지혁 (노려보면)
박민환 님... (이게 아니지!) 씨발 이거 뭐, 뭐야? 갑자기?
       늬, 늬들 뭐야? 뭐 하자는 플레이야? 강지원, 너... 이 미친!

욕설에 지혁의 눈에서 불꽃 튀면서 팔 걷으며 성큼성큼 다가서면,
민환의 팔에 소름 오소소 돋으면서 솜털 서고 완전히 겁먹어서.

박민환 으아아아아악! (맞을까 봐 찌질하게 팔로 얼굴 감싸며)
강지원 부장님!!!

다음 순간 지원이 지혁의 팔에 매달리면서 막고.

강지원 부장님!! 왜 이러세요??

그사이에 벌떡 일어난 민환, 주춤주춤하다가 전속력으로 도망쳐버린다!

유지혁   (이 상황에 여친을 놔두고 도망을 쳐?) 하?

　　　　황당하기도 하고, 지원 때문에 진정한 지혁이 자제하고 멈춰 서면.
　　　　팔 놓고 물러서는 지원, 역시 황당해 멀어지는 민환의 뒤꽁무니 보고.
　　　　지혁과 지원, 서로 마주 보는 데서.

씬38. 지원 원룸 근처 골목길(밤)

　　　　도망치다가 수치스러워 멈춰 서서.

박민환   아 씨, 저거 뭐야?? 나 왜 도망쳐? 왜 쫄아??
　　　　(팔 만져보고) 어우 소름... 와... 저 새끼 눈빛에 광기가 있어. 와...

　　　　당장 돌아갈 것처럼 을러보지만 이내 허리 아파서 끙끙대고는.

박민환   진짜 내가 몸이 안 좋아서 산 줄 알아라... 어...
　　　　시발, 이걸 경찰에... 어우! 씨!!!!! (열 뻗쳐 허공에 주먹질 난리)
　　　　아니, 잠깐? 유지혁 새끼는 그렇다 치고.
　　　　강지원, 이년은 날 안 따라와? 진짜 돌았네, 이게...

　　　　하고 또다시 갈 듯하지만 역시 허리 아파.. 자신 없어..

박민환   진짜 저 새끼들 뭔가 있나? (설마? 불안? 이상?)
　　　　아오, 씨!!!!!!! (혼자서 발길질하다가 미끄러지기까지) 으악!
　　　　(자빠진 채) 아오오오오오오오오!!!!

씬39. 지원 원룸 정문 앞(밤)

민환이 내뺀 방향을 황당한 기분으로 보는 지원.

강지원　(중얼) 이런 상황에서 여친 두고 도망치는 남자가,

강지원(E)　내 남편이었구나...

유지혁　괜찮아요?

강지원　(돌아보고) 여기서 뭐 하시는 거죠?

유지혁　난... (뭐라고 말해야 좋을지 난감하다) 볼일이... 있었어요.

강지원　무슨 볼일이요?

유지혁　(변명이 생각나지 않아 포기로 한숨) 전화... 안 받아서.

핸드폰 꺼내 보면 긴 민환의 부재중 통화 뒤에 딱 두 통 지혁의 번호.

유지혁　아무 일 없겠지만, 혹시나 만에 하나-

강지원　뭘 걱정하시는 거예요?

　　　　　아니, 지금 퇴근 이후니까, 혹시나든 만에 하나든 부장님과는 상관없
　　　　　어요.

유지혁　상관있어요.

강지원　(뭐가?)

유지혁　(...망했다) 나는 걱정돼요.

강지원　(뭘?)

유지혁　(진짜 망했어) ...박민환 씨가 강지원 씨를 다치게 할까 봐.

강지원　네?

강지원(E)　어떻게...

강지원　왜 그런 생각을...

유지혁　사람은 변하지 않으니까. 한 행동을 또 하게 되어있죠.

강지원　민환 씨는 저에게 손을 댄 적이 없어요.

강지원(E)　확실히 폭력성향이 있긴 하지만 그걸 눈치챘다고?

　　　　　결혼하기 전까지 나도 몰랐는데?

유지혁　방금 손대던데.

강지원　(약간 혼란) 대단한 건 아니었...어요.

유지혁　(다소 강한 어조) 그렇게 말하지 마요.

강지원　(놀라 고개 들어 보면)

유지혁　감히, 강지원 씨에게 손대게 둬서는 안 돼요. 그 누구도.
　　　　　대단한 게 아니라니... (빨개진 지원의 손목 보고 이 악물) 그 손가락
　　　　　을 다 분질러 놨어야... (하다가 자신이 세게 말한 걸 깨닫고) 미안합
　　　　　니다.

강지원(E)　너티비 때 보면 통찰력이 있는 사람이었지. 문제는...

강지원　...아니요.

　　　　　민환이 도망친 방향을 본다.

강지원　(조그맣게) 쪼는 걸 보니 재미는 있더라고요.

유지혁　(?)

강지원　그러니까... 문제는 그게 아니에요.

　　　　　지원이 다부진 표정으로 지혁을 마주하는 데서.

　　　　　CUT TO. 조금 떨어진 골목 건물 뒤쪽에서 보고 있던 수민에게로.

정수민　뭐야? 지금 이 상황? (입 막고 어머머)
　　　　　민환 씨랑 한바탕할 것 같아서 구경하러 왔더니...
　　　　　(눈동자 굴리는) 이게 무슨 시츄에이션이지? 부장님이 왜 여기서 나와?

　　　　　다시 지원과 지혁 쪽 염탐하는데.
　　　　　핸드폰에 진동 울리면 확인해보고 발신자가 '박민환'이면,

정수민   어? (두뇌 풀가동의 표정으로 통화버튼 누르고) 여보세요~

             ...네, 민환 씨. (와... 이건 무슨 상황이야!) ...어디시라고요?

지원과 지혁이 있는 쪽 흘깃대면서 멀어지는 수민까지.

CUT TO. 지원과 지혁

강지원   부장님의 이런 행동, 불편해요.

유지혁   나는 걱정되...

강지원   절 걱정해서 하는 행동이라고 해도, 싫습니다.

             부장님의 마음이 불편해요. 그만두세요.

유지혁   (충격) 내... 마음을 알고 있어요?

강지원   개인적인 이유로 바람피우는 사람들이 싫어요. 사람의 믿음을 배신하는 그런 사람들은 죽어 마땅하다고 생각해요.

유지혁   (충격으로 입술 꾹) 그건... 정리했어요.

강지원   (극혐) 정리요? 여자 친구가 무슨 처리해야 할 업무라도 되나요?

유지혁   아니, (당황) 그건...

강지원   와... 진짜... 부장님, 그렇게 안 봤는데... 최악...

             (화 뻑!) 희연 씨는 저에게 너무나 소중한 사람이에요!

유지혁   (...잠깐? 뭔가 이상한데?)

강지원   얼마나 사랑스럽고 좋은 사람인 줄 아세요? (분해서 눈물까지 그렁 위아파)

유지혁   (당황한 숨소리)

강지원   (눈물 닦고) 됐어요. 제가 다 말할 거예요. (노려보) 진짜 최악이야.

지원이 들어가려고 정문의 버튼 누르려고 하면,
지혁, (민환과 비교되게) 손은 대지 않으면서도 앞쪽으로 위~위~ 하듯 막아서 자기를 보라는 시늉.

유지혁　자~ 일단, 진정해봐요. 숨도 제대로 쉬고요.

강지원　(노려본다)

유지혁　그러니까 지금 나하고 유희연이 연인 사이인데 내가 바람을 피우려고 하는 중이라는 거죠? 강지원 씨를 좋아해서.

강지원　아니에요?

유지혁　맞아요.

강지원　(역시!)

유지혁　내가 강지원 씨를 좋아하는 파트만. (한 발 물러서고)

지혁, 꼭 흥분한 짐승 달래려는 것처럼 천천히 핸드폰 꺼내 통화버튼을 누른다.
신호음이 가기 시작하면 '최고의 미녀'라고 쓰여있는 화면 보여주고, 스피커폰으로.

유희연(F)　(전화 연결) 섬뜩하게 왜 야밤에 전화질이지?

강지원　(목소리 알아듣는다)

유지혁　희연아.

유희연(F)　용건을 5초 내로 말하지 않으면 이 통화는 폭파됩니다. 5, 4…

유지혁　사랑해.

뚜- 하고 전화가 바로 끊어진다.
핸드폰을 사이에 두고 마주치는 두 사람의 시선, 살짝 가깝고.
혼란스러운 지원.

유지혁　여자 친구 같아 보여요?

지원 혼란스러운데 '최고의 미녀'에게서부터 전화 다시 온다.

유지혁　참고로 이름은 유희연 본인이 저장한 겁니다. (스피커폰 누르고 통화

버튼)

유희연(F) 아이, 시발. 그런 토 나오는 소리를 들으면 한 달은 만나지 않아야 하지만 어차피 내일 회사 가면 봐야 할 얼굴이니 묻자면, 시한부 선고라도 받았어? 이제 내 호적에서 빠지는 거야?

깨달음으로 입 막는 지원.
지혁 여전히 지원과 눈 마주친 채 고개 끄덕, 손가락으로는 핸드폰 통화 뚝!
이제 알겠냐는 표정이면.

강지원 남매군요! (쟤는) '유'희연...
유지혁 (나는) '유'지혁.
강지원 (완전 당황) 죄송해요! 어떡해. ...세상에, 제가 한 말은 다 잊어주세요. 으아아, 그게 제가 완전히 오해해서! 이걸 어떡하지.
유지혁 (말 많아진 지원 보고 조금 웃다가) ...오해하지 않은 부분도 있으니까.
강지원 (뚝 멈춘다)
유지혁 내가, 많이 좋아해요.

서로를 바라보는 두 사람에서.

씬40. 큰길 일각(밤)

수민이 골목에서 걸어 나와 목 쭉 빼고 한 블록 너머 쭈그리고 앉아있는 민환 본다.
가방에서 팩트 꺼내 얼굴 좀 누르고 입술 바른 후 손을 들어서 택시 잡고.

씬41. 택시 안(밤)

택시기사 어디로 갈까요?

정수민 일단 쪼오기 한 블럭 너머 저 남자 보이시죠? 거기 세워주세요.

택시기사 오메 뭐여... 하고 룸미러로 옷에 단추 두 개 푸는 수민 보고.

씬42. 큰길 일각(밤)

문 닫은 창고 앞에 쭈그리고 앉아있는 민환.

박민환 (중얼중얼) 나한테 소홀하면 내가 어떻게 행동하는지 알아야지. 이건 다 너 때문이야. 네 책임이야.

하는데 바로 옆에서 출발했던 택시 와서 서고 수민이 내린다.

정수민 민환 씨!

박민환 나는 지금 널 교육하려고 이러는 거야... 내 잘못이 아니야.

택시 문 연 채 민환에게 뛰어와 쭈그리고 앉아 민환 뺨에 손대고 살펴 보는 척.

정수민 다쳤어요? 어머, 누구랑 싸웠어요?

모르는 척 순진하게 눈망울 빛내는 수민과
치명적인 척 손 뻗어 수민의 목을 감싸 쥐는 민환의 표정과,

씬43. 지원 원룸 정문 앞(밤)

서로 마주 보고 있는 지혁과 지원.
지혁 갑자기 살짝 인상 찌푸리며 지원 쪽으로 몸 굽히며,

유지혁   지원 씨, 몸이 안 좋아요?

그제야 크게 들이마셨던 숨을 내쉬는 지원,
얼굴도 창백하고 관자놀이에 식은땀이 맺혀있다.

강지원   아까부터 위... 위가 조금, 아팠는데...

하는데 지혁이 좀 가까운 것 같다?
정확히 말하면 지혁의 얼굴이 지원의 입술 쪽으로 오는 느낌.
키스라도 하는 걸까?
어어.. 하고 지원 당황스러운데
지혁의 몸 그대로 무너져 내리고!
얼떨결에 받아 안은 지원 그대로 둘이 뒤로 넘어가지만
간신히 머리통 끌어안아 크게 다치지는 않았고.
지원의 팔 안에서 완전히 정신을 잃은 지혁의 창백한 얼굴과,

강지원   ...부장님?

자세 바꿔 기절한 지혁 쪽으로 몸 굽히며

강지원   부장님! 정신 차리세요!!!

놀란 지원의 표정에서.

fin.

6부

요즘 말야. 난 그게 싫어.

언젠가는 나한테 좋은 거.

그냥 열심히 하면 바로 나한테 좋았으면 좋겠어.

씬1. 유일병원 응급실(밤)

INSERT. 유일병원 응급실로 들어가는 앰뷸런스

강지원 (황당한 표정) 잠을... 자고 있는 거라고요?

의사(40대/남) (차트 적으며) 갑자기 쓰러져서 이 상태라고 하셨죠?

강지원 네. 정말 갑자기...

지원이 옆을 보면 링거 꽂은 채 누워 있는 지혁.

의사 (차트 옆의 인턴에게 넘기며) 그럼 쉽게 생각할 건 아닙니다.
(바퀴 달린 의자 밀어 침대 쪽으로) 뇌가 더 이상 안 되겠다고 결정하고 셧다운 할 때까지 무리했다는 거니까. (상태 살피고)

강지원 과로라는 말씀이신가요?

의사 과로, 수면 부족, 스트레스 과다.
검사 결과가 더 나와봐야겠지만 지금 상태로는 그래요. 깨어나면 다시 보죠.

창백한 표정의 지혁.

씬2. 골목길(밤)

으슥한 길 안쪽 골목길로 카메라 이동하면,
수민을 담벼락에 밀어붙여 팔로 가둔 채 치명적인 표정 짓고 있는 민환.
수민이 시선 마주치지 않고 돌리면 턱 잡아 자신을 보게 하고.

정수민　　민환... 씨.

민환 천천히 고개 숙여 입술 내리면, 가녀리게 떨며 눈 감는 수민.
그 반응에 '됐다!' 싶은 민환 만족스럽게 입술 거의 닿으려는 순간인데,
고개 숙이며 피해버리는 수민!

정수민　　안 돼요. 오빠, 난 지원이 상처 못 줘요. 차라리 내가 죽어...
정수민(E)　 이렇게 쉽겐 안 되지.

눈물 그렁그렁해 안 된다는 사람의 표정이 아니게 절절.
그러다가 와앙- 얼굴 가려버리며 쪼그리고 앉아 울면,

박민환　　(한쪽 무릎 꿇고 앉으며) 울지 마, 바보야...
정수민　　어떡해...

민환이 울고 있는 수민의 손 떼서 잡고 눈물범벅인 눈가 문질러 닦아
주면,

정수민　　우리 지원이... 어떡해요...

두 사람은 치명적이고 세상 슬픈 사랑에 취해 서로를 바라보지만
남들이 보면 염병 첨병일 뿐인 느낌에서.

씬3. 유일병원 응급실(밤)

지혁의 옆에 앉아있는 지원이 핸드폰 보고 있다.

강지원(E) 어떻게 된 거지? 박민환이 이렇게 넘어갈 리가.
지금쯤 전화가 300통쯤 왔어야 하는데.

지원이 생각하는 얼굴 위로.

FLASH CUT. 5부 37씬 두고 보자는 듯 으르는 민환의 사나운 얼굴과

FLASH CUT. 1부 24씬 지원에게 폭력을 행사하는 얼굴

하는데 지혁 낮게 신음하며 몸 뒤척.

강지원 부장님! (일어서서 몸 기울이며) 정신이 드세요? 부장님?

지혁이 눈 번쩍 뜨며 몸 일으키면 두 사람 얼굴 딱 붙을 정도로 가깝고.

강지원 (얼른 뒤로 물러나며 당황한 숨소리) 아, 저기...
유지혁 (주변 상황 파악하고 지원 본다)
강지원 쓰러지셨어요. 제가 병원에 모시고 왔는데,
의사(OFF) 깨어나셨군요. 마침 검사 결과도 나왔고요.

다가온 의사 지원과 지혁 사이에 선다.

의사 유지혁, 30세, A형. 맞으세요?
유지혁 네.
의사 못 주무셨나 봐요, 최근.

유지혁 (지원 눈치) 조금...

의사 식사는 불규칙하고, 술도 많이 드셨나 봐.
뭔가 엄청 스트레스받는 일이 있으신가??

유지혁 (보면)

의사 만병의 근원은 스트레스라는 뻔한 이야기를 하려는 건 아니고요...
자율신경계에 문제가 보여서 추가 검사를 해야 할 것 같습니다.
(청진하며) 소화는 잘 되세요? 위가 아주 안 좋...

유지혁 (갑자기 기억났다!) 맞다! 지원 씨, 위가 아파요?!

갑자기 과한 목소리 크기와 액션이라 의사도 엥? 하면서 지원 돌아보고,

강지원 아, 그게... (당황)

유지혁 (의사에게) 위가 별로 안 좋은 사람이에요. 검사하죠.

의사 네? 보호자분을요? (당황한 눈으로 지원 보며) 병력이 있으세요?

강지원 (더 당황) 위염이 살짝... 검사는 필요 없어요.

유지혁 아니아니, 아까 얼굴이 정말 안 좋았어요. 지금은 놀라서 괜찮을 수 있는데...

강지원 괜찮아요. 얼마 전에 CT 찍었어요. 위염이래요, 그냥.

지혁이 (침대에서 내려가려다) 딱 멈추면, 순간 잠시 조용해지는 베드.

유지혁 CT를... 찍었다고요? 왜?

강지원 (난감) 그냥...

의사 (말도 안 된다는 의미로) 그냥? CT를?

강지원 (더 난감) 그게... (문득) 부장님은 제가 위가 안 좋은 걸 어떻게 아셨어요?

유지혁 (당황) 아, ...그 ...회사에서 자주 약을 먹었잖아요.

서로 이상+의아한 분위기면, 눈치 보던 의사가 두 사람 사이에 껴들어서.

의사   그럼 공평하게 두 분 다 검사를 해볼까요? (손가락으로 돈은 좀 들겠 지만?)

지원과 지혁 의사를 쳐다보는 데까지.

씬4. 택시 안(밤)

나란히 뒷자리에 타고 있는 민환과 수민.
힐끗힐끗 수민을 보는 민환의 시선으로.
가녀리고 슬픈 느낌의 수민이 비련의 여주인공처럼 창밖을 보고 있는데,
일부러 치마를 말아쥐고 있어서 허벅지 라인 보이는.

씬5. 수민 원룸 앞(밤)

택시에서 내리는 수민,
뒤를 슬쩍 보면 민환이 당연한 듯 꿍차꿍차 따라 내리고 있다.
(주변은 완전 주택가, 빌라촌으로 택시 다시 잡기 어려울 분위기)

정수민(E)   (그 속을 다 아는 미소) 여기서 내리신다?

수민이 일부러 문 쪽으로 들어가려고 하면,
민환, 자연스럽게 따라 들어가려는데.

정수민   (가로막으며 새초롬) 저, 들어가 볼게요.
박민환   아, 그, 그래야죠. 나도 우리 집에 가야 하고!
(썩는 표정 숨기지 못하고) 와아... 여기 사는구나?
공기 좋다! 도, 동네 좋네! 와우! 와우! 굿! 굿! (마음 들켜서 오버액션)

정수민 (아련 미소) 전 오빠랑 있으니 좋아요.

박민환 (멈칫)

정수민 하지만 우린 너무 복잡하죠. 그래도... (한 걸음 다가서) 지금만...

박민환 (침 꿀꺽)

정수민 오늘만 내 맘에 솔직해질래요.

완벽하게 키스할 분위기로 수민의 얼굴 다가오면
민환 입술 달싹 콧김 풍풍 안을 준비 다 하고 손을 뻗는데.
쪽! 하고 뺨에 뽀뽀하고 도망가 버리는 수민!

정수민 오늘 데려다줘서 고마워요!

수민을 안으려던 손을 허공에 든 채 멍~~~~ 해져버리는 민환.
돌아서서 재미있어 죽는 수민의 웃음까지.

씬6. 유일병원 앞(밤)

지혁과 지원이 어색하게 거리를 두고 나온다.

강지원 (멈춰 서며) 전 먼저 들어가 볼게요.

유지혁 밤이 늦었어요. (택시 잡으며) 데려다줄게요.

강지원 혼자 갈 수 있습니다.

유지혁 (살짝 상처) ...내 차도 거기에 있어요.

강지원 네. (너무 무안하진 않게, 살짝 미소로 거절)

유지혁 (확실한 거부 눈치챘지만) ...난 좋은 사람이에요.

지원, 잠깐 지혁 본다.
평소보다 좀 더 흐트러진 지혁 평소보다 좀 더 잘생겨 보이는 위로.

(넥타이 없고, 셔츠 단추 몇 개 더 풀고, 머리 살짝 내려와 있고)

강지원(E) 좋은 사람이지. 괜찮은 사람이야.
　　　　　하지만 누군가를 믿고 다시 시작하는 일이 가능할까.
강지원　 ...전 남자 친구가 있어요.
유지혁　 (표정 굳는)
강지원　 부장님의 부하 직원이고, 이미 오늘 일로 전 많이 곤란해졌어요.
유지혁　 (참담한데)
강지원　 제가 그 사람에게 이제는 신경 쓰지 않아도 된다고 말해도 될까요?

　　　　　지혁, 조금의 곁도 내주지 않고 단단한 지원의 표정 보면,
　　　　　상처받았구나. 알았다고 대답하겠구나의 느낌이었지만----

유지혁　 ...아뇨. 신경 쓰라고 하세요.
강지원　 (당황) 네? 아, 아니...
유지혁　 앞으로 강지원 씨를 대하는 매 순간, 신경 쓰고 조심하라고 해요.
　　　　　...택시 타고 갈 거죠? (손 들어 택시 부르고)
강지원　 (황당) 부장님!
유지혁　 난 좋아해요.
강지원　 (!)
유지혁　 하지만 지원 씨가 싫다고 하는 건 아무것도 안 할 거예요.
　　　　　곤란하게도 안 해요. 해야 하는 말은 단 하나뿐이에요. 싫다고 해요.
강지원　 전...
유지혁　 지금 말고. 생각은 좀 하고.
강지원　 (보면)
유지혁　 싫다고 하면 난 아무것도 안 할 거니까. 그 전까지는... (택시 와 멈춰
　　　　　서면 문 열어주고) 박민환 씨는 조금 더, 아니, 아주 많이 신경 썼으면
　　　　　좋겠고... 강지원 씨는...
강지원　 (보면)

유지혁	천천히, 긍정적으로 생각해주면 좋겠고.
	나한테 오는 게 좋은 선택이라고 약속할 수 있어요.
	증명하기 매우 어려운 문제지만 난 정말 좋은 사람이니까.
	(아, 어떻게 끝맺지) ...난 안 탈 거니 타요.
	(문 잡은 채로 다음 택시 부른다) 따로 가요. 싫다고 했으니까.

지원, 어쩔 줄 몰라 하다 그냥 택시 올라타면.
웃지도 않고 택시 문 닫는 지혁.

유지혁	(조수석 쪽에서 허리 굽혀 돈 내밀며 기사에게) 태정동... (하는데)
강지원	(쳐다보면)
유지혁	아, 미안. (돈 도로 넣고)

지혁 미련 없이 묵례하고 뒤쪽에 정차한 자기 택시로 휙 가버리면,
저도 모르게 그 뒷모습 보게 되는 지원.

기사	태정동 가요?
강지원	아, 네. (어떡하지...) 태정사거리 쪽으로 가주세요.

씬7. 택시 안(밤)

달리는 차 안, 지원 뒤쪽을 보면 지혁이 탄 택시 보인다.
황당한 기분으로 잠깐 보다가 됐다, 하고 시트에 깊이 기대어 밖을 보고.

씬8. 거리 일각(밤)

반짝반짝 빛나는 밤거리를 달리는 지원의 택시와 뒤를 따르는 지혁의

택시.
두 사람의 표정까지.

TITLE. 내 남편과 결혼해줘

씬9. 지혁의 집(낮)

조용하다 못해 적막이 감도는 어두운 침실.
아예 쓴 흔적이 없는 정리된 침대에서 카메라 밖으로 나가며 아침 햇살 찬란한데,
아무도 없는 깔끔한 거실을 지나면,
어제의 차림 그대로(안 잤음, 안 쉬었음) 식탁에 팔 괴고 이마 짚은 지혁 있다.
자고 있던 고양이가 야옹~ 하고 울면서 기지개를 켜면
알람 울리기 시작한 테이블 위의 핸드폰 끄고 일어나서 옷방으로.

씬10. 지혁의 집 옷방(낮)

피곤한 지혁이 옷 벗어서 팔락~ 던지는 것에서 연결.

씬11. 지원 원룸(낮)

이불 뒤집어썼던 지원 다시 내리며 한숨.

강지원   와... 한숨도 못 잤다!

하는 순간 핸드폰 알람 울리기 시작하면 끄고 바쁘게 움직인다.

씬12. 지원 원룸 몽타주(낮)

미리 싸매고 양치하면서 어제 벗어둔 옷 치우는 지원,
옷 갈아입으면서 빵 굽고, 머리 빗으면서 빵 먹는 지원,
뭐든 한 번에 두 개 이상. 바쁜 아침 사람 사는 거 다 똑같네, 느낌으로.
마지막엔 던져놓았던 가방을 그대로 들고 나가는 데까지.

씬13. U&K 회사 건물이 보이는 거리 일각(낮)

지원 출근하고 있는데(바쁜 직장인 느낌!) 문자 울리고.
[백은호 : 굿모닝~ 나 레스토랑에 가는 길에 커피 배달 왔는데 (임티)]
미소 짓는 지원.

씬14. U&K 회사 앞(낮)

근사한 차 끌고 와서 캐리어에 담긴 커피 내주면서 스몰토크하는 잘
생긴 은호.
"회사 사람들 데리고 레스토랑에 한번 와." 정도의 대화를 하는 느낌.
살짝 달달하게 마주 보는 두 사람의 모습.
..을 막 출근하던 지혁 보고 멈춰 선다.
지혁의 시선에서 은호를 보며 웃는 지원 예쁘고 수줍어 보이고 마음
있는 듯하고.
참담해서 입술 꾹 깨물고 홱 돌아서는 굳은 얼굴까지.

씬15. 16층 사무실(낮)

커피 들고 들어오는 지원, 자리에 앉으면.

희연이 3인톡 켜고 타이핑 시작한다.

[유희연 : 비상! 오늘 우리 부장님 기분 되게 별로입니다! 눈에 띄지 않는 게 좋을 듯요!]

CUT TO. 지혁의 자리. 무표정으로 업무 중.

CUT TO. 사무실 분할화면 (지원, 주란, 희연)

양주란, 힐끗 보면 무표정한 지혁 별다른 기색 없이 일하는 듯?

[양주란 : 똑같으신데?]

[유희연 : 아니에요. 기분도 별로고 상태도 완죤 별로]

지혁을 슬쩍 본 지원, 왜 기분과 상태가 별론지 알아서 마음 불편하다.

[양주란 : 희연 씨가 어떻게 알아?]

강지원(E) 남매니까. (두 사람 모습 번갈아 보고)

하지만 정말 닮은 데 없는 남매다. 알고 봐도 모르겠어.

지원 한숨 쉬는데 그 모습 힐끗 본 주란.

양주란　　(속닥) 얼굴은 자기가 더 안 좋다. 컨디션 별로야?

강지원　　(대답하려는데)

정수민(OFF)　　안녕하세요! 좋은 아침이에요!

수민, 컨디션 최고조인 얼굴로 생글생글 인사하면서 들어오는 중.

자리에 앉으려다 지원과 눈 마주치면.

정수민　　우리 지원이, 잘 자쏭??

지원, 뭔가 이상하다는(지원은 수민환의 만남은 모르는 상태) 느낌 빡 오는데.

뒤에서 민환 들어오다가 지원과 눈 마주치면 얼굴 굳는다.

모두가 안 좋은 분위기 느낄 정도로 툴툴대며 우당탕쿵탕 자리에 앉는 민환.

수민은 아니까 태연하지만 주란과 희연은 엄청 눈치 보이고.

지원 이걸 어떻게 해야 하나 얼굴 문지르는데.

씬16. 회사 옥상(낮)

맑은 하늘, 기분 좋은 공기. 멋들어지게 담배 들고 있는 민환.

앞 씬에서 오만상 다 썼던 것과 비교되게 비열하게 웃는다.

박민환	겁나 눈치 볼 거면서 까불긴. 쯧! 기지배들은 삼 일에 한 번은 기를 죽여놔야~
	(하다가 문득) 그나저나 정수민 고것은... 뭐지? 속을 모르겠어.
	아우, 왜 일케 어려워... 쓰읍! 분명 넘어온 거 같았는데...
유지혁(OFF)	여기 금연입니다.

민환 놀라는 바람에 담배 놓칠 뻔하고 잡으려다가 데이고 난리.

박민환	(간신히 담배 잡아 끄고) 부장님...
	(하다가 아니지! 반항적인 태도!+심각!) 어제는 대체 뭐 하신...
유지혁	(말 끊) 아직도 U&K 사규에는 사내연애금지 조항이 있어요.
박민환	...아니, 지금 무슨 시대착오적인 말을...
유지혁	(말 끊!) 시대착오적이라 적용하지 않은 지 오래됐고, 그래서 있는지도 모르는 사람이 더 많지만 있긴 있죠.
박민환	(말하려는데)

유지혁   (말 끊!) 그 이유는 사내연애가 업무에 영향을 미치기 때문입니다. 오늘 박민환 대리의 행동처럼.

박민환   (...기분 나빠!) 있는지 아무도 모르는 사규 말고 상식 이야기나 하죠. 어제 뭡니까? 내 여자 친구 스토킹하세요? 아니면... 쌍방?

지혁이 뭐라고 이야기할까 잠깐 긴장 조성되는데.

유지혁   ...그 골목 바로 뒤에,

박민환   (?)

유지혁   우리 회사 물류창고로 쓰는 건물이 있어요.

민환의 표정에서.

INSERT. 5부 42씬 문 닫은 창고 건물 앞에 앉아있는 민환의 얼굴에서 카메라 틸트업하면 'U&K유통 태정물류창고'

민환의 표정 깨달음+헐!!

유지혁   가던 중 내 직원의 안전이 심각하게 위협받는 모습을 봤죠.

박민환   아니이~ 그쪽 직원이지만 내 여자고오~~ 그건 사생활(인데...)

유지혁   업무에 영향을 미치니까. 오늘 출근하자마자 박민환 대리가 보인 모습처럼.

박민환   (말문 막!)

유지혁   나이를 먹는다고 누구나 어른이 되진 않아요. 남자가 되지도 않고.
남자가 아니라 어린애를 만나면 여자는 불행해지죠.
강지원 씨를 위해서라도 헤어지는 게 낫겠군요.

박민환   뭐? 하... 이건 선 넘으시는 건데요.
아무리 상사라도 직원들 연애에 끼어드는 건 아니죠.

유지혁   (말 끊!) 그럼 내가 강지원 씨 좋아해서 그런 거라고 하든가.

박민환   (헉!) 뭐, 뭐요? 지금 뭐라고... (했어요?)

유지혁   뭐가 되었든! (확실한 위협으로) 다신, 손대지 마요.

박민환   (움찔) 아니 그게 지금... 내, 내가... 뭘 손댔다고. 그 정도가, 뭐...

유지혁   (조그맣게 중얼) 지금 몇 시지?

박민환   (응?)

지혁이 번개같이 민환의 팔을 꺾어 (민환이 지원에게 했던 것처럼, 더 아프게)
민환("아! 아아!" 많이 아픈)의 손목시계를 확인한다.

유지혁   11시 반이네. (보면)

박민환   (놀람+아픔) 어... 어...

유지혁   손댄 거 아니죠?

박민환   (헐... 뭐라고 대답해) 어...?

유지혁   손댄 거 아니죠?

박민환   (끄덕끄덕끄덕끄덕)

유지혁   (인상 팍)

박민환   (아, 아닌가? 얼른 도리도리도리도리!)

유지혁   다신 강지원 씨에게 손 안 댈 수 있어요?

박민환   (끄덕끄덕끄덕!)

유지혁   어제 문제도 어른스럽게 넘어가고?

박민환   (진짜 싫은데!)

유지혁   (팔 꽉!)

박민환   (끄덕끄덕끄덕!)

지혁, 민환의 팔 놔주고 확실한 경고로 고개 끄덕여 보인 후 돌아서면,

박민환   (소름 돋은 팔 어루만지며) 저 새끼 뭐야 진짜...

CUT TO.

같은 장소인데 민환 자기 자신에게 도취해 담배 피울 때와 달리 쭈그리고 앉아서 담배 들고 곰곰이 생각 중이다. 그러다가.

강지원(OFF)　　민환 씨?

지원의 목소리에 깜짝 놀라 또 데일 뻔하고.

박민환　　(성질!) 야, 너는 애가 왜 기척도 없이 다녀?
　　　　　진짜 맘에 안 든다 안 든다 하니까 가지가지… 하 씨, 진짜…
강지원　　(보다가) …어제 화 많이 난 거 알아. 생각해봤는데…
강지원(E)　여기서 헤어져도 정수민과 뭐가 될까? 뭔가 진행 중이긴 한 거 같은데…
박민환　　야! 어제 아팠냐? 손댄 건 미안하다!
강지원　　(이게 무슨 상황이야?)
박민환　　하지만! 너도 잘못한 거 알지? 네가 얼마나 오버떨었으면 그 새끼가
　　　　　나서겠어? 나 여자한테 손대는 병신 아니다. 폭력은 범죄야!
　　　　　넌 어제 네 남친을 범죄자 취급한 거라고. 사과해!

FLASH CUT. 1부 24씬 지원을 내리치려고 하는 폭력적인 민환의 얼굴

강지원(E)　꼴값이란 무엇인가.
강지원　　(별로 안 미안하지만) …미안.
박민환　　하… 나 진짜. 너 멍청한 것 땜에 미치겠다. 그동안은 너니까 내 성질
　　　　　받아주지 싶어서 참았는데, 이제 교육 좀 해야겠어.

민환 꼴값 떨며 지원의 코 튕기고 돌아서면.
어이도 없고 기가 막힌 지원, 보다가 뒤따라가면서 살짝 이상.

강지원(E)　(앞서가는 민환 보며) 너무 쉽게 넘어가는데?

이래도 헤어져지지는 않는 건가? 아니면 뭔가 달라졌나?

박민환(E) (앞서가며) 암만 생각해도 유지혁을 잡을 건덕지가 없어.

어제 만난 건 물류창고 가려다가 봤다고 하고, 나도 좋은 소리 들을 거 없는 상황이고. 게다가 부장. 아오~~ 맘에 안 들어~~

박민환 (괜히 성질!) 빨랑 안 와?!

강지원 (조금 빨리 걸어 보조 맞추며) 어젠 바로 집에 갔어?

박민환 (움찔) 그, 그럼 어딜 가?

강지원 (뭔가 있네!)

두 사람 보조 맞춰 걷고 있지만 각자 딴생각 중.

강지원(E) 뭔가 있어. 아니면 이렇게 넘어갈 리가.

박민환(E) 어쨌든 얘만큼 결혼하기 좋은 여자를 만나기도 쉽지 않아.

유지혁이 껄떡대는 거야... (지원 본다) 얜 나밖에 모르니까.

강지원(E) 정신 똑바로 차려야겠어.

박민환 (걸음 멈추고 새삼 지원 잡으며) 너 정신 똑바로 차려라.

강지원 (뭐여... 싶다가 생긋) 응, 그래야지.

서로 동상이몽 중인 두 사람에서,

씬17. 16층 사무실(낮)

지원과 민환이 들어오는데,
경욱이 뭔가 강요하는 듯 주란 살짝 몸 수그린 채 곤란한 표정이다.
그러다가 주란 지원과 눈 마주치면 바로 피하는.
불길한 예감-

김경욱 (일어나서 지혁의 자리로) 부장님, 식사하시고 바로 들어오십니까?

유지혁	(재킷 걸쳐 입는 중) 필요하신 부분이라도?
김경욱	기가 찬 기획안이 하나 있어서 말입니다!
강지원	(얼굴 굳고)

지혁이 고개 돌려 지원 보면
표정 숨기려 얼른 시선 떨어뜨리지만.

유지혁	(뭔가 있네) ...좀 보죠. 오늘은 일정이 있어서.
김경욱	아? 뭐 그러시면 내일도 괜찮습니다! (충성충성)
유지혁	(나가면서) 점심 맛있게 드세요. ...모두.

'모두'라고 말할 때 지원의 얼굴 다시 보는 지혁.
다들 '다녀오세요.' '맛있게 드세요!' 한마디씩 하는 와중에
지원의 뒤쪽으로 향하면서 거리 좁혀지고, (슬로우)
두 사람 모두 무표정으로 묵례하고 시선 떨어지고 서로 다른 곳을 보지만 텐션 확실하게.
지원, 등 뒤로 스쳐 지나가는 지혁의 느낌 생생해서 떨치려 눈 감는 위로,
유지혁(E) "앞으로 강지원 씨를 대하는 매 순간, 신경 쓰고 조심하라고 해요." / "강지원 씨는... 다시 한번만 생각해주면 좋겠고." / "내가...
(좋아해요)"
'좋아해요' 할 차례인데.

김경욱(OFF)	떼잉~~ 하여튼 어린놈들은 일 순서를 몰라.
강지원	(눈 번쩍, 정신도 번쩍!)
김경욱	지 복 지가 차는 거지. 지 아니면 내가 끈이 없나? (꿍꿍이)
강지워니! 나랑 점심 먹자? (주란에게) 알지? 거기로 데리고 와.

지원은 대답하기도 전에 경욱이 (기획안 들고) 쌩 가버리면.
쭈뼛 서 있는 주란에게 애매하게 살짝 웃어 보이고,

강지원   (민환에게) 이렇게 됐네. 난 점심 패스!

박민환   아, 그럼...? (하고 수민 보는데)

평소와 달리 수민 살짝 눈 내리깔고 흠흠, 새초롬하고.

민환은 살짝 어색+긴장되어 보인다.

느낌 있는 지원!

정수민   나 밥 생각 없어. 그냥 내려가서 커피나 한잔 마실래.

강지원(E) (수민 보며) 정말 뭐가 시작되었어.

박민환   (수민에게서 눈을 떼지 못하는데)

강지원(E) 아주 몸이 달았네. 투명한 시키.

강지원   (잠깐 생각하다가) 넌 한 끼 굶으면 바로 티 나서 안 돼. 안 그래도 마른 애가.

(민환에게) 민환 씨가 나 대신 수민이 좀 데리고 나가서 맛있는 거 사줘라.

박민환   맛있는 거?

강지원   내가 사주고 싶지만 어떡해? 과장님이 부르시니. (카드 꺼내며) 부탁해.

수민환   (아닌 척하지만 오가는 시선 완전히 떡밥 물었고)

강지원   마음 표현은 카드로! 분위기 좋은 데서 드세요~!

지원 방긋 웃었지만 주란을 향해 돌아섰을 때는 살짝 복잡하고.

씬18. 일식집(낮)

중급 일식집(법카 사용할 법한)에 지원과 주란 앉아있는데 매우 어색하다.

서로 안 좋은 예감 때문에 눈치만 보는데.

김경욱   아, 미안미안! (요란하게 들어오는데 손에 기획안은 없다)
         일이 느무 많네그래, 많이 기다렸어?
지원/주란 (인사하고) 아닙니다.

         초밥 바로 서빙되는 동안.

김경욱   왕홍인 상무님 알지? 마케팅 상무님.

         FLASH CUT. 4부 5씬 왕홍인 상무의 기름진 얼굴

김경욱   그분이 내 사돈어른의 팔촌 되시거든. 그러다 보니 보필할 일이 많아.
         으이구… 아무것도 모르고 월급만 받는 게 을마나 편한지 모르지.

         지원 어이없지만 그냥 고개 푹 숙이고 세팅만 달그락.
         살짝 신이 난 경욱, 손으로 광어초밥 덥석 집어 초장 찍어 먹으며.

김경욱   난 간장은 뭔 맛인지 모르겠더라고. 회는 초장이지, 안 그래?
         어어? 왜 안 먹어? 먹어! 먹어!
양주란   (눈치 보다가 자기도 젓가락으로 초장 찍어 먹는데)
강지원   (젓가락으로 간장 찍어서 하나 입에 넣고)
김경욱   먹을 줄 모르네. 초밥은 젓가락으로 먹는 거 아냐.
강지원   (표정)
김경욱   하지만 먹을 줄 몰라도 인복은 있어.
         나 같은 상사가 어딨냐? 아이디어 하나 덜렁 들고 온 애한테 일 잘하
         는 양주란이 붙여줘 예쁜 사원 붙여줘… 그것도 모자라 응? 상무 연줄
         까지 대줘!
지원/주란 (표정)
김경욱   허술한 데는 많아도 어떻게 해봐야지.
강지원   열심히 하겠습니다.

김경욱 으이구~ 그런 문제가 아니야. 대리급이 열심히 해서 되는 게 아니라고.

강지원 (입술만 꾹)

김경욱 강 대리 일하는 걸 방해할 생각은 없어. 내 이름을 빌려주겠다는 거야. 내가 다~~ 일이 되게 하려고 하는 거지 안되게 하려는 거겠어?

강지원(E) 일은 내가 하고 자기는 날로 먹겠다는 말을 돌려 하지도 않네.

김경욱 아, 그리고 보니까 너무 허황돼. 이러면 실행이 안 되지.
언제 진짜 맛집들을 섭외해서 밀키트로 만들고 있어? 그냥 있는 거 포장이랑 재료나 좀 바꿔서... 거 뭐냐? 유명한 쉐프들 이름만 빌려와서 브랜드 만들고 우리 회사 유통망 실어서 배송하면 딱이겠네.

강지원 (헐?) 그건 의미가...

김경욱 잘 밀어붙이면 올여름 론칭도 되겠어. (낄낄) 3분 미트볼도 포장만 잘하고 유명인 이름 붙이면 고오급 스테이크지 뭐!

강지원 그건 힘들 것 같습니다. 의미도 없고요.

양주란 (움찔)

김경욱 (인상) 뭐?

강지원 이 기획안은 줄을 서야만 먹을 수 있던 맛집들의 요리, 아니면 적어도 그에 준하는 요리를 만들기 편한 방식으로 집에서 즐길 수 있다는 게 핵심입니다. 좋은 음식을, 쉽게.

김경욱 그건 또 무슨 논리야!!! 그 핵심은 네 핵심이지!

강지원 (움찔하는데)

김경욱 내 핵심은 이걸로 난 차장 달고 양주란이는 과장 달고, 어?

강지원 (주란 힐끗 보면)

양주란 (불편)

김경욱 네 앞길도 트이는 거야. 너 정도급은 시키는 일을 하는 게 제일 편하다고.

강지원 (말이 안 통하는데)

김경욱 넌 안 되겠다. (절레절레) 고집만 세고 일을 할 줄을 몰라. 멍청하긴.

강지원 하지만 그러면 이 기획의 의미가...

김경욱 됐고! 넌 여기서 빠져.

양주란	과장님!
강지원	과장님! 전 그냥 제 기획안의 핵심이...
김경욱	너 웃긴다? 이 기획이 왜 네 거야? 엄밀히 말하면 회사 거야.
	내가 개발해보라고 승인했고 또, 양 대리도 도와줬다며? 양 대리 아이
	디어는 어쩔 거야? 다 같이 하는 건데 왜 네 맘대로만 하려고 해? 회사
	하루 이틀 다닐 거야?
강지원	(표정)

FLASH CUT. 1부 24씬 정수민 "넌 어차피 죽을 거잖아. 왜 그렇게 너만 생각해?"

강지원(E)	왜... 이런 인간들이 하는 말들은 다 비슷할까.
김경욱	넌 오늘부로 손 떼고 양주란 대리와 정수민 사원에게 인계해!

주란은 어쩔 줄 몰라 하고,
지원 역시 어쩔 줄 모르는 거에 더해 분노가 있는 상황에서.

씬19. 고급 레스토랑(낮)

리스토란테급의 레스토랑. (인테리어, 커트러리 화려+고상)
직원의 안내를 받아 들어오는 수민환, 직원이 수민의 의자 빼주고.

정수민	여기 엄청 좋은 데 아니에요?
박민환	(지가 돈 내는 듯 뻐기며) 수민 씨 대접하기에는 좀 아쉽죠.
정수민	(박수 짝짝) 와아... 나 너무 행복해!

민환, 재벌남 빙의해서 웃어 보이고 두 손가락 들어 직원 부른다.

박민환　런치코스, 제일 비싼 걸로.

직원　와인은 어떻게 하시겠습니까?

박민환　(점잖점잖) 와인은 오늘 뭐가 괜찮나...

직원　오늘 준비된 코스에 페어링하기 좋은 와인은... (리스트 보여주며)

　　　　직원의 설명(mute), 아는 것처럼 대화하는 민환을 보는 수민.
　　　　편하게 미소 짓고 있지만 머리는 팽팽 돌아가는 중.

정수민(E)　확실히 괜찮은 남자야. 매너도 좋고, 아는 것도 많고, 대기업 직원에...
　　　　강지원이 만난 남자 중엔 제일 괜찮아.

　　　　잘 아는 것처럼 직원과 대화하며 민환, 와인 고르는 중인 듯하지만.

박민환(E)　뭔 소린지 하나도 모르겠네. (수민 힐끗 보면)

정수민　(턱 괴고 방긋)

박민환(E)　이쁜 것! ...이제 나한테 완존 넘어온 거겠지?

　　　　직원 가면.

박민환　...어제는 좀 푹 쉬었어요?

정수민　(의미심장하게 웃고) 한숨도 못 잤죠. ...오빠는?

박민환　(훗) 내가 잤겠어어?

씬20. 수민 원룸/민환의 집_분할화면(낮)

　　　　침 흘리면서까지 떡수면 중이었던 수민 (알람!) 비몽사몽 일어나 입가
　　　　에 침 닦고..
　　　　웃통 벗고 잠옷 바지만 입은 채 이불 걷어차고 코 골던 민환 (알람!)

깜짝야! 하고 벌떡!

씬21. 고급 레스토랑(낮)

두 사람 씩 웃고 건배한 후 저마다 생각으로 와인 들어 홀짝~!

씬22. 일식집(낮)

지원의 자리 비워져 있고 경욱과 주란만.

양주란　과장님, 진짜 강 대리 빼실 거예요?

김경욱　(먹으면서) 왜? 걔 없이 진행 안 돼?

양주란　발안자를 빼는 건 좀... 틀린 말 한 것도 아니고요.
　　　　부족한 제 생각에도 기존 제품에 포장만 바꿔서 내는 건 좀...

김경욱　누가 그런대?

양주란　(어?)

김경욱　공정은 좀 단순화해야겠지만 그럴 순 없지. 밀키트로 제대로 갈 거야.
　　　　일단 괜찮은 맛집 리스트 뽑아봐. 딱 들어도 사람들 알 만한 데로.

양주란　하지만 아까는...

김경욱　왕홍인 상무님이 밀어주실 거야. 근데 사람 이름 너무 많다시잖아.
　　　　상무님 이름도 올라가야 하니까.

양주란　(충격) 그럼, 일부러...

김경욱　음식은 어차피 거기서 거기니까 사업 좀 아는 가게를 찾아.
　　　　간판(얼굴이라는 시늉) 좋아서 얼굴까지 박을 수 있으면 더 좋고.

양주란　(이 인간은 진짜 양아치잖아)

김경욱　정신 차려! 그럼 널 뺄까? 막말로 나 아니었으면 이 기획안으로 과장
　　　　다는 게 너겠니 강지원이겠니?

양주란   (맞는 말이지만 이건 아닌 거 같은데)

씬23. 거리 일각(낮)

혼자 걷고 있는 지원, 마음이 복잡하다.

강지원(E) 어떻게 해야 하는 거지. 41살까지 살았어도 이런 상황에서 싸워본 적
은 없어.
이 정도 작정하고 날 쳐내기로 맘먹으면 어떻게 해야 할지 모른다.
싸우기로 결심했지만, 어떻게 싸워야 하는 건지...

힘 다 빠져 터덜터덜 걷는데 문자 와서 확인해보면,
[유일카드 사용 내역 : 리스토란떼 피레노 340,000원]

강지원   (놀라) 34만 원???????

우뚝 서서 순간 모든 생각 날아가 버리고 황당하기만.

강지원   하! (기가 차서 웃음이) 그래... 이런 거였지.

지원의 눈빛 변하면서,

강지원(E) (자기 뺨 철썩철썩! 기합!) 싸우는 법을 몰라서 그렇게 끔찍하게 살았
었잖아.
모르면 배우면 돼. 양심 같은 거 없는 인간들한테 다 빼앗기는 거 그
만해야지. (이 꽉 물) 이번에는 그 어떤 것도 뺏기지 않아.

단호한 표정으로 옷매무새 가다듬고! 자세 바로잡고!

힘 빡 들어가서 결연하게 워킹하는 위로.

강지원(E) 이번에 나는, 빼앗을 수 있는 사람이 되겠어.
그리고 그럴 수 있는 위치에서 그러지 않는 사람이 되겠어.

멀리서 식사하고 (다른 중역들 몇몇과) 나오던 지혁 그 모습 보는 데
서 연결.

씬24. 마케팅 상무실(낮)

지혁 기획안 받아들고 본다.

왕흥인 뭐 유 부장 따돌리고 나한테 바로 온 건 아니고.
김 과장이 먼~ 친척이거든. 일은 잘하는데 운이 좀 없었어.
근데 이번에 괜찮은 이야기를 하지 뭐야?

지혁 받아든 기획안 다시 한번 보는데.

INSERT. '1인 가구 시대 밀키트 제안' 기획안 표지 총괄 '상무 왕흥인'
발안자 '과장 김경욱' 그 아래로 '대리 양주란/사원 정수민'

FLASH CUT. 4부 22씬 강지원 "밀키트 하나 기획 중이고."

왕흥인 내가 친척이라고 밀어주는 건 아니고,
개발팀에 체크해 봤더니 꽤 괜찮다고 하네?
유지혁 (말없이 넘겨보고)
왕흥인 진행해봐 한번. ...그나저나 유 부장 인사평가가 너무 박하더라.
리더라는 게 아랫사람들 적당히 키워줄 줄도 알아야지,

사람이 너무 맑은 물이면 고기가 못 살아.

그... (김경욱) 너무 지금 오랫동안 과장이잖아. 나이가 있는데.

유지혁　(무반응) 체크해 보겠습니다.

왕흥인　그래그래, 잘해봐.

지혁 꾸벅 인사하고 돌아서서 나가면.

왕흥인　(문 닫히자마자) 저건 항상 왜 저렇게 뻣뻣해?

지가 유 씨면 뭐! 회장님 사돈에 팔촌이라도 돼?? (어 잠깐. 진짜 그런가?)

씬25. 회사 복도(낮)

지혁 잠깐 생각하다가 핸드폰 꺼내 문자 날리고 걷기 시작-

씬26. 16층 사무실(낮)

강지원(E)　(지혁 보면서) 전에는 한 번도 부장님의 도움을 요청할 생각 같은 건 하지 않았어. 하지만...

하는데 메신저 창이 깜빡이면서,

[유지혁 부장 : 전에 한강에서 기획안 쓰고 있던 거 어떻게 됐어요?]

제때에 날아온 지혁의 메시지에 숨 들이마시는 지원.

강지원(E)　보기보다 예리한 사람이다.

다 말하고 도움을 청한다면, 어쩌면, 모든 게 간단해질 수도 있을까?

강렬한 유혹에 지원 눈 질끈 감는데.

FLASH CUT. 5부 39씬 유지혁 "내가 많이 좋아해요."

강지원   (절레절레) 지금은 그럴 수 없잖아.

지원 정신 차리고 타이핑.
[강지원 : 열심히 쓰고 있습니다. 감사합니다.]

씬27. 회사 복도(낮)

걸으면서 지원의 메시지 보고 흠, 싶어서 경욱이 제출한 기획안 보고
다시 문자.

씬28. 16층 사무실(낮)

[유지혁 부장 : 오늘 저녁에는 약속 있어요?]
지원 심란해져서 어떻게 해야 하나 고민하다가.
[강지원 : 업무가 늦게 끝날 것 같습니다.]
[유지혁 부장 : 업무보다 더 중요한 일이 있으니 시간 좀 내죠.]
이걸 어떻게 해야 하나 자판 위에서 누를까 말까 손가락 움찔거리는데.
[유지혁 부장 : 데이트 신청 아니니 걱정하지 말고.]
어? 싶은 지원의 얼굴에서.

씬29. U&K 회사 앞 거리(밤)

지원이 나와서 두리번거리는데 한쪽에서 빵- 하고 클락션 울리고,
깜짝 놀라 달려가서 얼른 차에 올라타는데, (괜히 누가 볼까)

그 모습 수민이 보고 있다. (지혁은 못 보고, 차는 보지만 누구 차인지는 모르는 상태)

정수민　누구 차를 타는 거지?

박민환　수민 씨? 뭐 해요? 이제 퇴근하는 건가?

정수민　아, 박 대리님! (생각 좀 하다가 방긋) 지원이랑 얘기 좀 할까 했는데...

박민환　(움찔) 지, 지원이랑? 무슨 얘기??

정수민　(의미심장) 그 얘기를 그냥 박 대리님이랑 할까요오??

수민 눈 한껏 반달로 만들며 웃으면 거리의 밤 조명 얼굴 위로 반짝반짝.
민환 홀린 표정에서 등 뒤의 버스정류장에 붙어 있는 터치 텐트 포스터로.
우렁차게 서 있는 텐트 앞에 남자 하나가 상의 탈의한 채 허리에 손 짚고 당당하게 서 있다. (혹은 남자의 자신감 자세!)
[던지기만 하면 바로 텐트가 쳐집니다! 간편하게 즐기는 캠핑! 원터치 텐트! (사이즈 小)]

씬30. 지혁의 차 안(밤)

지원 일단 타기는 했는데 매우 불편하고.

강지원　저, 무슨 일인지라도 알려주시면...

유지혁　도와달라고 말할 거 같진 않고,

강지원　(찔려)

유지혁　도움이 될 만한 일을 하는 거죠.

강지원　부장님, 전...

유지혁　아무 대가 없이.

강지원　부장님 이러시는 거 불편해요.

유지혁	왜? 대가가 있는 걸 좋아해요?
강지원	(어? 그건 아니지만)
유지혁	그냥 받아보는 게 어때요? 대가 없는 호의.
	난 내가 좋아서 하는 일에 대가를 원하는 사람이 아니에요.
	이렇게 맘껏 이용할 수 있는 사람 만나기도 쉽지 않아.
강지원	하지만 그건! (고개 돌려 지혁 보면)
유지혁	그게 불편하면 상사로서.

마침 신호에 걸린 차 멈춰 서고,
지혁이 고개 돌려 지원 보면 두 사람의 시선 생각보다 가깝다.
당황한 지원 먼저 고개 돌려버리고.
살짝 아쉽지만 신호 바뀌면 지혁이 다시 차 출발시키는 데까지.

씬31. 유도장 전경(밤)

까만 밤에 체육관에만 노란불이 켜져 있다.

씬32. 유도장 내부(밤)

지원과 지혁 들어오면 한쪽에 탕수육과 자장면, 짬뽕 비닐 뜯고 있던
신우, 동석.

신우/동석	(벌떡 일어나며) 형, 오셨어요?!
조동석	(지원 보고) 누님, 안녕하십니까! 여전히 아름다우십니다!
강지원	전에 뵌 적이... 있나요?
조동석	(지혁 보면)
유지혁	(인상)

김신우   (얼른) 앤 미인만 보면 아는 척합니다! 안녕하세요. 전 김신우, 얘는
         조동석이에요!!

강지원   아, 안녕하세요.

유지혁   동아리 후배들이에요.

조동석   유도 좋아하세요? (친근) 저 국가대표 상비군이었는데요. 아, 태권도
         상비군이었지만 유도, 잘합니다.

강지원   (어쩔 줄 모르는데) 이게 무슨...

유지혁   중식, 괜찮죠?

CUT TO. 빈 그릇에서
지혁이 화끈하게 신우를 팡!!! 넘긴다! (다 도복으로 바꿔 입은 상태)

김신우   으윽...

조동석   (와, 센데?? 했다가) 방금 보셨던 것처럼 한 번에 넘기는 거예요.
         유도는 기본적으로 물리거든요. 지렛대 생각하면 쉬워요. 잡고, 넘긴다!

강지원   (동석의 도복 자락 잡으며) 여길 잡고,

조동석   그렇죠, 발 걸고...!

강지원   (확 당기면)

조동석   (알아서 핵 넘어가 주는) 자알~ 하셨어요! 방금 그 템포! ...에서 손이
         한참 더 빨리 당겨야 하지만!

유지혁   (엄격) 그냥 넘어가지 마. 실전으로 쓸 수 있어야 돼.

조동석   (벌떡 일어나며) 그렇다면 좀 더 하드하게 해보죠.

지원이 동석을 당기고, 발 걸고, 몇 번이고 넘기려고 하는데 잘 안되는
위로.
유지혁 "소리 내요. 안에 가두고 있지 말고, 힘껏!"
강지원 처음에는 조그맣게 "하잇! / 압!" 정도지만 (크게 소리 질러본
적도 없다)
유지혁 "더! 더! 기합! 더! 압!"도 같이 기합 소리 내주면,

두 사람의 목소리 교차하며 점점 커지고,

점점 집중하면서 지원의 눈빛도 살아나고,

마지막 한순간 손과 발이 완벽하게 맞으면서 동석 진짜로 넘어간다!

강지원   (될 줄 몰라 눈 감았다가) 됐다아아아아!

조동석   됐어요, 누나! 됐다고요!

지원동석 너무 좋아 '누나아아아' 하고 손을 맞잡을.. 뻔했는데,

유지혁   (동석 확 당겨서 두 사람 떼어놓으며) 이제 기초는 된 거 같으니.

조동석   (오잉?)

유지혁   실전으로 들어가요.

강지원   실전...이요?

유지혁   동석인 국가대표 상비군이었어서 넘어가는 법을 알아요.

　　　　　일반인을 넘겨봐야죠. (그게 바로 나)

강지원   국가대표를 넘긴 게 더 대단한 거 아니에요?

조동석   (눈치...)

유지혁   내 말은 안 믿으니... (동석 쳐다보면)

조동석   일반인을 넘겨봐야 하는 게 맞아요. 무게 중심을 다르게 잡거든요.

　　　　　물론 형은- 운동선수에 필적하게 몸을 쓰는 사람-

유지혁   (말 끊고) 해봐요.

동석이 눈치껏 빠지면 지혁과 둘이 서 있게 되고 지원은 긴장-

유지혁   이기기 위한 시작은 일단 매트 위에 올라서서 상대를 마주 보는 거.

강지원   (느낌 있다!)

FLASH CUT. 6부 23씬 강지원 "싸우기로 결심했지만, 어떻게 싸워야

하는 건지..."

강지원(E) 이건 싸우는 법이다! (눈빛 변하는)

유지혁 잡고.

강지원 (지혁의 도복 자락을 잡으려 손 뻗는데)

유지혁 (몸 확 뺀다)

강지원 (보면)

유지혁 보통은 쉽게 잡혀주지 않아요. 하지만...
(잡으라고 내어주며) 때론 내어주기도 해요.

강지원 (뭐야... 싶지만 도복 자락 잡고 이 꽉 깨물어 힘쓰는데)

유지혁 (꿈쩍도 하지 않으며) 어차피 못 넘길 거 아니까.

강지원 이번엔 진짜 넘겨요.

유지혁 넘겨야지. 하겠다고 맘먹은 거 아니에요?

강지원 (보면)

유지혁 싸울까 말까 망설이는 거라면 애당초 매트 위에 서지 마요.
일단 매트 위에 섰다면 생각할 건 딱 하나예요. 넘긴다.

강지원 (오기 돋는데) 넘긴...다.

조동석 제대로 잡고!

지원, 한층 야무지게 지혁의 도복 자락을 꼬아 붙잡는다.

동석/신우 기합!!!!

강지원 하아아아압!!

지원이 있는 힘 없는 힘 다 끌어모아 넘기려고 하지만 꿈쩍도 않는 지혁,
오히려 당기는 지원의 힘을 이용해 몸 비틀어 열어주면.

강지원 헉! (균형 잃고)

지혁, 잽싸게 지원의 등 쪽 받쳐 잡아 중심 잡는다.
마주 보는 두 사람, 지혁은 무표정인데 지원 당황한 표정 그대로 드러

나고.

유지혁 　(일으켜 세워주며) 유도는 기본적으로 밀당이에요.
　　　　싸워야 하는데 내 힘만으로 안 될 때, 상대방의 힘을 이용하는 거죠.
강지원 　(살짝 감정의 동요 생겼다가)
유지혁 　...물론 나는 굳이 직접 싸우지 않는 것도 괜찮다고 생각해요. (잡으란
　　　　시늉)
강지원 　(잡고)
유지혁 　도움을 청하는 거죠. 누군가 대신 싸워줄 수 있는 (나 같은 사람에게)
강지원 　(지혁 보다가 갑자기 이 악물고 확!) 으아아아아아아앗!

있는 힘을 다해 도복 자락 움켜쥔 손 비틀며 다리를 거는 척하다가 바
깥으로 걸며 밀어버리는! (동요를 느끼는 것 같았다가 급습한 느낌으로!)
팡-!(E) 나가떨어지는 지혁!
힘이 달린 지원도 그대로 균형 무너지며 딸려가 지혁의 가슴 짚고!
지원의 이마에서 땀방울 슬로우로 똑 떨어져서 지혁의 옷자락으로.
로맨스의 클리셰 같은 포즈지만 로맨스보다는..

강지원 　(기쁜) 됐다아아!!!
유지혁 　(살짝 웃을까 말까)
강지원 　(뒹굴 굴러서 지혁과 나란히 누우며) 됐다! 방금, 진짜 됐어!
　　　　(지혁 보며) 내가 제대로 안 할 거라고 생각했죠? 방심했어!! 그죠?!

지혁도 지원 보는데 각도 5부 3씬 두 사람이 나란히 누워 있을 때 느
낌 살짝 나면.

FLASH CUT. 5부 3씬 호숫가 장면 오로지 지원 시점으로, 지혁 얼굴
안 보이고.

강지원 (어? 뭔가 생각이 날듯 말듯)

유지혁 (아주 슬쩍 머리 터치) 잘했어요. (먼저 일어나고)

지원 저도 모르게 지혁의 뒷모습 시선으로 따라가며 방금 뭐였지? 싶고.
지혁은 등 돌렸을 때야 조금 만족스럽게 웃는 위로.

CUT TO. 한쪽에서 보고 있던 동석과 신우

조동석 야, 근데 실전에 써야 한다고 나한테 넘어가 주지 말라고 하지 않았냐?

김신우 (절레절레) 방금 너무 그냥 넘어갔지. 완존 점프해서 넘어갔어.

..까지.

씬33. 지원 원룸 골목(밤)

지혁의 차 들어오고 멈춰 서면 지원 내린다.
인사 꾸벅하고 돌아섰던 지원 몇 걸음 가다가 다시 돌아와 운전석 앞
에 서고.

유지혁 (창문 내린다)

강지원 오늘 정말 감사했습니다.

유지혁 기합만 잊지 마요. 지원 씨는 정말 잘 싸울 수 있는 사람이에요.

강지원 쌈닭처럼요?

유지혁 (또 웃을 뻔) 세상에서 가장 정의로운 쌈닭이죠.

지원, 자기도 모르게 진심으로 웃는 데서 연결.

씬34. 탕비실(낮)

프린터에서 기획안 뽑고 있는 지원.
창 너머 경욱의 모습 보면서.

강지원　일단, 매트에 마주 선다.

단단한 지원의 표정에서 연결.

씬35. 16층 사무실(낮)

강지원　과장님, 말씀하신 것 반영해서 기획안 재작성해봤습니다.
김경욱　(띠껍게 보고만 있으면)
강지원　어제는 죄송했습니다.

지원이 고개 숙이면 경욱 네까짓 게 싫은 얼굴로 기획안 받아들고.
(과장 김경욱 아래로 대리 양주란/대리 강지원/사원 정수민)

CUT TO. 수민 자리
수민 모르는 척 타이핑 계속하면서 눈동자만 살짝 두 사람 보고 만족.

CUT TO. 경욱 자리

김경욱　(책상 위에 있던 기획안 툭 던지면서) 이게 내 거야.
니 아이디어가 세상 아무도 생각 못 한 너 혼자 건 줄 아니까 주는 거야.

INSERT. 기획안 표지 (강지원 이름 빠져있고 왕홍인 이름 들어가 있는)

강지원   (어? 하고 눈 휘둥그레)

김경욱   왜? 네 이름 빠져 있어서? 당연한 거 아냐?

         내 거였지만 이제 상무님급에서 움직이는 프로젝트가 된 거지.

강지원   (보는데)

김경욱   네 이름 들어갈 자리는 없어. 그래도 하고 싶으면...

강지원   (생각하다가 뭔가 생각이 있겠지... 싶은 표정에서) 기회를... 주십시오.

김경욱   그래? 지금 네가 준비한 거랑 통합해서 가지고 와.

         이름 올릴지 아닐지는 너 하는 거 보고 결정할 거니까

양주란   (아닐 거면서!!!!)

경욱이 건넨 서류 보는 지원의 결연한 표정 위로.

강지원(E) 미안해!

씬36. 여직원 휴게실(낮)

희연의 앞에 케이크 여러 조각과 커피 놓여있다.

강지원   나 많이 도와줬는데 상황이 엄청... 그렇다. 정말 미안해.

유희연   (시무룩해서) 정수민 사원 이름이 들어가야 한다는 거죠?

         은인님 이름도 넣어준다 만다 염병 중인데 신경 써주셔서 감사해요.

지원 마음이 안 좋고,

희연 어깨 축 늘어져서 포크 들어 바스크 치즈케이크 잘라 입에 넣었

는데.

눈이 번쩍 뜨이는 맛!

유희연   어? 이건... (휘둥그레) 마치 뉴질랜드를 뛰놀던 산양이 진짜 사랑하

는 남편의 두 번째 아이를 출산하고 여유롭게 짠 젖으로 만든 느낌이
나는 바스크 치즈케이크예요!

강지원   어?

유희연   이거 어디서 사신 거예요? (박스 뒤져본다) 베르테르?

강지원   아, 내 친구가 하는 레스토랑인데... (하는데 전화 와서 확인해보면 백
은호다)

마침 전화가 왔네. (전화 받으면)

씬37. 레스토랑 베르테르 주차장 뒤쪽/여직원 휴게실(낮)

은호는 영업 중. 전화하려고 잠깐 밖으로 나온 상태.

백은호   케이크 보낸 거 받았나?

강지원   안 그래도 지금 회사 동료랑 먹고 있는데.

유희연   (끼어들며) 이런 훌륭한 케이크를 보내신 당신은 누구신가요?
이것은 마치 사랑, 그 자체!

백은호   (당황) 어? 어?

강지원   (웃긴다) 엄청 맛있다는 소리야.

백은호   그래? (웃는) 다행이네. 내가 만든 거야.

강지원   직접? 네가 베이킹도 해?

백은호   중요한 사람들을 위한 디저트는 직접 만드니까.

씬38. 여직원 휴게실(낮)

희연, 편하게 통화하는 지원의 표정 보면서 뭔가 느낌 있다.

유희연   (지원이 전화 끊으면 먹으면서) 은인님, 그 친구분이랑 연애하세요?

강지원　(뜨끔) 아아니이? 무슨 말이야. 나 남친 있잖아.

유희연　아, 맞다. 그럼 단언컨대! 그 친구분은 은인님 좋아해요.

　　　　이렇게 맛있는 케이크를 보내는 거 마음 없으면 하기 힘들거든요.

강지원　(살짝 찔리는데)

유희연　그나저나 진짜 김 과장이 말한 대로 진행하실 거예요?

　　　　던인건대! 잘될 거 같시 않은데. 별 의미가 있나 싶고...

강지원　(화제 전환해서 다행) 욱한 내가 바보였어. 그렇게 진행 안 할 계획이

　　　　었더라.

유희연　네에?

강지원　나한테 자기 기획안이라고 준 거... 내 거에서 단어 몇 개만 고친 거야.

유희연　헐... 처음부터 대리님 까내려고 수 쓴 거예요?

　　　　진짜 몬때따 몬땠어. 못된 짓 생각해낼 머리로 일을 하지!

　　　　꼴배기 싫어서 어쩐대요?

강지원　(맞지만) ...유도는 밀당인 거 알아?

유희연　(으잉?)

강지원　김경욱은 날 너무 우습게 보고 있어.

　　　　방심하고 도복 자락을 내줬어. 내가 못 넘길 거라고 생각한 거야.

유희연　(오잉?) 갑자기 유도... 전 김경욱이 도복 입은 모습 상상하기 싫은데요.

강지원　(아하하!) 그냥 유도가 참 좋은 운동이더라고. 기합 넣으면 기분도 바

　　　　꾸고.

유희연　아아 기합! 뭔지 알죠알죠. 아무것도 아닌데 하면 달라지는 거.

　　　　(갑자기, 엄청난 성량으로) 으하아아아압!

엄청난 소리에 순간 휴게실의 모든 대화가 뚝 멈추고 시선 집중.

유희연　헉! (벌떡 일어나 90도 사죄) 죄송합니다! 죄송합니다!

　　　　(혀 날름 내밀고 귀엽게 케이크 퍼먹으며) 양 대리님은요?

씬39. 여직원 휴게실 앞(낮)

주란이 불편한 표정으로 쭈뼛쭈뼛 지원과 희연 훔쳐보고 있다.
문을 열고 들어갈까 손 뻗었다가 왠지 자신이 배신자 같은 느낌에 망설..

정수민 대리님!
양주란 어어, 수민 씨!
정수민 (안에 힐끗 보고) 저 지금 나가서 한정판 앙금케이크랑 커피 행사하는
거 사오려고 했거든요. 같이 안 가실래요?
양주란 어어? 그, 그래...

안쪽에 미련 남지만 수민에게 주춤주춤 끌려가는 주란.

씬40. 거리 일각(낮)

나란히 걷고 있는 두 사람. (돌아오는 길. 손에는 이미 간식 케이스.)

정수민 대리님이 마음이 불편하실 것 같아요. 일부러 그런 건 아닌데 과장님
결정 때문에. ...에효, 일 잘하는 것도 이럴 때는 문제라니까요.
양주란 아니야. 내가 잘해서가 아니라... (아닌 거 확실한데)
정수민 제가 지원이 정말 사랑하지만요- 뭐 일이라는 게 순리가 있는 거니까요.
너무 신경 쓰지 마세요! 대리님 잘못 하나 없어요.
양주란 (그런가...)
정수민 우리 지원이 다 좋은데 너무 꼿꼿하고 융통성 없어서.
아유, 어떡해요? 그 성격으로 한국대 간 애인데. 그런갑다 해야죠.
양주란 수민 씨는 진짜 좋은 친구네.
정수민 (팔짱) 양 대리님한테도 좋은 동생이고 싶어요.
전요... 지원이처럼 똑똑하지 않고 멍청해서 그런지 이번에 대리님이

잘되면 다음엔 저 잘될 거고... 다 그런 거라고 생각하거든요.

양주란   수민 씨가 왜 멍청해. 일도 잘하고 야무지고.

그리고 그게 맞아. 혼자 할 수 있는 건 없어. 특히 회사 일은.

정수민   그러니까요. 이번 프로젝트 진짜 잘해봐요!

양주란   으웅! (드디어 살짝 웃는)

한결 편해진 주란의 표정을 보고 '됐다!' 싶은 수민에서.

씬41. 16층 사무실(낮)

지원, 기획안 표지의 왕홍인 이름을 보면서 결연한 표정.

INSERT. (회상) 뉴스에 나오고 있는 왕홍인의 비행기 갑질 영상
'U&K푸드 마케팅 왕홍인 상무 기내 불법 폭행으로 경찰에게 인계' 자막 있고.
지원은 회귀 전이므로 지금과는 다른 옷차림, 머리스타일!

강지원(E)   김경욱의 도복 자락은 움켜쥐었다. 문제는 이걸 어떻게 넘기느냐...

하는데 지원의 뒤쪽으로 주란과 수민 들어온다.
지원 돌아보면 눈 마주치는데 주란은 피하고 수민은 방긋하고 손 흔들고.
지원의 마음은 복잡-

CUT TO.
수민과 주란, 지혁부터 시작해서 간식과 커피 하나씩 나눠주고.

정수민   (지원에게 와서) 우리 지원이는 특별히 꽃앙금! 우리 팀의 꽃이니까!

박민환	(풉!)
강지원	(빡!치지만 꾹 참고) 응, 고마워.
양주란	수민 씨가 항상 강 대리를 많이 챙기네.
강지원	(빡!치지만 또 참고 서류 정리하며 일 시작하는데)
양주란	언제 끝날 거 같아?
강지원	(본다)
양주란	(살짝 움찔하지만) 과장님께 제출하기 전에 공유하면 좋을 것 같아서. 나하고, (수민 눈치) 수민 씨한테. 뭐, 뭐 새로운 거 있으면 말야...

지원, 잠깐 생각하는 표정으로 주란 보다가 방긋(수민에게처럼 적대감은 아니고).

강지원	아, 안 그래도 홍보 전략을 생각해봤어요. 바로 공유할게요. 왕홍인 상무님 이름을 전면으로 내세우면 좋을 거 같아서요.

지원의 태도에 주란은 살짝 흔들리는데
그 모습에 살짝 생각 많은 지혁의 표정에서.

씬42. 시간 경과 몽타주(낮)

#16층 사무실
정신없이 오가는 사람들 위로 넘어가는 달력.
그 사이에 왕홍인이 와서 경욱 어깨 두드리고 힘 실어주는 것 포함.

#거리 일각
대로변의 커다란 전광판에
'식품 외길 30년 U&K 왕홍인 상무의 SPECIAL PROPOSE! U&K푸드가 전국의 맛집을 여러분의 식탁 위로 배송합니다!'라는 카피와 함께 떡볶이집(이수 애플하우스 무침군만두), 중식당(신길 별난아찌 매운짬뽕), 돼지김치찌개(새마을식당)들이 식탁 위에서 음식으로 바뀌는 광고. (직접 상호명이 들어가기보다 유행했던 유명 식당을 유추할 수 있는 그림을 보여주는 정도)

#마트 마케팅
상품들 쭈르륵 진열되어 있고 시식 사원들 일제히 음식 만든다. (+왕홍인 얼굴)
어떤 게 제일 맛있는지 스티커 붙이는 사람들.

#버스정류장
버스를 기다리면서 핸드폰으로 '무릎팍도사'를 시청 중인 학생이 보고 있는 화면.

씬43. 마케팅 상무실(낮)

INSERT. 무릎팍도사에서 연결. 웃고 있는 홍인 아래로 'U&K 마케팅 상무 왕홍인' 자막

홍인이 자기가 나오는 TV를 세상 재미나게 보고 있는데
똑똑 노크 소리와 함께 경욱이 들어온다.

김경욱 (군기 팍 잡혀서 90도로 인사!) 상무님! 부르셨숩니꽈앗!
왕홍인 (자리에서 벌떡 일어나 경욱에게로) 아이고, 이게 누구야!!
    우리 김 과장... 아니 김 차장 아닌가아!!!
김경욱 (콧구멍 벌름) 하하하! 왕 상무니이임!!
왕홍인 이쁘다 이쁘다 하니까 내 이름을 앞세우는 아이디어는 누가 생각해냈어어!!

김경욱   (얼굴에서)

FLASH CUT. 16층 사무실 강지원 "빠르게 주목받으려면 스타 마케팅 인데 지금은 연예인보다 믿을 수 있는 전문가를 내세우는 게 좋을 것 같아요. 왕홍인 상무님...이시라면 믿을 만한 얼굴이 될 것 같습니다."

김경욱   저죠! 얼굴 되고 능력 되는 U&K의 아이콘이 상무님밖에 더 있습니꽈 아아?

왕홍인   와하하하하!!!!!! 조아쓰!!! 일 한번 키워봐!!! 나 내일 출국할 거야.

김경욱   아? 출국이요?

왕홍인   유지혁이가 부장 단 게 미국 쪽 일 잘 풀어서잖아.
         나도 내년쯤 한번 뚫어볼까 했는데 느낌이 왔어. 이건 되는 거야!!
         (엄격) 선점에 만족할 생각하지 마. 계속 밀어내야 하는 거 알지?
         이 시장에 우리밖에 없을 때까지!!

김경욱   무자비하게 밀어내겠습니돠앗!

왕홍인   제대로 한번 해봐! 내가 뒤에 있으니까 맘껏!

         경욱, 흥분을 감출 수 없는데!

씬44. 16층 사무실(밤)

아무도 없는 사무실, 부분조명.
지원, 아직도 그녀의 이름이 올라가지 않은 기획안을 앞에 놓고 결연히 앉아있다.
화면에 '왕홍인 마케팅 상무 미국지사 방문 일정 7/3~' 공고 떠있고.

박민환(OFF)   뭐 하나?

강지원   (움찔해서 얼른 컴퓨터 끄며) 민환 씨, 퇴근 안 했어?

하는데 민환의 뒤에서 짜잔~ 하고 고개 쏙 내미는 수민.

정수민　　치킨 사왔지롱!!

치킨 봉투 들어보이는 수민, 자연스럽게 민환의 팔 살짝 잡고 있었다.
(지원은 보고)

정수민　　너 요즘 너무 열심히 일만 해. 삼총사 뭉친 게 언젠지 기억도 안 나.
박민환　　저도 얼굴 보기 힘든 앱니다.
　　　　　미련 그만 부려. 떠난 버스 쫓느라 배기가스 다 마시는 게 너 같은 애
　　　　　예요.
정수민　　(지원 목 끌어안으며) 민환 씨! 그런 말 하면 안 돼요!
　　　　　우리 지원이는 열심히 하는 거라고요.
　　　　　당장은 아니라도 하는 모든 일이 언젠가는 지원이에게 도움이 될 거
　　　　　니까!
강지원　　(손 살짝 풀어내며) 요즘 말야. 난 그게 싫어.
수민환　　(뭐가?)
강지원　　언젠가는 나한테 좋은 거. 그냥 열심히 하면 바로 나한테 좋았으면 좋
　　　　　겠어.
박민환　　뭐래? (치킨 뜯으며) 나 요즘 너 이럴 때마다 귀신 들렸나 싶다니까.
　　　　　(수민 자리 만들어주며) 수민 씨, 무슨 말인지 알겠어요?
정수민　　야아, 치킨이나 먹자. 치킨은 민환 씨가 쐈으니 2차는 내가 쏜다!!
강지원　　(두 사람 보다가 치킨 보고 수민이에게) 네가 좋아하는 간장치킨이네?
박민환　　(움찔)
강지원　　진짜 아쉽다. 나 외근인데. 미리 말이라도 해주지이...
박민환　　(짐짓) 야! 니가 먼저 말해야지! 너는 무슨 일을... (사실 좋음)
강지원　　그치? 사무실에서 밤에 치킨 뜯는 거 너무 좋은데.
　　　　　(창 쪽 책상 보면서) 민환 씨, 전에 우리 창 쪽으로 책상 밀고 야경 보
　　　　　면서 먹으니까 좋았잖아. 그렇게 먹어!! (수민에게) 진짜 분위기 짱이야.

박민환   맞아. 좋았지. 치킨 맛 두 배!

강지원(E) 사랑도 두 배 돼라.

정수민   꺄악! 나 해보고 싶어!!

강지원   그래그래, (시계 보는 척) 나 늦는다. 너무 아쉽지만 맛있게 먹어야 돼?

         지원이 손 흔들어주고 뛰어나가면
         수민과 민환 살짝 텐션 있는 남녀끼리의 어색함+서로 눈치 보기 있지만,
         이내 씨익 웃고 움직여 책상 옮기기 시작한다.
         알콩달콩 책상 옮기고 의자 붙여놓고 나란히 앉는 데까지-
         그리고 엘리베이터 홀 쪽에서 두 사람 보는 지원의 만족+쓸쓸한 표정
         에서.

씬45. 비행기 비즈니스석(낮)

         잔뜩 거만한 느낌의 홍인, 비즈니스 전용 통로로 보무도 당당하게 들
         어온다.
         그러는데 전화 와서 확인해보면 010-강지원 번호.

왕흥인   누구야?

강지원(F) 안녕하세요. 상무님.
         너티비 쇼케이스 때 한 번 뵈었습니다. 강지원 대리입니다.

왕흥인   으잉? 아니, 이거 진짜 돌아이였네. 너 따위가 내 번호 어떻게 알았어?

         홍인의 욕설에 비즈니스 승객들과 승무원들 웅성~

         CUT TO. 회사 옥상(낮)

강지원   아실 거라 생각합니다만 지금 진행 중이신 밀키트 기획은 제 겁니다.

제 이름이 빠지고 상무님 이름이 올라가 있는 부분에 대해 문제 제기
할 생각입니다.

왕흥인(F) (전화 저편 뭔가 시끄럽다가) 야, 너 끊어봐!

전화기 툭 끊기면 크게 한숨 내쉬고 일어서는 지원.
너무 긴장해 손이 저리다.
바람 불어오고, 저 멀리 스카이라인 보면서.

강지원   나는 넘어뜨리기 위해 최선을 다했어.
         넘어져라. 어차피 넘어질 거니까 지금 넘어져라. ...제발.

초조한 지원의 얼굴에서.

CUT TO. 비행기 비즈니스석(낮)
흥인 옆자리의 다른 승객이 정리인 모습 노려보다가.

왕흥인   (승무원에게) 야! 이리 와봐!

승무원 뛰어오면,

왕흥인   안 그래도 빡치는데 이거 뭐야? 내 옆자리에 왜 사람이 있어?

옆자리승객 (나?)

승무원1   아? (저 사람도 예약했으니까?? 싶지만) 예약하신 자리로 모셨습니다만,
         불편하신 부분 있을까요?

왕흥인   나 누군지 몰라? 왜. 내. 옆. 에. 사. 람. 이. 있. 어?

승무원1   (뭐라고 대답해야 할지 몰라 당황하면)

왕흥인   이제 씹네? 와... 어이없어 진짜. 이건 뭐 새까만 대리 새끼도 기획안
         이 지가 썼다고 지껄 줄 알지 않나~ 승무원 나부랭이는 말을 씹지 않
         나~ (들고 있는 신문으로 머리 툭툭) 니가. 월급을. 왜 받는지. 생각을

좀 하면. 하고 싶은. 말이. 있지. 않을. 까.

승무원1 (일단 참고) 빈 좌석 확인해드릴까요?

왕흥인 (모욕적으로 하라는 시늉하고 먼지 다 나게 자리에 털썩!) 하여튼 일을 제대로 하는 놈들이 없어.

승무원1 죄송합니다. (꾸벅 인사하고 돌아서는데)

왕흥인 야야!

승무원1 (다시 뛰어오면)

왕흥인 (보지도 않고 안전수칙 책자 허공에 던지면)

승무원1 (받고)

왕흥인 (꺼지라는 아주 모욕적인 손짓하며 핸드폰 통화버튼 누른다) 김 과장??

승무원1 (비즈니스 미소로 인사하고 돌아서고)

왕흥인 (쩌렁쩌렁) 강지원인가 뭔가 기획안 썼다는 애 제대로 처리 안 했어? 뭐어? 걔가 아직도 일 다 하고 있어?

아 그러니까 뭐 문제 삼네 뭐 하네 개같은 소리를 늘어놨구만!

김경욱(F) 네에에에? 걔가 상무님께 연락을 했어요?

왕흥인 그래! 지 이름 빠졌다고 문제 삼는다잖아!

그 개념 없는 물건 당장 찢어 죽여! 진짜 내가 열받아서...

다른승객들 (시끄러워)

왕흥인 (전화 끊고 냅킨 집어 들고 코 풍! 푼 다음 통로로 던지고) 야야! 너 와봐!

승무원1 (다시 뛰어오면)

왕흥인 너 아까 웃었지?

승무원1 네?

왕흥인 아까 나 통화하는데 웃었잖아. 나 무시하는 거야?

사무장 (다가와서) 죄송합니다, 상무님. (승무원1 뒤로 빼며) 다시 교육시키겠습니다.

상무님은 제가 직접 모시겠습니다.

왕흥인 (명찰에 '사무장' 표시 보고) 진즉 그럴 것이지. (하면서 의자 쭈욱 누우면)

사무장 아, 상무님. 이륙할 때까지는 의자를 바로 세워주시고 안전벨트를...

(하는데)

왕흥인 (옆에 있던 설명집으로 사무장 머리통을 팍!) 장난해??

사무장 (눈 가리고 주춤)

왕흥인 이거 진짜 안 되겠네. 야! 너보다 높은 애 불러봐!

사무장 제가 비즈니스 객실 담당 사무장입니다. 그리고 승무원 폭행은 불법... (팍!)

왕흥인 (다시 쳐놓고) 폭행이 무슨 말이야?? 좀 갖다 댄 걸로.

사무장 상무님, 승무원 폭행은...

왕흥인 이게 진짜. 내가 이렇게 들고 있는데! 니가 와서 부딪쳤잖아아!!!

사무장 이빨 꽉 깨물었다가 눈짓하면.
갤리에서 보고 있던 승무원1 잽싸게 인터폰 드는 데까지.

씬46. 거리 일각(밤)

홍인의 얼굴이 들어가 있는 U&K의 밀키트 광고가 나온 직후 뉴스 뜬다.
홍인(눈 가려진 채) 팔팔 뛰면서 기내에서 끌려나가는 모습 위로.
[U&K식품 마케팅 왕홍인 상무 기내 불법 폭행으로 경찰에게 인계]
(6부 41씬 컷과 동일 느낌. 옷만 좀 다르면. (일어날 일이 일어났다!))

씬47. 16층 사무실(낮)

주란 심란한 표정으로 홍인의 말과 행동 요약된 문서 인터넷으로 보고 있다.
[클라우드항공 승무원 리포트 유출 왕홍인 상무 갑질 상황] (문서 추후 첨부)
[강지원이라는 기획안을 제출한 대리를 제대로 처리 안 했냐며. 아직

까지 일을 다 시키니 지 꺼라고 주장한다고 찢어 죽이라며 불편한 분위기 조성]
어떡하지..의 느낌으로 고개 들어보면 지혁의 자리, 경욱의 자리 비어있고.

CUT TO. 수민의 자리
수민 입술 꽉 깨물고 옆에 놓인 기획안 위의 왕홍인/김경욱/양주란에서 이어진 자기의 이름 보다가 (옆자리 승객이 촬영한 각도의) 홍인 영상 클릭하는 데서 연결.

씬48. 회사 옥상(밤)

노을이 찬란하게 내려앉은 스카이라인이 보이는 난간에 기댄 지원, 영상 보는 중.

FLASH CUT. 4부 5씬 강지원 "와... U&K 갑질 두더지가 아직 회사에 있을 때였어?"

FLASH CUT. 35씬 기획안을 받는 순간 도드라져 보이는 왕홍인의 이름

FLASH CUT. 41씬 강지원 "왕홍인 상무님 이름을 전면으로 내세우면 좋을 거 같아서요."

[왕홍인(E) 그래! 지 이름 빠졌다고 문제 삼는다잖아! 그 개념 없는 물건 당장 찢어 죽여! 진짜 내가 열받아서...] (영상 아래의 자막 'U&K의 갑질 두더지')
영상 *끄고,* 핸드폰 내려놓고 살짝 떨리는 두 손 맞잡고.

강지원   날 찢어 죽인다는 소리가... (너무 좋아!!!)

지원 숨 한 번 크게 들이마시고 소리 지를까 말까.
회사니까 한 번 참고 박수 짝짝 치고 가슴 쫙 편다! 기분 진짜 좋다!
처음 맛본 승리에 웃음 비실비실 나오고.
한껏 들뜬 얼굴로 핸드폰에 연결된 유선 이어폰 귀에 꽂는다.
음악을 한참 듣고 있는데 뒤에서 뚜벅 다가드는 구두.
아주 가까이에 온 지혁,
신난 지원이 눈 감고 음악 듣느라 자신이 온 거 전혀 모르고 있으면
그 모습이 귀엽기도 하고 한참을 보다가 이어폰에 손을 뻗어 빼는데.

강지원   앗!

지원 놀라 몸 빼다가 허우적! 뒤로 넘어질 뻔하는데 지혁이 확 잡아당기고. (슬로우)

유지혁   미안. 이렇게까지 놀랄 줄은 몰랐어요.
강지원   (어색해서 밀어내고) 괜찮습니다. 놔주세요. (거리 벌리고)
유지혁   (살짝 민망) ...알려주고 싶은 게 있어서 왔어요.
강지원   (역시 민망)
유지혁   왕홍인 상무는 보직해임 결정 났어요. 김경욱 과장 역시 강 대리 기획안을 가로챈 건으로 징계위가 소집될 거고.
강지원   (굳이 대답할 필요를 못 느끼고 살짝 웃는데)
유지혁   고생했어요.

마주 본 두 사람 사이로 바람이 살랑 불고 지나간다.
그러면서 지원의 귀걸이 보이면.

유지혁   (의외인 느낌으로 손 뻗었다가) 이건... 진짜군요.

강지원   아? 이, 이런 거 잘 알아보시네요. 이건... 어... 희연 씨에게 빌렸어요.
그, 그때 말씀 주신 건 가짜가 맞... (어, 잠깐 뭔가 이상한데...)

유지혁   (손 떼면서) 전투 복장이었군요.

강지원   (어?)

유지혁   (미소) 제대로 잡고 넘겨도 손발이 맞을지는 모르는 거니까. 진짜가
제대로 통했으면 좋겠다는 마음으로 진짜 귀걸이를 하고 온 거... 아
니에요?

지원, 새삼스럽게 지혁을 바라본다. 의외로 두 사람은 잘 통한다.
두 사람 사이에 넘실거리는 감정.
지원 뭔가 말하고 싶고, 지혁 역시 뭔가 말하고 싶지만.

유지혁   그럼 전 이만.

그냥 묵례하고 돌아서는 지혁,
아쉬움 가득해 그 뒷모습 보던 지원이 들고 있던 핸드폰을 떨어뜨리면.

강지원   앗!

이어폰과 핸드폰 분리되며 음악 소리가 스피커 통해 울리기 시작하고.
(BTS 〈No More Dream〉 '억압만 받던 인생 니 삶의 주어가 되어봐.
니가 꿈꿔온 니 모습이 뭐여 지금 니 거울 속엔 누가 보여 I gotta say')
지원 깜짝 놀라 바닥에 떨어진 핸드폰을 향해 손을 뻗는데.
지혁의 손과 겹쳐진다.
얼른 지원이 손을 빼면 지혁이 핸드폰 액정에 뜬 BTS의 첫 싱글앨범
타이틀 확인.

유지혁   BTS였군요. 좋죠. (핸드폰 건네주고)

강지원   (받으며) 저, 전... 사실 지금 기분에 다이너마이트를 듣고 싶었어요.

그런데- 없으니까 찾아봤더니...

유지혁 (미소) 다이너마이트, 최고죠. 제 취향은 봄날 쪽이지만...

강지원 봄날도 좋... (얼어붙는다)

FLASH CUT. 2부 42씬 유지혁 "그거, 진품이 있어요. 아는 사람은 보면 알 거니까..." 하는 순간 귀걸이는 포장지 안에 들어있다.

강지원(E) 제대로 보지도 않고 진짜가 아니라는 걸 알았어!

유지혁 (이유 몰라서 지원 왜 이러지?) 지원 씨?

강지원 봄날...이요?

유지혁 (처음엔 전혀 모르다 천천히 깨닫는다) ...다이너마이트라고요?

서로의 비밀이 드러났다는 느낌의 BGM과 함께.
타는 듯한 붉은 노을, 서로를 마주 본 지원과 지혁의 위로.

<자막 : BTS의 다이너마이트 2020년 / 봄날 2017년>

<자막 : 현재 2013년>

fin.

7부

부장님이 하고 싶은 게 뭔지 생각해보셨어요?

나는 땅이 되고 싶었어요.

씬1. 회사 옥상(낮->밤)

노을을 배경으로 깨달음으로 서로 마주 보는 지원혁의 모습에서.

FLASH CUT. 1부 23씬 지원이 회귀 전 수민환 행각 발견하는 순간

FLASH CUT. 1부 위의 순간에서 보이는 지원 팔의 상처

FLASH CUT. 1부 25씬 회사 탕비실에서 회귀한 순간

FLASH CUT. 1부 27씬 회사 탕비실에서 지혁이 지원 대신 다친 순간

FLASH CUT. 1부 위의 순간에서 보이는 지혁의 팔의 상처

FLASH CUT. 1부 회사에서 수민과, 민환과 있는 순간

FLASH CUT. 1부 71씬 "내 남편과 결혼해줘."

유지혁 박민환과 정수민을 결혼시켜야 한다고요?

강지원	그러지 않으면 전 박민환과 결혼하게 될 거고 암에 걸릴 거고
	제일 친한 친구와 남편의 손에 죽을 거예요.
유지혁	(생각하면서) 일어날 일은 일어난다.
강지원	(어떻게 이걸 모르지?) 전혀 모르셨어요?
유지혁	(고개 젓고) 몰랐어요. 바꾼 게 별로 없어서일 수도. 한두 개 정도. 예
	를 들면- 오해를 풀 수 있게 백은호 씨를 동창회에 보낸다거나...
강지원	아아! 그래서 은호가 동창회에! ...하지만, 고슬정 일을 부장님이 어떻게...
유지혁	(대답 안 한다)
강지원	(응?)
유지혁	...장례식에 갔으니까.
강지원	(생각도 못 했다) 내... 장례식...

FLASH CUT. 4부 46씬 텅 비어 쓸쓸한 지원의 장례식장, 슬픈 지혁의 뒷모습

강지원(E)	어땠어요? 내 장례식?
유지혁(E)	...슬펐어요. 많은 사람들이, 후회했어요.

강지원	거짓말. 안 봤어도 상상할 수 있어요.
	그렇게 슬퍼할 사람 없어요. 후회할 사람은 더 없고.
	그냥 누군가 죽었구나— 아, 그런 애가 있었지— 이제 없구나--
	하는데 옥상 문 열리고 야근하던 직원들 "마케팅 얘기 들었냐?" / "왕홍
	인 짤린 건 개사이다." / "근데 걔 누구야? 왕홍인한테 전화한 용감한
	애?"(OFF) 소리 들리면,

유지혁	(무심코 보호하려 팔 뻗어 지원 가렸다가) 자리, 옮겨서 이야기하죠.
강지원	(보면)
유지혁	이야기, 길어질 거 같은데.

씬2. 지혁의 집 주차장 차 안(밤)

#차 안

지혁 내리면 혼자 앉아있는 지원, 가방 꽉 쥐고 동공지진.

강지원(E) 지금 여기... (주변 살핀다) 부장님 집, 인 거지?
유지혁 (문 닫으려다 들여다보며) 안 내려요?
강지원 아, 넵!

#주차장

얼른 내린 지원, 고급스러운 빌라 입구 보는데..

씬3. 지혁의 집 앞(밤)

지혁이 비밀번호를 누르는 동안,
가방 꽉 쥔 지원 따라 들어가도 되나 동공지진인데 띠리릭 문 열리고.

씬4. 지혁의 집 거실(밤)

깔끔하게 정리된 커다란 거실과 펼쳐진 야경을 배경으로 팡이 지원에게 달려든다.

강지원 엇?! (살짝 놀라는데)
유지혁 (자연스럽게 팡이 붙잡아 별로 소중하지 않게 들며) 안 돼.

팡이 (지원에게 가려고) 바둥대며 열정적으로 운다.

강지원 저 고양이 좋아해요. 내려놓으셔도 돼요.
유지혁 (내려놓으며) 이쪽이 사람을 안 좋아...

하는데 팡이가 지원에게 다가가 부비며 반갑다 냐옹냐옹.

유지혁 (이럴 줄 몰랐는데) ...하는 고양이, 라고 생각했는데.

지혁, 잠깐 지원을 보다가 주방으로 가며.

유지혁 차 마시겠어요? 어지간한 건 다 있어요. 커피도 있고.
강지원 아무거나요. (냥이 웅뎅이 툭툭) 이쁘다... 나 치즈태비랑 궁합이 원
래 좋거든.

쪼그리고 앉아 팡이 주물대며 살짝 긴장 풀려.

CUT TO. 주방
지혁, 티박스 꺼내다가 멈칫하는 얼굴 위로.

FLASH CUT. 4부 47씬 벚꽃 가득한 길, 뒤집어지는 지혁의 차.

입술 꾹 깨무는 지혁에서.

CUT TO. 거실
지원, 무릎에서 골골대는 팡이 조물조물하고 있다가 지혁 와서 앉으
면 고개 든다.
슈트 벗고 넥타이도 없이 셔츠만 입은 지혁,
지원 앞에 차 내려놓고 장식장 쪽으로, 술 꺼내며.

유지혁 피할 수는 없어요? 아니, 피하면 어떻게 돼요?

	예를 들면 박민환과 헤어지면 어때요. 정수민과도 인연 끊고.
강지원	해봤는데... 박민환은 원래도 헤어지자고 하면 발작했거든요.
	10년 후에 죽을 거 지금 죽을 수도 있는 거죠.
유지혁	(술 골라 내려놓고 앉으며) 찾을 수 없는 곳으로 도망간다면-
강지원	그러려고 했어요. 돌아오자마자는 너무 무서워서 아무 생각 없이 도
	망치려고 했죠. 현실적으로 불가능하던데요. 휙 떠나고 그러는 거...
	어느 정도 경제력이 받쳐줘야 하는 거지. (피식) 돈도 없고 빚더미에.
유지혁	지금은 도망갈 수 있잖아요. 내가 도와줄 수도 있고.
	찾을 수 없는 곳이 어딘지는 좀 고민해 봐야겠지만.
강지원	근데... 그리고 알았어요. 도망쳐도, 안 되겠구나. 일어날 일은 일어나
	는구나.
	누군가 그 운명을 가지고 가지 않으면, 음, 그러니까... (자기 팔 걷으며)
	전 원래 여기에 화상이 있었어요. 물을 끓이던 포트에 데였거든요. 그
	런데...

지원, 팡이 놓고 일어나서 지혁에게 가서 팔을 잡아 걷어 상처를 보여
준다.

| 강지원 | (지혁의 팔 잡은 채) 부장님이 대신 다치셨죠. 같은 모양이었어요, 내 |
| | 상처. |

지혁과 지원 거리 가깝고, 지원이 지혁의 한쪽 팔 잡고 있다.
지혁 다른 손으로 들고 있던 술잔 내려놓으려다가
테이블 가장자리에 놓으며 떨어져 와장창 깨지는데.

| 강지원 | 어? (하면서 지혁 팔 놓으면) |

지혁, 자기도 모르게 지원의 손목을 잡는다.
눈 마주치고.

| 유지혁 | 내가 다치지 않았다면 결국 지원 씨가 다쳤을 거라는 거예요? |
| 강지원 | 확실히. 그냥 피하면 되는 게 아니에요. |

FLASH CUT. 1부 63씬 '커피 없이 못 살아' 머그컵을 깨지 않고 미소 짓는 지원

FLASH CUT. 1부 68씬 깨진 무릎을 보는 지원

강지원	어떻게든 일어날 일은 일어나요. 누군가에게 운명을 넘기지 않는다면.
유지혁	상처는 상처- 결혼은 결혼- 죽음은...
강지원	죽음.
유지혁	(표정)
강지원	그래서— 도망치지 않을 거예요. 언제 다시 박민환, 정수민을 마주칠까 두려워하면서, 내가 만나는 남자도 친구도 아무도 못 믿으면서 살수는 없어.

결연한 지원을 보는 지혁의 표정에서 연결.. 빗소리(E)

씬5. 봉안당_지혁 회상(낮)

40살 지혁이 혼자 봉안당에 지원의 유골함 들어가는 거 보고 있다.
사진도 딱히 없어서 옛날(안경 쓴 2013년과 비슷)의 사원증 사진.

씬6. 봉안당 앞_지혁 회상(낮)

비가 오고 있다. 작고, 멀고, 텅 빈 느낌의 봉안당. (택시는 절대 없을 느낌)

차에 올라타 시동 걸지만 걸리지 않고.
몇 번이나 스마트 버튼을 누르고. 누르고.. 누르다가...
상황에 대한 답답함을 더해 폭발!!
핸들 후려치고 내려서 비 다 맞으며 서성이는데 문득,

유지혁   (내가 지금 보는 게 맞나)

멀리서 명랑한 느낌으로 다가오는(열린 창문으로 아모르파티 들리고) 택시.

씬7. 택시 안_지혁 회상(낮)

지혁이 타서 문 닫으면,

강현모   여는 콜 들어와도 안 오는 덴데 이런 인연이 있습니꺼!
         내가! 이제 일 접을라켔는데 딱 감이 왔다 아잉교.
유지혁   (현모가 준 수건으로 닦으며 예의로 살짝 꾸벅)
강현모   (룸미러 보고) 잃은 게 마이 소중한 건가베?
유지혁   (무슨 말이지? 하다가 밖에 보면)

INSERT. 봉안당 간판

유지혁   (봉안당 때문에 짐작했구나) 소중했는지 아닌지도 몰라요.
         그냥 스쳐 지나간 사이라...
강현모   어매야... 어매야... 와 그래쓰요? 남자는 마 기세 아잉교.
         죽을 때 죽더라도 고마 끝을 봤어야지!
유지혁   (쓰게 웃으면) 그럴걸... 후회 중입니다.
강현모   (룸미러로 본다)

유지혁   몇 번이고, 기회가 있었던 것 같기도 한데...

강현모   와 놓쳤는데요?

유지혁   기회인지 몰랐을 때도 있고, 그러면 안 된다고 생각했을 때도 있고.
(헛웃음) 사실은 모르겠습니다. 제 마음을 깨달은 지도 얼마 안 돼서요.
그냥- 살았는데 갑자기, 그 여자가, 죽었다는 이야기를 들으니까--

순간 울컥한 지혁,
말끝 놓치고 울지 않으려 입 꾹 누르고 시선을 창밖으로 돌리는데.
말하는데 보면 어느 순간 비는 그쳐 있고 택시는 벚꽃 가득한 길로 접
어들었다.
지혁, 이런 길을 지나왔었나 싶은데.

강현모   (표정 살짝 바뀌어서) 다시 기회가 온다카면 우짤 것 같은데예?

벚꽃에 정신 팔렸던 지혁, 돌아보고.

유지혁   기회는 이제 없습니다.

강현모   있다면에. 그람 잡을 낍니꺼?

유지혁   (보면)

강현모   기회가 몇 번인가 있었다카는데도 못 잡은 거 보면 안 잡은 걸 수도 있
거든.
아이다~~ 싶은 게 있었을 수도 있고...

유지혁   저는...

지혁, 생각하는 표정. 정말 잡을 수 없었나? 아니면 잡지 않은 걸까?

강현모   그라니까 후회하지 마소. 손님이 한 결정은 다~~ 이유가 있었을 낍니더.
아니면... (표정 살짝 달라져서) 진짜 기회를 잡을 낍니꺼?

지혁의 표정 위로.

FLASH CUT. 5부 3씬 학교의 호숫가에 앉아있는 대학생 때 지원혁

FLASH CUT. 5부 9씬 회사에서 처음 만날 때

FLASH CUT. 회의실 창문 너머 민환이 테이블 위에 (멋지게) 앉아있고 안경 쓴 지원이 수줍게 웃는 모습 클로즈업 보는 지혁의 얼굴에서 연결,

지혁 마치 "네-"라고 대답할 듯 입술 달싹이고,
그 모습 룸미러를 통해 보고 있는 현모의 긴장된 표정---
대답하는가 안 하는가- 긴장 높아지다 입 다문 지혁이 창밖으로 시선 돌려버리면,
짧게 한숨짓는 현모.
그래도 벚꽃은 아름답고, 택시는 일반도로로 접어든다.

씬8. 도로 일각_회상(낮)

달리는 택시. (비도 다시 내리고)
이제 더 이상 말하지 않고 창밖을 보고 있는 지혁의 표정.

씬9. 지혁의 집 근처 도로_회상(낮)

지혁, 지폐 건네고 현모가 잔돈 챙기는 사이 내리려다가 멈칫.

유지혁   (빙그레) 멍청한 소리지만 저는 정말 제 맘을 몰랐어요.

알았다면 지켜주기라도 했겠죠.

지혁이 자신의 운명을 결정짓는 순간의 BGM!

유지혁　　그러니까 기회가 있다면, 확실히 잡을 겁니다.

현모, 지혁 쳐다보면..
아무것도 모르는 지혁 살짝 웃어 보이는 위로.

강지원(E)　아, 그러고 보니 어떻게 돌아오신 거예요?
전 죽었다고 생각하다가 눈뜨니 2013년이었는데.

씬10. 지혁의 집 거실(밤)

지혁, 지원이 마주 본 그 자리로 돌아와서,

FLASH CUT. 4부 47씬 눈동자 속 벚꽃이 날리는 거리 어딘가,
날아오르는 지혁의 차

지혁, 자신의 죽음을 바꾸지 않으면 10년 후 죽는다는 사실을 깨달은
슬픈 미소.

유지혁　　잠들었다 눈떴을 때 2013년이었어요.

지혁이 움켜잡았던 지원의 손 천천히 놔주는 SLOW 위로,
살짝 뭔가 이상한 것 느끼는 지원과
그런 지원의 시선 외면하는 지혁에서.

TITLE. 내 남편과 결혼해줘

씬11. 회사 1층 로비(낮)

INSERT. 바쁜 도시 아침의 거리, U&K 본사 전경

여직1, 남직1 앞서 있고 한 발 뒤에서 주란이 두 사람 발견하고 아는 척하려는데.

남직1　이렇게 된 김에 밀키트 프로젝트 우리한테 떨어지면 좋겠다. 1팀 폭망, 터지기 일보 직전 같은데.

여직1　남의 불행을 자신의 기회로 여기는 자여! 지옥이 가깝도다!

남직1　알게 뭐야? 남의 프로젝트를 쌩으로 채 가는 놈들도 있는데.

두 사람 낄낄대는데 주란 마음이 복잡하다.
그러는데 전화 오면 얼른 혹시 엿들은 거 들킬까 돌아서며.

INSERT. 액정, '연지아빠'

이재원(F)　(전화 연결되자마자) 오늘 나 7시에 갑자기 면접이 잡혀서 연지 하원 못 시켜.

양주란　(빡!) 거짓말도 성의 있게 해! 어느 회사가 저녁 7시에 면접을 잡아?

이재원(F)　그렇다면 그런 줄 알지 일도 못하는 게... 프로젝트도 망했다며?

그때 전화기를 통해 연지(5살)가 '아빠아아아!' 하면서 우는 소리 들리면.

양주란　(눈 번쩍) 너 아직 연지 어린이집 안 데려다줬어?

이재원(F)　아 몰라몰라!

전화 뚝 끊기면 답답한 주란 숨 한 번 몰아쉬고 고개 든다.
지친 표정 위로.

FLASH CUT. 2부 30씬 손 내밀던 강지원 "같이하는 거예요."

FLASH CUT. 6부 22씬 김경욱 "그럼 널 뺄까? 막말로 나 아니었으면
이 기획안으로 과장 다는 게 너겠니 강지원이겠니?"

양주란   (한숨) 사는 게 뭐가 이러냐...

CUT TO. 로비 정문 쪽
막 들어오던 석준, 로비 한복판에서 멈춰 선 주란 보고 멈칫한다.
살짝 표정 있고- (두 사람 사연 있나? 싶게)

CUT TO. 로비 안쪽

양주란   에휴... (하면서 고개를 드는데)

뚜벅~(E) 하는 구둣발 소리 의미심장하게.
햇빛이 찬란하게 쏟아지고 있는 정문으로 석준이 들어오고 있다.
역광이라 눈 찡그렸던 주란, 거리 좁혀지면서 알아보고 눈 휘둥그
레... (사연 있네)
하지만 그대로 눈길 한 번 안 주고 주란을 지나쳐가는 석준과
뒤돌아보는 주란의 얼굴 위에서.

씬12. U&K 인재개발원_주란 회상(낮)

INSERT. 인재개발원 간판 <자막 : 2002년>

이팝나무 꽃이 잔뜩 피어있는 인재개발원의 길에서 마주 보고 선 석준과 주란.

이석준 (그쪽…) 개인적으로는 정말 싫어하는 타입이에요.

당황해 눈동자 마구 흔들리는 주란의 위로
야옹~ 야옹~(E) 팡이 울음소리.

씬13. 지혁의 집 거실(낮)

거실 테이블 위 비어있는 술병과 술잔 늘어서 있고 지혁 술 취해 자고 있다.
팡이가 근처에서 또아리 튼 채로 울고 있는데.
테이블 위의 핸드폰 액정 위로 '최고의 미녀'로부터 전화 들어오고.
팡이가 가서 핸드폰 발로 밀어 떨어뜨리는 순간,
간발의 차로 받는 지혁.
액정 확인하고, 한숨 한 번 쉬고, 다시 소파에 누우며.

유지혁 왜…

하다가 벌떡 일어나는 데서.

씬14. 회사 1층 로비(낮)

지혁이 다급하게 뛰어 들어가는 모습.

씬15. 인사과 사무실(낮)

INSERT. 인사과 팻말

이게 무슨 상황인가 지독하게 조용한 사무실,
상석에서 석준은 차분하게 자기 짐을 상자에서 꺼내는 중인 위로
직원들의 메신저 대화 내용 뜨고.
[직원1 : 회장님 직속 전략기획실 (엄지 이모티콘) 아냐?]
[직원2 : 이석준이 왔으면 푸드에 피바람이 분다는 거냐.]
마지막으로 가족사진(아버지, 어머니, 석준, 남동생, 여동생)을 꺼내
내려놓는데.
쾅- 하고 문 열리면서 지혁 들어온다.

이석준   (한 번 쳐다보고 아무렇지도 않게 상자 내려놓으며) 마케팅 부장님이
시군요.
말씀 많이 들었습니다.

숨 몰아쉬던 지혁, 어리둥절한 인사과 직원들의 표정 보고 난감해져서.

씬16. 인사과 회의실(낮)

지혁이 감정을 가라앉히는 동안,
테이블에 서류 내려놓은 석준이 무표정하게 블라인드(사무실에서 보
이는)를 내린다.

유지혁   이 시점에서 실장님이 인사과요...
이석준   저야 월급쟁이니 회장님이 보내시면 가야죠.
유지혁   이건 업무적인 인사가 아니에요. 집안일을...

이석준　U&K에서 회장님은, (마지막 블라인드 탁 내리고 돌아본다) 뭐든 할 수 있으십니다. 업무적인 이유든 집안일이든.

유지혁　(표정)

이석준　(사적인 어투로 넘어가서) 정말 회장님이 아무것도 하지 않으실 거라고 생각한 건 아니겠지?

유지혁　실장님을 보내실 거라고는 생각 안 했는데요.

석준, 지원의 인사기록을 펼치는데 옛날 사진이라 커다란 안경에 칙칙하면,

이석준　이런 취향일 거라고 생각 안 해봤는데.

유지혁　(빡!)

이석준　의외라는 이야기야. 생각보단 수수한 취향이라서.

유지혁　수수한 사람- 아니에요.

이석준　그럴 수도. 공인 커플 7년째인데 상사와 묘한 관계를 시작하는 거 보면.

유지혁　(책상 쾅!) 그런 거--- (아니에요, 하고 싶은)

이석준　(서류 넘기며) 어제 함께 퇴근해서 청담동 집에 같이 들어간 건 업무의 연장이었나?

유지혁　(빡!) 미행도 하세요?

이석준　필요하면 해야지. 너도 그럴 거야. 지금까지는 그럴 필요가 없었겠지만. 뭐든 할 수 있는 사람이고, 하고 싶어질 때가 있겠지.

유지혁　(느낌!)

이석준　(인사기록 넘기며) 밀키트 프로젝트는 강지원에게 맡길 생각이었나? 그렇다면, 굉장히 부적절한 하룻밤이 지난 후 결정된 인사인 것 같은데.

유지혁　(이 꽉 물)

이석준　설마 어젯밤에 아무 일 없었다고 말할 건 아니겠지?

지혁과 석준의 시선 첨예하게 부딪친다.
전부 다 설명할 수 없는 지혁은 (밀리지는 않지만) 답답하고, 석준은

여유롭고.

이석준 (공적인 어투로 돌아와서) 유지혁 마케팅 부장님, 당 건은 인사과가
제대로 조사하겠습니다. 쉽게 흥분하는 여론에 휘둘리지 않고, 여자
에게 눈먼 판단도 아니고, 매우 객관적인 시각으로.

유지혁 (표정)

이석준 그때까지- 프로젝트를 강지원 대리가 이끄는 건 문제가 있을 것 같군요.
사건 당사자고 뭐 이런저런 상황을 고려하면,
상벌이 확실해지기 전까지는 (서류 넘기다가 주란 파일 나오면 멈칫)
양주란 대리에게 맡기는 게 좋을 것 같네요. 김경욱 과장의 부사수이
기도 하니까.

유지혁 (화를 꾹!)

이석준 원하신다면 강지원 대리를 팀원으로 합류시키셔도 좋습니다.

노려보던 지혁이 이 꾹 깨물고 석준을 스쳐 나간다.
문 열리고 닫히는 소리 나면 석준 조그맣게 숨 내쉬는데(나름 긴장했
었다-)
문 다시 열리고 성큼성큼 다가선 지혁.

유지혁 여론에 휘둘리지 않고, 여자에 눈멀지 말고,
매우 객관적인 시각을 유지할 수 있다면--- 강지원 대리가 이 프로젝
트를 맡는 게 적합하다는 결론이 날 거예요.

한 발 물러서서 예를 표하고 여유롭게 웃고,

유지혁 어젯밤에 아무 일도 없었다고 말하는 겁니다.

진짜 같은 말에 석준 설마? 싶고,
가볍게 웃던 지혁 등 돌려 걸어 나오면서 얼굴 무섭게 굳어지는 데까지.

씬17. 16층 회의실(낮)

유지혁 1인 가구를 위한 밀키트 프로젝트를 다시 재개합니다. (지원 슬쩍 보고)
강지원 (표정)
유지혁 양주란 대리를 리더로 해서...
지원/주란 (둘 다 예상 못 했다. 특히 주란은 지원 보고!)
유지혁 팀원은 강지원 대리, 박민환 대리, 정수민 사원. 이상입니다.

지혁, 지원의 표정에서.

씬18. 16층 엘리베이터 홀(낮)

두통을 느끼던 지혁 엘리베이터 기다리다가 문 열리면 탄다.

씬19. 엘리베이터 안(낮)

문 닫히는데 지원 급하게 따라 들어와 타고.

강지원 부장... (니...)
유지혁 스케줄 조절까지는 양 대리가 과장직무대리니 상의해봐요.
강지원 (보면)
유지혁 박민환과 정수민을 결혼시켜야 한다며. 같은 팀에 있는 게 편하지 않겠어요?
강지원 하지만, 이렇게 되면 밀키트에만 대리 세 명이 붙어 있는데...

지혁, 자신을 걱정하는 지원을 보는 동안 엘리베이터 문 천천히 닫힌다. 하는데 전화 오면 지원 핸드폰 꺼내는데 발신자 '백은호'.

지혁, 거의 닫히기 직전이었던 엘리베이터 문 열림 버튼 누르고.

유지혁   내가 할 수 있는 거 알잖아요. (전화 받으라는 시늉)
강지원   (전화는 오고 있고 지혁과는 못다 한 말이 있는 거 같고)

씬20. 16층 엘리베이터 홀(낮)

엘리베이터 내려가고 있고,
지원 복잡한 표정으로 서 있다가 아, 맞다- 하고 핸드폰 받는 데까지.

강지원   아, 은호야. ...(놀람) 뭐? 분당점으로 옮겼다고?

씬21. 16층 사무실(낮)

박민환   (주란에게 악수) 그럴 줄 알았지만 양 대리님이네요. 축하드립니다!
양주란   (애매하지만)
박민환   제가 복이 많은가 봐요? 저까지 여기 붙을 각이 아닌데.
정수민   밀키트가 진짜 드림팀인 거죠!
          (희연 슬쩍) 주력 프로젝트니 내년까지 길게 보고 팀원 구성한 건가?
유희연   이게 말이 돼요? 어떻게 대리급 셋을 다 밀키트에.
          이거 나 나가라는 건가... 저 인ㄱ... 부장님 어디 아픈 거 아니에요?
양주란   (난감) 부장님답지 않은 결정이긴 하네. (달래...) 뭔가 뜻이 있으시겠지.

들어오던 지원, 반응 보면서 생각 살짝 많아지고.

씬22. 회사 옥상(낮)

박민환	(딸기우유에 빨대 꽂아 수민에게 주며) 잘해봐요. 이로써 유희연보다 한발 더 앞서가는 거야.
정수민	잘 부탁드려요~~ (딸기우유 쪽 빨아 먹고) 음! 맛있어! 저 딸기우유 좋아하는 건 어떻게 아셨어요? (눈웃음 맘껏!)
박민환	내가 좋아해서 사온 건데 통했네!! 아, 맞다. 우리 워크숍 갈 거 같아요.
정수민	워크숍요?
박민환	내가 인사과에 인맥이 좀 있잖아요. 김 과장 일도 있고, 이번에 인사 실장 새로 온 김에 마케팅팀 워크숍 권고할 거래요.
정수민	우와? 저 들어오고서 한 번도 안 갔는데?
박민환	회사선 원래 일 년에 두 번은 가라고 해요. 유 부장이 느무 개인 주의자라서... 근데 이번엔 안 되지 뭐. 김 과장 건으로 입장이 좀... (안 좋을 듯?)

씬23. 한강변 주차장(낮)

지혁의 차가 들어와 멈춰 선다.
핸들에 이마 기대고 잠시 숨 고르다가 내리면,
넓은 하늘, 한여름의 싱그러움, 아무 걱정 없이 힐링 중인 사람들.
어디선가 매미가 울기 시작하는 데서.

FLASH CUT. 6부 48씬 옥상에서 지원혁 서로의 회귀 사실을 알았을 때

FLASH CUT. 7부 7씬 룸미러 속 강현모의 긴장되고 의미심장한 표정

FLASH CUT. 7부 19씬 지원의 핸드폰 '백은호'

FLASH CUT. 4부 47씬 벚꽃잎 날리는 날 지혁의 사고 장면

복잡한 지혁의 마음을 대변하는 듯 점점 커지는 매미 소리에서
지혁이 쾅- 하고 차 지붕 주먹으로 치는 데까지.

씬24. 레스토랑 베르테르 분당점(밤)

조용한 음악에 고급스러운 레스토랑 느낌,
바 자리에 지혁 혼자 앉아 술 마시고 있으면, 다가온 은호 핑거푸드 서
빙한다.

백은호 오늘부터 여기 근무인데 절 찾아오셨다고 하면 무섭고,
우연이라고 하면 운명이란 기분이 들 것 같은데...

유지혁 '다이너마이트' 알아요?

백은호 (?) 노벨이 발명한 폭탄이요?

유지혁 (회귀한 거 아니구나) '봄날'은?

백은호 (반만 비어있는 술병 보고) 이미 어디서 마시고 온 건가...
대충 3월에서 5월 사이를 봄이라고 알고 있습니다. 뭘 더 알아야 하는
지는 모르겠지만. (지혁의 술 따르려고 하면)

유지혁 (빼앗아서 따라주며) 순탄하게 오래오래 행복하게 사는 인생인 거...
축하해요.

백은호 (뭐래?)

유지혁 그쪽은 남은 시간이 아주 길 것 같다는 이야기예요.

은호, 무슨 상황인지는 모르겠지만 지혁 심각해서 건드리지 못하고
술만 홀짝.

CUT TO.
영업 끝난 가게의 소파에 지혁이 팔로 눈 가린 채 자고 있다.
은호, 팔짱 끼고 보고 있는데 문 열리는 소리와 함께 뛰어 들어오는 희연.

유희연   오빠! (지혁 발견하고) 헐... (가서 기웃) 부장님? 유 부장님? 유지혁
        씨이?? (하다가 은호 발견) 어? 안냐쎄욤!!
백은호   (팔짱 풀고 꾸벅) 통화버튼을 눌렀더니 연결된 게 그쪽이라...
유희연   아하하하! 전화를 미친 듯이 걸었더니 제 번호가 제일 위에 있었나 봅
        니다!
        이 미친 제 호적메이트이자 상사 놈이 우리 팀에서 저만 따를 시켜놓고
        는 하루 종일 연락이 안 됐거든요. 근데 왜 여기에서 술 마시고 뻗어 있
        을까요? 평생 이런 적이 없는데 사춘... 아니 오... 육! 춘기일까요? 으하하
        하하하!!

        희연이 우렁차게 웃는데 그 목소리에서 은호의 얼굴 위로.

유희연(E) 이런 훌륭한 케이크를 보내신 당신은 누구신가요?
        이것은 마치 사랑, 그 자체! (6부 37씬)

백은호   ...혹시, 강지원이라고 알아요?
유희연   어? (두리번두리번 베르테르라는 간판 보고) 어어? 베르테르??
        설마... 뉴질랜드를 뛰놀던 산양이 진짜 사랑하는 남편의 두 번째 아
        이를 출산하고 여유롭게 짠 젖으로 만든 느낌이 나는 바스크 치즈케
        이크??

        물색 모르고 반가워하는 희연과 화려한 언변에 홀린 은호의 표정에서.

씬25. 지원 원룸(밤)

        안경 끼고 거실 바닥에 앉아서 일하던 지원, 문득 안경 벗고 지혁 생각
        한다.

FLASH CUT. 7부 19씬 엘리베이터에서 유지혁 "내가 할 수 있는 거 알 잖아요."

FLASH CUT. 7부 21씬 양주란 "부장님답지 않은 결정이긴 하네."

핸드폰 꺼내 들고 망설이다가 '유지혁 부장님' 통화버튼 누르면 신호음—.

씬26. 지혁본가 지혁 방(밤)

핸드폰 울리고 있다.
지혁 침대에 누운 채 핸드폰 울리는 모습 보지만 괴롭게 고개 돌려버리고.

씬27. 지원 원룸(밤)

'지금 전화가 연결되지 않아...' 음성 들리면 전화 끊는 지원.
베란다 가득 채운 보름달 보는 데서 연결하여 탕(E)--- 하는 총소리.

씬28. 지혁본가 뒷정원(낮)

산이 바로 보이는 사격장(의 느낌이지만 사실은 한일의 집!).
테이블 위에 마시고 있는 위스키와 잔 있고,
(헤드폰 낀) 지혁 클레이사격 중으로 술 한 잔 털어 넣고.

유지혁   아!

타깃 날아오르고 명중.

술 한 잔 털어 넣고.

유지혁   아!

타깃 날아오르고 명중.

다시 술 한 잔 따르는데 뒤에 파주댁이 머그컵 올려진 쟁반 들고 서 있다.

총 놓고 돌아서는 지혁, 그제야 뒤쪽 비추면 한일의 집 뒷정원이었고.

파주댁   (지혁에게 다가가 컵 올려놓은 쟁반 들어 보이면)
유지혁   (순순히 머그컵 들어 마시다가 움찔) ...황탯국이요?
파주댁   (미소로) 어제 희연이 등에 업혀 들어온 사람이 눈뜨자마자 빈속에
        술 마시고 있으니까.
유지혁   (생각난다)

FLASH CUT. 희연이 완전히 정줄 놓은 길디긴 지혁을 질질 끌고 들어
오는 중

유지혁   (민망해서 마저 마시고)
파주댁   회장님이 찾으셔서.

지혁의 표정에서.

씬29. 지혁본가 한일 서재(낮)

돋보기 쓰고 클라우드항공 사내신문 보고 있던 한일,
노크 소리 들리고 지혁 들어오면 인상 쓰며 안경 벗는다.

유한일   좋은 술도 마셨구만. 가글을 쏟아부은 것 같은데도 향을 못 가려.
유지혁   이 집에 나쁜 술이 있어야죠.

한일, 지혁을 유심히 보다가 클라우드항공 사내신문을 툭 던지면,

INSERT. 클라우드항공 부사장 오유라의 칼럼(추후 첨부 : 주 내용은
항공 직원들의 노고를 이해받을 거라는 사기 진작과 노동 격려)
(여기서 사진은 있지만 얼굴은 안 보여줘도?)

지혁 가만히 보면,

유한일   이 실장과 한판 했다면서.
유지혁   아닙니다.
유한일   한판 한 거던데. 이 실장도 아니라고 했지만.
유지혁   실장님 말고 회사에 또 할아버지 눈과 귀가 있나 보군요.
유한일   언젠가는 늙은이 눈과 귀를 다 도려내야겠지만 이 실장은 아니야.
        어떻게든 네 것으로 만들어. 그럴 가치가 있는 놈이다.
유지혁   (뭔가 사연이 있는 티 풀풀 내며 대답 않...)
유한일   쯧! 오강철이와는 이야기 끝났다. 유라만 네가 정리해.
유지혁   (살짝 놀라 보면)
유한일   오강철이야 내가 지한테 해준 게 있는데 어쩌겠어?
유지혁   할아버지는 저하고 유라 결혼, 원하신 거 아니었어요?
유한일   (책상 탕!) 그 얼굴 꼴을 해서 내가 원하면 뭐?

지혁, 이번에는 많이 놀랐다.
한일의 표정은 화난 것 같고 말투는 악역 그 자체지만,

유한일   사춘기도 안 겪은 놈이 쓰는 사람과 부딪치고,
        애기한테 업혀 들어오질 않나 눈뜨자마자 술을 들이붓질 않나...

살 만큼 산 늙은이 소원 이루겠다고 애를 잡을까?

유지혁　(대답 못 하는데)

유한일　처음부터 너와 유라가 서로에게 마음 없는 건 알았다.

　　　　그래도 약속이었고, 갑자기 뒤집어엎는 건 책임 없는 행동이야.

　　　　성의는 제대로 보여서 마무리 지어!

유지혁　(본다)

유한일　(살짝 누그러져서) 그 아가씨는 언제 볼 수 있냐.

유지혁　(말문 막)

유한일　왜 대답이 없어? 이 사달을 냈을 때는...

유지혁　...보실 수 없을 것 같습니다.

유한일　허?

유지혁　제가... 할아버지와 같은 마음이어서요.

유한일　(표정)

유지혁　제가 행복하길 원하시듯, 저는... 그 사람이 행복하길 바랍니다.

씬30. 지혁본가 복도(낮)

　　　　결심으로 걷는 지혁의 얼굴 위로.

유지혁(E) 내 시간은 이미 그때 끝났다.

　　　　FLASH CUT. 4부 47씬 벚꽃 길에서 지혁의 차 뒤집히는 순간

　　　　FLASH CUT. 5부 10씬 지혁이 집에서 눈뜰 때 장면 위로
　　　　유지혁(E) "하지만 적어도 이번엔 지킬 수는 있다."

　　　　FLASH CUT. 6부 14씬 지원이 수줍게 웃는 얼굴(=다시 주어진 기회에
　　　　중요한 건 지원이다!는 의미로) 위로

유지혁(E) "도망치지 말자. 하지 않고 후회하는 건 이제 싫으니까."
카메라 뒤로 빠지면 옆에 서 있는 은호의 위로
유지혁(E) "그 행복에 내가 없다고 해도."

씬31. 지혁본가 응접실(낮)

거실 가로질러 현관문 열어젖히면 쏟아지는 햇살로 (결심의) 화이트 아웃.

씬32. 지혁본가 한일 서재(낮)

지혁을 보낸 한일이 이건 뭔가 있구나 하고 문제가 될 것 같은 표정인데까지.

씬33. 회사 1층 엘리베이터 홀(낮)

INSERT. U&K 본사 전경

출근한 지원과 민환, 수민 엘리베이터 타려 기다리고 있다. (다른 직원들 많..)

여직1(OFF)	(살짝 앞쪽에 서 있었다가) 와... 살걸, 이젠 늦었네 했을 때가 바로 살 때였네. 로이젠탈 봤어요? 내가 살걸살걸살걸 6개월 쨀데...
남직1	그런 거 보는 거 아냐. 나 4달 전에 판 거 알지? ...한강물이 차서 못 뛰어들고 살아있다 내가 이 씨! (운다)

박민환   (지원에게) 야, 너 때문에 판 주식 얘기한다. 지금 몇 배 됐는지 알아?
내가 TKU가 있으니까 지금 너하고 만나는 줄 알아.

지원이 어? 하는 표정에서 연결.

씬34. 16층 사무실(낮)

지원의 눈 휘둥그레져서 입틀막!

INSERT. 모니터의 주식 차트, 상한에 상한으로 점점 가팔라져서 아예
수직!!

강지원   일하느라 까맣게 잊고 있었는데!!!
박민환   강지원, 잠깐만. (나오라는 시늉)

깜짝 놀란 지원, 얼른 HTS 아래로 내리고 민환 따라 나가는데.
두 사람 보던 수민 쓱~ 지원의 자리로 가서.

정수민   뭘 잊었다는 거야? (하고 HTS 켜보고) 어? 이거...

씬35. 여직원 휴게실(낮)

의자에 앉은 수민 곰곰이 생각하다가 자신의 핸드폰에서 MTS 켠다.

정수민   강지원 요게 민환 씨도 모르게 이 주식을 가지고 있었구만.
매일 일하느라 바쁘다면서 여우 같긴.

'로이젠탈' 종목 찾아보고 차트 보면서 고민.

정수민   근데 왜 안 팔지? 더 올라갈 거라고 생각하는 건가?

입술 깨물며 생각하다가 BUY 버튼 누르는 손가락 위로.

강지원(E) 뭐어???

씬36. 회사 복도(낮)

민환 멋진 포즈로 서 있다.

박민환   그때 네가 카드 줘서 수민 씨랑 레스토랑 갔잖아. 괜찮더라고.
네 생각이 어찌나 나던지. 한번 데려가야지 했는데 그게 바로 오늘이야.

강지원   내 생각을 했어? (그럴 리가 싶은데)

박민환   (코끝 툭 튕기고 머리 쓰담) 이 오빠는 늘 네 생각을 해. 오늘 저녁 괜찮지?

강지원   (질색+이게 뭔 수작일까)

박민환   근데 너 돈 좀 있나?

강지원   (역시!)

박민환   아차? 내가 지금 한참 잘나가는 로.이.젠.탈. 팔아서 준 돈이 마침! 있잖아?
그것 좀 잠깐 쓰자!

박민환(E) 이렇게 된 거 결혼하기 전에 정수민을 어떻게든 해야겠어.
그냥은 안 될 것 같고 돈 좀 써야 하는데...

강지원(E) 어떻게 까맣게 몰랐지? 늘 좋은 데 가자 어쩌자 했지만 단 한 번도 실행한 적 없고 말만. 그나마도 뭔가 얻어내기 위한 입발림 말들이었는데.

동상이몽으로 서로 바라보는 두 사람에서,

강지원   나 진짜 멍청하다.

박민환   뭐어? 왜? 돈 어떻게 했는데?

강지원   말 못 했는데 보험에 다 넣었어. 지금 빼면 반의반도 못 받는대.
          그래도 10년만 있으면 10프로 넘게 붙는다니까...

박민환   뭐어어어어어어? 이 멍충아!! 너 귀신 들렸냐?? 그거 다 사기야!! 보험사
          들 배불려 주는 거라고!! 머리 좋다는 애가 왜 이런 데서는 멍충해??!

강지원   미안...

하고 돌아서는 순간 얼굴 싸늘.

강지원(E) 너도 진짜 용서 못 해.

하는데 뒤에서,

박민환   아 씨, TKU라도 좀 팔아야 하나.

멈춰 서는 지원.

박민환   아아아아아~ 더 오를 거 같은데. (짜증!) 에이, 뭐 많이 먹었으니까. 쯧!

강지원   (미소로 돌아서서) 아, 나 적금 곧 하나 끝난다. 얼마 정도 필요해?

박민환   (어?)

강지원   나 때문에 로이젠탈도 팔았는데 TKU까지 팔면 너무 미안하잖아.
          (눈빛은 차가워서) 주식 팔지 마. 내가 돈 빌려줄게.

씬37. 호수공원 전경(낮)

강지원(E) 글구 오늘 저녁 식사 대신 주말에 놀러 가자. 수민이도 같이!

씬38. 호수공원(낮)

호수를 둘러싸고 예쁜 카페들과 자전서도로가 있는 교외의 호수공원,
살짝 떨어져서 민환과 수민 웃으면서 수다 떠는 모습 보는 지원,

강지원(E) 절대 용서 안 해.

하는데 바람 불어와 머리카락 날리면,
수민환에서 눈 떼고 돌아보는데 하늘은 푸르고 태양은 빛나고,
지원, 새삼스럽게 세상이 이렇게 예뻤나 싶은 기분.
눈 감고 여름 바람을 온몸으로..

강지원(E) 나는, 살아있구나.

눈을 뜨면 화단에 메리골드가 가득 피어있다.
바람에 흔들리는 메리골드 클로즈업되는 순간,

정수민 (꽃줄기 똑 꺾으며) 너무 예쁘다! (꽃을 지원의 귀 옆에 꽂아주려고)
강지원 (고개 빼며) 싫어. 불쌍하잖아. (수민의 손에서 꽃 받아들고 안타깝)
그냥 두면 예쁘게 오래 폈을 텐데...

거부당한 느낌의 수민이 서운하게 꽃 내려다보는 지원 보는데.

박민환(OFF) 가시죠, 공주님들~~~!! 그늘 찾았습니돠아~~!!

씬39. 호수공원, 큰 나무 그늘 아래(낮)

민환과 지원이 돗자리 펴고 있고 수민은 그늘에서 햇빛 가리고 있다.

정수민   하늘 예뻐!! 나무 봐!! 햇살 너무 좋아아!! 꺄아아!! 선글라스 가지고 올걸!!

박민환   기상청에선 살짝 흐리다고 했지만 수민 씨와 함께니까 날 좋겠다~~ 했죠.
선샤인 걸이잖아요, 수민 씨.

정수민   역시 대리님이 절 잘 아시네요!

강지원   (몰래 웩!!)

박민환   (지원에게) 야야, 너도 일 적당히 해. 과장 이기고 이사는 날리고... 너 이러다 사장 되겠다??

강지원   (불편)

박민환   회사에서야 강지원~~ 강지원~~ 하겠지만 남자한텐 매력 없어요, 이 바보야!

정수민   어디서 (그런 말을 해요?)! 민환 씨, 요즘 세상에?! (웃으면서 터치!)

뭐가 재미있는지 수민환 꺄항호호 웃으며 이리 와 앉아라~ 어쩌구~
지원, 들키지 않게 이 아드득.

CUT TO.
돗자리 펴놓고 하늘 보고 누워 있는 민환과 수민(이 가운데), 지원.

강지원   (생각하는 표정이었다가 비아냥) 생각해보면 두 사람 나한테 정말 소중하다.
수민이는 중학교 때 처음 만나 지금까지,
민환 씨는 나 사회생활 시작하고 나서 처음 만나 지금까지.
와... 우리 인연 대단하네.

정수민   (지원 쪽으로 몸 돌리며) 그렇지? 우린 가족이야.

강지원   (수민 보는데)

FLASH CUT. 1부 23씬 침대에서 "살짝 밀어버릴까?" 하며 키득대는 수민

정수민   (눈 반짝반짝) 나하고 너, 민환 씨... 행복하자.

강지원   (어떻게 이럴 수 있지...)

박민환   이야~~ 내가 잘해야겠네. 두 공주님들 행복하게 해드리려면.
　　　　　 이렇게 강지원, 날 붙잡아 매어놓는 데 성공하나요~~~~~

민환이 수민 너머 손 뻗어 지원의 손 한 번 건드리는데 겹쳐.

FLASH CUT. 1부 24씬 지원에게 손 올리는 민환

순간 눈 질끈 감은 지원 몸 벌떡 일으킨다.

수민환   (놀라) 뭐... 뭐뭐! 왜?

강지원   (숨 살짝 거칠) 아, 아니야. 벌레였나 봐.

정수민   벌레? 꺅! (수선스럽게 탁탁 치며)

민환 멋있게 수민 몸 확 당겨서 자리 옮겨주고. (안 그래도 되게 친절,
스킨십, 보호)

박민환   괜찮아. 내가 잡아줄게.

그 모습 보면서 어? 싶은 지원의 표정 위로.

FLASH CUT. 지원 회상_민환이 같은 느낌으로 안경 쓰고 촌쓰러운 지
원 확 땡겨준 순간. (안 나왔던 씬)

완벽하게 겹치는 모습에 지원 썩소로.

강지원   어머! 옛날 생각난다. 민환 씨, 옛날에 나하고 썸탈 때도 벌레 다 쫓아 줬잖아. 그때 참 믿음직했는데.

둘이 썸타는 것처럼 붙어서 몸 털고 뭐 하던 중이었던 수민과 민환 찔리지만,

강지원   수민이도 벌레 무서워하는데 민환 씨가 있어서 정말 다행이야.

하고 고개 돌리는데 저 멀리 자전거 대여소 보인다.

FLASH CUT. 지원 회상_쩔쩔매는 지원에게 자전거 가르쳐주던 민환

지원, 얘들 자전거도 타겠군- 싶은데 핸드폰 울려서 보면 '백은호'.

강지원   (얼른 받아서 일어서며) 네, 대리님. ...네에에에엑???
알겠어요!! 지금 당장 회사로 가겠습니다!!

하면서 돌아봤는데 수민환은 지들끼리 이야기하느라 지원 쪽엔 관심도 없다.
거의.. 다 왔구나 싶으면서도 찰나, 아주 찰나 살짝 표정 복잡해지는데까지.

강지원   거의 다... 왔다.

CUT TO. 지원이 없이 수민환만 남아 있다.

정수민   지원이 걔는 일 못 하다 죽은 귀신이 붙었나, 주말인데 일 생겼다고 가요?

(부루퉁) 요즘 바쁘다면서 나랑 제대로 놀아주지도 않고.

박민환 나도 못 보는데 말해 뭣해요? 프로젝트가 지 꺼라고 생각하니. (절레절레)

정수민 (일부러 더 시무룩한데)

박민환 (달래려고 두리번거리다) 어? 수민 씨, 자전거 탈 줄 알아요?

정수민 저 자전거 한 번도 안 타봤어요. 무서워요.

박민환 아잇! 뭐가 무서워. 내가 가르쳐줄게요.

씬40. 호수공원 앞(낮)

걸어 나오던 지원, 뒤 한 번 돌아본다.
살짝 복잡한 마음을 이겨내려 일부러 입술 한 번 꽉 깨물고
핸드폰 꺼내 은호에게 전화.

백은호(F) 어, 지원아.

강지원 미안미안. 때마침 전화가 너무 타이밍 좋게 와가지고.
차벗어나고 싶은 자리가 있었거든. 갑자기 이상한 소리 해서 놀랐지?

백은호(F) 어어? 그럼 안 오는 거야? 나 기다리고 있는데.

강지원 응? 너 어딘데?

씬41. U&K 회사 정문 앞(낮)

백은호 (머리 긁적) 너네 회사 앞.

은호를 중심으로 U&K 건물 웅장하게 보여주면서 시간 경과.

CUT TO.

커다란(노센스, 꽃 종류 12종 이상, 색깔 통일성 없음, 많기만) 꽃다발 든 은호,
되게 어색해하면서 서성이고 있다. 쇼윈도에 비친 얼굴도 한 번 체크하고.
차에서 내려 회사로 들어가려던 지혁, 은호 발견하고 멈추는데.

백은호 어? 지원아!

돌아보는 지혁, 멀리서 있는 힘을 다해 뛰어오는 지원을 발견한다.

강지원 (은호 앞까지 뛰어와 숨차면)
백은호 (꽃다발 주며) 오, 오다 주워따!!
강지원 (얼결에 꽃다발 받고) 어? 고, 고마워.
　　　　　꽃은 내가 줘야 하는 거 아냐? 이쪽으로 근무지 옮겼다며.
백은호 으응, 아, 아주 가까워... (머리 긁적)

알콩달콩(해 보이는) 두 사람 보는 지혁, 자기도 모르게 손 꽈악 쥔다.
괴롭.

백은호 한번 놀러 와라. 꼭...

은호 사람 좋게 웃는데, 울리기 시작하는 핸드폰. (액정 '베르테르 분당점')

백은호 (맘 급해져서) 내, 내 오늘 디너거든. 가, 간다.
강지원 뭐? (이러고 간다고??)

하지만 벌써 저만치 멀리 가 있는 은호.
뛰다가 아차, 싶어서 돌아보고 손 흔들고 다시 뛰어가고.
커다란 꽃다발 안은 채 멍했다가 웃은(정신없고+귀엽고) 지원이 문득

(지혁이 있던 자리) 돌아보면 텅 빈 데까지.

씬42. 16층 사무실(밤)

#부장 자리

지혁, 들고 있던 가방 대충 던져놓고 넥타이 푼다. 답답하고, 불편하다.
화가 나서 서성. (+감정적이어도)

#입구 쪽

아무도 없는 사무실에 들어왔던 지원, 부장 자리 쪽이 밝은 거 보고 얼른 뛰어가는데.

씬43. 16층 지혁 자리(밤)

지혁, 언제 감정적이었냐는 듯 냉정해져 책장에서 책 꺼내는 중.

강지원	부장님! 드릴 말씀이...
유지혁	아, 강 대리님. 안 그래도 저도 할 말 있었는데. (지원이 안고 있는 꽃 보면)
강지원	(아! 민망해서 눈치 보며 잽싸게 나가서 꽃다발 놓아두고 와서) 저건...
유지혁	(거리감 있는 미소로 앉으라는 시늉으로 말 끊!) 주말인데 출근했어요?
강지원	(살짝 거리 두는 것 느끼고 어색하게) 아, 박민환과 정수민을 데이트 시키려고 같이 외출했다가 도망쳤거든요.

지혁, (언제라도 일어날 수 있게) 책상에 살짝 걸터앉아서
굳이 눈 마주치지 않은 채 이야기 시작.
(이하, 말하다가 잠깐은 눈 마주쳐도 계속 보지는 말고)

유지혁	내가 21년에 승계 절차를 마치면서 놓친 게 두 가지가 있어요.
	하나는 클라우드항공과 클라우드항공투어.
강지원	(어?) …기억나요. 계열사 분리로 U&K에서 완전히 독립했었죠.
유지혁	그리고 또 하나는… 이석준 실장이에요.
	할아버지는 실장님을 내 옆에 남겨두고 싶어 하셨지만,
	내가 회장이 되었을 때 실장님도 사표를 냈죠.
강지원	왜 그런 거예요?
유지혁	(모른다) 어쨌든 불편한 사람이에요. 컨트롤 안 되는 사람이기도 하고.
강지원	아, 안 그래도 밀키트에 대리급을 다 넣은 건 저도 너무 이상한 결정이…
유지혁	강지원 씨를 밀키트 팀장으로 할 수 없었던 이유를 말한 거예요.

일어선 지혁 비로소 정면으로 지원과 눈을 맞춘다.

유지혁	도와줄게요. 뭐든— 강지원 씨가 필요한 일. 전부 다.

씬44. 레스토랑 베르테르 분당점 탈의실(밤)

은호 옷 벗어 던지고 (디너+나이트 끝난 다음) 사복으로 갈아입고 있는데.

INSERT. 시계 새벽 12:30

사장	넌 머나먼 본점에는 아침 댓바람부터 오더니
	집에서 코앞인 분당점에 출근할 때는…
백은호	안 늦었어요.
사장	3분 전에 도착했어!! 안 그러던 놈이 그러면…
백은호	(그만하라는 의미로) 안 늦었어요.
사장	그렇지! 안 늦으면 됐지!! (한숨) …오늘 그 남자 또 왔다.

백은호 (누구?)

사장 (왜 있잖아...)

씬45. 레스토랑 베르테르 분당점(밤)

INSERT. 레스토랑 베르테르 분당점 전경
지혁이 스테이크 썰고 있으면 다가와서 옆에 앉는 은호.
(옆에는 아이스 바스켓에 술로 보이는 병 담겨 있다)

백은호 자주 보네요.

유지혁 (단정하게 먹으며) 어떤 사람인지 알아보려고.
바람기는 없는지, 단단한 땅이 될 만한 자질이 있는지...

백은호 (아이스 바스켓 보고) 적당히 드셨으면 좋겠는데.

유지혁 얼마나 절실한지도 봐야 하고.

백은호 (바스켓에서 술병 꺼내 자기 잔에 따르며) 그걸 그쪽이 왜 봐요.

유지혁 그러려고 온 거 같아서. (포크 나이프 내려놓고 입술 닦는다) 푸드쇼
는 그만하죠. 굳이 여자들 이목 끌지 않아도 돈 벌 만한 능력은 되는
거 같은데.

백은호 하... 이제 별 상관을 다, (술병 돌려놓으려다가 어?) ...탄산수?

유지혁 (일어난다) 이제 술은 안 마셔요. 해야 할 일이 있으니까.

지혁, 은호 한 번 아프게 보고 돌아서서 나간다.
은호, 그 뒷모습 얼떨떨하게 보고.

씬46. 16층 회의실(낮)

마케팅 팀원들 모두 모여있다.

유지혁　마케팅부서의 팀워크 향상을 위한 전체 워크숍 진행 예정입니다.
　　　　특히 여러 가지(더 말하려고 했지만 삼키고)... 이상입니다.

　　　　지원은 계속 지혁 보고 있지만 끝까지 지혁은 지원 정면으로 보지 않
　　　　는 데서.

　　　　CUT TO.
　　　　지혁, 수민환 없고. 마케팅 팀원들 빠져나가고 있고,
　　　　지원과 주란도 나가려는데 희연이 완전 삐져서 입 댓발 쿵쾅하고 있
　　　　으면.

강지원　(특히 미안해서) 대리님, 희연 씨요...
양주란　밀키트 인사가 애매해서 의욕도 없어질까 봐 걱정이야.
강지원　(문득) 어... 우리 워크숍 준비시켜보면 어떨까요?

　　　　희연이 듣고 어?? 하고 눈 동그래지는 데까지.

씬47. 캠핑장 베이스캠프 앞(낮)

　　　　INSERT. 가을의 산과 강

　　　　[U&K푸드 가을 워크숍] 플래카드 달고 있는 본부 텐트가 있고,
　　　　주변으로는 캠핑카(1)부터 글램핑이라는 말에 어울리는 크고 고급스
　　　　러운 텐트(2), 일반 텐트(3), 비박용 텐트(4), 침낭(5)까지 줄지어 있다.
　　　　(번호판 막대 박혀있고)

박민환　(침낭 보며) 야아~ 이거 당첨되면 답 없는데.
정수민　무슨 워크숍 숙소를 보물찾기로 정해요? 나 이런 데서 못 자는데에...

유희연   (불쑥) 열심히 게임에 참여하시면 됩니다!

정수민   (깜짝!)

유희연   그냥 술이나 마시는 것보다 더 재미있잖아요!
　　　　　이렇게 날 좋을 때 아니면 언제 이런 걸 해보겠어요?

'준비위원' 완장 찬 희연이 바쁘게 총총 뛰어가면,

정수민   유희연이 준비위원이라고 할 때부터 난 불안했어.
　　　　　이잉~~ 이름표 떼기도 한대요. 뭔 일이야 진짜!

양주란   희연 씨가 예능 좋아하잖아.
　　　　　다행이지 뭐야, 이것 땜에 프로젝트에 대한 상실감은 까먹은 거 같으니.

강지원   매일 회사에 앉아만 있는데 평소 안 하는 거 해보면 좋지.

박민환   얘가 또 근거 없이 자신감 넘치네. 너 보물찾기 못하잖아.

강지원   그거야 찾아봐야 알지. 난 열심히 해볼래. 죽으면 못 하잖아?

정수민   (뭔 소리야 싶은데)

강지원   (수민이 보면서 웃으면서) 우린 다 죽잖아?

박민환   야야, 여자들은 이럴 때 가만~히 앉아서 굿이나 보고 떡이나 먹는 거야.
　　　　　오빠 믿지? 얼른 남자 캠핑카 맡고 나서 여자팀 것도 다 찾아줄게!!!!

맘껏 허세 부리는 민환을 보는 지원의 눈에서 연결.

씬48. 캠핑장 일각(낮)

단체복을 입은 민환이 덩치가 좋은 남직1에게 깔려
동그랗게 말아진 채 처참하게 이름표 떼이고 있다.

박민환   으어~ 으어~ 으어어어~~

CUT TO. 그 모습 멀리서 보고 있는 지원으로

강지원(E) 내 기억이 맞다면, 박민환은 저대로 5번 확정, 침낭에서 취침했어. (돌아서 뛰면서) 나는 겨우 4번만 찾고도 숨어있다가 비박용 텐트에서 잤고.

돌아서서 뛰어간 지원 베이스캠프 근처에서
한쪽에 숨어서 상황 살피는 수민을 발견하고 멈칫.

강지원(E) 정수민은...

씬49. 캠핑장_지원 회상(낮)

수민, 캠핑카 앞에서 1번 막대 흔들며 환하게 웃고 있다.
어서 오라는 듯 손짓하면 쫄딱 젖어 수건 두른 경욱이 흐뭇하게 다가와 나란히.
열심히 두 사람의 사진 찍어주는 지원. (민환도 '나도나도' 하면서 다가가고)

씬50. 캠핑장 일각(낮)

강지원(E) 이상할 정도로 정수민은 항상 좋은 것만 가졌었다.

하는데 지원 발견한 수민, 활짝 웃고 달려와 팔짱 껴 당겨 몸 숨기며.

정수민 숨어, 바보야!

지원, 얼떨결에 수민 따라 몸을 숨기는데
'준비위원' 완장 낀 희연과 남직1, 주란이 베이스캠프 텐트로 들어온다.

양주란 여자 1번 막대 캠핑카 너무 어렵게 숨긴 거 아냐?

유희연 (물에 젖은 머리 타월로 털며) 제가 숨겼습니다.
그렇다는 건 찾을 수도 있다는 거죠.

남직1 아니이, 유희연 씨는 거의 야생이잖아요. 호수에 들어갈 사람이 어딨
어요?

양주란 물도 이제 차고, 미끄러울 거 같은데.

세 사람 텐트 안으로 들어가 버리면,

정수민 아이, 무울? 어렵네. (곰곰) 과장님이라도 있으면 부탁하면 되는데...
(지원에게) 민환 씨는? 수영할 줄 알아??

강지원 찾아달라고 하려고?

정수민 당연한 거 아냐? 물이면 위에 있는 호순데 뭐가 있을 줄 알고 들어가?
도와달라고 하면 되는데 어려운 길 갈 필요 있어?

강지원 (보면)

정수민 뭐야? 네 남친이다 이거야?

강지원 아니, 그게 아니고...

정수민 (활짝 웃) 그럼 네 남친 내가 잠깐 쓴다?

수민이 지원의 팔 툭툭 치고 생긋 웃은 다음 뒤쪽으로 뛰면.
그대로 선 채 지원, 잠깐 생각하다가 뭔가 결심한 듯 돌아서다가 깜놀!!
가버린 줄 알았던 수민이 바로 뒤에서 서서 묘한 미소로 웃으며 보고
있었다.

정수민 (다가가 지원의 양 뺨 손으로 감싸며) 지원아, 원하는 건 수단과 방법
을 가리지 않고 갖는 거야. 정말 원한다는 건 그런 거야. 난 그래.

강지원 (섬뜩한데)

정수민 (꼭 끌어안으며) 지원이, 내 반쪽.

수민이 지원을 끌어안은 채 절대 놔주지 않을 것처럼 웃으면.

강지원 (그 기세에 밀린 듯, 깨달은 듯,) ...그래야지.

씬51. 캠핑장 숲길(낮)

지원 생각에 잠긴 채 걷고 있다가 멈춘다.

강지원 그래서 정수민은 모든 걸 가졌던 걸까.

FLASH CUT. 1부 13씬 빨간 스포츠카를 타고 달리는 수민(회상)

FLASH CUT. 1부 23씬 해영빌라 침실에서 환하게 웃는 수민과 그런 수민이 예뻐 죽는 민환(회상)

강지원(E) 확실히, 2023년에 정수민은 모든 걸 다 가졌지.

하고 고개 들었는데 저쪽에서 지혁이 걸어오는 중. (팀복 안 입고 있다)
지혁, 지원 발견하고 움찔해서 돌아섰다가 피하지 않고 멈춰 서면.
다가가는 지원.
거리 점점 좁아져서 두 사람 서로 마주 보고 선다.
덤덤하게 지혁을 올려다보는 지원,
그런 지원을 내려다보는 지혁의 얼굴 위로.

FLASH CUT. 5부 39씬 유지혁 "내가, 많이 좋아해요."

FLASH CUT. 7부 43씬 유지혁 "도와줄게요. 뭐든— 강지원 씨가 필요한 일."

FLASH CUT. 7부 50씬 정수민 "도와달라고 하면 되는데 어려운 길 갈 필요 있어?"

유지혁	1번 막대 찾았어요? 어디 있는지만 알면 내가...
강지원	(말 끊) 희연 씨가 호수에 숨겼대요. 저, 도와주실 수 있어요?
유지혁	당연히. (바로 움직이려는데)
강지원	(붙잡는 지원) 아니, 그거 말고 다른 거요.
유지혁	(보면)
강지원	가끔 부장님한테 솔직하게 이야기하게 해주세요. 이상한 사람이라고 생각하지 마시고, 싫어하지도 마시고 그냥 들어주세요.
유지혁	(보는데)
강지원	그런 사이만---- 해주세요. 저 도와주고 싶어 하시는 거 알아요. 그런데, 알아서 할게요.
유지혁	(표정 어두워지면)
강지원	TV를 통해 알리실 때까지 부장님은 U&K의 후계자라는 걸 아무도 눈치챌 수 없을 정도로 옳은 일만 하시는 분이었어요. 저 때문에 부장님답지 않은 행동하는 거 싫어요.
유지혁	나는...
강지원	(웃는다) 저 능력 있는 인재라고 하셨잖아요. 잘할 수 있어요. 뭐든- 그러니까 가끔 솔직할 수 있게만 도와주세요. 지금 이 순간 두 번째 살고 있는 건 세상에서 우리 둘뿐이니까... 아무에게도 할 수 없는 이야기, 가끔, 부장님께만 하게.

지원, 악수하자는 의미로 손 내미는데.
작은 손 보고 있던 지혁, 한숨 쉬고 셔츠 단추 풀기 시작하면.

강지원　(경악!!!) 뭐, 뭐 하시는 거예요요오오옥?!

지혁, 한숨 다시 한번 쉬고 지원에게 다가간다.
거리 좁아지고.

유지혁　아버지가 용돈을 주실 때 파란 하트를 그려서 줬다고 하지 않았어요?
강지원　(맞는데...)

지혁, 쇄골 쪽이 보일 정도로 단추를 하나, 하나 천천히 풀고 셔츠를
조금 젖히면
처음에는 뭐 하는 거야 싶었던 지원의 눈 점점 휘둥그레.

강지원　이건...!!

저도 모르게 손을 뻗어 짚은 지혁의 쇄골 쪽의 파란 하트.
지혁, 파란 하트 짚은 지원의 손목 잡고.
마주치는 두 사람의 시선에서.

유지혁　(자기 자신 가리킨다) 아버지가 주신 용돈.

지원의 휘둥그레한 눈에서..

씬52. 캠핑장 일각(낮)

수민, 걸어가다가 저 멀리 쪼그리고 앉아서 투덜대는 민환(맘대로 안
돼서) 발견한다.
두리번거리다가 옆의 나무에 살짝 거스러미 일어 있는 거 발견하고는
자신의 팔뚝 보는데.

CUT TO. 민환 쪽

박민환 아, 자식들이 매일 운동만 했나. (5번 쪽지 보며) 이걸로는 안 되는데...
진짜 내가 디스크만 아니면 다 죽었다 이거야!

하는데 아얏! 하고 수민의 비명 소리 들리면 벌떡 일어난다.

CUT TO. 수민 쪽

박민환 (뛰어와서) 수민 씨, 괜찮아요? 다쳤어?
정수민 (팔뚝 붙잡고 있다) 아아, 민환 씨. 나뭇가지에 걸렸어요.
박민환 봐봐. (수민 손목 잡아서 팔뚝 상처 보는데)

INSERT. 살짝 긁힌 수민의 상처 살짝 피 맺힌.

박민환 사고네, 사고야. 에헤이!! 그냥 둘 수가 없네.
정수민 이잉... 아파요.

수민, 인상 찌푸리면서 아이처럼 말하지만 상처 살짝 핥는 순간은 마치 고양이처럼.
그 모습 민환의 입장에서는 유혹적이고.

박민환 야, 약 발라야지. 베이스캠프로 가요.
정수민 침 발랐으니까 괜찮아요. 그보다... 저 뭐 하나만 도와주시면 안 돼요?
박민환 응? 뭐요?
정수민 여자 1번 막대 어딨는지 찾았는데 물속이라서요.
(다친 거 보이면서) 들어갔다가 더 아야 하면 어떻게 해요?

씬53. 캠핑장 숲길(낮)

여전히 서로 마주 보고 있는 지원과 지혁에서 연결.

유지혁   그러니까 지원 씨 편한 대로 나를 써먹어요.
강지원   (이건 무슨 상황인가 살짝 혼란스럽지만)
유지혁   괜찮아요.

지원, 한참 동안 지혁을 본다.
두 사람 모두 회귀했다는 사실을 공유한 이후의 지혁 행동을 이해하고.
지혁은 솔직히 고백해 차라리 후련했는데.

강지원   용돈은... 안 써도 되는 거 아니에요?
유지혁   (어?)
강지원   아니면, 음, 전 용돈하고 솔직히 이야기할 수 있는 걸로 충분해요.
유지혁   (이런 반응은 예상치 못했다)
강지원   용돈이라고는 생각 못 했는데 알게 되니까... 더 마음이 가네.
          (흐트러진 옷 여며주면서) 용돈도 행복해졌으면 싶은데,
          용돈은 다시 살게 되면서 뭘 하고 싶었을까요?
유지혁   지원 씨...
강지원   부장님이 하고 싶은 게 뭔지 생각해보셨어요?
          (한 걸음 물러서며) 저는요, 부장님. 행복해질 거예요.
          제 손으로, 제 힘으로. ...반드시.

마음 완전히 굳힌 지원,
지혁을 향해 예쁘게 웃는 모습-
돌아서서 힘차게 걷는 표정에서 연결했지만.

씬54. 캠핑장 호수 앞(낮)

지원, 당찼던 것치고 살짝 암담한 표정으로 호수 보고 있다.
호수 한복판 저 멀리 희연이 달아놓은 1번 막대 선명하게 보이지만 꽤 멀고.

강지원 오우, 멀다.

무리스럽다는 거 모르지 않지만 신발, 양말 벗어 놓고,
들어가려다가 체조까지 한 다음 이상하리만큼 고집스럽게 물에 들어가는데.

씬55. 캠핑장 숲길(낮)

나무 그루터기에 앉아서 방금 지원과의 이야기를 생각하던 지혁,
일어나 털고 나오는데 주란과 희연의 목소리 들린다.

유희연 대리님, 마스터님께 여쭤보니까 호수가 수심 2m가 넘는 데도 있다고 들어가지 말라는데요!! 물이끼도 있어서 미끄러지면 위험하대요!
양주란 뭐어?? 아이고, 못살아!! 가보자!!

두 사람 말 끝나기 전에 돌아서서 뛰기 시작하는 지혁에서.

씬56. 캠핑장 호수(낮)

처음엔 슬슬 걸어 들어가던 지원, 비틀비틀 위태롭다.
생각보다 수심 깊어서 물의 저항 심해 앞으로 나가기 쉽지 않지만.

발가락에 힘줘가면서 한발 한발 나가다가 (이상하리만큼 고집+필사)
하지만 다음 순간 돌을 잘못 밟고 미끄러져 머리까지 쑥 들어가는데!!!
즉시 양팔 붙잡아 끄집어내는 손, 지혁이다!

유지혁   (머리끝까지 화나서) 뭐 하는 거예요!
        이 계절에 아무 준비 없이 물에! 깊이도 모르면서!! 그것도 혼자!!
강지원   부, 부장님! (콜록콜록! 물 좀 먹었다!) 괜, 괜찮...
유지혁   하나도 안 괜찮아!!!
        그냥 나한테 말하지! 이게 뭐 그렇게 대단한 거라고!
        도와달라고 하면 되는데 왜 어려운 길을 가?!
        미끄러져서 다치기라도 하면...
강지원   난 정수민하고 다르니까요!!!!!!!!!!
유지혁   (본다)
강지원   걔가 틀렸으니까. 내가 맞고, 걔가 틀렸으니까.
        난 정수민처럼 살지 않을 거예요.
        그래도 행복해질 거예요!
        그래도 1번 막대를 가질 거예요!
        내 손으로, 내 힘으로.
        그게 내 인생이고 강지원이고, 그게 맞으니까. 내가 맞으니까!!

마주친 시선 그대로 지혁, 지원의 기세에 완전히 감화된다.
응원하고 싶다- 이 사람이 잘 되었으면 좋겠다- 도와주고 싶다- 지켜
주고 싶다--
아직도 지원의 양팔 잡고 있고,
온통 젖은 지원이 다 쏟아내 떨고 있는 진동 손을 통해 다 느끼고.
지혁의 시선으로 물에 젖은 채 안쓰러운 지원의 모습,
지원의 팔을 잡고 있는 손에 힘이 들어간다.
당장 키스해도 이상하지 않을 것같이 높은 텐션---
지혁, 자기도 모르게 지원의 팔 잡고 있는 손에 힘 들어가지만.

들어가지만..

들어가지만...

강지원(E) 부장님이 하고 싶은 게 뭔지 생각해보셨어요?

유지혁 나는...

FLASH CUT. 5부 3씬 지혁 시선의 회상으로

강지원 "배 타본 적 있어요? 아빠가 돌아가시고 난 후 난 매일 배를 타고 있는 거 같아요. 분명히 발을 디디고 서 있는데 흔들려서 불안해. 안정되고 싶어. 땅 위에 있고 싶어."

유지혁 나는 땅이 되고 싶었어요.

서로를 바라보지만 각기 다른 감정의 지원과 지혁의 투샷에서...

fin.

8부

매트에 올라갔을 때는요.

내 상처도 상대의 상처도 확인하면 안 돼요.

두 가지만 생각하는 거예요.

나는 싸우기로 했다- 이길 것이다-

씬1. 캠핑장 호수(낮)

지원혁 호수에서 서로 바라보고 있는 데서.

씬2. 캠핑장 호숫가로 향하는 길(낮)

INSERT. '호수 100m'라고 쓰여진 화살표 표지판

..을 지나쳐 호수 쪽으로 곧장 향하는 수민환.
민환 자꾸 힐끔거리다가 수민 목에서 목걸이 반짝 빛나면.

박민환   잘 어울리네요?

수민, 말없이 생긋 웃는데 뭔가 의미심장.

INSERT. 펜던트 클로즈업

정수민   (조금 앞으로 먼저 뛰며) 호수 여기예요. 여기에 분명 1번 막대가...

하다가 수민이 멈칫하며 눈 휘둥그레져서 걸린 건가!! 싶은 느낌이 드는데.

정수민   (돌아보며 환하게 웃는다) 우와! 진짜 예쁘다!!

카메라 수민을 지나 호수로 다가가면,
방금까지 지원과 지혁이 있던 바로 그 자리 텅 비어있다!

박민환   와!! 여기 진짜 경치 죽이네!! (하고 보다가) 어? 근데...
정수민   어?

1번 막대가 묶여 있던 끈을 발견하는 두 사람.

박민환   누가 벌써 가지고 갔나 본데요?

수민의 표정 일그러지고.

씬3. 캠핑장 베이스캠프 텐트(낮)

지원이 에치! 하고 기침하고 코를 문지른다.
옷 갈아입었고 담요 두르고 머리는 살짝 젖은 채 휴대용 난방기에 불 쬐고 있다.

양주란   대단하다, 대단해. 거기 누가 들어가나 했더니 강 대리였구만.
유희연   역시 큰 인물!! (머리 말려주려)

지원, 타월 받아서 자기가 마구 털다가 손 멈칫하는 위로.

FLASH CUT. 7부 56씬 유지혁 "나는 땅이 되고 싶었어요."

강지원 희연 씨...

유희연 네?

강지원 땅이 되고 싶다는 게 무슨 말이야? 뭔가 장래희망이나 위시리스트 중에...

유희연 (뭔 소린지 모르겠는데) 빵 아니에요? 빵 먹고 싶다...

'아니야...' 머리를 털면서 석연찮은 지원의 표정.

유희연 짱? 아니면 왕? 도 있네요.

누가 한 말인데요? 물어보면 되잖아요. 뭐였냐고.

강지원 그게... 물어보기 약간 어려워.

양주란 (따뜻한 커피 타주면서) 그거 뭔지 알지. 박 대리한테 그러는 거지?

그러면 안 돼. 나도 옛날에 남편이 뭔 말하는 건지 당최 모르겠는데

못 물어봤거든. (한숨) 속 터져. 결혼할 사이엔 그러면 안 되는데.

유희연 연인이라면 특히 장래희망, 위시리스트 같은 건 다 공유해야죠!

강지원 아하하... (웃으면서 커피 한 모금 마시는데)

양주란 정말 중요해 대화. 캠핑카 당첨이니 꼬셔서 밤에 끌어들여서 물어봐.

유희연 어맛! 무슨 말씀을 하시는 거예욧! 즈질!! 유부녀들은 증말!!

강지원(E) 그렇게 할 순 없지. 오늘 박민환은 나와 있으면 안 되니까...

지원의 눈동자에서 연결.

씬4. 캠핑장_회상(밤)

밤이 내려앉은 캠핑장의 전경 위로.

강지원(E) 분명 옛날에는 내가 4번 비박텐트였고, 정수민이 1번 캠핑카였어.

그리고 그날 밤...

캠프파이어 한 혼적과 불씨 남아 있고,
텐트에는 작은 등 빛나고, 멀리서 밤새 달리는(술/노래) 몇 명을 빼고
는 조용한데.
어둠 속 비박용 텐트 쪽으로 향하는 그림자, 민환이다.

박민환　(텐트 옆에 쭈그리고 앉아 속닥) 야, 야? 강지원!
　　　　나 침낭에선 도저히 못 자겠다. 나랑 나가서 자고 오자.

　　　　암만 기웃대도 지원은 곤히 잠들어 있고,
　　　　결국엔 손 뻗어서 어깨 거칠게 흔들어 깨우는데,

강지원(E)　하도 보채서 결국 나가서 자고 새벽에 들어왔지.
　　　　술도 마셔서 제대로 열이 오른 상태라 정말 너무 끔찍했어.
　　　　내가 캠핑카에서 잔다면 정수민이 비박텐트... 그렇다면,

　　　　텐트 안에서 눈 번쩍 뜨는 얼굴은 수민인 데서.

씬5. 캠핑장 베이스캠프 텐트(낮)

강지원　(조그맣게) 오늘을 디데이로 만들 수 있지 않을까.
유희연　(정리한다고 부산스럽다가 뭔가 뒤집어쓰고) 네??
강지원　아, 아니야. (웃고 커피 내려놓고 일어서면)
양주란　나가려고? 1번 막대도 찾았는데 그냥 쉬지?
강지원　에이, 반칙이잖아요.
　　　　게임 종료까지 시간 남았는데 누가 제 이름표 뗄지 모르고.
양주란　(웃으면서) 어우, 융통성 없다. 그러니까 더 숨어야지.

강지원   찝찝해서요. 캠핑카는 정정당당하게 차지할래요!

씬6. 캠핑장 베이스캠프 앞(낮)

지원 나와서 심기일전으로 숨 들이마시는데.
캠프 옆 의자에 지혁 앉아있다. (지혁도 옷 갈아입은 상태)

유지혁   위험하고, 대책 없는 행동이었어요.

지원 돌아보면 일어서서 다가오는 지혁.

강지원   물에 빠져 죽지 않는다는 건 알고 있으니까.
유지혁   (아?)
강지원   내가 지금 무서운 건 다시 기회가 주어졌는데 똑같이 저처럼 사는 거
예요.
하지만 더 최악은, 저만큼도 못 사는 거죠. 정수민처럼- 박민환처럼-
내가 원하는 걸 얻기 위해 수단과 방법을 가리지 않는 거.

씬7. 캠핑장 일각(낮)

나란히 걷고 있는 두 사람.

유지혁   지금- 강 대리님이 1번 막대로 가지고 있으니까 운명이 바뀐 건가요?
아니면 캠핑카에서 내일 눈뜰 때까지 정수민 씨가 어떻게든 1번 막대
를 차지할 가능성이 있는 건가?
강지원   몰라요.
유지혁   그럼---

강지원	하지만 아는 것도 있죠. 박민환이 저한테 돈을 빌렸어요.
유지혁	(무슨 말인지 몰라서 보면)
강지원	그리고 여기 오기 전에 목걸이를 샀죠.

씬8. 주얼리샵_과거(밤)

민환이 두리번거리다가 오땅띠끄에 들어가는 모습과
그 모습을 보고 있는 지원.

씬9. 캠핑장 일각(낮)

강지원	단순한 인간이라서요. 나한테도 줬거든요, 명품 목걸이… 나름 박민환의 회심의 카드인 거예요. 여자와 밤을 보내기 위한…

FLASH CUT. 민환이 안경지원에게 목걸이를 주는 순간(회상)

FLASH CUT. 2씬 수민의 목에서 반짝이고 있는 목걸이

유지혁	하지만— 같은 목걸이를 사준다는 건 너무나 위험한 일 아니에요?
강지원	조금 다르긴 해요. 더 비싼 거던데요, 다이아 박힌 거. 저한테는 가장 기본 중의 기본, 도금으로 사줬거든요. (쓸쓸한 미소) 많이 신경 썼네. 전 좀 더 쉬웠나 봐요?

하는데 옆에 지혁이 없다? 돌아보면.

유지혁	(걸음 멈추고 안쓰럽게 쳐다보면)
강지원	괜찮아요. 지금 그런 인간에게서 도망가고 있는 중이잖아요.

좋은 것만 가질 거예요.

유지혁 (끄덕) 그래야죠. 그럼 오늘을 디데이로 만들어보겠다는 거죠?

강지원 네, 일단 (1번 막대 들어 보이며) 이건 손에 넣었으니
정수민은 4번 막대 고정시키고 박민환은 술을 진탕 먹게 하고...

유지혁 좋아요. 응원할게요. 더 이상 할 수 없을 정도로.

강지원 저도 응원... 아? 맞다. 아까요... 뭐가 되고 싶다고 하신 거예요?

유지혁 (움찔)

강지원 짱? 왕?...은 아니잖아요. 빵 드시고 싶단 것도 아니었을 거고...
(웃는) 제대로 못 들었어서요.

아무것도 모르는 지원의 해맑은 응원에
지혁, 귀여워서 웃고 마는 표정 위로.

정수민(E) 도대체 누가 1번을 쥐고 있는 거야?

CUT TO.
막대도 찾고 이름표도 떼려고 혈안된 직원들 사이에서
수민이 여직1에게 막대 4번을 받고 이름표를 돌려주는 중이다.

정수민 암만 생각해도 물속에 들어갈 인물이 없는데...

하는데 한쪽 화단에 숨어서 이쪽 보고 있는 지원 발견.
수민의 시선으로.

INSERT. 다 마르지 않은 지원의 머리카락 클로즈업

정수민 (생긋) 우리 지원이... 머리카락이 젖어있네?

수민과 눈이 마주친 지원, 얼른 몸 돌려서 숲길 쪽으로 도망치면.

씬10. 캠핑장 숲길(낮)

숲길을 따라 올라온 지원, 주변 두리번거리다 나무 그루터기에 걸터 앉는다.

강지원 (1번 막대 꺼내며) 좋은 걸 가져본 적이 없어서 그런가, 지킬 게 있으니 되게 힘드네.

지원의 등 뒤쪽, 무방비 상태라 위태로워 보이는데.
바스락~ 하고 풀 밟는 소리 나면 경계태세로 몸 낮추는 지원.
바람 불어와 나무 살랑이고,
1초- 2초- 그래도 조용하기만 하면.
아닌가 싶어 안도의 한숨 내쉬고 다시 제대로 앉는 순간!

정수민 (갑자기 확 튀어나와) 지원아, 미안!!!

수민의 손 지원의 이름표에 닿으려는데
몸을 확 돌리면서 (의도적으로) 수민의 머리채를 확 잡아당기는 지원!
인정사정없는 힘에 수민의 머리 확 꺾어져 앞으로 고꾸라지면.

강지원 (일부러 노렸다!) 어머, 어떡해! 네가 갑자기 덤벼들어가지고 너무 놀라서.
정수민 아야아야아야!!

수민은 고개 숙이고 있어서 지원의 표정 못 보기 때문에,
지원 맘껏 쾌씸하다는 표정으로 사적인 복수할 수 있다.

강지원 (일부러 머리 움켜쥐고 흔들면서) 잠깐만, 잠깐만...
내 팔찌에 머리가 걸렸나 봐.

정수민	아야, 아파! 아파아아!
강지원	가만있어! 움직이면 더 아파. (일부러 한 번 더 흔들고 놔주는) 됐다아아!
정수민	(머리 다 빠진 거 같아) …히잉.
강지원	미안해, 화난 건 아니지? 이건 게임이잖아. (웃는) 네가 안 덤벼들었으면 이런 일 없었지이이.

수민의 어깨 툭툭 두드려주고 지원 통통 뛰어가 버리면,
수민 이 꽉 깨물며 노려보는데.

CUT TO.

수민이 안 보이는 곳으로 돈 지원, 나무에 등 대고 숨 몰아쉰다.
작은 승리감으로 살짝 고개 돌려 수민 보다가 움찔하고.

CUT TO.

수민, 울고 있는 것처럼 보인다. 팔뚝으로 눈물 훔치다가 아얏! 해서
보면.
비로소 지원의 눈에 들어오는 다친 수민의 상처--

CUT TO.

지원의 복잡한 표정에서.

씬11. 캠핑장 숲길 입구(낮)

숲길에서 캠핑장 쪽으로 나오는 길,
수민이 눈에 밟히는 지원 심란하게 나오다가 멈춰 서서 돌아본다.

강지원	뭐 하자는 거야, 지금. 왜 신경 쓰는데!

마음 굳게 먹고 몇 걸음 걸어 나오다가 에이 씨! 결국 맘 약해져서 돌아가는데.

씬12. 캠핑장 숲길(낮)

반대 방향으로 거슬러 올라가는 지원,
후다닥 뛰어 수민과 헤어진 곳을 도착했는데 텅 비어있다.
아, 그렇구나― 복잡한 마음 그대로 표정에 드러나는 순간
확 나타나서 지원의 머리채를 잡는 수민!

정수민　(손을 뻗어서 이름표 떼며) 지원이, 아웃!

순식간에 떼인 이름표, 수민은 광기 어린 눈으로 신나서 웃고 있고,
지원은 당황스럽고 황당해서 어쩔 줄 몰라 한다.

정수민　돌아올 줄 알았지. (해맑게 손 내민다) 네 막대 줘. 너 1번이지?
강지원　(어쩔 수 없이 1번 막대 주는)
정수민　진짜 물에 들어갔어? 진짜 이래서 사람들이 강지원~ 강지원~ 하는구나?

수민, 신나서 방글방글 웃으며 떨어진 지원의 이름표 다시 붙여준다.

정수민　글램핑 가지고 있는 사람 찾아서 그 사람 거 떼.
혜혜! 지원이 덕분에 나는 캠핑카다아아아!

신난 수민이 지원의 등 탁탁 두드려주고 4번 막대 던져주고 돌아서는데,
그 뒷모습을 한참 보는 지원의 표정에서..

강지원　...글램핑보다 캠핑카가 더 좋은 거 아냐?

정수민   (움찔해서 멈췄다가 천천히 돌아선다)

강지원   누가 캠핑카 들고 있는지 아는데 뭐 하러 글램핑 가지고 있는 사람을
찾아?

수민은 알고 있던 지원과는 너무나 다른 반응에 얘가 미쳤나 싶을 뿐.
하지만 지원은 진지하다.
민환과 엮어줘야 하는 게 아니라 그냥 수민이한테 분해서 절대로 그
냥 져주기 싫고.
마주 보던 두 사람,
지원이 이 꽉 깨물고 수민에게 덤벼들어 한 대 칠 듯,
수민은 발을 뻗어 지원을 찰 듯한 데서!

씬13. 캠핑장(밤)

INSERT. 활활 타오르는 캠프파이어와 동그랗게 둘러앉은 직원들.

캠프파이어의 불길이 어른어른거리는 얼굴의 수민과 지원,
뜯기고 싸운 흔적 역력하다.
주변에서 다른 직원들 속도 모르고 대단하다며 엄지 치켜들고 난리.
희연은 불 옆에서 마이크 들고 진행하는 중이고.

유희연   어 음... 이렇게까지 격렬하게 참여해주시길 바란 건 아니었지만...
훌륭하십니다. 훌륭하시고요... 그래서!
여직원 캠핑카의 주인공은 누군가요? 1번! 나와주세요!

직원일동   (입으로) 두두두두두...

무릎까지 치면서 모두의 시선이 집중되는 분위기 속에서,
벌떡 일어나는 지원.

강지원　　저예요!

와아- 하는 환호성과 함께 박수 터지고
지원이 환하게 웃으면서 1번 쓰여진 막대 치켜들며 지혁을 보고,
지혁은 살짝 미소로 박수.
민환은 남직1이 어깨 치면서 '우와, 강 대리님 대단한데요?' 하면 그냥
흠흠..
4번 막대를 부러뜨리며 수민은 입술 꽉 무는 데까지.

씬14. 캠핑장 수돗가(밤)

아직도 시끌벅적한 캠프파이어에서 빠져나온 지원, 물 틀고 세수한다.
수민과 한판 붙은 게 나쁘지 않았다. 잘한 짓인지는 모르겠지만.

정수민(OFF)　　나 이겨 먹으니까 좋아?
강지원　　(물 잠그고)
정수민　　(옆에 와서 물 틀어서 손 닦으면서) 나 잠자리 가리는 거 알면서...
강지원　　나도 잠자리 가려.
정수민　　(멈칫) 그랬나? 난 왜 네가 무난하게 아무 데서나 잘 잔다고 생각했지?
강지원　　(조그맣게) 그래 주고 싶었으니까.
정수민　　뭐?
강지원　　아냐. 나 먼저 갈게.

지원 가려고 하는데 틀어놓은 물에 손대고 있던 수민 갑자기 물 확 뿌린다.

강지원　　(뭐 하는 짓이야? 돌아보면)
정수민　　너 나한테 왜 그래?

강지원   무슨 말이야?

정수민   안 져주잖아!

강지원   (표정)

정수민   이러다 말겠지 하고 모르는 척하는 것도 하루 이틀이야.
           이제 내가 나쁜 사람인 것 같은 기분이 들어. 너 진짜... 너무해.

           정수민의 상처 지원의 눈에 들어온다.
           그럴 필요 없다는 건 알지만,
           지금은 아무것도 모르는 수민을 보면서 기분이 복잡하던 지원.

강지원   (결심) ...그냥,

           뭐라고 할까 긴장감이 감도는데.

강지원   네가 싫어졌어.

정수민   (얼음)

강지원   갑자기 왜 이러는지 몰라서 나도 안 그러려고 애써봤는데 티 났다니
           그냥 말할게. 어느 날부터 네가 짜증 나더라. 징징대고, 귀여운 척하
           고, 내 건 다 네 거인 줄 아는 거, 짜증 나.

정수민   나... 난... (이 악물었다가 반격!) 네가 먼저 나한테 양보해줬잖아!
           내가 당연하게 생각하는 게 나빠? 내가 이렇게 된 건 너 때문이야.
           갑자기 이러면 난 어떻게 해?

강지원   그러니까 그만하려고.

정수민   (움찔)

강지원   내가 먼저 너한테 양보해주고 징징거리는 거 받아주고... 네 말 맞아.
           그러니까 그만할래. (사이) 나 곧 민환 씨랑 결혼할 거 같아. 그럼 가
           족이 생기는데 계속 너한테 매여있을 수 없잖아. 이해해줘.

정수민   (이 꽉 깨물)

강지원   먼저 말 꺼내줘서 고마워. 나 먼저 갈게.

지원 차갑게 돌아서서 가는 뒤로 수민의 눈빛.

씬15. 캠핑장 숲길(밤)

어두운 숲길을 막 뛰어가는데.

유지혁 (지원의 팔 잡으면서) 그렇게 뛰면 위험해요!

강지원 (넘어질 뻔했다)

유지혁 어두워. 발밑을 제대로 봐요.

강지원 (숨 헐떡이다가) 내가... 나쁜 사람 같아요.

유지혁 (무슨 말인지 바로 이해했다)

강지원 기분이 왜 이러죠? 정수민이 잘못했잖아요. 쟨 나쁜 애잖아요.
근데 내가 잘못한 거 같아요. 다 내 탓인 거 같고- 지금도 정수민한테
하고 싶은 말을 다 했는데 할 수만 있다면 도로 담고 싶...

유지혁 (진정시키려 지원의 양팔 잡아 시선 맞추고) 덜 못돼서 그래.

강지원 (표정)

유지혁 못된 인간이 아니라서. 상대에게 일부러 상처를 줄 정도로 못되지 못
해서 그래. 그런데- 괜찮아. 딱 좋게 못됐어.

강지원 (지혁을 본다)

유지혁 내가 알아요. 딱 좋아. 완벽해.

강지원 (위로가 된다)

유지혁 할 일을 한 거야. 잘했어요.

지혁이 미소 지으면,
혼란스러워 찌그러뜨리고 있던 지원 얼굴 문질러 억지로 펴고.

씬16. 캠핑장 수돗가(밤)

물은 계속 틀어져 있고, 사람들이 왔다가 가는 동안 수민은 그대로 서 있는다.

강지원(E) 정수민은 아마 나를 벌주고 싶을 거예요.
내가 자기에게 이러는 게 박민환 때문이라고 생각하면,
어떻게 벌줄지는 뻔하죠.

수민, 목걸이를 꺼내 내려다보고,
고개를 돌려 술에 제대로 취한 민환을 본다.

유지혁(E) 잘되고 있어요. 박민환도...

CUT TO.
캠프파이어 근처, 열기와 술에 취한 민환이 옆의 동료들과 부어라 마셔라 하는 중.

유지혁(E) 더 먹일 것도 없이 혼자서도 취하던데요.

눈자위가 살짝 벌게진 민환이 시선을 느끼고 고개 돌리면,
텐트 앞에 서 있던 수민과 의미심장하게 부딪치는 눈.
충분히 여운을 준 수민이 쓱 텐트로 들어가 버리면.

CUT TO.
수민이 누워 있는 비박용 텐트 옆으로 4씬처럼 쓱 다가온 민환,
텐트 사이에 두고 수민 쪽 건드리면서.

박민환 뭐 해요? 잠깐 얘기 좀 할까?

씬17. 캠핑장 숲길 옆 정자(밤)

수민이 고개 숙이고 발 놀리다가 고개 들면서 해사하게 웃는다.
술 취한 민환의 눈에 더할 나위 없이 예뻐 보이고.

정수민 내가 오빠하고 이야기하고 싶어 하는 거 어떻게 알았어요?
박민환 얼굴만 봐도 아는 거지. 술 많이 마셨나? 뭔가 생각 많아 보이는데.

멀리 캠프파이어 장소에서 노래와 환호성 들리는데.
상대적으로 이쪽은 조용. 어디선가 풀벌레가 우는 호젓한 분위기.
수민은 다시 아래를 보며 아무 말도 안 하지만,
민환은 수민만 뚫어져라 보고 있다.

정수민 (민환 보지 말고) 그냥 쪼끔 심란해요. 아주 쪼오오금. (쓸쓸하게 웃으면서 목걸이 잡아당긴다)
박민환 (목걸이 보면서 분위기 충분히 잡혔다 확신) 야, 나랑 자자.

수민, 고개 돌려서 민환 본다.
민환, 손 뻗어서 수민의 입술 만진다.

정수민 (고개 돌리며) 자면 뭐가 달라져요?
오빠는 지원이의 남자 친구, 나는 지원이의 반쪽인데.
박민환 술을 마셨더니- 지금 눈앞에 있는 사람 생각밖에 안 나는데-

민환이 다시 손을 뻗어 얼굴을 감싼다.
그러는 동안 꼼짝도 않은 채 시선을 내리고 있던 수민, 한숨 내쉬며.

정수민 나도- 술을 많이 마셨어요. (눈을 감으면)

허락의 신호 받아들인 민환이 입을 맞춘다.
수민 역시 민환의 등 쪽으로 팔을 두르며 열렬하게 응하면 스킨십 깊어지는데.

CUT TO. 나무 뒤 어둠 속
정자가 보이는 나무 뒤의 어둠 속에서 지원이 모든 걸 보고 있다.
됐다- 하는 표정으로 처음엔 웃고 있는 것 같지만.

FLASH CUT. 1부 2씬 병원에서 수민이 가증 떨었을 때

FLASH CUT. 5부 9씬 지혁의 회상 중에서 지원민환 커플인 모습

FLASH CUT. 1부 23씬 해영빌라에서 서로의 입에 사탕 넣어주며 염병 첨병하는 수민환

눈물이 뚝 떨어져 내린다.
눈앞에서 염병 첨병 중인 수민환 커플을 보며,
웃는 것도 우는 것도 아닌 복잡한 기분으로 눈물만 미친 듯이 쏟아져 내리는데,
눈앞을 가리는 커다란 손.
등 뒤에서 다가온 지혁이 지원의 눈을 조용히 가려주는 위로.

정수민(OFF)	여기서 말고. 여기선 안 돼.
박민환(OFF)	괜찮아. 아무도 안 와. ...너 너무 예쁘다.
정수민(OFF)	아, 흑!
박민환(OFF)	괜찮아. 가만히 있어 봐. 착하지...

좋은지 살짝 키득대는 소리, 자상하기 그지없는 민환의 목소리..
지혁이 눈 가린 채 지원의 몸 돌려세워서 (여기서 잠깐 멈춰 자기 보

게 만들었다가)
손목 잡아끌고 그곳을 벗어날 때까지.

씬18. 캠핑장 숲길(밤)

지혁에게 이끌리다시피 걷던 지원의 무릎 꺾어지며 주저앉는다.
지혁이 놀라 붙잡지만,

강지원   흡!

그대로 쪼그리고 앉아서 우는 지원.
지혁이 잡고 있는 손목은 놓지 말고.

유지혁   (마음 아파) 매트에 올라갔을 때는요.
         내 상처도 상대의 상처도 확인하면 안 돼요.
         두 가지만 생각하는 거예요.
         나는 싸우기로 했다- 이길 것이다-
강지원   나는... 싸우기로 했다- (울면서) 나는- 이길...

마음을 다잡아보려 하지만 되지 않는 지원 엉엉 울기만 하고,
속상한 지혁은 잡고 있던 지원의 손목만 꼭 쥐는 데서.

TITLE. 내 남편과 결혼해줘

씬19. 캠핑장 숲길 옆 정자 근처(밤)

주란과 희연, 술이 좀 되어서 부채질하며 산책 중이다.

유희연 요즘 파란의 마케팅1팀이라고 회사 전체에서 관심 엄청 많잖아요. 다행히 프로젝트는 너무 잘 굴러가니... 이러다 U&K의 역사를 쓰겠어요.

양주란 희연 씨한테 미안하지.

유희연 대리님이 왜요? 원죄는 김경욱에게 있고 꼰대는 유지혁이고...

양주란 (표정)

유희연 아, 워크숍 분위기 왜 이렇게 좋나 했더니 김경욱이 없네!! (하는데)

살짝 얄딱구리한(너무 더럽지 않게) 소리 들리면 얼어붙는 주란과 희연.

유희연 (목소리 낮춰) 헐... 워크숍 하면 풀숲에 발정 난 고라니가 그렇게 출몰을 한다더니! 대박!! 드디어 현장을 목격...(누군지 엿보러 가려고 하면)

양주란 (붙잡고) 미쳤어? (반대 방향으로) 가자! 가자!

유희연 아니, 저 꼭 한번 동물의 왕국 실사를 보고 싶... (아, 아쉬운데...)

박민환(OFF) 너 정말 예쁘다...

민환인가 아닌가 긴가민가 주란과 희연의 표정.
눈 한 번 마주치지만 주란이 희연을 끌고 반대 방향으로 피하면,
석연치 않아 돌아보는 희연의 표정까지.

씬20. 캠핑장 숲길(밤)

달이 휘영청하게 떠 있는 예쁜 숲길 바위 위에 지원을 앉혀놓고,
그 아래 반무릎 꿇고 앉은 지혁이 조용히 이야기를 들어주는 중이다.
(손 살짝 덮고 있는 정도의 스킨십 있어도)

강지원 난... 수민이가 예뻤던 것 같아요.

15살에 처음 만난 그때부터, 이렇게 예쁘고 착한 애가 내 친구라니 자랑스러웠어요. 늘 지켜주고 싶었어. 그렇게 좋아했던 거 같아.

유지혁　(손등만 토닥)

강지원　박민환도... 이 사람은 정말 크게 될 수 있는 사람인데 안타깝다, 가엽다... 하는 행동은 엉망진창인데도 입에 발린 말만 믿고. 그게 듣기 좋아서... 결혼하고 나서는 남편 흥이 곧 내 흥이라고 꾹꾹 눌러 참기만 하고, 세상에, 나 너무 멍청이 아니에요?

유지혁　이제 끝났어요. 두 사람 일은 알아서 하라고 해요. 오늘은 하나만 생각해요. 강지원 씨가 이겼다.

지원, 무릎 위의 자신의 손을 덮고 있는 지혁의 손을 본다.

강지원　나... 누군가 손을 이렇게 다정하게 잡아준 거 진짜 오랜만이에요.

유지혁　(깜짝 놀라 손 떼려고 하면)

강지원　(잡는다) 2013년을 다시 살면서 되게 외로웠어요. 전 늘 정수민과 함께라고 생각했거든요. 근데 지금은 아니니까— 너무 혼자라서. 부장님이 계셔서 다행이에요. 감사합니다.

지원, 젖은 눈으로 웃으며 손 놓으면
지혁, 감정 올라와서 벌떡 일어난다.
돌아서서 몇 발자국 갔다가 감정 누르고 다시 돌아와 한쪽 무릎 꿇고 앉으며.

유지혁　솔직하게 말하면...

죽었는데 지원을 위해 돌아왔다는 이야기를 할 것인가 긴장 생기는데—

유지혁　내 인생은 오른손으로 잘 써 내려간 소설 같은 거예요. 나 글 잘 쓰거든. 막히는 것 없고 고민할 것도 부딪치는 것도 없이 술술 잘 썼어요.

강지원　(눈만 깜빡)

유지혁　돌아온 것도 기쁘고, 강지원 씨랑 이런 이야기하는 것도 좋단 이야기예요.
　　　　(일어나서 손 내밀면서) 그러니까 고마운 건 나예요.

지원 보다가 내민 손 붙잡고 일어난다.

강지원　(손 놓으며) 부장님, 되게 어렵게 이야기하시는 거 알아요?

유지혁　(피식) 그런가.

나란히 걷기 시작하는 두 사람의 모습 위로.

강지원(E)　아까 그건 진짜 뭐예요? 되고 싶은 거.
　　　　　저 도와주시는 대신 저도 도와드릴게요.

유지혁(E)　좋아서 하는 일에 대가를 바라지 않는다고 했을 텐데?

강지원(E)　난 솔직한데 솔직하지 못하시네. 그럼 나도 도움 안 받을래요.

유지혁(E)　짱이라고 하죠.

강지원(E)　(웃음소리) 거짓말쟁이!

씬21. 캠핑카 내부(낮)

INSERT. 산, 계곡, 바람.. 아름다운 풍경에서 떠오르는 태양

지원 눈 비비고 일어나 잠시 낯선 주변에 당황.
새삼 캠핑카 둘러보면서 신기해하고, 거울도 보고.

씬22. 캠핑장(낮)

지원 나오는데 잘 잔(머리도 세팅 잘된) 얼굴의 민환이 쯧쯔.. 혀를
차며 등장.

박민환 남친은 침낭에서 잤는데 잠이 오디? 하여튼 너 매정한 거는.

강지원 (뭐야? 왜 아무 일도 없었던 것처럼 굴어?) 침낭에서... 잤어?

박민환 그럼 어디서 자? 여친이 지 혼자 캠핑카에서 쿨쿨 자는데.
        (재채기) 암만 날이 좋아도 밤엔 추운지 뭔지 걱정도 안 되지?

강지원 ...안 그래도 핫팩이라도 줄까 해서 밤에 갔더니 없던데?

박민환 (뜨끔) 화장실 갔을 땐가부지. 두고 가지 넌 센스를 어따 팔아치웠냐.

괜히 어허~ 하고 기지개 펴면서 민환이 앞서면.

강지원 수민이는?

박민환 내가 네 친구가 어딨는지 어떻게 알아? 어디서 잤는데?

강지원 ...어제 일이 좀 있어서 불편해 지금.

박민환 싸웠어? 아, 그래서... (피식) 하여튼 기지배들은...

강지원 (뭔데)

박민환 뭘 봐? 아침 먹으러 가자. (기분 좋음) 어허! 좋다! 산 공기가 역시 좋네!

딱 봐도 기운 넘치는 민환 매우 수상하고,
지원은 이럴 리가 없는데 혼란스러운 데서.

CUT TO.
4번 텐트에서 수민이 멀리 보이는 지원과 민환 뒷모습 보고 있다.
뭔가 맘대로 안 된 표정.

양주란 (씻고 오다가) 어? 수민 씨 이 텐트 아니잖아. 어젯밤엔 없었는데?

정수민 (다른 텐트 가리키며) 술 취해서 저기서 잤잖아요. 짐은 여기에 두고.

양주란 어우, 자기도 술 많이 마셨어?

난 중간에 희연 씨 때문에 산책 한 번 하고 겨우 정신 차렸는데...

주란의 목소리 점점 줄어들면서 수민의 표정에서 연결.

씬23. 캠핑장 숲길 옆 정자_회상(밤)

할 일을 마친 듯 옷 입고 있는 수민환의 분위기, 지금까지와는 다른 느낌.

박민환   지원이 말인데... (옷 정리하면서) 말하지 말자.
정수민   (옷 갈아입다가 멈칫)
박민환   걔가 나하고 헤어질 리도 없고 상처만 받지.
             너네 사이도 있는데 그럴 필요 없잖아.
정수민   (황당해하면)
박민환   (달래러 살짝 안으며) 현실적으로 생각하자는 거야.
             네 말대로 우린 너무 복잡한 게 많아. (이마에 입술 쪽)
             너하고 나, 엉망진창인 현실 속에서 뒹구는 것보다 아름답게 추억할
             수 있는 사이가 되고 싶은 거... 욕심인가.

뻔뻔한 민환의 미소 보는 수민의 얼굴에서 연결.

씬24. 캠핑장(낮)

22씬에서 연결, 수민이 이 꽉 무는 표정에서.

양주란   밥이나 먹으러 가자. 아우, 속 안 좋아!
정수민   (생긋) 그래요. (일어나서 주란 팔짱 끼고 가면서)
             왜 항상 좋은 건 제 차지가 안 될까요?

양주란 웅?

정수민 여기. 너무 별로였어요. 캠핑카나 글램핑 텐트에서 자보고 싶었는데.

양주란 아유~ 오늘만 날인가? 실패는 성공의 어머니!

정수민 맞아! 불가능한 건 없죠.

사이좋게 나가는 주란과 수민,

위험하게 웃는 수민의 표정에서 끝나지 않았다는 느낌 확실하게.

CUT TO. 야외테이블

마케팅1,2,3팀 전부 모여서 밥 먹을 수 있는 야외테이블,

밥차 두 대에서 줄 서서 먹고 있는 직원들.

과장급들과 함께 식사 중이던 지혁 고개 돌린다.

민환과 지원이 나란히 들어오고 있다.

뭣도 모르고 기분 좋은 민환은 지원에게 다정하고, (어깨 슬쩍 안거나)

밥차에 줄 서서 민환이 지원 식판까지 챙기는 동안 마주치는 지혁과

지원의 시선.

지원 뜻대로 안 됐다는 의미로 고개 젓는데

물색없이 두 사람 사이로 민환이 끼어들며 뭔가("야아, 캠핑카에서 숙

면을 취하서서 그런지 오늘 피부 좋은데?" 류) 수다 시작.

무슨 상황인가 지혁의 머리 복잡해지고.

그때 막 주란과 함께 들어오던 수민도 민환과 지원 발견하지만,

다른 밥차 쪽으로 주란 끌고 가고.

같은 공간의 지혁, 민환/지원, 수민 각자의 표정에서.

씬25. 버스 안(낮)

돌아오는 길, 피곤한 직원들 모두 잠에 빠져있다.

카메라 이동하면 민환(자고 있음)과 지원(창밖 보고 있음) 앉아있고,

수민은 멀찌감치 떨어져서 눈 감고 자는 듯.

유지혁(E) 생각대로 안 된 것 같은데요.
강지원(E) 정수민과 26년, 박민환과 17년이에요. 무슨 일이 있었던 건 확실해요.
유지혁(E) 그럼?
강지원(E) 보통 제가 이상하다는 걸 느낀 시점에서 이전 남친들은 저에게 이별을 고했어요. 생각해보면 절 속이고 뒤에서 만남을 가진 건 박민환이 처음이었죠.
그게 결혼했기 때문이라고 생각했는데...

입술 잘근잘근 깨물던 지원이 태평하게 곯아떨어진 민환을 슬쩍 본다.

강지원(E) 박민환이 생각보다 더 대단한 쓰레기라면요?

카메라 수민에게 움직이면 수민 눈 뜨고 분해서 손톱 깨물.

씬26. 도로 일각(낮)

풍경 사이를 시원하게 달리는 버스 두 대,
창으로 보이는 생각 많은 지혁의 얼굴 위로.

유지혁(E) 아직 끝나지 않았다는 거군요.

카메라 뒤로 움직이면 복잡한 지원의 얼굴까지.

씬27. 수민 원룸(밤)

INSERT. 수민 원룸 전경

책상에 앉은 수민이 뭔가를 열심히 칠하고 있다.
지원이와 찍은 사진에서 지원이 얼굴을 뺄겋게 마구 뭉개는 중.
그러다가 (최근 단풍놀이 때) 민환, 수민, 지원이 찍은 사진을 확 떼어서
(벽에 붙어있는 건 수민과 지원의 사진뿐)
민환의 얼굴까지 칠하려다가 피식 웃고 펜을 내려놓는다.
톡톡 펜 끝으로 쾌남 미소 짓고 있는 민환의 얼굴 치는 데까지.

씬28. 헬스장(낮)

민환이 상큼한 얼굴로 땀에 젖어 트레드밀 뛰고 있다.
힘이 넘치는지 속도 점점 올려서 '으아아아!' 단거리 선수처럼 넓은 보
폭으로 뛰는데.

유상종 (옆에 와서 슬슬 걷기 시작하면서) 뭐야? 왜 이렇게 힘이 넘쳐?
박민환 (속도 줄이면서 의기양양하게) 이 형님, 홈런 쳤다!

민환이 상종의 엉덩이 한 대 치고 흥얼거리며 돌아 나와 바벨 끼우면서,

유상종 (얼른 쫓아와서) 홈런 쳤다고? 설마... 네 여친 친구?
박민환 야 이 생크야 누가 들어! (얼굴엔 기쁨 만연)
유상종 헐, 대박! 진짜? 이 죄 많은 남자 어쩔? 니 여친 베프라며? 어떻게??
박민환 (바벨 다 끼우고) 딱 한 문장으로 말할게.
          가을이 오고 있었고 밤공기는 섹시했다~

민환이 멋지게 돌아서서 바 딱 잡으면,
뒤에서 상종 진심 존경하는 표정인데

힘 빡 쥐고 들었으나 꿈쩍도 않는 바. 매우 쪽팔린 분위기에서.

유상종 야, 근데 뒷감당 되겠어? 같은 회사라 당장 내일부터 얼굴 봐야 하는데?
박민환 (슬금슬금 바벨 빼다가) 음?

이제야 걱정되기 시작하는 민환의 얼굴에서 연결.

씬29. 16층 사무실(낮)

INSERT. U&K 본사 전경

앞에서 연결해서 민환 매우 껄끄러운 표정으로 외근표 보고 있다.

INSERT. 외근자 '박민환 대리, 정수민 사원' : 조마트 시식 행사

하는데 옆에 와 같이 보는 지원.

강지원 조마트 시장조사 가는구나? 피곤하겠다.
박민환 왜 나야? 절친끼리 가시지? 아, 싸웠댔나?
정수민 (자리에서 듣고 있다)
강지원 (수민 슬쩍 보고) 쓸데없는 소리 하지 마. 나 오늘 주란 대리님이랑 PT가.
박민환 (수민 슬쩍 보고 불편) PT 뭔데? 자료 다 썼을 거 아냐. 내가 읽으면 되지!
유지혁 직무 할당에 문제 있습니까?
박민환 아닙니다!
정수민 (벌떡 일어나며 생긋) 박 대리님, 지금 나갈까요?

아무렇지도 않은 듯한 수민이 예쁘게 웃고,
지원에게 다가와 어깨 한 번 감싸 쥐며.

정수민　갔다 올게요, 강 대리님.

하면서 쓱 쪽지 하나 지원의 손에 쥐여 주고 총총 나가면.
지원, 복잡한 기분으로 가버리는 수민의 뒤통수 보다가 쪽지 보는데.

양주란　수민 씨, 참 야무져. 열심히 하니 이번엔 꼭 정규직이 되어야 하는데.

지원의 복잡한 표정에서,

씬30. 회사 옥상(낮)

지원, 수민이 쥐여 준 쪽지 펼쳐본다.

정수민(E)　내 반쪽 지원에게...

이하 수민의 음성으로.

[네 맘 몰라서 미안해.
나한테는 네가 전부라 오히려 네 맘을 살피지 못했나 봐.
그냥 무작정 넌 날 사랑한다고 믿었어.
내가 사랑받을 자격이 있는지는 생각하지 않았어.
그러니까 네가 한 모든 말들, 네가 느끼는 모든 감정, 다 내 잘못이야.
그래두... 모자란 나 용서해주면 안 돼?
너 없이 살기에 넌 나한테 너무나 소중해.
네 맘 풀릴 때까지 죽은 듯이 기다리고 있을 거야.
가끔 내가 노크할 때, 닫힌 맘 열고 싶으면 아무 일 없다는 듯 웃어줄래?
우리, 반쪽이잖아. 이렇게 끝낼 수 있는 사이 아니잖아.
사랑해, 지원아.

-너의 반쪽, 수민이♥]

지원의 깊은 한숨.

유지혁   (옆에 커피 내려놓고 아무 말 없이 같은 방향을 보면)

강지원   내가 끝까지 가보고 돌아온 게 아니라면 지금 맘이 안 움직일 수 있었을까요? (쪽지 준다)

유지혁   (읽어 보고) …글 잘 쓰네.

강지원   아니면 진심이거나?

설마? 싶은 지혁과 그래도 기대하고 싶은 지원이 서로 쳐다보는 데서.

씬31. 레스토랑 베르테르 분당점(낮)

런치 오픈 전, 다들 분주하게 테이블 세팅하고 주방에서는 지지고 볶는 중.

타월로 손 닦으며 주방에서 바쁘게 나왔던 은호,

지혁이 7부에 술 마시고 쓰러져 있던 테이블과 의자 눈에 들어오면 멈춰 선다.

뭔가 생각 많은 표정에서,

빈 테이블과 의자에 널브러져 있는 7부 지혁 보이며 연결.

CUT TO. 술 취한 날 7부 24씬 연결 (과거)

널브러져 있긴 하지만 아직 잠들기 전의 지혁,

천장의 조명이 눈부신데 (내려다보고 있는) 은호의 모습이 가물가물하면.

유지혁   (눈 가려버리며) 얼굴 좀 치우죠. 부러우니까.

백은호   (기가 막혀 돌아서는데)

유지혁   내 인생은 오른손으로 쉬지 않고 잘 써 내려간 소설이야.

백은호   (다시 보고)

유지혁   거기에서 강지원만 왼손으로 쓴 한 줄이라면, 어떨 거 같아요?

백은호   (기가 막혀 손 붙잡아 일으키며) 헛소리 그만...

유지혁   (벌떡! 일어나며) 짧지만 삐뚤빼뚤 내용도 필체노 엉망이라 계속 눈에 밟히고 신경 쓰이고. 던지면 그 페이지가 펼쳐져.
　　　　내 인생에선 뭘 찾기도 힘들고 기억에 남지도 않는데, 그 부분만 뚜렷해.

백은호   (살짝 놀라서)

유지혁   그렇지만... (술 취해서 웃는다) 그쪽이 더 자격이 있습니다.
　　　　10년 후에도 살아있을 거니까.

　　　　다시 벌렁 누워버리는 지혁과 어리둥절한 은호의 표정에서.

씬32. 조마트 지하주차장(낮)

　　　　뒷좌석과 트렁크에서 시식평가표, 설명지 등(추후 첨부) 행사 물품 꺼내는 수민환. U&K 조끼 입은 직원들이 밀키트 나르고.
　　　　수민 아무렇지도 않게 자기 몫 잔뜩 들고 민환 앞에 서서 가는데.

박민환(E) 요것이... 무슨 생각을 하는 거야.

　　　　수민의 뒤태 보게 되는 민환,
　　　　수민 그 시선 충분히 알고 머리 찰랑대며 슬쩍 뒤를 보면(섹시한 음악과 함께 민환 자극)

씬33. 조마트 식품코너(낮)

음식 세 가지 동시 조리 중이고,

수민이 종지 그릇에 소스(각자 서너 가지 종류) 짜다가 손등에 튀는데,

닦으려다가 민환과 눈 마주치면,

눈 마주친 채 할짝 섹시하게, 고양이처럼 소스를 혀로 핥는다.

(섹시한 음악과 함께 민환 자극)

박민환(E) (고개 확 돌리면서) 미친. (하면서 결국 다시 돌아보게 되는)

정수민 (모르는 척 다 아는데)

CUT TO.

박민환 (시식 요원들에게) 가능한 세 식품 모두 섭취하게 유도하셔야 해요.

말하다가 돌아보면, 수민과 마트 직원이 시식평가표와 스티커통 설치하고 있는데

수민 머리카락이 흘러내리면, 끈 입에 물고 묶는다.

보이는 목덜미, 살짝 뒤로 넘겨 입은 셔츠를 통해 보이는 어깨.

민환은 마치 한참 수민에게 빠져 있을 때처럼 목덜미와 어깨 라인에만 눈이 가고.

FLASH CUT. 정자에서 어두운데 수민의 어깨 위에 입 맞추는 민환

정수민 (시선 느끼고 마트 직원에게) 알러지 성분 표시판 가지고 올게요! (민환 보고 생긋 웃은 후 밖으로)

박민환 (아무렇지도 않은 듯 쓱 보고 다시 전문적 표정으로) 두 타임으로 나눠 전업주부 그룹과 퇴근 후 장을 보는 그룹의 선호도를 확인해야 하니 시간 엄수해 주시고요. 빠지는 거 없이... 빠지는 거 없이... 빠지는...

시식요원 ...박 대리님?

박민환 네?

시식요원의 시선에 따라 박민환 보면,
상체는 전혀 혹하지 않은 듯 시식요원을 향해 엄숙진지전문적인데,
하체는 본능에 충실해서 초조하게 수민이 간 방향으로 달리고 싶어
하는 중.

박민환   아, 잠깐만요.

들고 있던 상황 체크판 요원에게 맡기고 민환이 수민 쫓아가 버리면.

마트직원   (시식요원에게) 왜 시작 안 하고 있어요?
이거 시장조사라 시간 체크 정확히 해야 하는 거 알죠?
시식요원   아, 네네! 시작하겠습니다. (주의를 환기시키기 위해 딸랑딸랑 종 치면)

몰려드는 시식 인파.

씬34. 조마트 외부 연결 계단(낮)

초조하게 나온 민환 두리번거리다가 뭔가 적고 있는 수민 발견.

INSERT. 수민의 뒤쪽으로 세워져 있는 알러지 성분 표시판

박민환   (흠흠!) 여기서 뭐 해?
정수민   (아무렇지도 않게 노트 보여주며) 이거 한 번만 확인해주실래요?
박민환   아, 그래요. (노트 들여다보고, 순간 얼어붙었다가 수민 본다)
뭐 하자는 거야?
정수민   (예쁘게 웃으며) 뭐 하자는 거 같아?

씬35. 16층 회의실(낮)

어두운 회의실, 스크린에는 쉐프들 얼굴과 주력 음식, 밀키트 가능 라인 영상.
참석자는 지혁, 홍보팀장 이보라, 홍보직원, 임원1, 2, 한쪽 구석의 석준.

강지원   이상, 유명 쉐프들을 내세운 U&K의 새로운 밀키트 라인 '쉐프들의 식탁'이었습니다. (인사하면)

주란이 불을 켜면,

강지원   (자신만만한 미소로) 질문 있으신가요?

CUT TO.
회의실을 나서는 사람들이 지원과 주란에게 질문도 하고 인사도 하고 있는 중.
석준은 그런 지원 보다가 쓱 사라지고.
인사하던 주란 석준이 나가면.

씬36. 16층 엘리베이터 홀(낮)

석준 엘리베이터 버튼 눌렀다가 그냥 비상계단의 문을 열고 들어가는데.

양주란   실장님!

씬37. 비상계단(낮)

따라 들어온 양주란 뒤로 비상계단의 문이 닫히고.

양주란 제가 프로젝트 맡을 수 있게 믿어주셔서 감사합니다.

이석준 (본다)

양주란 무, 물론 절 믿으신 게 아니라 인사 상황상 제가 진행하는 게 제일 무난해서 제안하신 거겠지만 전 너무나... 감사드려서, 아, 아니, 감사하고 싶어서...

이석준 인사 상황상이 아니라 양주란 대리님이라면 할 수 있다고 생각한 거겠죠.

양주란 ...네?

이석준 말을 똑바로 끝맺어요. 너무나 감사드려서, 감사하고 싶어서, 가 아니라 그냥 감사합니다, 면 됩니다.

양주란 아, 네... (약간 시무룩)

이석준 좋은 말과 나쁜 말을 동시에 들으면, 좋은 말도 기억하고.

양주란 ...네?

이석준 양주란 대리님이라면 할 수 있다고 생각했다는 말.

양주란 아, 가, 감사합니다! (꾸벅 인사하면)

이석준 (뭔가 화가 난다. 뭐라고 말하려다가... 생각해보면 딱히 할 말도 없어) 그럼, 이만.

석준이 돌아서서 계단 턱턱 내려가면,
혼자 남겨진 주란 머리 긁적이고 비상문 열고 나가면서 문 탕(E)- 닫히는 데서 연결.

씬38. 조마트 물품창고(낮)

INSERT. 물품창고 팻말 (관계자 외 출입금지)

문 쾅- 소리가 나게 닫히며 민환과 수민 뒤엉켜서 격렬하게 우당탕쿵
탕 중.
흐트러진 옷차림의 수민, 도발적인 표정으로.
그러다가 노트 떨어지는데. '하고 싶어. 하고 싶어. 하고 싶어.' 적혀있
는 페이지 위로 민환의 셔츠 덮이면서 뭔 일이 일어나네 싶은 순간,
민환의 어깨를 확 잡아 미는 수민!

정수민   어쩔 건데?
박민환   (숨 가쁜) 뭐? 뭐?
정수민   나랑... 어쩔 거냐고. 지금 나 가지고 노는 거야?
박민환   무슨 소리야? (맘 급한데) 에잇! 둘 다 데리고 살지 뭐! (덤빔)
정수민   (밀침) ...뭐라고?
박민환   너네 자매 같은 사이 아냐?
         원래 능력 있는 남자들은 자매를 데리고 살기도 했어.
정수민   (이건 진짜 예상 못 했다) 하...

민환을 확 떠민 수민, 옷을 집어 드는데.

박민환   아 왜... (다급해서 옷 못 입게 손 뻗는데)

미친 듯이 울리는 전화!
무슨 일이 났다 싶은 수민환의 표정에서.

씬39. 조마트 식품코너(낮)

민환과 수민이 마구 달려오면,
아저씨 한 명이 목을 붙잡고 얼굴이 시뻘게져서 컥컥대며 나뒹굴고
있다.

부인손님 여보!! 여보!! 정신 차려!!! 여보오오오!!

박민환 (달려들어서) 무, 무슨 일입니까??

부인손님 우리 남편은 땅콩 알러지가 있어요!! 알러지 표시 없었는데!!!!!!

민환, 수민 쳐다보면. 수민 알러지 표시판 있는 방향 보면서 망했다!! 깜빡했다!!

INSERT. 외부 연결 계단 쪽에 옮겨지다가 만 알러지 표시판

씬40. 유일병원 응급실(밤)

INSERT. 유일병원 응급실 전경

민환과 수민 90도로 인사한다.

박민환 저희 불찰로 놀라신 마음 어떻게 해도 보상할 수 없겠지만 진심으로 사과드립니다.

부인손님 (팔짱) U&K 같은 대기업에서 어떻게 이런 실수를 해요? 이해가 안 가, 정말.

박민환 죄송합니다.

정수민 (하고 싶은 말 많은데)

아저씨손님 (부인 잡으며) 됐어. 아무 일도 없었잖아. 일하다 보면 뭐 그럴 수 있지.

부인손님 (맘에 안 들어!) 당신은 진짜!! 죽다 살아놓고!!

박민환 (진땀으로 또 굽신 인사하는 데서)

CUT TO.

원무과 앞에서 출구까지, 수민환 TV가 있는 수납 대기실 앞 지나면서

정수민	앰뷸런스비에 병원비, 위로금까지는 좀 오버 아니에요?
	막말로 이렇게 위험한 알러지가 있으면 자기가 좀 조심을 해야지…
박민환	공짜 좋아하는 게 인간들이잖아. 이거 회사에 올라가서 잘잘못 따지기
	시작하면 너랑 나 힘들어진다. (멋있) 돈으로 막는 게 젤 쉽게 막는 거야.
정수민	(좀 괜찮은데?) 글두 오빠 너무 큰돈 써서…
박민환	괜찮아. 요즘 주식 수익 좋아서 오빠 부자… (들고 있던 카드 뚝 떨어
	뜨린다)
정수민	(뭔가… 하고 돌아보는데)

씬41. TV 뉴스 화면(밤)

| 앵커 | 등락을 거듭하던 TKU 테크놀로지의 오창규 대표가 해외 도주했다는 |
| | 것이 뒤늦게 밝혀지며 정재계에 비상등이 켜졌습니다. |

뉴스 화면에서 이어져서.

씬42. 거리의 LED판(밤)

앵커	공화당 최유남 의원과의 밀착 관계로 한차례 수사받은 적 있는 오 대
	표는 억울함을 호소하며 경영 의지를 밝혔으나 오늘 TBM의 단독취재
	에 의하면 출국 후 연락이 끊긴 지 27일이 지난 상태며…

씬43. 거리 일각(밤)

LED판을 생각하는 표정으로 보고 있던 지원, 돌아서서 걷기 시작한다.
여러 가지로 머리는 복잡하지만 (박민환 망한 건 좋아) 살짝 미소 짓는 데까지.

씬44. 유일병원 응급실 전경(밤)

박민환(E) 으아아아아아아아이아아아아아아아아아아아아악!!!!!

씬45. 회사 옥상(낮)

INSERT. U&K 본사 전경

영혼 털린 민환, 머리 감싸 쥐고 절망 중.

강지원 (표정 관리) 지금이라도 팔아보면 어때?
박민환 팔리겠냐! (죽겠다) 당연히 걸어놨는데 바로 하한에서 물량만 쌓이고
있어.
강지원 그럼 어떻게 되는 거야?
박민환 관리 들어가고, 거래정지되고, 상장폐지겠지. (내장 뽑힐 것 같은 한숨)
강지원 (다 알지만 부아지르려) 십 원도 못 건지는 거야?

민환이 벌떡 일어나 서성이다가 지원 팔 잡고 흔든다.

박민환 지금 이거 네 생각보다 훨씬 큰일이야. 나... 신용까지 썼어.
강지원 (살짝 아픈) 그, 그럼 어떻게 되는 건데? (살짝 밀쳐!!)
박민환 내가 너랑 무슨 이야기를 하니! (손톱 잘근잘근) 아오 이 씨!!!!

혼자 난리난리 펄펄 뛰는 민환 보면서,
지원 고소하기도 하고 하찮기도 한데 전화 오면 확인한다.

강지원   양 대리님! (민환에게 '나 내려가봐야 돼' 시늉) 네네, 저 화장실이요.
지금 들어갈게요.

지원 전화하는 척 혀 날림 한 번 하고 매정하게 돌아서서 가버리면,

박민환   저 멍청한 게 지금 무슨 상황인지도 모르고. 신용이 문제가 아냐, 이 멍
청아! 나 사채도 썼다고오오오!! (머리 감싸 쥔다) 으아!! 어떡하지!!

CUT TO.
민환을 뒤에 두고 멀어지는 지원, 주란과 통화하는 척했지만.

강지원   사채 쓴 얘기는 안 하는데요? 전에도 안 하긴 했어요.
자존심 때문에 허투루라도 없어 보이는 이야기는 절대 안 하는 인간
이니까요. 켕기는 게 있으면 오히려 큰소리를 치고... (어우, 절레절레)

지원, 이젠 다 안다! 하고 한 번 흘겨보고 핸드폰 내리는데 보면 '유지
혁 부장님'.
지원의 등 뒤로 민환이 점프점프!! 온몸으로 절망과 고통을 표현하는
데서.

씬46. 16층 사무실(낮)

일하고 있는 사람들 띄엄띄엄 보이고 1팀은 희연, 수민, 민환만 있다.
민환, 수민에게 따라오라는 턱짓하고 탕비실로 들어가면,

CUT TO. 탕비실
수민 들어가면, 등 돌린 채 민환 커피 타고 있다.

박민환	(커피 잔 쓰윽 주면서) 사랑했다.
정수민	(받긴 하는데) ...뭐야?
박민환	(한숨) 너와 나는 둘이 될 수 없고 늘 셋이어야만 하는 운명인 걸까.
정수민	귀신 들렸어? 알아듣게 말해.
박민환	귀신 들... 야! 너는 애가!! (됐다) 나 결혼해. 강지원이랑.
	우리에게 시간이 더 있었다면 너에게 걷잡을 수 없이 빠져들었겠지만
	운명이 브레이크를 거는구나. (턱치기) 안녕. (쓱 나가려고 하면)
정수민	그러니까 입 다물고 있어라?
박민환	(살짝 무서워져서 뒤돌아보면)
정수민	(생긋) 말 안 해 오빠, 나는. 걱정하지 마. 내가 바라는 건 오빠 행복뿐이지.

수민은 웃고 있는데 오소소 소름이 돋는 민환의 표정에서.

씬47. 포장마차(밤)

표정 연결해서 민환이 자작해서 술 홀랑 마신다.
앞접시 가지고 온 지원, 하나는 민환의 앞에 하나는 자기 앞에 놓고 앉으면.

박민환	아~~ 사는 게 뭐 이러냐. (또 자작하고)
강지원	(민환 손목 잡고) 천천히 마셔. (반만 따라주고 술병 자기의 앞에)
박민환	(역시 강지원밖에 없어) 야, 나 좋냐?
강지원	(순간 표정 관리 실패할 뻔) ...어어, 좋지이.
박민환	(한숨) 그래, 고맙다. 나 같은 새끼 좋아해줘서.
	(술 마시고 술병으로 손 뻗었다가) 천천히 마셔야지.
	우리 지원이가 천천히 마시랬으니까 말 들어야지.
강지원	(염병하네)

박민환　미안하다. 내년에 너랑 결혼하려고 했는데 안 되겠다.

　　　　　이 오빠, 이제 한강 수온 체크해보는 것 외에는 할 수 있는 게 없다.

강지원(E)　돈 필요하다는 말 차암~ 문학적으로 하네.

박민환　에잇! (술병째 들어서 병나발 부는 퍼포먼스!)

강지원　(남 일~) 젊은데 다시 벌면 되지. 나 결혼 안 급해.

박민환　(안 말려? 한 모금 마시고 슬쩍 내려놓으면서) 야, 글케 말하면 안 되지.

　　　　　너 나이도 있는데 애 낳을 생각 안 해?

강지원　애 생각 없다며? 애보다야 민환 씨가 더 중요하지.

박민환(E)　그거야 그렇지.

박민환　(속마음과 달리) 나 박씨 집안 3대 독자야. 어떻게 내 생각만 하고 살아?

강지원(E)　염병 첨병!

강지원　(속마음과 달리) 그것도 그렇네. 그럼 어떡해?

박민환　(왔다!) ...우리, 결혼할까? 내 계획처럼 화려하게 데리고 오진 못하겠

　　　　　지만. 우리는 오늘보다는 내일이 더 좋은 가족이 될 거야. 약속할게.

강지원　가...족?

박민환　(됐다!) 가족.

박민환(E)　가족 이야기하면 너 마음 흔들리는 거 내가 딱 알지.

강지원(E)　와... 나한테 빌붙어 살겠다는 이야기를 엄청 '가족'같이 하네.

　　　　　지원이 표정 숨기기 힘들어 술잔 들어 마시면.

박민환　나 용기 내서 말한 건데 반응... 이럴 거야?

　　　　　설마, 나 개털 된 것 때문에 이래? 너 그런 속물 아니잖아.

　　　　　지겹고 한심한 지원의 표정에서.

씬48. 유도장(밤)

#유도장으로 향하는 길

지원혁이 나란히 걷고 있다. (사복 차림)

강지원 진짜 웃기죠. 한 푼도 없으면서 결혼하자. 한 푼도 없으니 결혼하자인가?
와... 그래도 옛날엔 로이젠탈로 대박 났으니 결혼하자였는데 더 나빠
지네.

유지혁 오십보백보죠.

강지원 심지어... 그때도 날 행복하게 해주고 싶으니 결혼하자는 아니었어요.

유지혁 (보면)

강지원 부모님이 집 해준댔는데 그 돈 받아 전세 얻고 남은 걸로 투자하겠다
고 했거든요. 로이젠탈로 재미를 본 게 쏨에 안 찼던 거죠. 그게 망하
면서 제 빚잔치도 시작됐지만, 뭐 내가 선택한 사람이니 어쩔 수 없다
고 생각했어요. 함께 풀어나가면 된다고.

유지혁 지원 씨에게 그런 제안을 한다는 거 자체가...

강지원 지밖에 모르는 건데 착한 척하다 망했죠.
(웃음) 진짜 제 인생의 선택들은 다 거꾸로였어요.

지원, 고양이 밥 주던 장소에 시선을 준다.
지혁이 보는 시선으로.

FLASH CUT. 대학생 안경지원, 쪼그리고 앉아 애기팡이 밥 주는 중

강지원 저 학교 다닐 때요... 애기 길고양이에게 밥을 준 적이 있어요.

#유도장 내부

강지원 집으로 데려가고 싶었는데 책임질 수 있을까 망설이다가...
어느 날, 사라져버렸어요. 겨울에요. 너무너무 후회했어요. 요만(한 움
큼 손동작)한 게 성질만 있어서 이 구역 짱한테 덤비다 매일 쫓겼거든

요. 사람 안 좋아해서 누가 데려갔을 것 같지도 않고.

신우와 동석이 대련 중으로 유도가 아닌 상황까지 가면서 동석 희롱 중.
한쪽에는 '날 튀겨봐요' 치킨 4상자와 지원혁의 유도복 놓여있고.

유지혁　(망설이다가) 나는 의병제대를 했는데... 교통사고, 비슷한 게 있었어요.
강지원　(치킨 뜯다가 본다) 교통사고, 비슷한 거요?
유지혁　(표정에서)

#회상 씬 추가 한국대 캠퍼스 일각_회상(낮) <=5부 7씬 연결
겨울, 지혁이 여전히 군대에 있는 것이 분명한 머리와 얼굴색으로 걸
어온다.
캠퍼스 도로 한가운데에 애기꽝이 있고, 차가 다가가는 중이다.
들고 있던 가방 내던지고 뛰는 데서
끼이익- 브레이크 음/냐아아~ 하는 고양이 울음과 함께 컷!

CUT TO.
차는 멈춰 서있고, 지혁 애기꽝이 안은 채 드러누워 있다.
(차에 치인 건 아니고 집어 들고 구르다가 미끄러진 것으로 안 찍어도)

운전자　(놀라서) 꽤, 괜찮으세요?
　　　　(차 한 번 보고 지혁 한 번 보고) 어어... 부딪치지는 않았는데.
유지혁　(너무 놀랐다) 괜찮습니다.

애기꽝이 바둥거리면서 나가려고 울면, 슬쩍 쥐어박으며 "시끄러워."
하고 일어나려는데 휘청하면서 통증 느끼고 앞으로 무너지는 위로.

유지혁(E) 십자인대 파열이었죠.

지원의 눈 동그래져 있다.

유지혁	고양이 구하려고 차에 뛰어들었다가 치인 건 아니고 미끄러져서...
강지원	잠깐만요. 그러니까 그 고양이가 지금 키우시는...
유지혁	2005년 겨울에 학교에서 데려왔어요.
	치즈태비고... 성질만 있고... 사람을 안 좋아해요.

CUT TO.

조동석	(신우에게 눌려 허우적대다가) 아이고, 형님! 누님! 운동 안 하십... 어??

동석이 어?? 하면 땀 뚝뚝 흘리며 찍어누르는 데 열중하던 신우도 지원혁 있던 방향 보는데. 아무도 없다.

김신우	어디 가셨지?

그대로 남아 있는 유도복, 치킨은 하나만 사라진 데서.

강지원(E) 냐옹아!!!!!

씬49. 지혁의 집 거실(밤)

팡이, 지원에게 날다시피 달려들어 얼굴 부비고 난리 난다.

강지원	(조물조물, 엉덩이 통통) 너였어. 너였어!! 너무 닮았다 했더니 진짜 너였어!!

난리 난 지원과 팡이 보는 지혁, 흐뭇하고.

유지혁 20130419.

강지원 (손은 계속 팡이만 조물대면서 지혁 보면)

유지혁 우리 집 비밀번호예요. 아무 때나 놀러 와요. 난 집을 자주 비우니까.

강지원 진짜요? 그래도 돼요? (행복해서 팡이 조물, 환하게 웃는 데서.)
잘됐다! 누나랑 자주 보자!!

CUT TO.
지원, 고양이 장난감으로 놀아주고.. (몸으로 놀아주면 더 좋)
지혁은 그런 지원 행복하게 보면서 대화 중.

유지혁 어쨌든 이제 박민환은 '결혼'을 해야만 하는 상황이군요.

강지원 네. 집에서 돈 빼오려면요. 신용... 사채... 몇 억 썼을걸요? 더 썼을 수
도 있고. 돈까지 빌려줘 가며 TKU에 몰빵하게 한 보람이 있네요.

유지혁 하지만 이렇게 되면 지원 씨하고 결혼을 더더욱 포기하지 않겠는데요.

강지원 (생긋) 그래서 준비한 게 있어요.

유지혁 (뭐지?)

강지원 그러기 위해서는 거지 같은 프러포즈를 받아야 하지만.
(팡이 보고) 누나 짜증 나지이? 그래도 우리 팡이랑 오래오래 행복하
려면 열심히 할 거지이??

유지혁 (보면)

강지원 (지혁에게) 진짜 그때는 어지간한 건 다 좋게 생각할 때였는데도 싫었
어요. 제 생일날 프러포즈했는데...

FLASH CUT. (회상) 지원 원룸, 민환이 지원의 눈을 손으로 가리고 있
다 치운다.

FLASH CUT. (회상) 만들다 만 샌드위치에 초 하나 꽂아져 있고(불 안

켜짐)

FLASH CUT. (회상) 풍선은 다섯 개는 창에 붙어있는데 나머지는 안 분 상태

FLASH CUT. (회상) Will you mearry me? 라고 못 쓴 글씨로 직접 쓴 A4지.

고개 절레절레 몸서리치는 지원 보는 지혁의 표정.

강지원   (팡이에게) 누나가 또 그 꼴을 봐야 하다니.
다시 태어나고 첫 번째 생일인데에에, 그치이이이?

지금은 행복한 지원과 팡이를 보는 지혁의 표정에서.

씬50. 지혁본가 한일 서재(낮)

이석준에게 보고받고 의아한 얼굴의 유한일.

유한일   지혁이가?
이석준   네. 그리고... (들고 있던 서류 넘겨주면)
유한일   (보고 의아해서) 드론으로 이걸? 이게 지금 기술로 되나?
이석준   기술 개발팀에서 드디어 시연해볼 수 있는 기회가 왔다고 좋아했다는 데요.
(서류 몇 장 넘기며 보여주고) 이미 테스트 비행을 여러 번 한 모양인데...
유한일   허...??
이석준   (끄덕) U&K에어로보틱스 주식지분을 좀 더 확보해놓을까요?
유한일   이게 되면 그래야지. 그건 알겠는데...

이석준	(표정)
유한일	지혁이 이놈은 무슨 생각을 하는 거 같나?

심각한 한일의 표정에서.

씬51. 지혁 별장(밤)

수십 대의 드론 하늘로 날아오르며 꽃과 반지, 파란 하트의 이미지를
그린다.
놀라서 보고 있는 지원이 뒤돌아보면,
잘 차려입은 민환이 미소로 서 있다가 근사하게 손을 내밀고.

강지원	민환 씨, 어떻게...
박민환	쉿. (입술에 손가락 댔다가 끼 넘치게 볼 살짝 건드리고 턱 치고) 아무 말도 하지 마. 오늘은 널 위한 날이야, 공주님.

민환의 리드에 의해 난간 쪽으로 다가가고 마주 보는 두 사람.
감격에 겨운 얼굴로 민환이 한쪽 무릎을 꿇고
주머니에서 파란 상자를 꺼내 열면서.

박민환	강지원, 사랑한다.

하는 순간, 민환의 뒤쪽 하늘에서 드론이 'WILL YOU MARRY ME?'를
쓴다.
영롱하게 빛나는 다이아반지(나중에 알고 보니 큐빅).
지원이 침을 꿀꺽 삼키는 순간,
박수와 환호성과 함께 나타난 주란, 수민, 희연.. 그리고 지혁.
지원 고개를 돌려 복잡한 (씁쓸하기도 하지만 지원의 기분이 상하는

건 보기 싫었다) 표정으로 지혁이 박수를 치는 걸 본다.
의미심장하게 마주치는 지원혁의 시선.

유지혁(E) 내가 해줄 수 있는 건 다 해줄 겁니다. 강지원 씨에게.

지원의 시선 지혁 옆에 선 (못긑게 복삽하면서 아닌 척하고 있는) 수
민과 눈이 마주치는데.

정수민(E) (아닌 척 살짝 웃으면서도) 절대 결혼하게 두지 않을 거야.

그 마음 다 알 것 같은 지원, 다시 고개 돌려 민환을 본다.
반지 케이스를 연 채 갸륵한 표정 짓고 있는 민환.

박민환(E) 이거 큐빅인 거 안 걸리겠지? 뭐 얘가 던지지는 않을 거니까.

지원, 다시 한번 수민 보면서 미소 짓는다.
(승자의 미소 같아 수민 인상 찌푸려지고)

강지원(E) 넌 내가 행복한 건 싫겠지. 그래, 제발 수단과 방법을 가리지 말고--

지원이 민환을 향해 손을 뻗으면,
표정이 환해진 민환이 그 손을 잡고 반지를 끼우는 데서.

강지원(E) 내 남편과 결혼해줘.

지원, 지혁, 민환, 수민(이제는 이 꽉 깨문) 각자의 표정까지.

fin.

두서없는 작가실 수다

대본은 온전한 작가의 작업이지만,

드라마는 연출, 배우, 제작, 촬영, 음악, 미술 등등 보이지 않는 수많은 스태프들의 협업이다 보니 만드는 과정이 참 다사다난할 수밖에 없습니다.

작가실에 감금된 채 그 스릴 넘치고(!) 재미있는(!) 순간들을 전해 듣는 것이 소소한 낙, 그리고 상상력의 원천이라 촬영 중에는 현장과 배우, 스태프들을 짝사랑하기 시작하는데..

그러면 이런 짓을 하기도 하고요..

이것이 도를 넘으면 내적친밀감이 상승하며 마치 저희 어머니(46년생 개띠)께서 TV에 나오는 연예인을 친구처럼 말씀하시듯 내 배우들과 스태프들을 내 새끼인 것처럼 생각하기 시작합니다.

그러다 보니 대본에 표현되는 건 단 한 줄이라도 그 뒤에 숨은 수많은 서사, 각 캐릭터마다의 재미있는 이야기가 28,417가지는 되죠.

구구절절 다 이야기하면서 즐거워하고 싶지만,
지나간 꽃 시절은 말하는 사람만 재미있다는 명언을 되새기며 짧게 이야기하자면,

우리 원작에서 유지혁은 연상이었어요.
상황상 남자주인공이 연상일 때 이야기를 좀 더 유연하게 풀어나갈 수 있었지만, 나인우라는 배우를 만나면서 그 키, 그 눈빛, 그 어깨... 이야기는 알아서 풀리겠지 싶었고 우리의 유지혁 부장님은 연하가 되었죠.

문제는 이복동생인 유희연이더라고요.
지혁과의 나이 차이, (원래는 있었던) 에피소드, 지혁희연의 집안사 등등을 고려하다 보니 정신을 차렸을 때는, 네, 우리 드라마에서 백년해로한 커플은 김자옥/박철중밖에 없게 되었습니다.

하지만 제가 가장 거부감이 심했던 건 심지어 사랑은 없고(!) 백년해로는 힘들다(!)는 사실이 아니었어요.
유 부장.
무한도전 광팬이었던 저는 유 부장하면 계속 유재석 씨가 생각나서요...
힘들었어요...

석준주란 커플은 지원혁 커플과 데칼코마니로 구성하고 싶었어요.
그러면서 하도권 배우님한테는 으른멜로 한번 해보자고 캐스팅했는데, 실제로는 재벌3세 뒷조사하게 하고 인사팀의 해결사, 변호사, 결혼식 사회자로 이용

해먹었죠. 미안해요. 그치만 없었으면 어쩔 뻔했어.. 고마워요.

공민정 배우님한테는 분량은 많지 않을 테니 눈빛으로 다 해달라고 졸랐는데 그걸 해주더라고요. 세고 말빨 센 캐릭터들 사이에서 가장 현실적이고 덤덤하게 제가 가장 하고 싶은 이야기- 나한테 착한 사람에게 더 잘해줘야 하는 거 아니에요? -를 터트렸을 때 저는 그녀가 너무너무 이뻐 보였는데, 통했을라나요?

아, 늘 작업하면서 배우는 게 많은데 이번에 가장 큰 가르침은 우리의 김 과장, 김중희 배우에게서 왔어요. 수민이가 임신 고백할 때 쓰러지는 거 보고 작업실에서 단체로 같이 쓰러졌거든요. 이 자리를 빌려서 사과하고 싶습니다. 김중희 배우가 김 과장이 수민이를 진짜 사랑한다고 했을 때 그런 사랑 없다고 했거든요. 제가 많이 모자라요. 있었네요.

마지막으로 오유라 역할이요..
정말 어려운 자리였어요. 11부 엔딩에 처음 등장하는 데다가 우리 지원이와 지혁이를 정면으로 방해하는 역할! 임팩트는 있었으면 좋겠지만 분량은 많지 않고 심지어 제대로 서사도 깔아주기 힘든 너무나 힘든 자리.
사실 악당 중의 악당이지만 수민이와 민환이는 너무나 소시민(..)으로 우리의 재벌3세 유지혁이 마음만 먹으면 이 땅에 발붙이지 못할 분들이었어요. 그래서 돈(!)과 힘(!)을 실어주기 위해 반드시 필요했던 재벌3세 악당녀였고, 그 어려운 자리에 보아 씨가 들어와 준 거였죠. 그것도 7년 만에. 기획단계에서 크나큰 고민을 해결해준 너무나 고마운 결정이었어요.

그 외에도,
친구들 이름 만들 때 기억하기 쉽게 하려고 '초록동색' 조동석, '유유상종' 유상종의 이름이 탄생했는데 강상준 배우가 알아봐 줘서 엄청 기뻤죠.

또..또... 아, 우리 노빠꾸 희연은호 이야기도 해야 하고 뭐가 엄청 많은데 이미 출판사에서 허락해준 페이지는 넘겼네요.

아쉽지만 여기서 마무리해야 할 것 같아요. 자세한 뒷이야기는 유튜브(아직 개설 안 했어요. 개설하면 꼭 놀러 오세요!)에서 풀겠습니다.

이상 일하는 건 힘들고 수닷거리만 많은 작가실이었습니다.
감사합니다.

2024.04.12

작가의 씬

♥ **방송분에서 가장 애정하는 씬 1 <2부 씬3>**

이 씬은 회귀한 지혁이 지원이를 다시, 처음 마주치는 순간이었어요.
모르고 보면 그냥 넘어가도 알고 보면 지혁이의 눈빛과 표정 전부 달랐으면 좋겠
다는 어려운 주문을 했는데.. 나인우 배우 만세!

지원, 수민, 경욱 탄 엘리베이터 문이 닫히려는데 딱 잡는 손.
살짝 급한 기색의 지혁이 올라타려다가 지원 발견하고 멈칫!
(아무것도 모르는 지원과 눈 마주치는 순간을 지혁 시점으로 촬영 필
요. 이때가 회귀하고 처음으로 지원을 본 때.)
지혁 들어오고, 엘리베이터 문 닫히고, 상승-

김경욱 외근 갔다 오십니까?
안 그래도 아까 양 대리가 부장님 일정이 안 올라와 있다고 하던데요.

유지혁 (정신없이 지원보다가) 아, 갑자기 아침에 일이 좀 생겼습니다.

지혁, 일단 지원에게서 눈 뗐는데 자기도 모르게 다시 힐끔거리게 된다.
지원은 이 사람이 왜 이러나..

가편집 엔딩을 보고 2부 전체 내용을 까먹었지 뭐예요. 민환아!!ㅜㅜ

돌아서다 경악하는 지원.
민환이 하반신만 타월로 가린 채 위풍당당 서 있다!
문은 민환의 뒤쪽. 순식간에 집에 갇혀버린 지원의 위기 상황!

강지원　이, 일찍 왔네? 나, 난... 어... 한잔하고 좀 더 늦게 올 줄 알...았는...데...
　　　　　(베란다로 뛰어내려야 하나 확인해 보는데)
박민환　자기와 뜨밤 보내려고 (윙크) 상종이 놈 차 타고 날아왔지.

　　　　　민환이 성큼성큼 다가오면 지원 그만큼 물러나지만 금방 벽에 막혀버린다.
　　　　　민환이 벽에 척 손 짚고 남자다운 표정 지으면 지원 너무나 황당한데.

박민환　너무 오랜만이다, 우리. 그치?
강지원　잠깐만, 잠깐만, 대화 좀 해. 오, 옷부터 입고.
박민환　대화? 해야지... (지원 팔 잡아 고정시키고, 턱 잡아 시선 마주하며)
　　　　　우린 지금부터 몸의 대화를 할 거야.
강지원　(미치고 팔짝 뛰겠는데)
박민환　지금 이 시간 우리 사이에 옷 같은 건 필요 없지.

　　　　　민환이 한발 물러나며 두르고 있던 타월을 투우사처럼 확~ 벗어버리면!
　　　　　경악하는 지원!
　　　　　만족하는 민환!

작가의 스토리 노트

	지원	지혁
1부	배신당해 죽고 회귀, 운명을 넘기는 것으로 복수 결심	(회귀 전) 갑자기 정신없이 구는 지원을 도와 일을 수습해준다
2부	수민, 민환 이외의 사람들과 관계를 맺기 시작하며 수민과 민환이 같이 시간을 보낼 수 있도록 자리를 만든다	(회귀 후) 지원의 동창을 찾아가 (지원의 오해를 풀기 위해) 동창회에 참석해 달라고 부탁한다
3부	과거 도망쳤던 자리에서 당당히 맞서 수민이 그동안 했던 거짓말을 밝히고 오해를 푼다	지원을 걱정해서 지켜주려고 하지만 한편으로는 첫사랑과 재회하게 되는 지원이 신경쓰인다
4부	외모도 변신. 자신에게 들이대는 지혁의 마음을 의심하지만 그에게 여자친구가 있음을 알게 된다(오해)	지원과 민환의 관계가 조금 어긋나고 있는 걸 알고 지원에게 조금 더 적극적으로 다가가기로 결심한다
5부	수민의 가스라이팅을 피하며 과거 수민이 꼬아놓은 은호와의 오해를 풀고 지혁에게 고백을 받는다	지원의 조언대로 외모를 바꾸고 지원에게 들이대지만 까인 뒤, 지원이 자신에 대해 하고 있는 오해(희연)를 풀고 진지하게 고백한다
6부	지혁에게서 힘을 얻어 수민의 계획으로 빼앗기기 뻔했던 아이디어를 되찾아온다	지원에게 다시 한번 고백하고 뒤에서 도움을 준다
7부	회귀 운명 공유 후 달라진 지혁 신경 쓰이고, 이후 복수를 돕겠다는 지혁에게 내 복수는 내가 할 것이다!	죽음의 운명을 알고 고뇌하지만 결국 지원을 돕는 삶을 살기로 결심한다
8부	민환이 자신과의 관계를 포기하지 않자 민환이 더 궁지에 몰리는 상황까지 기다리다 일단 민환의 청혼을 받아들인다	지원의 계획을 곁에서 묵묵히 지켜보며 도와준다

	수민	민환
1부	강지원은 내 호구	갑자기 헤어지자는 지원과 싸운다
2부	호구 같던 지원이 조금 달라졌지만 지원의 뒤통수를 치고 자존감을 깎을 계획을 궁리한다	호구 지원과 재결합, 그 와중에 지원의 친구 수민도 여자로 느낀다.
3부	동창회에서 지원의 기를 꺾으려 하지만 되려 당한다	지원 몰래 끊임없이 여자들 만날 궁리만 하는 민환. 지원은 결혼용이라고 만만히 여긴다
4부	동창회에서 망신당한 뒤 민환에게 적극적으로 어필한다	수민과 관계가 조금 진전되는 와중, 지원이 예뻐져서 신경 쓰인다
5부	민환에게 지원의 엄마에 대한 이야기를 은근히 흘리며 이간질하고 지원의 아이디어를 뺏으려 김경욱을 조종한다	지혁이 지원을 좋아하는 거 아닌가 의심하다가 지원에게 손을 올릴 뻔하고 지혁에게 호되게 당한다
6부	민환에게 감정있는 척하면서 밀당을 하고 아이디어를 빼앗긴 지원을 살살 약올리지만 결국 뜻대로 되지 못한다	수민과 관계가 더욱 진전된다
7부	밀키트 프로젝트 팀에 들어가고 워크샵 때 남의 도움으로 1등을 하려는 계획이 지원에 의해 제동이 걸린다	수민에게 물적 공세를 하려고 지원에게 돈을 빌리기까지 하며 적극적으로 나선다
8부	지원의 직설적인 말에 자극받아서 민환 유혹하지만 원나잇 취급당하고 더 흑화한다	수민과의 원나잇을 비밀로 하고 주식 폭락으로 돈이 없어지자 지원에게 청혼한다

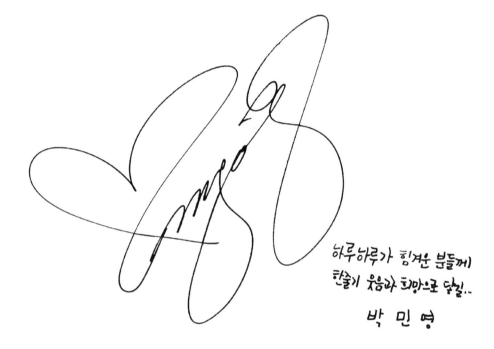

하루하루가 힘겨운 분들께
한줄기 웃음과 희망으로 닿길..

박 민 영

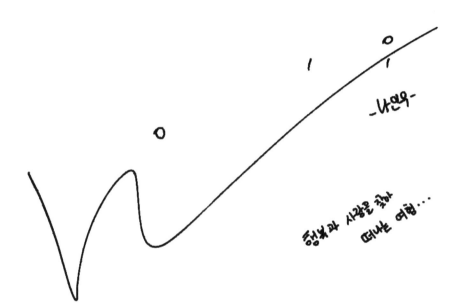

-사랑-

행복과 사랑을 찾아
떠나는 여행···

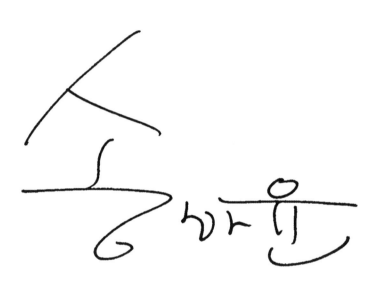

우리와 함께 해준 모든분들
정말 감사합니다 ♥

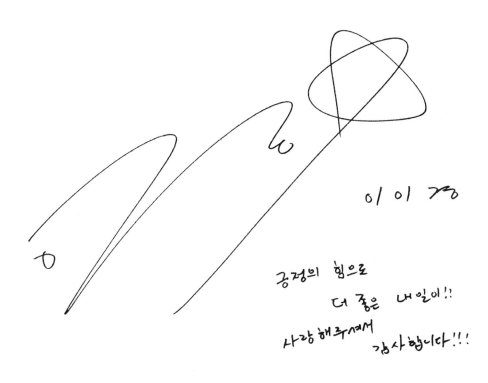

이이경

긍정의 힘으로
더 좋은 내일이!!
사랑 해주셔서
감사 합니다!!!